Roberto Fideli

ROSAZUL

Academia de Magia para Garotas

AVEC

Editor: Artur Vecchi
Preparação: Gabriela Colicigno
Arte de Capa: Renata Aguiar
Projeto gráfico e diagramação: Vitor Coelho
Revisão: Roberto de Sousa Causo

1ª edição, 2023
Impresso no Brasil/ Printed in Brazil

Dados Internacionais de catalogação na Publicação (CIP)
(Câmara Brasileira do Livro, SP, Brasil)

F 451

Fideli, Roberto

Rosazul : Academia de Magia para Garotas / Roberto Fideli.
- Porto Alegre : Avec, 2023.

ISBN: 978-85-5447-177-4

1. Literatura infantojuvenil
I. Título

CDD 028.5

Índice para catálogo sistemático: 1. Literatura infantojuvenil 028.5
Ficha catalográfica elaborada por Ana Lucia Merege - 4667/CRB7

AVEC EDITORA

Caixa Postal 7501
CEP 90430-970 - Porto Alegre - RS
contato@aveceditora.com.br
www.aveceditora.com.br
@aveceditora

Aos meus pais, que me ensinaram a amar histórias.

O mundo quebra a todos, e depois muitos se tornam mais fortes no lugar das fraturas. Mas aqueles que ele não consegue quebrar ele mata. Ele mata os muito bons e os muito doces e os muito corajosos, imparcialmente.

Ernest Hemingway, *Adeus às Armas*

Nenhuma escuridão dura para sempre e, mesmo ali, existem estrelas.

Ursula K. Le Guin, *A Última Margem*

Parte I

NASCIMENTO

Todas as coisas nascem e todas as coisas morrem. Esse é o princípio fundamental da teologia Kaëísta. O primeiro fruto da árvore de Kaë é o fruto do nascimento. Dizem os Kaëístas que o fruto do nascimento é o responsável pelo impulso criativo, a imaginação, a inspiração genuína que permite a criação de coisas novas, como o primeiro florescer que anuncia a chegada da primavera.

I

Ao sul de Lemúria, as praias são brancas e as águas de um azul cristalino que se estende até onde os olhos alcançam. Pouco antes do amanhecer, barcos pesqueiros preenchem a orla e jogam suas redes. As pequenas embarcações de madeira contrastam com os encouraçados de guerra produzidos sob ordens da Coroa, símbolo supremo do poder e tecnologia do pequeno reino peninsular.

Quando os demais moradores acordam para o trabalho, as barracas já estão montadas e repletas de peixes, frutos do mar e especiarias, aromas dos mais variados dançando pelo vento. As ruas ficam apinhadas de pessoas, um sino toca à distância, alguém grita as principais manchetes do jornal pelas ruas e o dia segue.

Setenta e cinco quilômetros ao norte, próximo ao centro do país, onde os verões são muito quentes e os invernos muito frios, existe uma pequena cidade chamada Gaurin. Ela conta com longas ruas de paralelepípedos, casas coloridas geminadas, grandes chaminés soltando nuvens de fumaça branca, além de uma pequena praça com bondes que levam os habitantes da periferia para o centro e de volta.

Em um dos bairros proletários, fica uma rua chamada Adriana, e no número trinta e três dela existe uma pequena casinha que abriga uma sapataria espremida entre a padaria e a relojoaria situadas ali há pelo menos cem anos. Foi nessa casa de dois andares de exterior verde-claro e janelas com molduras azuis em que Ariadne e sua irmã cresceram.

*

Ariadne sempre sonhou em se tornar uma bruxa, em frequentar uma escola de magia e ser tão poderosa quanto Agatta Aramante, fundadora da Academia de Magia Rosazul para Garotas.

A primeira coisa que Ariadne criou com sua magia foi uma chama dourada, não maior do que a de uma vela, na palma da mão. Ela tinha oito anos. Chegou para a mãe e disse, com animação vibrante:

— Mamãe, olha! Minha mão tá pegando fogo!

A mãe arregalou os olhos e, ao perceber que a garota havia produzido magia, os arregalou ainda mais. O pai da menina e alguns conhecidos da família acharam o gesto bonitinho.

A segunda coisa que Ariadne fez com magia foi atear fogo nas paredes do quarto depois de brigar com a mãe.

Desta vez, ninguém achou bonitinho.

Ser bruxa era um ideal a ser alcançado, e não havia criança que não imaginasse o mundo de possibilidades que se abria para as que tinham esse poder. Mas a descoberta de que Ariadne era uma bruxa nunca foi causa de celebração para sua família.

Era frustrante. Quando sua amiga Sophia descobriu que era bruxa, a mãe a abraçou chorando de felicidade ao buscá-la na porta da escola. Para ambas, era como um sonho que se realizava. Para os pais de Ariadne, no entanto, era só mais um problema a ser resolvido.

Ariadne foi a primeira mulher da família a se descobrir bruxa. Isso era incomum. Tradicionalmente, dons como os dela eram passados de geração em geração pelos membros do sexo feminino. No começo, pensou que a mãe sentia inveja. Depois, pensou que ela sentia indiferença, e então percebeu que era medo. O incidente do fogo não ajudou.

*

Certa noite, a garota escutou os pais discutindo no quarto ao lado. Saiu da cama e colocou o livro que lia, sobre a história de Agatta Aramante, em cima da cômoda antes de grudar a orelha na parede.

— A menina precisa de uma instrutora. — Escutou o pai dizer. — Alguém que ajude ela a controlar os poderes.

— Instrutores são *caros* — retrucou a mãe, e a ênfase que colocou em "caro" não passou despercebida para Ariadne. — Nós não temos dinheiro para esse tipo de coisa.

A garota bufou. Por que a questão sempre recaía em dinheiro?

Um dia terei muito dinheiro, prometeu a si mesma. *Tanto dinheiro que não vou conseguir nem contar. E então minha* mãe *nunca mais vai poder usar essa desculpa. Nunca mais.*

— Você tem inveja da sua filha — disse o pai, de repente, e fez-se silêncio. Ariadne sabia que o pai cruzara uma linha perigosa. *Papai vai morrer*, pensou.

— Você não faz *ideia* de como eu me sinto — respondeu a mãe. — Quando era garota, tudo o que sonhava era em me tornar uma bruxa. Até que descobri pelo que essas meninas passam. Então agradeci a Kaë por nunca terem me dado esse dom! *Dom*... Você sabe muito bem o que elas são obrigadas a fazer e me desculpe se eu não quero isso pra minha filha!

Outra pausa. Ariadne apertou a orelha contra a parede com mais força.

— Blindar a garota só vai piorar tudo — rebateu o pai. — Ela ainda precisa de uma instrutora. Ou você quer ter outro incêndio em casa?

Fez-se o silêncio mais longo até então.

— Sim — a mulher respondeu, por fim. — Eu sei. Queria tanto que Sam estivesse aqui... Mesmo naquela idade ela era tão boa em cuidar da irmã mais nova...

A mãe de Ariadne começou a chorar.

*

Uma semana depois, a garota desceu do bonde voltando da escola e encontrou seu pai esperando por ela com os braços cruzados. Péssimo sinal. Os dois caminharam em silêncio e ela aguardou por uma bronca que não veio. Andaram por pelo menos dez minutos até que Ariadne percebeu que aquele não era o caminho de casa.

— Pra onde a gente tá indo?

O pai sorriu para ela, como quem sabia que a filha tinha escutado a conversa pelas paredes.

— Estamos indo conhecer a sua nova instrutora.

Ariadne franziu o cenho.

— Instrutora? Como assim? Quem?

Ele deu uma piscadela.

— Você vai ver.

Os dois pararam em frente a uma casa amarelo-claro, um pequeno sobrado três ruas para baixo de sua própria casa, que Ariadne achou vagamente familiar.

— Mamãe sabe disso?

— Sua mãe foi quem a encontrou.

Sem mais explicações, ele tocou a campainha da casa e a grade na entrada se abriu. Ariadne reconheceu aquele rosto.

Era a Vovó Nice, uma senhora que na época tinha oitenta e dois anos. Ariadne a conhecia desde bebê, mas nunca suspeitara que a velhinha fosse uma bruxa.

— Volte para casa antes do anoitecer — instruiu o pai, antes de empurrá-la para dentro da casa da Vovó Nice e partir sem dizer mais nada.

*

— Quantos anos você tem? — perguntou a mulher idosa.

— Oito — respondeu Ariadne. Estava sentada em um sofá verde florido com uma caneca de chá nas mãos, sem saber muito o que fazer. A senhora se sentou em uma cadeira à sua frente e cruzou os braços, parecendo descontente.

— Sua mãe me disse que você acabou de descobrir que tem poderes mágicos. E que da última vez que brigaram, você fez a parede do seu quarto pegar fogo. Isso é verdade?

Ali estava a razão do descontentamento. Envergonhada, Ariadne encolheu os ombros e concordou com a cabeça.

— Magia pode ser uma coisa muito perigosa, especialmente na sua idade. Pretende ir para uma escola especial quando for mais velha?

— Eu queria muito, mas meus pais dizem que não têm dinheiro.

— Talvez seja melhor assim. Você sabia que muitas bruxas são convocadas para guerras depois que se formam?

Aos oito anos, Ariadne já sabia bem disso. Seus livros de aventuras favoritos eram protagonizados por bruxas guerreiras em grandes aventuras em terras exóticas repletas de mistérios. Queria ser como elas quando crescesse. Queria ser corajosa e ousada e usar seus poderes para derrotar inimigos aterrorizados e conquistar a atenção de lindos homens musculosos de pele bronzeada com olhos penetrantes e cor de esmeralda. Ela concordou com a cabeça outra vez.

— Bom — prosseguiu Vovó Nice —, se você treinar bastante e aprender o que eu te ensinar, pode conseguir uma vaga como bolsista em uma boa escola. Foi assim que me formei na Academia Rosazul.

Os olhos de Ariadne brilharam. A Academia Rosazul era sem dúvida a escola de magia mais incrível de Lemúria, talvez de todo os Quatro Reinos! Eis o nome para o seu sonho mais íntimo, mais querido, mais inalcançável.

— É verdade?

— Claro que é verdade! Por que não seria? Me formei na Rosazul quando tinha dezessete anos. Depois, fui convocada pela marinha, onde fiquei até os vinte e dois. Lutei na Guerra do Mar Peregrino.

O avô de Ariadne havia lutado nessa guerra. Será que os dois haviam se conhecido em algum momento? Mas... Vovó Nice era tão pequena, tão delicada e frágil, que a garota não conseguia acreditar que tivesse sido uma grande guerreira no passado.

— Você não acredita em mim — constatou a mulher. Não era uma pergunta. Ariadne permaneceu em silêncio. — Venha comigo.

A velha bruxa se levantou com dificuldade do sofá e a levou até o andar de cima, soltando um gemido baixo a cada degrau. Dentro do quarto havia um pequeno baú de madeira.

— Abra para mim, criança, por favor. Não consigo mais me agachar e levantar com tanta facilidade. Já me custa ter que subir essa maldita escada todo dia para vir dormir. Pegue um livro de capa azul escura aí dentro.

Ariadne obedeceu e entregou o livro para a velha bruxa, que o abriu e fez a garota se sentar ao seu lado. Era um álbum de fotos, todas muito antigas, com as bordas amarelas e enrugadas por conta do tempo. A garota se inclinou para olhar mais de perto.

— Esta sou eu — disse a bruxa, apontando para uma mulher jovem de pé sobre o deque de um navio.

Vovó Nice sempre fora baixinha, mas na foto seu rosto era jovem e com olhos cheios de determinação. Os cabelos estavam presos em um rabo de cavalo e ela vestia o traje branco da marinha com um quepe. Na mão esquerda havia um cajado e no alto do cajado havia uma pedra, mas Ariadne não conseguiu identificar qual, pois a foto estava em preto e branco e muito granulada.

Vovó Nice virou as páginas e Ariadne observou quieta e maravilhada as fotos dos grandes navios de guerra zarpando em direção ao horizonte, carregados de soldados e bruxas.

— Quem é essa aqui? — perguntou, apontando para uma mulher ao lado de Vovó Nice. As duas estavam paradas à frente de um campo de flores, segurando as mãos. A outra mulher não usava farda militar, mas um vestido branco rendado.

Vovó Nice não respondeu de imediato. Ariadne se virou para ela e viu seus olhos ficarem distantes, perdidos no tempo. A velha bruxa passou os dedos enrugados pela foto e sussurrou:

— Dorani. Meu grande amor. Fomos casadas muito tempo atrás. — Ela engoliu em seco e fechou o livro. — Mas essa é uma história que eu guardo só para mim. — Virou-se para a garota. — As bruxas precisam pagar um preço alto por serem quem são. E não estou falando só da magia em si, criança, mas do que elas são obrigadas a ver e fazer em nome da Coroa. A Coroa sempre tem inimigos, sempre está em guerra com alguém. Algum navio sempre está zarpando para algum lugar, e nem todas as bruxas que embarcam nele voltam. Tem certeza de que é isso o que você quer? Certeza absoluta?

Ariadne estufou o peito e ergueu o queixo, toda cheia de orgulho, ambição e sonhos.

— Sim.

✶

Com isso, as primeiras lições de magia de Ariadne começaram. Vovó Nice podia ter idade, mas era enérgica e rigorosa. Começou explicando o básico. Ensinou que as bruxas tomavam emprestada uma força que não era delas, canalizando-a através de seus corpos. Luz, calor, gravidade, energia que vibrava e fluía na natureza; nas árvores, nos rios, na própria terra. Manipulavam o mundo ao redor com a força da mente e da imaginação, fazendo a magia fluir de seus corpos para um cajado, que servia para concentrar e focar toda essa energia. Cada cajado tinha uma pedra no topo, e cada pedra refletia de alguma forma a personalidade de sua portadora.

— Qual você acha que vai ser minha pedra, vovó? — perguntou Ariadne.

— Não é hora de pensar nessas coisas — respondeu a bruxa. — Preste atenção no que está fazendo agora.

— *Por favor,* vovó.

A velha bruxa suspirou.

— Considerando seu histórico de atear fogo nas coisas, eu diria que uma Ágata de Fogo combinaria muito bem com você.

✶

Por muitos dias Ariadne refletiu a respeito da fala da professora. Desde o começo, demonstrara uma predileção para lidar com o fogo. Era capaz de controlar pequenas chamas nas palmas das mãos, embora não mais do que isso, e as coisas não iam bem quando ela perdia o controle.

Ariadne ainda recebia broncas constantes por conta disso. Quando ficava nervosa ou frustrada, a casa inteira começava a cheirar a queimado. Vovó Nice lhe deu um esporro enorme por ter queimado dois panos de pratos e uma almofada.

— Seu poder é muito perigoso! Fogo é uma coisa viva, mas tudo o que ele quer é comer, comer, comer. Você tem que controlar essa fome, esse poder! Não pode deixar que ele controle você!

Ariadne se esforçava ao máximo, mas o progresso parecia lento aos seus olhos. Vovó Nice às vezes perdia a paciência, ficava brava, falava de novo e de novo sobre o fogo, mas nunca desistiu de ensiná-la, mesmo quando Ariadne ficava tão frustrada que pensava em desistir de seu sonho.

— Continue treinando — dizia a professora, em tom apaziguador. — Há um grande poder em você. Isso é evidente. Coisas maravilhosas podem acontecer em sua vida, se você não desistir.

Ariadne não desistiu. Por mais difíceis, cansativas e frustrantes que pudessem ser as aulas, ela continuou a praticar. Praticava em casa antes de dormir, praticava na escola, sempre tomando o máximo de cuidado para não atear fogo em nada, nem em ninguém. Com frequência, seu pai proferia palavras de encorajamento, mas a mãe acompanhava todo o progresso sem dizer uma só palavra.

— Um dia — falou Vovó Nice em uma de suas últimas aulas —, você terá um cajado e tudo isso será mais fácil. Um dia você será uma grande bruxa, Ariadne, eu consigo ver isso muito bem. Seus pais também sabem, *principalmente* a sua mãe. Ela só tem medo do preço você terá que pagar para alcançar tudo o que deseja. Assim como eu.

Ariadne teve dificuldades para aceitar essas palavras, e os alertas que a instrutora e a mãe davam sobre o futuro. Estava convencida de que a mãe tinha inveja dela. Pensava também que a Vovó Nice às vezes era muito melancólica, cautelosa em excesso, e que as pessoas velhas eram assim mesmo. *Mas eu não vou ser*, ela decidiu. *Não vou ser uma velha rabugenta e brava, nem uma pessoa invejosa como minha mãe, e com certeza* não *vou ser esquecida pela história como a Vovó Nice foi. Eu vou ser uma bruxa incrível. Vou fazer coisas incríveis, vou ficar rica e poderosa e ninguém vai se esquecer de mim.*

*

Vovó Nice adoeceu pouco tempo depois de Ariadne fazer essa promessa a si mesma. Tudo aconteceu muito rápido. No primeiro dia, ela apresentou sinais de um resfriado forte e o pai de Ariadne a convenceu a ir ao hospital. No dia seguinte, o resfriado evoluiu para uma pneumonia, e, no terceiro, Ariadne perdeu sua primeira professora.

Foi estranho. No funeral estavam apenas ela, seus pais e mais duas pessoas que ela não conhecia. A velha bruxa não havia deixado herdeiros, de modo que a maioria de seus pertences foi recolhida pelo governo. Menos de um mês depois, outras pessoas viviam na casa amarelo-clara.

A morte da Vovó Nice foi tão rápida, fácil e desprovida de sentido que Ariadne não conseguiu compreendê-la. Pessoas velhas ficavam doentes, os pais lhe disseram. Todo mundo ia embora por algum motivo. Mas Ariadne demorou para aceitar isso.

Passou os cinco anos seguintes sem uma professora para ensiná-la, praticando os feitiços básicos em seu quarto, tomando cuidado para não atear fogo aos lençóis da cama, ou às paredes, para não explodir copos nem a preciosa cerâmica que outrora pertencera à avó. Conseguia livros com a mãe de uma amiga, ou uma professora da escola, até com seu pai. Leu e releu cada um deles até memorizá-los, sempre lutando para não deixar que o desejo de estudar em uma escola de magia de elite fosse só um sonho.

*

Por conta do lugar onde ficava sua casa, desde pequena Ariadne convivia com o cheiro adocicado de pão às seis da manhã, hora de acordar, feito por Josephina, dona da "Padaria da Pina".

Do lado oposto, na relojoaria, o senhor Tito, um homem encurvado e de cabelos brancos que nem algodão, acordava todas as manhãs às seis e meia, tomava café na padaria e começava a trabalhar em seus relógios. Era um homem gentil e carinhoso, pai de cinco, avô de onze. As crianças às vezes iam brincar na casa de Ariadne, que, caso não acordasse às seis como programado, seria despertada meia hora depois pelos relógios-cuco do vizinho, com um puxão de orelha esperando por ela na mesa da cozinha, assim como o café da manhã.

A mãe de Ariadne era costureira e trabalhava em uma fábrica que fazia fardas para a marinha, das oito da manhã às seis da tarde. Um pequeno bonde elétrico a levava e a deixava de volta na Praça do Combatente, quinze minutos a pé de casa. Nos dias em que estava de bom humor, trazia da Padaria da Pina pãezinhos salpicados de açúcar de confeiteiro ou bisnagas cobertas com leite condensado para comerem depois da janta. Mas esses dias eram raros.

Ariadne sempre pensou com amargura em como sua mãe era uma pessoa triste e brava, sempre taciturna, sempre de mau humor. E isso, é claro, tinha a ver com Samantha.

Os pais a chamavam de Sam. Depois que ela morreu, doaram seus brinquedos e esconderam suas fotos, as poucas que haviam sido tiradas, e raramente mencionavam seu nome. Sam se tornou um assunto proibido, uma cicatriz profunda no seio da família.

Ariadne se lembrava muito pouco de Sam, mas, para sua mãe, as memórias eram intensas e dolorosas, como uma âncora que a segurava no passado, e mesmo sendo criança ela já sabia disso. Às vezes, a mulher chorava de noite e Ariadne escutava seus gemidos no quarto ao lado. O marido a consolava dizendo que não havia sido "culpa sua", até ela parar de chorar, o que podia levar muito tempo. Ariadne não entendia por que a mãe se culpava pela morte da filha mais velha. Sam nascera com constituição fraca e morreu de pneumonia, assim como a Vovó Nice. Ninguém era culpado.

Às vezes, Ariadne pensava que a mãe não gostava dela. No fundo, sabia que isso não era verdade, mas não conseguia deixar de se sentir assim. Era como se toda vez que a mãe olhava para ela, buscasse a imagem de Sam ao seu lado, e Sam nunca estava lá.

*

Apesar do receio, a mãe de Ariadne apoiou a iniciativa da filha mais nova de se tornar uma bruxa, mesmo que de forma sutil e silenciosa. Nos cinco anos seguintes à morte da Vovó Nice, tanto ela quanto o marido juntaram mais e mais dinheiro, um pouquinho de cada vez. No dia de seu décimo terceiro aniversário, Ariadne foi com o pai para o centro acadêmico da cidade enquanto a mãe trabalhava, e fez uma inscrição formal para a Academia de Magia Rosazul para Garotas.

Para se inscrever como bolsista, teve que responder uma infinidade de perguntas, escrever uma carta de apresentação e demonstrar suas habilidades mágicas a um avaliador.

Doze meses até a resposta. *Doze meses* de noites sonhando acordada, incapaz de dormir direito, criando inúmeros cenários imaginários de como seria a vida na Academia e quais seriam as incríveis façanhas que aprenderia a fazer lá: como seus poderes se desenvolveriam, qual seria sua professora preferida, quem seria sua melhor amiga e qual pedra seria escolhida para ficar no topo do seu cajado. Uma Ágata de Fogo, desejava, que nem a Vovó Nice dissera.

Seu pai disse várias vezes para ela tomar cuidado com as expectativas: a Academia Rosazul era uma escola cara, destinada apenas às alunas mais ricas e com as famílias mais influentes de Lemúria. O dinheiro que haviam juntado nos últimos cinco anos serviu apenas para pagar a inscrição e a prova.

Aquele não era um lugar para alguém cujo pai era um sapateiro e a mãe, costureira. E eles faziam questão de lembrá-la disso sempre que possível.

*

Eram seis e quarenta e cinco da manhã do dia 22 de janeiro de 1919. Neve caía devagar do lado de fora da casa. Cinco dias antes, Ariadne havia comemorado o seu décimo quarto aniversário.

Naquela manhã aparentemente comum, a garota acordou, tomou banho e café, e já estava vestida para ajudar o pai na sapataria, uma vez que faltavam três semanas para o início das aulas em sua escola regular, quando o carteiro chegou com a correspondência. A maior parte era de contas a pagar, alguns tecidos que sua mãe havia comprado, além do jornal do pai. Porém, ali entre os papéis estava um envelope branco com um selo azul escuro e o desenho de uma rosa.

Ariadne engoliu em seco e olhou em volta: não havia ninguém por perto. O pai estava nos fundos da sapataria e a mãe saíra para trabalhar. Ela pegou um abridor de cartas e abriu o envelope. Ao ler a mensagem, seu coração deu um salto. Não era sua intenção gritar, mas ela foi incapaz de se conter.

O pai apareceu assustado, perguntando "o que foi?", "o que foi?", como se sua filha estivesse sendo assassinada, mas Ariadne não conseguia verbalizar uma resposta que desse conta de todo o seu entusiasmo, portanto apenas lhe entregou a carta. Ele leu e, conforme lia, a cor aos poucos foi desaparecendo de seu rosto.

Ariadne não lhe deu atenção. Estava ocupada demais gritando e pulando em absoluta e deliciosa descompostura para perceber a expressão de total pânico de seu pai. A carta dizia:

Prezada Srta. Ariadne Adanin,

É com muita satisfação que informamos que você foi aceita como bolsista integral na Academia de Magia Rosazul para Garotas. Isso significa que todas as suas despesas acadêmicas serão pagas pela Academia durante a duração do seu curso de quatro anos, sob a condição de que você apresente um desempenho excepcional nas matérias ministradas. Estão inclusos nas despesas os custos de uniforme, alimentação e estadia no *campus* da escola.

Apresente-se ao centro acadêmico mais próximo de sua residência até o 06 de fevereiro para envio do formulário comprovando sua inscrição. O trem partirá no dia 20 de fevereiro, pontualmente às 06h, da estação Pedra Branca em Gaurin. A recepção das alunas ocorrerá no mesmo dia, às 11h.

Cordialmente,
Ursula Schroeder,
diretora administrativa

O pai de Ariadne leu e releu a carta várias vezes, checando o selo de autenticidade e a marca d'água que indicavam que era, de fato, genuína. Enquanto isso, Ariadne continuava a gritar e pular na sapataria.

*

A felicidade durou pouco. Logo após o anoitecer, a mãe da garota chegou e os adultos tiveram uma briga feia.

— Eu não quero que ela vá! — gritou a mulher. — Já perdi a primeira, não quero perder a segunda! Você está me ouvindo? Eu *não vou* perder ela também!

Ariadne escutou a voz abafada do pai responder:

— Você não vai perder ninguém. Por favor, se acalme.

Quando o silêncio se instaurou, a garota se escondeu em seu quarto, debaixo dos lençóis da cama, buscando alguma proteção contra a mãe, cujos passos pesados indicavam que a tempestade caminhava pelo corredor em sua direção.

A mãe escancarou a porta e ficou parada com os olhos vermelhos e as lágrimas prestes a verter, sem dizer nada. Ariadne tirou a cabeça das cobertas. As duas se encararam por segundos intermináveis e apavorantes, até que a porta se fechou com força e Ariadne foi deixada a sós outra vez.

Seu pai apareceu pouco tempo depois. A casa havia mergulhado em uma quietude estranha e opressora. Ele entrou e se sentou na cama em silêncio enquanto a filha escondia a cabeça debaixo do lençol de novo. Fez carinho na panturrilha dela e disse:

— Azulada, olha pra mim.

Azulada era o apelido de Ariadne desde bebê. Apenas seus pais a chamavam assim, por conta dos olhos azuis enormes. A garota descobriu a cabeça e o encarou.

— Sua mãe te ama.

— Não. Ela me odeia.

— Você sabe que isso não é verdade.

— Ela não quer que eu seja feliz. Quer que eu fique aqui como uma prisioneira pra sempre.

— Azulada, não seja dramática.

— Não é drama, é verdade! Ela pensa que sou propriedade dela!

O pai suspirou, sorriu, e balançou a cabeça.

— Não. Ela acha que você é a filha dela. A única que nós temos. A única que... sobrou.

Ariadne engoliu em seco. Odiava quando os pais usavam Sam como uma cartada, um argumento irrefutável, e odiava como sempre dava certo.

— Sua mãe e eu estamos felizes com a notícia, estamos mesmo. Mas também estamos preocupados. Por favor, tente entender. Aquela é uma escola para pessoas ricas, não para pessoas como... nós. — Ariadne abriu a boca para protestar, mas ele ergueu o dedo pedindo silêncio. — Temos medo de que você sofra nas mãos das outras garotas, que elas te maltratem por ter vindo da casa de um sapateiro. Dinheiro é muito importante para essa gente.

— Eu sei, mas eu não me importo com nada disso!

— *Eu* e sua mãe nos importamos. E as pessoas na escola também. Não queremos que você vá para lá e seja maltratada. Queremos que você seja feliz e respeitada por quem você é e não por causa de dinheiro.

— Mas eu nunca vou ser feliz se não for pra Academia Rosazul!

A frase soou infantil até mesmo para ela. Seu pai apenas levantou as sobrancelhas e a encarou.

— Tá, desculpa — disse Ariadne. — Mas eu sonho com isso há tanto tempo, papai! Por favor! Por favor, por favor, por favor!

O pai levantou o dedo de novo e Ariadne ficou quieta.

— Eu ainda não terminei. Você não escuta as notícias porque tem catorze anos, mas as coisas não andam bem entre nós e o Norte, e as mulheres que estudam nessa escola muitas vezes são convocadas pela Coroa para combater. Não queremos que isso aconteça com você.

Ariadne estreitou os olhos. Vovó Nice havia dito a mesma coisa anos antes e, assim como naquele momento, pareceu a ela ter pouca importância.

— Mas não tem chance nenhuma disso acontecer... Tem? Guerra?

— Não sei o que vai acontecer ou não, Azulada. Só quero que você entenda que sua mãe e eu estamos preocupados. Queremos que você pense bem se é isso mesmo o que você quer, porque no fim nós não temos como saber o que vem pela frente.

— Eu quero muito ir, papai. Eu quero muito, muito mesmo. É o meu sonho.

O homem suspirou. Depois coçou a parte detrás da cabeça, onde já surgia uma falha.

— Você tem conversado com sua irmã ultimamente?

Ariadne hesitou. Esse era um segredo pronunciado poucas vezes em voz alta. Ariadne tinha o hábito de conversar mentalmente com a irmã, como se ela ainda estivesse viva. Fazia perguntas e a irmã respondia. Dava conselhos, mesmo sem ser requisitada, e enxergava o mundo através de seus olhos. Só o pai sabia disso. Ariadne não sabia se ele achava que tudo não passava de brincadeira ou não. Nem Ariadne sabia como interpretar as conversas. A garota respondeu que sim.

— E o que ela disse?

— Disse pra eu ir lá e esfregar na cara de todas as outras alunas que eu sou a melhor bruxa que elas já viram.

O pai soltou uma gargalhada, mas colocou a mão na boca, com medo de que a esposa o escutasse.

— Sei que você vai ser uma bruxa incrível, Azulada. Mas preciso que você escute essas coisas e que entenda tudo direitinho: não vai ser fácil. Vai ter de trabalhar duro, mais duro que as outras meninas. Lá é um lugar longe de casa e você nunca esteve longe de casa antes. Terá que ter disciplina, ser educada e obedecer às suas professoras. Está me entendendo?

Ela fez que sim.

— Você é a coisa mais importante para nós. Sabe disso, não sabe? — Ela fez que sim de novo. — Esquece a sapataria. Você é tudo o que importa. Não queremos que você vá embora, mas entenderemos se você quiser ir e vamos respeitar sua decisão. Sua mãe vai respeitar sua decisão, mesmo que agora ela esteja nervosa.

— Eu não sei não, papai.

— Ela vai sim. Você não é propriedade dela. Diga que sabe disso.

Ariadne pensava o contrário, mas se reprimiu.

— Eu sei.

Ele sorriu e lhe deu um beijo na testa. Então se levantou e parou em frente à porta, virando-se para a filha:

— Vou conversar com sua mãe e ela vai entender. Tenho certeza. *Mas*... em todo caso, se eu aparecer morto por aí... você já sabe quem foi.

II

O continente de Azeron é composto por quatro reinos soberanos, dezessete nações anexadas e vinte e uma ilhas. Ao norte fica Azgür, também conhecido como Terra Cinza, tão grande em extensão territorial que é capaz de engolir os outros três reinos inteiros e ainda ter espaço de sobra.

Ao leste fica Grussiana, composta principalmente por grandes florestas tropicais e extensos rios de água doce. A oeste está Namjin, cujos habitantes são identificados pelos olhos amarelados e pele escura, lar das Senhoras do Vento e berço da teologia Kaëísta. E, finalmente, ao sul fica Lemúria, o menor e mais rico dos quatro reinos.

Grussiana e Lemúria são reinos predominantemente cristãos e usam o calendário de doze meses que começa em janeiro e termina em dezembro desde a época do Antigo Império, contando os anos a partir do nascimento de Cristo. Nanjim, por sua vez, é majoritariamente Kaëísta, mas Azgür abrange ambas as religiões e usa o calendário Kaëísta, cujo início data de 2800 anos cristãos atrás.

Historicamente, Lemúria se tornou conhecida como o lar das grandes navegações, pelas rotas comerciais com os continentes ao sul além-mar, e pela Academia de Magia Rosazul, fundada em 1590 por Agatta Aramante, a bruxa mais poderosa da história recente.

Além das bruxas mais famosas do mundo, Lemúria também tem a frota naval mais avançada dos quatro reinos. Seus navios são considerados os mais velozes, poderosos e resistentes, e controlam as principais rotas marítimas que dão acesso ao continente. Azgür, por sua vez, é conhecido pelo clima frio e inóspito, a maior parte de sua extensão sendo inabitável, com grande parte sedimentada sobre depósitos de ferro que, por gerações, foi vendido para a construção dos navios sulistas.

Diz-se que o povo de Azgür é tão frio quanto o próprio clima.

Já faz muitos anos que a situação econômica de Azgür é delicada, sendo que a nação depende dos demais reinos do continente para quase todos os outros elementos naturais necessários à sobrevivência de sua população. Foi essa permuta que permitiu que Lemúria se transformasse na superpotência econômica que é.

Em agosto de 1903, o rei de Azgür, Bellon II, faleceu após uma longa enfermidade. Seu filho mais velho, Daveron, assumiu o comando do país e, desde então, tem promovido diversas mudanças nos diálogos entre as Terras Cinzas e os demais reinos do continente. Em seus discursos, questiona os motivos pelos quais Azgür colaborou por séculos para que Lemúria construísse sua enorme frota de navios, controlando assim o comércio de bens pelo que chamou de "taxações injustas" e "preços abusivos".

Sob sua liderança, o reino do Norte passou a dedicar boa parte de seus esforços na construção de um enorme exército (o que resultou em uma queda abrupta e acentuada da qualidade de vida do povo nortista), e imediatamente provocou tensões nos demais reinos, principalmente a Lemúria. Conflitos entre os reinos são comuns no decorrer da história, mas muitos acreditam que uma guerra entre as quatro grandes nações em escala continental seja iminente.

— Introdução à geopolítica continental de Azgür, volume 5 (atualizada), página 25

*

Ariadne, no auge de seus catorze anos, nada sabia sobre política, tratados comerciais, monarquias e tensões entre governos. Guerra era o tema de histórias de aventuras em livros, só. Sua vida, neste momento, era um grande campo aberto de maravilhosas e inesgotáveis possibilidades recém-descobertas após a admissão na Academia de Magia Rosazul, e nada sombrio seria remotamente capaz de ameaçar tamanho sonho.

Na semana de sua partida, os pais se sentaram com ela na mesa da cozinha para uma última conversa. Foi o pai quem mais falou.

"Você tem que ser disciplinada", "tem que estudar muito", "cuidado com essa boca, a gente sabe como você age quando está brava", "respeite suas professoras", "seja educada", "não faça inimizades". Ariadne escutou tudo de forma dispersa, projetando em sua mente aventuras e feitos incríveis que alcançaria depois da formatura. Qualquer outra coisa era supérflua.

Me tornarei uma das maiores bruxas de todos os tempos, ela repetia a si mesma, como uma promessa, uma premonição, um destino já traçado. *Muito mais poderosa do que a Vovó Nice, talvez tão poderosa quanto Agatta Aramante.*

Essa voz em sua mente encobria qualquer outra coisa.

— Entendeu tudo o que nós dissemos? — perguntou o pai, arrancando-a de seu devaneio.

Ariadne concordou com a cabeça. Claro, claro que sim. Cada palavra. O pai a encarou com o cenho franzido, desconfiado, e então suspirou.

— Acima de tudo — completou —, queremos que você seja feliz e que realize seus sonhos. Somos pessoas simples e que não tiveram tantas oportunidades na vida. Com certeza nada comparado ao que você está tendo agora, portanto aproveite e nos deixe orgulhosos.

Ariadne estufou o peito e ergueu o queixo, incapaz de ser intimidada.

— Pode deixar, papai. Eu prometo.

Ele anuiu e a abraçou. A mãe se levantou e subiu as escadas até o quarto em silêncio.

*

O dia da partida de Ariadne chegou rápido, ligeiro como uma tempestade, e ela quase não conseguiu dormir no dia anterior, tamanha a sua animação. Contou as horas e os minutos para o momento em que pegaria o bonde até a plataforma, para o momento em que se sentaria no trem e para o momento em que veria a imagem da escola se projetando pela primeira vez entre as árvores à distância.

Tinha visto fotos do exterior da Academia muitas vezes, mas não sabia como seria do lado de dentro. Que grandes salões a esperavam? Ela teria o próprio quarto? Como seriam suas colegas? As perguntas se sobrepunham umas às outras.

O pai não ficou espantado quando se levantou às seis horas da manhã, bateu na porta de Ariadne e a encontrou de pé, vestida e de cabelo arrumado, os dentes escovados, as malas prontas para a viagem. Apenas a encarou, meneou a cabeça em resignação e desceu para a cozinha.

Ariadne desceu em seguida e se surpreendeu ao descobrir que a mãe a esperava no andar debaixo, também arrumada, e que havia não uma, mas *duas* caixas de papel enfeitadas com laços em cima da mesa.

— O que é isso?

— Presentes para sua viagem — explicou o pai, já sentado. — Mas antes, tome o café da manhã.

Ariadne fez beiço.

— Poxa, vocês botaram as caixas em cima da mesa só pra me deixarem com vontade?

O pai sorriu como uma criança.

— Sim.

Durante todo o café da manhã, Ariadne não desgrudou os olhos das caixas. Sua mãe comeu em silêncio e com a cara amarrada, como de costume, e seu pai bebeu o café com um olhar divertido estampado no rosto.

— Os presentes não vão evaporar se você piscar — disse ele.

Mas Ariadne não conseguia olhar para outra coisa. Engoliu a comida com a velocidade de uma máquina à vapor e então se levantou às pressas para abrir os embrulhos. Uma caixa era grande e a outra, pequena. Abriu a grande primeiro.

Era um par de botas de cano alto, feitas de couro e com solado impermeável. Ela se virou com os olhos arregalados para o pai: uma bota daquelas em uma loja qualquer da cidade custaria os ganhos de um mês inteiro trabalhando na fábrica de costura.

— Você que fez?

— Seja lá o que você for fazer nessa escola de magia — respondeu ele, sorrindo —, faça com os pés *secos*. Manter os pés secos é fundamental em qualquer situação. Meu pai quem me ensinou isso.

Ela o abraçou e deu um beijo em sua bochecha.

— Obrigada, papai. Obrigada, obrigada, obrigada...

— De nada. Agora vá abrir o presente da sua mãe.

Ariadne franziu o cenho antes de abrir a segunda caixa. A mãe lhe dando presentes em uma ocasião que não era seu aniversário? Isso era mais do que raro; era quase inconcebível. Devagar, desamarrou o laço e tirou a tampa.

Dentro, havia um vestido azul marinho, com saia justa e alças finas, próprio para uma menina alta e magra como ela. Ariadne ficou perplexa quando o segurou e sentiu a leveza do tecido nas pontas dos dedos.

Era da mesma cor do uniforme da Academia Rosazul. Seus olhos se encheram de lágrimas e ela falou para a irmã, sem abrir a boca: *Sam, olha isso, olha o que eu ganhei...*

Com o canto da mente, Ariadne sentiu a irmã sorrir.

— Mamãe... — sussurrou. Todas as Mil palavras de agradecimento escaparam como fumaça e se perderam no ar, e tudo o que conseguiu dizer foi: — É lindo. Lindo. Obrigada.

— Sua mãe costurou esse vestido durante seu tempo livre em casa ou na fábrica — explicou o pai.

A mulher assentiu e, em seus lábios, Ariadne enxergou o vestígio de um sorriso.

— Não precisa fazer muito caso. É só que... — A mulher se levantou, lhe deu as costas e começou a mexer na louça da pia. — Bem, se você for em bailes e coisas do tipo, precisa estar bem-vestida. Lógico que eu queria ter costurado um vestido mais bonito, com um tecido melhor. Afinal, as garotas de lá devem...

Ariadne foi até ela e a envolveu com os braços, apoiando a cabeça em suas costas. A mulher ficou surpresa e sem reação. Qual fora a última vez em que as duas haviam se abraçado?

— É lindo, mamãe — disse Ariadne. — Eu adorei.

E então a mãe dela finalmente começou a chorar.

*

Saindo de casa, a garota foi surpreendida outra vez: o dono da relojoaria e a dona da padaria, o senhor Tito e a senhora Josephina, que na mente de Ariadne deveriam se tornar um casal, esperavam por ela.

O homem a presenteou com um relógio feito de aço escovado e preso a uma tira de couro marrom-caramelo, entregue dentro de uma caixinha de madeira forrada de veludo vermelho. Ela nunca tinha visto relógios como aquele, que prendiam no pulso. Parecia moderno, ao contrário do relógio de bolso com cordão de metal que seu pai usava, e único.

— Dizem por aí que esta vai ser a próxima moda nas cidades mais chiques do Sul — o velho relojoeiro contou. — Com ele, você vai poder consultar as horas a qualquer momento só mexendo a mão e todas as meninas da sua escola vão te invejar.

Ela agradeceu com um abraço apertado, o que arrancou um sorriso do homem. Era um relógio bom e caro e Ariadne o guardou com cuidado na caixa e depois na bolsa. Já dona Josephina a presenteou com deliciosos bolinhos recheados de chocolate para a viagem.

Ariadne chorou, sorriu e se despediu, seguindo caminho com os pais.

Antes de se separarem no bonde que ia até a estação de trem, a mãe de Ariadne a puxou pelos ombros e olhou fundo em seus olhos azuis.

— Azulada, nunca se esqueça que você é minha garotinha e que eu te amo mais do que tudo. Sei que não digo isso com tanta frequência quanto gostaria ou deveria, mas é verdade. Você pode se tornar o que quiser, está bem? Então, por favor, escolha ser a melhor pessoa possível. Não faça nada tonto, trabalhe duro, se esforce o máximo possível, tenha mais amigas do que inimigas, obedeça às suas professoras e crie coisas incríveis por nós. E *não morra.*

A garota balançou a cabeça.

— Não tá nos meus planos, mamãe.

Em mais um gesto raro de carinho, a mãe se inclinou e a beijou na bochecha, antes de virar seu corpo e empurrá-la em direção ao bondinho que chegava. O pai a ajudou a subir e os dois deram tchau para a mãe de Ariadne.

O bonde os deixou próximos da estação de trem e eles caminharam rapidamente para não perderem o horário. Foi a primeira vez na jornada em que ela sentiu medo e, em um instante de hesitação, suas costas encontraram a mão de seu pai, ali, pronta para empurrá-la.

O trem a aguardava na plataforma, mas antes que pudesse embarcar, o pai a virou assim como a esposa havia feito e beijou a filha na testa.

— Quero que se lembre de tudo o que sua mãe disse está bem? Seja feliz, Azulada. Nós amamos você.

*

Ariadne nunca havia andado de trem. Quando o vagão deu um pequeno solavanco antes de entrar em movimento, ela soltou um gritinho e olhou em volta, constrangida. Por sorte, ninguém pareceu notar sua presença. Arrumou um lugar na janela, na classe econômica, e estudou a paisagem que se movia do lado de fora, o nariz encostado no vidro frio, o coração batendo forte no peito, o corpo mal conseguindo ficar parado tamanha excitação.

A Academia Rosazul ficava em uma mansão oitenta e nove quilômetros ao norte de Gaurin, onde Ariadne cresceu. Ela chegaria bem na hora da recepção. O trem passou a toda velocidade por grandes lagos e campos com colinas ao longe que pareciam ter sido desenhadas pelas mãos de uma criança. Havia todo um mundo lá fora, para além da pequena sapataria, desabrochando diante de seus olhos em uma miríade infinita de cores e texturas.

Ariadne ficou com o nariz grudado na janela durante todo o percurso, esperando que a escola surgisse por entre as árvores. Sentia-se em um barco, e não em um trem, ansiosa para ser a primeira pessoa a gritar "terra à vista!"

III

A Academia de Magia Rosazul para Garotas não é apenas a mais prestigiada escola de magia em Lemúria, mas provavelmente do mundo inteiro. Fundada em 1590 por Agatta Aramante, há mais de três séculos tem sido o bastião de excelência que toda jovem bruxa sulista almeja alcançar. Aramante é considerada por estudiosos e historiadores como a mais poderosa bruxa a nascer no continente de Azeron em mais de quinhentos anos; vinda de família nobre em Lemúria e tendo participado de três guerras sob ordens da Coroa, ela posteriormente abandonou a carrei-

ra militar e passou a se dedicar exclusivamente à construção e manutenção da escola, antes de sua morte prematura.

— *Rosas ao Vento: A história de Agatta Aramante, volume 2*, página 112

*

Para a grande decepção de Ariadne, a Academia Rosazul não ficava próxima da estação ou dos trilhos do trem, e sim no meio do campo. Ao chegar na estação, descobriu que havia perdido o ônibus que levava as alunas até lá, e teve que pagar por um carro com o pouquíssimo dinheiro que trazia consigo.

Foi também sua primeira experiência andando em um automóvel, e não foi nada agradável. O veículo vibrava e chacoalhava enquanto soltava grandes baforadas de vapor branco de um cano de aço na lateral próxima à porta do passageiro. Ao se afastarem da cidade, percorreram estradas de terra e cascalho, que fizeram o veículo balançar feito um touro enfurecido. E, pior, o percurso que durou cerca de trinta minutos lhe custou absurdos setenta e cinco belizes, ou seja, quase tudo o que sobrara das economias reunidas pelos pais.

Bom, Ariadne pensou, *pelo menos cheguei.*

Suada e com dor nas costas e pernas, ela saiu do veículo e deu um jeito de arrancar todas as malas de dentro dele, sem o auxílio do motorista, que se mostrou mal-educado e pouco prestativo. Ariadne se perguntou se era por conta das roupas que vestia, e se ele também se comportava assim com as garotas que pareciam ricas.

Com a bagagem ao seu lado, virou-se, enfim, para encarar seu destino.

O queixo dela caiu quando ficou cara a cara com a escola. As fotos que vira não faziam jus à verdadeira estrutura. Deparou-se com um imenso portão de ferro com o dobro de sua altura trazia o entalhe de uma rosa no centro. Escrito em grandes letras metálicas, lia-se: Academia Rosazul, 1590.

Atrás do portão, no fim da estrada de cascalho, por entre duas colunas de árvores, projetavam-se os três prédios que faziam parte da Academia.

A mansão principal, no centro, tinha quatro andares e fileiras de vinte e cinco janelas. Duas torres emolduravam a estrutura principal, com os outros dois edifícios adjacentes em lados opostos.

Aquele era um lugar real. E ela estava prestes a entrar nele.

Sentia que grandes mudanças estavam para acontecer e isso a deixou assustada. O carro partiu e Ariadne se sentiu sozinha pela primeira vez em muito tempo, obrigada a enfrentar os desafios futuros sem o auxílio de ninguém. Passados alguns segundos, forçou-se a ficar calma e caminhou até o portão sem olhar para trás.

Foi recebida por uma mulher alta e forte, com ombros largos, rosto quadrado e bochechas cor-de-rosa.

— Nome.

— Ariadne. Ariadne Adanin.

A porteira lançou um olhar inexpressivo que a mediu da cabeça aos pés.

— Você é uma das bolsistas.

"Bolsistas", Ariadne percebeu. No plural. Não soube interpretar o tom da mulher, o que fez suas bochechas esquentarem.

— Hã... sim.

— Assine aqui. — A mulher entregou a ela uma prancheta com uma lista de nomes. Ariadne assinou ao lado do seu. Nesse meio tempo, a porteira se virou de costas e pegou um cajado. Tinha uma pedra de quartzo rosa no topo. Ao receber a prancheta de volta, apontou o cajado para Ariadne e fez brilhar uma luz branca e morna que a envolveu com um calor que parecia líquido, antes de desaparecer. — Pode entrar.

Ariadne deu um passo à frente, e os portões da Academia se abriram.

Respirando fundo, caminhou com dificuldade puxando a bagagem até que o enorme portão já estivesse longe e incapaz de exercer qualquer poder de intimidação. Ao ver a enorme mansão se aproximar, com milhares de histórias incrustadas nas antigas paredes de pedra, o ímpeto de Ariadne diminuiu outra vez.

Continue andando, a voz de Sam ecoou em sua mente. *Não deixe que ninguém perceba que você está com medo. Aliás, pare de ficar com medo!*

Duas grandes portas de mogno formavam a próxima barreira a ser rompida. Ariadne hesitou diante delas, sem saber se devia simplesmente abri-las ou bater. Decidiu bater.

Ninguém atendeu.

Bateu de novo e continuou sem resposta. Desse jeito iria se atrasar para a cerimônia. Olhou para trás e viu apenas a porteira ao longe, de costas para ela. Não havia qualquer outra pessoa para orientá-la. Pelo visto, só havia uma opção: Ariadne se inclinou e empurrou as portas com ambas as mãos, mas elas eram *muito* pesadas, e garota teve que usar todo o seu peso.

Quando parecia que as portas ficariam fechadas para sempre, elas se moveram com um gemido alto e Ariadne quase despencou de cara no chão. Começar sua carreira como a bruxa mais famosa de todos os tempos estatelada no salão principal da Academia Rosazul certamente não estava em seus planos. Ela se equilibrou a tempo, mas as malas despencaram como se tivessem vontade própria e o som de seus pertences batendo no piso de madeira reverberou pelas paredes da escola.

Como se já não estivesse morta de vergonha, ao levantar a cabeça Ariadne descobriu que estava sendo observada. Seu rosto deve ter ficado muito vermelho, pois a mulher à sua frente sorriu como se achasse a situação engraçada.

— Parabéns — disse a mulher, se aproximando. Vestia um paletó azul escuro e uma camisa branca de botão por baixo, com um lenço cor-de-rosa no pescoço, saia e meias amarelas quase na altura dos joelhos. Seu rosto tinha rugas em volta dos olhos e da boca, mas ela era jovem e bonita. — Apenas bruxas de verdade conseguem abrir essa porta.

— Eu... — Ariadne descobriu que estava ofegante, metade pelo esforço, metade pela vergonha. — Mas eu... eu fiz uma prova. E tive que passar por aquela moça ali no portão...

A mulher sorriu de novo. Havia algo de excêntrico e ao mesmo tempo autoritário em sua figura.

— Provas podem ser falsificadas, e mesmo nossa porteira, Kolli, pode ser ludibriada... embora ela lhe diga que isso é impossível. Mas ninguém engana estas portas. Muito prazer em conhecê-la, Ariadne. Sou a professora Sibilla. Você chegou bem a tempo da recepção. Se fizer a gentileza de me acompanhar...

Com um movimento do braço, ela indicou o caminho. Ariadne se abaixou para pegar as malas caídas, mas a professora disse:

— Pode deixar suas coisas aí, pedirei que alguém as leve para seu dormitório.

A garota obedeceu. Caminhou atrás da professora em silêncio, observando tudo ao seu redor como se estivesse em um museu, absorvendo todas as imagens disponíveis e colocando-as dentro de uma caixinha mental para se lembrar depois.

Tudo era intenso e vívido, um festival de cores, sons e texturas que a faziam se sentir embriagada (embora ela não tivesse ideia de como era ficar bêbada). Pelo menos era dessa forma que Ariadne se lembraria de seus primeiros momentos na escola, depois que já fosse adulta e as coisas estivessem enevoadas, os detalhes imprecisos, as cores mais opacas, os aromas diluídos em memórias.

O salão de entrada era coberto por tapetes escuros cujo tecido lembrava veludo. As paredes eram preenchidas por um papel de parede floral com rosas e raízes entrelaçadas, os móveis eram escuros e lustrosos e havia um enorme e lindo candelabro de cristal no teto. Tudo tinha um cheiro suave de coisa antiga.

Caminhando atrás da professora Sibilla, Ariadne sentiu que tudo na mansão tinha um ar imponente e majestoso, parte de uma época romântica que pertencia aos livros de aventura que lia na infância.

Perdida em devaneios, Ariadne não percebeu que todos os seus passos eram observados por olhos selvagens. Assustou-se quando uma sombra saltou em sua direção. Porém, ela se deu conta de que havia sido interceptada por uma gata preta de olhos amarelos. Seu corpo se encolheu de forma involuntária e Ariadne deu um passinho para trás.

Não era nem um pouco fã de gatos.

O animal lhe lançou um olhar inquisitivo e se esfregou na perna da garota que ficou imóvel enquanto a professora Sibilla encarava as duas como se aquela fosse a coisa mais bizarra que vira o dia inteiro.

— Não acredito que estou dizendo isso, mas parece que a Megera gostou de você.

Megera, Ariadne fez uma nota mental. *As professoras chamaram a gata de Megera. Isso não pode ser bom.*

Não mesmo, Sam respondeu, se intrometendo.

— Vamos — chamou a professora, sorrindo.

Ariadne se moveu e a gata respondeu com um *purrrrrum miau* e saiu correndo para trucidar filhotes de passarinho ou o que quer que os gatos fizessem quando não estavam dormindo.

A professora Sibilla a conduziu até um salão secundário, maior do que o anterior. Suas paredes eram feitas de pedra polida e cinza e se projetavam para cima em grandes arcos ogivais. Bancos de madeira estavam dispostos por toda a sua extensão, apinhado de meninas. Algumas se viraram para Ariadne quando ela entrou.

Mantenha a calma, Sam falou em sua mente.

— Estamos aguardando a chegada de uma última aluna — explicou a professora Sibilla — antes de começarmos a recepção das calouras. Por favor, sente-se enquanto os procedimentos não começam.

Antes que Ariadne pudesse agradecer, a professora Sibilla partiu. A garota procurou um lugar vazio no fundo do salão e se sentou em silêncio. Algumas garotas continuaram a encará-la. Ninguém lhe dirigiu uma palavra.

Ariadne também olhou para elas. Eram, à sua maneira, muito parecidas. Todas com cabelos maravilhosos e peles perfeitas, todas se sentando de forma reta nos banquinhos de madeira, as pernas juntas e as mãos dobradas sobre o colo como bonecas de porcelana. Havia uma mistura de fragrâncias no ar, doces e pungentes, deliciosas e perturbadoras.

Como estavam sem uniforme, quase todas aproveitaram para exibir vestidos luxuosos. Alguns tinham renda, outros pareciam feitos de seda, com mangas bufantes e saias de tule, todos, sem exceção, fazendo com que o vestido que a mãe de Ariadne costurara parecesse simples e modesto. A menina usava calças de sarja e uma camisa simples, sem joias nem adereços. Nos pescoços das colegas reluziam colares de pedras preciosas, pulseiras de diamante e brincos perolados. Qualquer um daqueles adornos devia custar um ano de rendimentos da sapataria.

Eram tão lindos que Ariadne teve que se segurar para não ficar encarando. Pensou que um dia isso tudo também seria seu. Imaginou a si mesma usando um vestido azul escuro incrustado de pedras preciosas, entrando em um baile e fazendo os queixos dos homens e mulheres despencarem por todo o salão.

Um dia, teria tudo isso. Era uma promessa.

Uma menina entrou de forma abrupta, olhando para baixo e com o corpo encolhido. Nesse momento, cochichos irromperam pelo salão e Ariadne não demorou a entender o porquê: a garota era karinin. Sua pele era negra e os cabelos, crespos e escuros. Mesmo olhando para baixo, Ariadne percebeu os olhos eram cor de avelã, grandes e expressivos como os da gata Megera.

Pensou que ela era mais linda do que todas as outras garotas enfeitadas no salão.

— Silêncio — irrompeu uma voz.

Cabeças giraram e na frente do salão surgiu uma figura majestosa. Uma mulher de uns sessenta anos, com cabelos longos platinados, o uniforme da escola adornado apenas por um lenço no pescoço cor de esmeralda, que também era a pedra em seu cajado, as encarava.

Essa devia ser Ursula, a diretora.

— Começa mais um ano letivo na Academia de Magia Rosazul para Garotas — anunciou. A arquitetura do salão fazia com que sua voz se projetasse com intensidade quase sobrenatural. — Esta escola forma as melhores bruxas dos quatro reinos há mais de trezentos anos. Vocês fazem parte de um seleto grupo de jovens escolhidas para compor a elite entre as bruxas.

Várias garotas se entreolharam com sorrisos nos lábios. Ariadne permaneceu imóvel, tentando não ser notada. Seu entusiasmo e confiança esmaeceram e ela se sentiu uma intrusa. Nos sorrisos das garotas estavam estampados contextos de pessoas que nunca haviam conhecido nada a não ser a "elite". Para elas, essa não era uma conquista, e sim a progressão natural de caminhos estabelecidos desde seus nascimentos.

Não como era para Ariadne, e provavelmente nem para a menina karinin sentada em um banco do outro lado do salão, igualmente encolhida e em silêncio.

Para o desespero de ambas, a diretora Ursula disse:

— Como vocês puderam perceber, temos duas estudantes bolsistas este ano, uma delas vinda do Norte.

Se Ariadne queria se esconder debaixo do banco, não podia nem imaginar como a outra menina se sentia.

— Vocês deverão tratá-las com respeito e consideração — a diretora emendou. Ninguém ousou proferir qualquer comentário, mas Ariadne percebeu alguns olhares se voltando de soslaio para ela outra vez. — Durante os próximos quatro anos, vocês serão colegas, companheiras, irmãs. Aqui, aprenderão a cooperar, a ajudarem umas às outras, sem competir por destaque ou vantagens. Aqui, são todas iguais.

Mais uma vez, nenhum comentário.

Durante os quarenta minutos seguintes, a diretora Ursula explicou em detalhes as regras de etiqueta, o nível de excelência acadêmica que era esperado delas e a grade curricular do primeiro ano de curso.

Os dias começavam cedo, às sete da manhã. Muitas garotas resmungaram, mas, para Ariadne, sete horas já era tarde. Seria sua primeira vantagem sobre as demais. Na Academia Rosazul havia um dormitório específico para cada ano, assim como banheiros.

As alunas seriam responsáveis pela limpeza de seus próprios dormitórios e cada ano faria turnos para limpar os demais espaços da escola. Mais do que isso, todo o esforço seria supervisionado pelas professoras, com notas para o desempenho. Várias meninas expressaram desagrado, e uma delas resmungou: "Mas que absurdo, não tem faxineiras neste lugar?"

Ariadne se esforçou para não rir. Havia descoberto uma segunda vantagem.

Depois de falar sobre o refeitório, os horários de café da manhã, almoço e jantar, e sim, a respeito das empregadas da mansão e quais eram suas funções, a diretora tratou da grade curricular.

Todo ano tinha sete matérias. O primeiro ano era composto por Introdução à Teoria da Magia, História da Magia 1, Ética, Geografia Continental, Relações Internacionais 1, Astronomia e Etiqueta. A última fez Ariadne torcer o nariz. Que grandes vantagens teria como bruxa se soubesse dobrar um guardanapo, arrumar uma mesa, ou se sentar com as costas retas?

Isso a desanimou um pouco. Ela queria aprender feitiços! Queria fazer poções! Queria todas aquelas coisas incríveis que as bruxas faziam, e não estudar *etiqueta*.

O discurso acabou com a diretora falando:

— Mais uma vez, sejam muito bem-vindas e espero que desfrutem de seu tempo conosco, tanto quanto desfrutaremos de nosso tempo com vocês.

As garotas se levantaram e foram guiadas por duas professoras, chamadas Elisabete e Amália, que apresentaram as demais dependências da escola.

Os dormitórios ficavam nos edifícios adjacentes. Além da mansão principal, havia ainda um pequeno templo de Kaë, posicionado a algumas centenas de metros de distância das estruturas maiores, e um campo de treinos. A horta onde eram cultivadas e comercializadas as famosas rosas-azuis era de responsabilidade da professora Elisabete, que também tinha uma cabana desanexada do *campus* principal, onde ficava seu escritório. Nessa horta também eram cultivadas matérias-primas para a maioria das poções que as alunas fariam no futuro.

O almoço foi servido em seguida. As garotas comeram com as alunas dos outros anos. Várias delas se apresentaram, foram cumprimentadas, conversaram e riram cheias de ânimo. Ariadne se sentiu isolada e constrangida, e decidiu comer sozinha em uma mesa afastada. A garota karinin fez o mesmo.

Após o almoço, foram conduzidas até os dormitórios. Seus quartos ficavam no primeiro andar do prédio leste, e lá elas permaneceriam pelos próximos quatro anos. Cada uma recebeu um papel com o número do quarto para onde seus pertences já haviam sido levados e, por um breve momento, Ariadne ficou entusiasmada com a perspectiva de ter um cômodo só para ela.

Durou pouco.

Os quartos eram pequenos e modestos (pelo menos para os padrões que ela esperava), mas o pior não era isso: havia dois de tudo. Duas camas, duas cômodas com dois abajures e dois armários. A única coisa unitária era o banheiro, uma portinha em um canto do cômodo. Constatou, para sua decepção, que tudo seria dividido com alguém. Torceu para que ao menos sua colega de quarto fosse legal.

Ela não era.

Foi só Ariadne se sentar na cama para uma garota entrar no quarto. Tinha a pele negra mais escura que a da garota karinin, cabelos igualmente escuros e belos olhos verdes, o rosto redondo e rechonchudo. Sem se apresentar, entrou, encarou Ariadne com a expressão incrédula e disse:

— Não acredito que me colocaram com a bolsista.

Ariadne respirou fundo e repetiu mentalmente: *Não soque ninguém na boca no seu primeiro dia, não soque ninguém na boca no seu primeiro dia...*

— Oi — cumprimentou. — Meu nome é Ariadne. Muito prazer.

— Não ligo a mínima para qual é o seu nome — respondeu a garota. — Isso deve ser um engano, tenho certeza. Vou falar com a diretora Ursula e ela vai resolver tudo. E se você encostar nas minhas coisas antes de eu voltar, juro por Kaë que faço um feitiço que vai transformar suas mãos em pedra.

Dito isso, ela saiu do quarto.

Ariadne ficou em silêncio, refletindo sobre o que sua mãe havia dito sobre não arranjar inimigas.

Não estou indo muito bem, ela pensou. E Sam respondeu: *É, não está mesmo.*

IV

Antes mesmo que Ariadne pudesse se levantar da cama e abrir o armário, o rosto da professora Sibilla apareceu na porta e quase a matou de susto.

— Ah, desculpe. A diretora Ursula gostaria de vê-la. Poderia me acompanhar?

A garota engoliu em seco. Não precisou de nem um dia para ser chamada ao escritório da diretora. Sua mãe diria algo como "bem que eu sabia" e seu pai apenas balançaria a cabeça de um lado para o outro.

Sem dizer nada, Ariadne seguiu a professora. A diretoria ficava no terceiro andar, no final de um amplo corredor.

A professora Sibilla bateu na porta antes de abri-la. A diretora estava sentada em uma grande mesa de mogno escuro, a janela atrás dela dando para o campo, a maior de toda a mansão. Havia duas cadeiras de frente para a mesa e uma delas estava ocupada pela garota karinin.

— Obrigada, Sibil — disse a diretora, sem se levantar. — Senhorita Adanin, muito prazer. Sente-se, por favor, e fique à vontade. Quer alguma coisa? Tenho água, chá e biscoitos.

Ariadne balançou a cabeça. Sentou-se na cadeira vaga conforme instruída, sem encarar a outra garota. A diretora disse:

— Esta é Lia Karianova. Ela é uma aluna bolsista, assim como você.

Ariadne finalmente voltou o olhar para a colega. Lia Karianova acenou com a cabeça e disse:

— Muito prazer.

Cumprimentou de volta e se virou para a professora, que as encarava com expressão neutra.

— Lia é de Karinía não é mesmo, Lia?

— Sim, senhora — respondeu a menina.

Não que a diretora precisasse introduzi-la. O formato de seu rosto, a cor de seus olhos e até mesmo as roupas que usava, tudo indicava que Lia vinha do Norte. Mais fácil seria se ela tivesse um alvo desenhado na testa, pobre coitada. Ariadne se sentiu aliviada pelo alvo não estar nela, e depois se sentiu mal por isso.

— Poderia nos contar um pouco sobre como é lá?

— Frio, senhora.

— Ah, eu imagino que sim, querida. — A diretora Ursula sorriu e, percebendo que não arrancaria mais nada de sua aluna, virou-se para Ariadne. — E você veio de…

— Gaurin, professora.

— Ah, sim, é mesmo. Presumo que lá não seja tão frio, correto?

— É quente no verão e frio no inverno.

A diretora se recostou na cadeira.

— Bom, aqui não é muito diferente, exceto que os invernos devem ser mais frios do que nas cidades mais ao sul. Sei que chamá-las aqui é um gesto discriminatório, mas é algo que faço com todas as alunas bolsistas. Como sabem, nossa escola abre três vagas todos os anos para alunas que não podem pagar as mensalidades. Temos critérios bastante rigorosos, e nem sempre essas vagas são preenchidas. Este ano, entretanto, vocês duas passaram. Vocês, dentre milhares de outras garotas que disputaram essas três vagas.

Ela continuou, depois de uma pausa:

— Quero que ambas saibam que estamos muito orgulhosas e felizes de tê-las aqui, e que vocês também devem ficar orgulhosas por terem entrado em uma das escolas mais concorridas dos Quatro Reinos. Mas não as chamei para elogiá-las, mas para alertá-las a respeito do que irão enfrentar.

"É preciso entender que vocês serão julgadas não apenas pelo seu desempenho acadêmico, ainda que esse fator seja fundamental para garantir sua permanência até o final do curso, mas também por quem são, por quem seus pais são e de onde vieram. Não vou entrar no mérito de como acho isso errado, apenas quero que saibam que isso vai acontecer. Entendem o que estou dizendo?"

As duas concordaram ao mesmo tempo.

— Quero que saibam que seu tempo aqui não será fácil — prosseguiu a diretora Ursula. — Que vocês sofrerão com o ódio e o desprezo das outras garotas, por mais que as demais professoras e eu lutemos para criar um ambiente de cooperação. Nunca somos inteiramente bem-sucedidas. Porém, se vocês forem fortes e persistirem, acredito que serão capazes de fazer coisas extraordinárias, e que essa escola lhes abrirá portas para uma vida que tenho certeza de que seus pais sonhariam para vocês. Estão entendendo?

Mais uma vez, as duas garotas fizeram que sim.

— É meu desejo que vocês saibam que aqui, na Academia Rosazul, nós recompensamos o esforço e nunca damos as costas a quem precisa de ajuda.

Pela terceira vez, as duas concordaram.

— Por último, quero que tenham uma coisa em mente durante todo o seu tempo aqui: não é um brasão, ou um título, ou quanto dinheiro seus pais têm, que as torna bruxas de verdade.

*

Ariadne saiu do escritório com um sorriso no rosto e o coração mais leve. Ela e Lia seguiram o caminho até os dormitórios em silêncio e depois cada uma foi para seu respectivo quarto. Sua colega não tinha voltado, e Ariadne suspirou aliviada antes de se jogar na cama.

Estou na escola dos meus sonhos, disse a si mesma. *Estou realmente na escola dos meus sonhos.*

Sim, ainda havia o problema da garota que dormiria na cama do lado oposto do cômodo, mas isso podia ser contornado. Ela se levantou e abriu o armário, encontrando vários uniformes azul-marinho presos nos cabides, as medidas tomadas conforme as informações enviadas no formulário de matrícula. Dentro dele havia também dois paletós, duas saias pregueadas, três camisas brancas de botão e três pares de meias três-quartos, dois casacos grossos de lã, um cachecol cinza, além de dois pares de sapatilhas pretas. Ela trouxera a própria roupa íntima, incluindo meias de inverno. Seus pertences estavam em um canto, como prometido. Ela se ajoelhou e abriu a mala que continha os presentes. As botas feitas pelo pai ocupavam muito espaço, portanto as guardou no armário. O vestido que sua mãe havia costurado permaneceu cuidadosamente dobrado com outras coisas — como livros e fotografias.

Tirou o relógio, presente do senhor Tito, de dentro do estojo e o encarou, analisando cuidadosamente os detalhes. Por fim, o colocou de volta no estojo e o estojo de volta na mala antes de fechá-la. Depois procuraria um local seguro para escondê-lo. Terminou de arrumar as coisas em silêncio.

Anoiteceu sem que sua colega de quarto retornasse. As alunas novas foram chamadas para o jantar, que acontecia sempre às dezenove horas e, de novo, Ariadne se sentou sozinha. Procurou em volta, mas não viu a colega de quarto. Torceu para que, quando voltasse ao dormitório, ela tivesse sido substituída. Seria muito melhor se pudesse dividir o quarto com a garota karinin ou alguém que fosse simplesmente mais simpática.

Voltou para o dormitório olhando por cima do ombro. Aprontou-se para dormir e se deitou. Alguns minutos se passaram antes que a colega entrasse, raiva e frustração bem visíveis no rosto. Pelo visto, seu pedido havia sido negado. Metade de Ariadne quis rir da injúria da garota, mas a outra metade se sentiu igualmente frustrada.

— Já que a gente vai ter que dividir o quarto — comentou —, você pode pelo menos me dizer seu nome?

A garota a fuzilou com os olhos.

— Maeve. Agora me deixa em paz.

Maeve se deitou emburrada e em silêncio, com um livro na frente da cara. Ariadne tentou ignorá-la. Deitada de barriga para cima, fitando o teto, sentiu uma repentina vontade de chorar: era como se todos os sentimentos do dia — a excitação, a ansiedade, a descoberta e o medo — tivessem se juntado e exercido seu peso inteiro de uma só vez.

Era sua primeira noite fora de casa na vida. Estava em uma terra distante, sem pai ou mãe para consolá-la, cercada por um grupo de garotas desconhecidas que não a queria ali. Tinha apenas Sam ao seu lado, e ela estava morta.

Mas de jeito nenhum se permitiria chorar na frente de Maeve, ainda mais no primeiro dia. Limpou as lágrimas, engoliu um soluço que crescia na garganta e se virou para o lado. Exausta, fechou os olhos e dormiu.

*

O dia seguinte começou a todo vapor. A primeira aula foi Introdução à Teoria da Magia. Era ministrada pela professora Amália, uma mulher madura de pele rosada, baixinha e com o rosto redondo.

— Nós, bruxas, nos servimos dos elementos da terra — explicou ela. — Fogo, água, terra e ar. Manipulamos esses elementos conforme a nossa vontade.

Ariadne bocejou. Esforçava-se para anotar tudo o que a professora dizia, mas não era fácil. Teoria era um negócio modorrento. Vovó Nice a fizera estudar muito tudo isso e ainda a ensinara a colocar a mão na massa: a fazer com que a energia mágica fluísse pelo seu corpo, a canalizar essa energia sob a forma de feitiços. Queria colocar seus conhecimentos em prática. Atrás dela, na última carteira da sala, a garota karinin chamada Lia escutava tudo com atenção, e seus imensos olhos cor de avelã mal piscavam. Ariadne a admirou. Parecia absorta, sem deixar que uma palavra sequer lhe escapasse.

Enquanto isso, a professora Amália continuava falando.

— Podemos dividir os tipos de feitiço em cinco categorias. Feitiços de força, de energia, de transmutação, de ilusão e contrafeitiços. Durante seu período aqui, vocês aprenderão todos esses tipos, na teoria e na prática. Mas na minha disciplina, até o fim do ano, vamos discutir e estudar apenas a parte teórica. Vou falar um pouco de cada um a seguir.

Ariadne bocejou de novo.

— Vamos começar com os feitiços de força. Feitiços de força são usados para afetar áreas de contato, ou seja, você precisa encostar o cajado na superfície desejada para deformá-la ou deslocá-la. Assim como qualquer feitiço, retira seu poder da bruxa, ou, como nós chamamos em termos teóricos, da *doadora*. Quanto mais força você usa no feitiço, mais ele vai drenar você.

"Feitiços de energia são mais abrangentes. Envolvem, como o próprio nome diz, manipulação de energia, principalmente luz e calor. Podem ser usados, entre outras coisas, para deixar um ambiente mais frio ou mais quente.

"Se você deixar o ambiente mais frio, você vai absorver a energia. Se deixá-lo quente, estará *doando* energia.

"Feitiços de transmutação são os mais complexos e somente as bruxas mais poderosas conseguem efetuá-los de forma eficaz. É necessária muita concentração para transformar matéria."

Ao ouvir as palavras "mais complexo", Ariadne imediatamente redobrou a atenção e pensou: *Bom, se é o mais difícil, é nesse que eu vou ser a melhor.* Não queria saber se era uma atitude infantil, apenas sentia que precisava mostrar para as colegas que ela era uma bruxa de calibre superior, mesmo que suas roupas não mostrassem isso.

— Feitiços de ilusão projetam ou ocultam imagens — a professora continuava e continuava. — A complexidade e abrangência das imagens depende da força e da imaginação da doadora. Feitiços deste tipo escondem ou revelam coisas, podem criar imagens falsas ou revelar a verdade por trás delas. Também são feitiços muito complexos, que exigem concentração e perspicácia por parte da doadora, em vez de força física, como os feitiços de energia.

Distraída outra vez, ela começou a conversar mentalmente com a irmã mais velha.

Isso não é bem o que a gente esperava, né?

Sam demorou um pouco para responder. Toda vez que ela "falava", usava uma variação da voz de Ariadne. Quando começou com aquela "brincadeira", Ariadne descobriu que não se lembrava da voz da irmã. Mas seus conselhos eram certeiros e sinceros, como se Sam estivesse mesmo ali, oferecendo a própria perspectiva.

Azulada, para de resmungar e anota o que a professora tá falando.

Mas...

Sem "mas". A diretora Ursula tinha razão: milhares de garotas matariam para estar onde você está agora. Não era você quem queria mostrar para suas colegas que é a melhor bruxa de todas?

Ariadne suspirou. Sam tinha razão, como de costume. Desse modo, engoliu a preguiça, escreveu e escreveu até o pulso latejar e o braço quase cair. Nos dias e semanas seguintes, abraçou com força o desejo de se provar, tirou forças da ideia de mostrar sua superioridade. Suas colegas iam ver só. Ah, elas iam ver só.

V

O dia letivo começava às oito horas, logo após o café da manhã, e continuava até às quatro da tarde, com um intervalo para almoço. O restante do tempo era preenchido por outras atividades, e as professoras gostavam de pôr as alunas para trabalhar.

Os aposentos tinham que estar imaculadamente limpos, caso contrário, elas recebiam advertências, o terror para muitas das alunas da Academia Rosazul, principalmente as mais ricas. Havia também um padrão de etiqueta e os uniformes precisavam estar sempre limpos e bem passados. Ariadne não tinha problemas com nada disso, mas quase a unanimidade de suas colegas ficou chocada ao descobrir que ninguém faria tais tarefas por elas.

Apesar de a escola se esforçar ao máximo para arrancar a vaidade das alunas, muitas encontravam maneiras criativas de obrigar outras pessoas a fazerem o trabalho, normalmente envolvendo algum tipo de suborno. Nos primeiros dias, Ariadne escutou coisas como:

— Ei, eu vi que você tem *muita* facilidade pra essas coisas de limpeza. Não quer fazer elas por mim? Prometo que te dou uma mesada.

— Ei, se você limpar a privada pra mim, eu te dou cinco belizes.

— Você parece acostumada com esse tipo de coisa. Faz a minha parte que eu deixo você andar comigo e minhas amigas.

Ariadne cogitou seriamente aceitar o dinheiro delas, afinal, era *dinheiro*. Mas seu orgulho falou mais alto e, quando as garotas perceberam que ela era incorruptível, desistiram. O desprezo apenas se tornou mais intenso.

Elas cochichavam quando Ariadne caminhava pelo corredor, derrubavam seu material escolar e soltavam risinhos, o que a deixava com o rosto vermelho de raiva. Ninguém conversava com ela, nem com Lia, e as duas comiam sozinhas todos os dias, mas em lados opostos do salão.

Foi apenas no décimo primeiro dia que alguém veio falar com ela em um contexto que não envolvia propina, limpezas ou a aparência pouco aristocrática de Ariadne.

Estava comendo no refeitório, sozinha como sempre, quando uma garota alta e esbelta se aproximou. Seu nome era Ísis, pelo que conseguia se lembrar. Ouvira outras alunas fofocarem que o pai dela era um explorador e aventureiro que obtivera uma fortuna considerável ao descobrir minas de ouro pelo país. A filha era tão bonita que Ariadne se sentia pequena e desajeitada perto dela.

As outras pessoas sorriam constrangidas quando Ísis estava por perto, mas ela nem parecia perceber. Era sempre sorridente e gentil sem parecer forçada ou falsa, e foi esse magnetismo que fez com que Ariadne não pensasse nela como uma possível agressora ao vê-la se aproximar.

— Oi, tudo bom? Meu nome é Ísis. Desde que a gente chegou na escola eu vi que você tem comido sempre sozinha. Quer vir sentar comigo e minhas amigas?

Ariadne hesitou. Tinha cheiro de armadilha, mesmo que o convite parecesse inofensivo, mesmo que Ísis parecesse tão linda e deslumbrante que nenhuma palavra mentirosa poderia sair da boca dela.

— Cla… claro — respondeu. *Fica de olho*, Sam alertou. *Não saia confiando nelas muito depressa.*

— Ótimo! — Ísis deu um pulinho. *Um pulinho!* — Vem se sentar com a gente, então. Vem, vem!

Ariadne pegou a bandeja e a seguiu, um tanto trêmula. Na mesa, outras duas garotas sorriram para ela.

— Gente, esta é a Ariadne — anunciou Ísis. — Adne, posso te chamar de Adne? Vou te chamar de Adne. Adne, estas são Viv e Jadis.

— Oi — disseram as duas. Jadis era alta, de cabelos castanho-claros e rosto fino e anguloso, enquanto Viv era mais baixa, de rosto ovalado e a pele de um tom escuro parecido com o de Maeve.

— Oi — respondeu Ariadne.

Sentou-se, enrubescida e em silêncio. Tinha medo de ter caído em uma jaula com três leoas vorazes e manteve as defesas erguidas. As garotas, porém, não teceram comentários ácidos a seu respeito. Ísis, na verdade, se ocupou em querer saber todos os detalhes de sua vida antes da Academia Rosazul.

— E como é Gaurin?

— Legal.

— Ah, e é uma cidade grande?

— Não muito.

— Fica perto do litoral?

— Na verdade não.

— Gaurin participou da Guerra do Mar Peregrino, não participou?

— Sim. Meu avô lutou nessa guerra.

— Que legal! Você já viu um navio de batalha?

— Uma vez.

— Como era?

E assim por diante. Ariadne balançava a cabeça e respondia ao interrogatório, esperando por uma armadilha que não veio. Era tão confortável ter Ísis por perto que mesmo a avalanche de perguntas não a perturbou. Em poucos minutos, estava absolutamente seduzida.

— Conta pra gente — interrompeu Jadis, em um raro momento no qual Ísis estava ocupada mastigando a comida. — As outras meninas tão pegando muito no seu pé?

— Hã… — Ariadne hesitou de novo. — É, um pouco. Sim.

— Quem é sua colega de quarto? — perguntou Viv.

— Maeve.

— Ah — responderam Viv e Jadis em uníssono. Mas Ísis não se abalou.

— Se bem que eu acho a Maeve até tranquila perto das outras meninas. — Viv levantou uma sobrancelha, portanto Ísis emendou: — Claro que eu posso estar enganada, mas acho que ela se comporta que nem uma besta pra agradar as outras. Sabe, Adne, você podia ter se dado muito mal.

— Sim — concordou Jadis. — Você podia ter ficado com a Muriel, ou a *Ravena*. — Ela encolheu os ombros. — Credo, tenho arrepios só de pensar.

— Quem são essas duas?

— Olha por cima do meu ombro esquerdo — instruiu Ísis. — A menina de cabelo preto com franja e a loira magrinha que parece uma boneca de porcelana vinda do inferno.

Ariadne obedeceu e se sentiu mal só de olhar para aquelas duas. Ali estavam as garotas que mais implicavam com ela, e Ravena, a morena, era quem oferecera a oportunidade de andar perto de suas amigas caso Ariadne fizesse suas limpezas.

— Credo.

— Pois é — respondeu Ísis. — Odeio meninas que nem elas, que confundem dinheiro com inteligência. Seus pais são podres de ricos, mas eu duvido, *duvido*, que qualquer uma tenha ouvido falar a palavra "museu" na vida. Sabe? Que foi?

Viv e Jadis estavam olhando feio para ela.

— Que foi?

As duas então lançaram um olhar para Ariadne, que parou de mastigar a comida.

— Aaaah — falou Ísis. — Desculpa.

— Desculpa pelo quê?

— Bom, por… sabe? Falar de… dinheiro.

Ariadne franziu o cenho. Demorou um segundo para que entendesse o motivo do constrangimento.

— Ah. Não precisa pedir desculpas. Sério. Acho que já me acostumei. Por exemplo, ontem ouvi uma menina falar atrás de mim do cavalo de cem mil belizes que o pai havia comprado de presente de aniversário e consegui não voar no pescoço dela, então acho que o pior já passou.

As três garotas riram e isso fez Ariadne rir também.

— Na verdade, acho que vocês são as três pessoas mais legais que eu encontrei até agora.

Cuidado, Sam advertiu em pensamento. *Cuidado, Azulada.*

— Isso nós somos mesmo — declarou Ísis. — Não se incomode com as outras meninas, sério. A verdade é que elas são muito inseguras. Sabem que terão muita cobrança quando voltarem pra casa.

— E vocês não?

Elas se entreolharam. Viv soltou um sorriso tímido, Jadis permaneceu impassível e Ísis fez uma careta.

— Na verdade, somos do grupo dos pais que nos mandaram para cá porque não sabiam o que fazer com a gente — comentou Viv.

Ísis explicou que quase nunca via seu pai, porque ele sempre estava em expedição, e como a mãe havia morrido quando ela era pequena, só tinha contato com os criados da casa (o que talvez explicasse por que ela *nunca* calava a boca, Ariadne conjecturou).

Já Viv era a quarta de sete irmãs, sendo que somente ela e a mais nova tinham poderes mágicos.

— Aquela menina já era insuportável. Agora, então, ninguém aguenta.

Gente rica tem muitos filhos ou é impressão minha?, Sam ironizou, e Ariadne teve que segurar o riso.

Jadis contou que os pais eram ausentes e enxergavam a prole mais como uma inconveniência do que qualquer outra coisa. Seus irmãos mais velhos foram para um colégio militar e ela, por manifestar o dom da magia, para Rosazul.

Ariadne sempre tivera pais presentes. Ainda que sua mãe e ela tivessem desavenças, não conseguia imaginar como seria viver em uma casa com tantos irmãos e irmãs, mas sem pais. Percebeu que estava, mais uma vez, idealizando as colegas. Não havia lhe ocorrido que aquelas garotas também poderiam ter problemas, expectativas e cobranças, assim como ela.

A conversa continuou até o fim do almoço, e Ariadne aproveitou para estudar suas novas... amigas?, assim como as demais alunas. Deixou que Ísis, Jadis e Viv falassem e prestou atenção, tentando discernir quais garotas apresentavam maior perigo. Sua colega de quarto, Maeve, pelo visto era um problema secundário. Era com Ravena e Muriel que ela tinha que se preocupar.

O almoço acabou e elas foram para a aula da tarde. Ariadne se sentou no lugar de sempre, mas pensou que, talvez, no dia seguinte fosse se sentar perto de Ísis, Viv e Jadis.

*

Mais tarde naquele mesmo dia, escutou comentários maliciosos com relação ao almoço entre as quatro. Uma menina (que não era nem Muriel nem Ravena) falou alto o bastante para que ela ouvisse:

— Você viu a Ísis conversando com *aquela garota*? Gente, que horror! Tem algo mais patético do que se misturar com a ralé? Vou dizer uma coisa: o nível desta escola está despencando.

Com ou sem problemas, Ariadne ainda tinha que se esforçar muito para não socar os dentes daquelas meninas goela abaixo. Em sua antiga cidade isso seria mais ou menos tolerável, mas ali, não, e Sam a lembrava disso com certa frequência.

A gente sabia que isso ia acontecer, comentou a irmã, *mas vamos aproveitar o máximo possível. Quero dizer, você vai. Eu estou meio… morta.*

Quando a noite caiu e chegou a hora de ir dormir, Ariadne constatou que o dia havia sido produtivo. E diferente. Encarando o teto mais uma vez, enquanto suas pálpebras se tornavam mais pesadas, pensou que enfim não estava mais sozinha. Naquele momento, tinha aliadas.

Ou pelo menos torcia para que tivesse.

VI

Em poucas semanas, Ariadne chamou a atenção da maioria das professoras do primeiro ano. Cada dia que passava sua ambição de se tornar a melhor bruxa da turma aumentava, e logo o corpo docente percebeu que ela era uma aluna dedicada, ambiciosa e repleta de talento.

Só havia uma área na qual ela não conseguia se destacar: etiqueta.

Para Ariadne, aulas de etiqueta não eram a atividade mais chata do mundo — por exemplo, observar tinta secar ainda era pior —, mas chegavam perto. Que grande importância havia em saber que, ao término das refeições, os talheres deveriam ser colocados juntos com o cabo virado para a direita? Ou que as folhas da salada não deveriam ser cortadas, e sim dobradas? E que, sob hipótese alguma, ela deveria assoprar molhos ou sopas para esfriar?

As aulas eram ministradas por uma senhora baixinha, muito enrugada, muito pálida e com o cabelo muito ruivo. Simone, como se chamava, devia ter pelo menos dois mil anos.

Ela gostava de pegar no pé de Ariadne com especial afinco, o que já era ruim o bastante. Mas pior do que isso era aguentar a zombaria constante de Ravena, Muriel e algumas outras garotas da turma.

— Isso vai na sua boca — diziam, e começavam a rir, como se aquilo fosse hilário.

— Não, querida, essa é a faca de peixe.

— Olha que bonitinho ela tentando dobrar o guardanapo!

— Não sei como ensinam as meninas da sua... classe social, mas aqui não se pode falar de boca cheia, tá?

O que as pessoas da sua *classe social ensinam sobre o fato de que vou surrar a sua fuça que nem massa de pão?*, Ariadne pensava, mas seu senso de autopreservação (e Sam) a impedia de dizer isso em voz alta.

A maioria das garotas já estava acostumada com aquelas regras, mas tudo era novidade para ela. Existiam *doze* tipos diferentes de talheres. Para quê? Em sua casa, três, no máximo, davam conta do recado. Eram quatro tipos de facas; faca de mesa, faca de peixe, faca de sobremesa, faca de manteiga; quatro tipos de garfo, três tipos de colheres e mais um instrumento fino e pontudo que ela ainda não sabia para que servia.

Fora os pratos. Eram quatro tipos diferentes, um menor que o outro. Mais três taças: uma de água, uma de vinho branco, outra de vinho tinto... e se Ariadne esquecesse de dobrar o guardanapo de forma minuciosa e colocá-lo do lado esquerdo da louça, recebia uma reprimenda da professora.

E isso era só para almoços e jantares. Havia um jeito correto de se sentar, de se levantar, de cruzar ou não as pernas, de se vestir, de cortejar uma dama ou cavalheiro, de responder quando alguém falava com você, de iniciar uma conversa e, finalmente, de dançar.

Durante aquele ano, elas aprenderiam quatro tipos de danças diferentes, cada uma para uma ocasião específica, e Ariadne descobriu que era péssima em todas.

Quem normalmente fazia par com ela era Ísis. Porém, em algumas aulas pisava tanto no pé da amiga que a professora Simone assumia seu lugar. Ela era tão pequena e delicada que Ariadne tinha medo de quebrá-la.

— Não consigo entender! — queixou-se para a nova amiga, após mais uma aula repleta de frustrações. — E, acredite, eu tentei. Mas não acho essas coisas importantes, não consigo!

Ísis suspirou.

— Eu entendo a sua frustração, mas ainda assim é importante.

— Por quê?!

— Porque... bem, como é que eu posso explicar? Pensa assim: quando você sair daqui, vai conviver com pessoas da "alta sociedade". — Ela fez aspas com os dedos. — Só que você não é de uma família... rica, e isso importa muito para as outras pessoas. Então, precisa aprender essas coisas para que ninguém saiba que sua família não é abastada. Eu e as outras garotas estamos acostumadas porque esse tipo de comportamento é esperado da gente.

— Mas você não acha isso injusto? Não seria mais fácil se a sociedade permitisse que nós soprássemos a porcaria da sopa?

— Ah, seria..., mas a alta sociedade de Lemúria sempre foi desse jeito, cheia de regras bobas e esquisitas. Então é melhor aprender a se misturar. Se esforça mais, Adne. Vê se aprende essa porcaria toda e transforma isso em uma vantagem sobre as outras alunas. Mostra que pode ser melhor do que elas até nisso.

Verdade fosse dita, Ísis sabia convencê-la das coisas, de modo que Ariadne se resignou. Afinal, ela queria se tornar uma bruxa de respeito, e a etiqueta vinha com o pacote. Mas sempre pensou que deveria existir um meio termo entre a boa educação e a insanidade coletiva. Afinal, ela sabia que não deveria arrotar no meio das refeições, mas não poder soprar o molho era um exagero.

No fim, era tudo uma questão de memorizar os utensílios e os procedimentos, e se ela conseguia memorizar feitiços, conseguiria memorizar aquilo também. Uma vez em que foi capaz de aceitar isso, as coisas ficaram mais fáceis, e as demais garotas aos poucos pararam de tirar sarro dela.

Já dançar... Não. Dançar não era para ela. Lia, ao contrário, era ágil e elegante como um gato e, enquanto dançava, o fazia com uma fluidez tão impressionante que parecia não ter ossos. Às vezes, a professora Simone colocava Ariadne para dançar com ela.

Não que adiantasse muito. No instante em que Lia segurava suas mãos, Ariadne se percebia ainda mais abobalhada e desastrada do que antes. Cara a cara com a garota karinin, não conseguia deixar de pensar como ela era linda, como seus olhos cor de âmbar pareciam algo saído de um livro e não da vida real, como sua pele era perfeita, como seus cabelos pareciam sedosos e…

— Desculpe — pediu, depois de pisar no pé da colega pela terceira vez. Sentiu a pele formigar e teve vontade de esconder o rosto em algum lugar. Talvez num buraco no chão. Por que se sentia desse jeito? Era estranho.

— Tudo bem — respondeu Lia. Não parecia estar irritada, mas era difícil dizer, pois ela nunca sorria. Segurou a mão de Ariadne e passou o braço pela sua cintura, fazendo a pele da garota formigar outra vez. — Passinho pro lado, passinho pro outro. Viu? Não é tão difícil.

— Em Karinía as pessoas são ensinadas a dançar? — perguntou Ariadne.

— Na verdade, não. É só uma questão de memorizar os passos. Depois que você aprende e ganha confiança, não fica tão difícil. Olha.

Lia mostrou a sequência de passos outra vez como se fosse algo tão natural quanto respirar. Ariadne tentou imitá-la, tropeçou no próprio pé e caiu sentada.

VII

Bem-vindos ao Boletim Informativo da Manhã, *sua central de notícias. A principal manchete de hoje: negociações sobre as novas taxas alfandegárias entre Azgür e Lemúria continuam estagnadas. Tropas militares do Norte foram mobilizadas para a fronteira de Sorinsia e o embaixador teme o agravamento das tensões. Nem o rei nem a rainha se pronunciaram. Em outras notícias: o Príncipe Alban anunciou seu noivado com o Duque de Anorsh, o que faz com que a linha de sucessão do trono seja passada para sua irmã mais nova, a princesa Marina.*

— *Boletim Informativo de Lemúria*, 14 de outubro de 1919

Ariadne não podia estar mais feliz com seu primeiro ano na Academia Rosazul. Depois de um começo difícil e assustador, aos poucos foi se adaptando à nova vida. Suas notas eram altas e todas as professoras concordavam que ela tinha futuro. Isso a enchia de orgulho na mesma medida em que enchia as colegas de inveja.

Contrariando as próprias expectativas, havia feito *três* amigas. Ela, Ísis, Viv e Jadis tornaram-se inseparáveis. Almoçavam e jantavam juntas, estudavam juntas e faziam as tarefas de limpeza juntas.

Ariadne sentia que o vínculo entre elas era algo sólido e duradouro, da mesma forma que sentia que suas amigas a tinham aceitado independentemente do dinheiro, ou do *status* de sua família. Mas sua irmã mais velha não pensava da mesma forma. Solicitada ou não, colocava migalhas de paranoia em sua cabeça:

Não sei se confio nessas garotas, dizia. *E acho que você não devia confiar nelas também.*

Não fala coisas assim, Ariadne retrucava. *Da escola inteira elas foram as únicas que me aceitaram. São minhas amigas. Eu tenho* amigas. *Por que você não pode ficar feliz por mim?*

Eu fico, Azulada, mas também tenho medo por você. Já vi o que essas garotas podem fazer; são em grande maioria mentirosas e manipuladoras. Foram ensinadas a serem assim. Elas olham pra gente e a única coisa que conseguem pensar é como somos pobres e estamos ali pra elas pisarem em cima.

Bom, eu *não acho. E é bom lembrar que você está morta. Se alguém olhar pra você, vai sair correndo de medo.*

Rá rá, muito engraçado. Mas estou falando sério, Azulada. Não quero que você fique de coração partido.

— No que você tá pensando? — perguntou Ísis.

Ariadne chacoalhou seu devaneio para longe. *Estou conversando com minha irmã morta*, pensou em dizer, enquanto esfregava o chão do refeitório. Porém, talvez isso fosse esquisito demais; elas sequer sabiam que ela tivera uma irmã.

— Nada...

— Bom — interrompeu Viv —, *eu* estou pensando que essa coisa de ficar limpando o chão do refeitório é uma tremenda injustiça.

Ísis e Jadis assentiram em concordância. Estavam as quatro garotas ajoelhadas no chão de pedra gelado do refeitório esfregando a sujeira com escovas, sabão e baldes. Não era uma tarefa fácil, nem particularmente recompensadora. Mas permitia alguns momentos de descontração muito bem-vindos.

— Queria tanto, mas tanto, que minhas irmãs estivessem aqui fazendo isso no meu lugar — continuou Viv. — Se eu aparecesse em casa com um esfregão e um balde, elas iriam olhar pra mim e diriam "pra que serve isso?". Bando de bostinhas mimadas.

O rosto de Jadis ficou vermelho como se estivesse pegando fogo.

— Viv, pelo amor de Cristo!

Ísis e Ariadne começaram a rir.

— Ei, sem blasfêmia sob o teto de Kaë! — devolveu Ísis, o que deixou o rosto de Jadis ainda mais vermelho.

— Estou falando sério!

— O quê? — Viv revirou os olhos. — Sério que foi *essa* palavra que te deixou com vergonha, Jadis? Ah, pelo amor de Kaë, me poupe. Seus pais não estão por aqui e não estamos em um baile. Deixe de ser tão puritana, nós podemos falar palavrão.

Ainda com as bochechas vermelhas, Jadis abaixou a cabeça e sussurrou:

— Não, não podemos...

— Jadis — interrompeu Ísis. — Quero que pense nos seus irmãos e repita comigo: "Bando de bostinhas mimados." Vamos, você consegue.

— Isso, Jadis — emendou Viv. — É o que Agatta Aramante iria querer. Vamos deixar seu espírito orgulhoso! Diga: "Bando de bostinhas mimados." Diga!

Jadis balançou a cabeça e Ísis bufou em resposta.

— Adne, ajuda a gente aqui. Diga você também.

— Mas eu não tenho irmãos...

— Nem eu! Diga assim mesmo!

— Bostinhas mimados. Bando de bostinhas mimados.

— Isso, de novo!

— Bando de bostinhas mimados! Bando de bostinhas mimados! Bando de bostinhas mimados!

Logo, todas as garotas exceto Jadis estavam gritando em coro "Bando de bostinhas mimados!". A garota continuou com a cabeça baixa, morta de vergonha, até que foi contagiada pelas amigas e passou a gritar junto:

— Bando de bostinhas mimados! Bando de bostinhas mimados!

De repente, a professora Sibilla apareceu na porta do refeitório e gritou:

— O que, em nome de Kaë, está acontecendo aqui?

As quatro garotas caíram na gargalhada. Ariadne pensou que aquilo havia sido libertador, à sua maneira, e teve certeza de que a matriarca da escola ficaria orgulhosa delas.

Enquanto ria, pensou que os laços que havia feito com suas novas amigas eram fortes e duradouros, sim. Sam estava errada, tinha que estar. Ariadne tinha quase certeza disso. "Quase", pois no fundo de seu coração ainda existia uma pequena semente de desconfiança, imperceptível na maior parte do tempo, mas cuja presença ela não conseguia afastar, por mais que quisesse.

*

Ariadne observava Lia comer sozinha de novo, quando Ísis falou algo que enfim a deixou perplexa o suficiente para virar o rosto e encará-la.

— Como é que é? Repete o que você acabou de falar.

— Eu disse que queria ter seios maiores! — Ísis falou como se Ariadne fosse surda, tão alto que algumas garotas do segundo ano sentadas na mesa ao lado a encaram com igual perplexidade. — Taaaantas garotas passando pelas maravilhosas transformações da puberdade e eu aqui, despeitada.

— Claro, Ísis — retrucou Viv, que nunca perdia uma oportunidade de tirar sarro da amiga. As duas já se conheciam antes de entrarem para a Academia Rosazul: Ísis e seu pai tinham sido convidados para festas na casa da família de Viv algumas vezes. Grandes bailes repletos de vestidos, garotos bonitos e comidas tão chiques que Ariadne sequer conseguia pronunciar seus nomes. — Espinhas, mudanças hormonais, desejos aleatórios de comer chocolate com raspas de limão e queijo... o quê? Já aconteceu comigo.

— Mas você tem *peitos*, Viv. Eu uso sutiã por conta de estigmas sociais.

Esse era o nível da conversa, Ariadne refletiu. Ísis falava tanta bobagem que, se Ariadne anotasse tudo, teria um livro robusto em mãos até o fim do ano seguinte. Na maior parte do tempo, ela e as outras garotas apenas ignoravam. Mas ali parecia haver uma pontada de verdade nas palavras de Ísis, Ariadne notou, como se a amiga realmente se achasse defeituosa, imperfeita, incompleta.

— Certo — respondeu, e logo voltou sua atenção outra vez para Lia. Seu olhar era atraído para a colega karinin com facilidade espantosa.

Era interessante observar como ela comia como se estivesse executando uma série de movimentos mecânicos e desapaixonados. Seus olhos eram distantes e tristes, meio parecidos com os da Vovó Nice, só que no corpo de uma garota de quatorze anos.

Uma garota *linda* de quatorze anos, Ariadne pensou, e isso a fez enrubescer. Alguém a chamou, mas a voz chegou aos seus ouvidos distante e abafada.

— Quê?

— Eu falei que sua cara está vermelha. — Era Ísis. Por que era sempre Ísis? — Tipo, *muito* vermelha.

Claro que o comentário só fez suas bochechas ficarem ainda mais vermelhas.

— Não, não está.

— Está sim.

— Não está. Cala a boca.

As amigas riram.

— Uuuuu, você estava pensando em algum garoto de sua antiga cidade? — sugeriu Jadis. — Um *bem* bonitinho?

— Não... — Ariadne respondeu, ciente de que aquela não havia sido sua resposta mais convincente. *Não um garoto.* — Na verdade, eu... estava observando a Lia.

Jadis franziu o cenho.

— Por quê?

— Ah... bem, porque já é outubro e ela continua comendo sozinha.

— Bom, com certeza não deve ser fácil ser uma garota karinin em uma escola sulista — disse Viv. — Especialmente com tudo o que está acontecendo.

— O que está acontecendo?

— Você não escuta o rádio? Azgür está mobilizando tropas para Sorinsia, as negociações entre o Norte e o Sul falharam de novo. E, se eles tomarem Sorinsia, ficarão na fronteira com Lemúria.

Ariadne mordeu o lábio inferior.

— Tá, mas o que isso tem a ver com a Lia? Afinal, Karinía e Azgür são lugares diferentes, certo? Quer dizer, Karinía foi anexada uns trinta anos atrás, só. É um reino pequeno. Ouvi a professora Diana falar isso na aula de Relações Internacionais, então, se as Terras Cinzas estão fazendo alguma coisa, não é culpa de um reino menor, muito menos da Lia... certo?

— Viv tem razão, as coisas não funcionam bem assim — Ísis interrompeu. — Faz décadas que o Norte e o Sul se odeiam. Não é uma coisa que se apaga com um estalar de dedos. Aqui as coisas se resumem em: ou você é do Norte ou do Sul. Você, Adne, pode ser pobre, sem ofensa, mas é do Sul. Lia é pobre *e* do Norte. Ela é um alvo fácil para as outras garotas.

— Ela deve ter medo de se aproximar das outras alunas — comentou Viv. — Eu também teria.

Ariadne olhou outra vez para a garota karinin do outro lado do salão e disse:

— Quem sabe a gente não pode fazer alguma coisa em relação a isso.

*

Todos os dias, Lia terminava de almoçar e, antes da aula da tarde, se sentava em um banco nos campos abertos, abria um livro e o lia sozinha. Sua rotina era como um relógio bem ajustado. Ariadne estudou seus hábitos e planejou a abordagem.

O crepúsculo chegara e os ventos do inverno se aproximavam com velocidade. Ariadne não estava acostumada com aquele tipo de frio, e caminhou no lusco-fusco até Lia com o paletó apertado contra o corpo, o nariz vermelho e escorrendo.

No percurso, foi surpreendida por Megera, a gata preta, parada no meio do corredor. Ariadne não era supersticiosa, mas algo nos gatos a deixava desconfortável. Megera a encarou com seus olhos amarelos enormes e o rabo preto empinado, esperando uma reação.

A reação foi:

— Sai daqui, Megera! Xô, xô!

A gata soltou um "miau!" irritado, e saiu correndo. *Qual é a dessa gata doida?*, pensou Ariadne. Seguiu seu caminho e parou na frente de Lia.

— Oi, licença. Posso me sentar do seu lado?

Lia a encarou, desconfiada, antes de se esgueirar para o lado e abrir um espaço para Ariadne se sentar. Assim ela o fez, e então estremeceu.

— Tá ficando cada vez mais frio, você não acha?

Lia respondeu com um dar de ombros e disse:

— Estou acostumada com climas piores.

Ariadne achou o tom da resposta um pouco arrogante, mas não se deixou abater.

— O que você está lendo?

— Um livro.

Tudo bem, isso soou um pouco mais arrogante, mas nada com que se preocupar.

— Do que se trata?

Lia suspirou e fechou o livro.

— O que você quer?

— Eu… — Ariadne corou. — Na verdade… eu percebi que você está sempre sozinha, que você sempre come e anda sozinha desde que chegou aqui na escola e… já estamos em outubro e…

As palavras se perderam. Lia esperou que ela continuasse, o que não aconteceu.

— E o quê?

— E quem sabe, eu não sei, você não gostaria de almoçar comigo e com as outras meninas de vez em quando…

— Não, obrigada.

Ariadne a encarou, perplexa.

— Posso saber... por quê?

Lia fez uma careta.

— Vi que você agora faz tudo com Ísis e aquelas outras duas meninas. Só que pelo visto não te ocorreu que eu não faço a mínima questão de ser amiga delas. Ou de qualquer aluna desta escola.

Isso inclui a mim, Ariadne pensou. Sentiu o estômago afundar. Percebeu que havia cometido um equívoco: presumira que, por Lia também ser uma estudante bolsista, buscaria se tornar parte do restante do grupo assim como ela. Aquele havia sido um erro do tipo que Sam lhe avisaria. Só que Ariadne não esperava isso de Lia.

— Escuta aqui — rosnou, enquanto se levantava. — Pra sua informação, nem todas as meninas são tão ruins como a Ravena e a Muriel. Mas se você não consegue ver isso, então quem sabe vocês se mereçam! E noooossa, puxa vida! Me desculpa por tentar ser gentil!

Ariadne se afastou contrariada e batendo o pé. Correu até o quarto, onde chorou de raiva em sua cama. Que garota arrogante, metida e *besta*. Sentindo a pele queimar, esfregou as lágrimas. Por que estava tão decepcionada? E com tanta raiva?

Voltou para as aulas da tarde sem olhar para Lia. Não queria olhar mais para aquela garota. Ísis perguntou como havia sido a conversa e ela respondeu:

— Ela disse que ia pensar no assunto.

— Como assim, pensar no assunto?

Ariadne deu de ombros e desconversou.

— Sei lá.

Aquela conversa deixou uma mágoa no coração de Ariadne e, nas semanas seguintes, passou a evitar qualquer contato com Lia. Durante as aulas de etiqueta, fez o possível para dançar com Ísis, ou com Viv. Não importava que Lia almoçasse sozinha ou não tivesse amigas. Ela era que nem Ravena e Muriel, achava que era melhor do que os outros. Pois então que ficasse sozinha.

*

Porém.

Vez ou outra, Viv decidia observar as garotas praticarem esportes no campo de treino. Às vezes, Lia estava lá. Competia com as garotas dos anos mais velhas e derrotava todas. Às vezes, Ariadne ficava assombrada com a maneira como Lia se movia no campo de treino. Era incrível. As garotas mais velhas lutavam para que ela entrasse em seus times e ali era o único lugar onde ela parecia ser aceita por suas colegas.

Só que nem sempre Lia comparecia aos treinos das alunas mais avançadas e, nos dias em que não estava lá, Ariadne se levantava da arquibancada e voltava para os corredores aquecidos da escola, deixando Viv sozinha. Convencia a si mesma de que tinha coisas mais importantes a fazer, nada a ver com Lia.

De vez em quando, Ariadne sonhava com ela. Às vezes, sonhava que as duas estavam brigando por qualquer motivo e acordava triste. Ou sonhava que elas não estavam brigando e que Lia sorria para ela por qualquer motivo e acordava mais triste ainda. Não sabia por que se sentia assim, só queria que os sentimentos fossem embora, soprados pelo gélido e cortante vento do inverno.

Não contou nada disso para Ísis, nem pediu conselhos à irmã mais velha. Ambas mandariam que conversasse com a garota karinin, e Lia já deixara claro que não queria conversa. O que era injusto, pois Ariadne não era como as outras garotas, nem mesmo como Ísis, Viv ou Jadis.

Mas… pensando bem, no fundo Ariadne *queria* o que as outras garotas tinham. No fundo, ainda queria as roupas bonitas, as joias brilhantes, as casas enormes e os bailes chiques. Queria uma vida diferente da que tinha. E, pelo visto, Lia não. Talvez essa fosse a grande diferença entre as duas.

*

O ano chegava ao seu fim, e as férias de inverno testariam a solidez dos laços que Ariadne construíra. Será que elas ainda estariam lá, ainda conversariam com ela depois das férias? Essa ansiedade tomou conta da maior parte de seus pensamentos até o término das aulas.

O dia primeiro de dezembro chegou feito um trem desgovernado e já era hora de voltar para casa. Ísis, Viv e Jadis fizeram promessas de que continuariam a falar umas com as outras e disseram que mal podiam esperar pelo retorno das aulas. Cada uma abraçou Ariadne antes de se despedir, enquanto, à distância e em silêncio, Lia observou todas elas partirem.

Ela sabia de algo que Ariadne não sabia.

Sabia que uma tempestade se avizinhava e que em breve cairia sobre todas as alunas da Academia Rosazul.

Parte II

CONTEMPLAÇÃO

De acordo com a religião de Kaë, o segundo fruto é o da contemplação, ou quietude. Na teologia Kaëísta, este fruto é o responsável pelos conhecimentos científicos, a astronomia, a matemática. Nos textos sagrados encontrados em Nanjim, Kaë diz que, "para se ouvir, é preciso primeiro estar em silêncio".

I

Notícias acabaram de chegar do nosso correspondente internacional no Norte. Tropas de Azgür deram início a uma ofensiva militar para tomar a cidade de Sorinsia, que estava sob cerco pelos últimos três meses. A cidade é considerada um ponto estratégico na fronteira com Lemúria. O porta-voz da Coroa informou que todo o reino está em estado de alerta, mas não soube informar se tropas sulistas já foram mobilizadas para mediar o conflito. Fique sintonizado para mais informações.

— *Boletim Informativo de Lemúria*, 8 de dezembro de 1919

No último dia de aula, Lia recebeu uma visita da diretora Ursula em seu dormitório. Foi um tremendo susto, tanto para ela quanto para sua colega, uma garota baixinha e bochechuda chamada Agnes. Afinal, não era todo dia que a diretora da Academia Rosazul aparecia no quarto das alunas.

— Agnes, querida — a diretora Ursula disse —, pode nos dar licença um momento?

Com os olhos esbugalhados, a garota se levantou e encarou Lia como se dissesse "o que foi que você fez?". A garota karinin respondeu com um dar de ombros e a porta se fechou com um barulho seco. A diretora Ursula olhou para a porta e lançou nela um feitiço com seu cajado.

— Não quero ninguém nos escutando do lado de fora.

Em seguida, sentou-se na cama ao lado da garota.

Lia pensou que talvez fosse dar-lhe uma bronca, ou informá-la de que sua matrícula como bolsista não seria renovada para o ano seguinte. Qualquer um desses cenários já teria sido ruim o bastante. Porém, a diretora estava lá para dizer que seus pais haviam feito um pedido formal para que ela ficasse na escola durante as férias.

Devido às tensões entre os reinos do Norte e do Sul, julgou-se que seria muito perigoso para Lia voltar durante o inverno. A jovem bruxa ficaria protegida pelas paredes da Academia até a situação se resolver.

Lia sentiu o coração disparar e os olhos se encherem de lágrimas, mas não se permitiu emitir som algum. A diretora colocou uma mão em seu ombro e disse:

— Não se preocupe, querida. Tenho certeza de que tudo irá se resolver da melhor maneira possível. Aqui você estará protegida e daremos um jeito de você se comunicar com seus pais sempre que possível, está bem? Não tenha medo.

Lia agradeceu e ainda conseguiu projetar um sorriso. Quando a professora saiu do quarto, porém, ela se permitiu chorar e tremer enrolada nos cobertores.

*

Uma a uma, ela observou as colegas deixarem a escola. Sorrisos e abraços e mãos dadas com pulinhos e promessas de "te vejo em dois meses!" e "vou escrever pra você, pode deixar!". Uma a uma, todas foram embora. Ariadne foi a última que ela observou partir antes de retornar para o seu quarto. Perdera a oportunidade de pedir desculpas por seu comportamento. Havia sido arrogante e mesquinha como as próprias garotas que tanto gostava de criticar. Por consequência, estava sozinha naquela mansão imensa com apenas três mulheres do corpo docente ali viviam — a diretora Ursula, a professora Elisabete e sua esposa, a professora Filomena — e morrendo de medo das coisas que aconteciam do lado de fora dos terrenos da escola. Afastara uma das poucas (senão a única) pessoas de sua própria idade que estava disposta a lhe oferecer algum apoio, e não conseguia parar de se remoer por isso.

Para distraí-la do que estava acontecendo e para aproveitar a mão de obra gratuita, a professora Elisabete a chamou para ajudá-la a cuidar da horta durante o inverno. Tinha mais ou menos a mesma idade da diretora, o rosto pálido e os cabelos de um vermelho vibrante. Contrastava imensamente com sua esposa; sua atitude era (ao menos na maior parte do tempo) doce, juvenil e meiga, enquanto a professora Filomena era quieta, séria e circunspecta.

Desde o início, Lia demonstrou ter talento para a coisa. Apesar de ter poucos conhecimentos em herbologia, cuidar das plantas lhe parecia algo instintivo, assim como misturá-las para fazer poções. Impressionada, a professora Elisabete disse:

— Quando o ano letivo retornar, acho que você deveria fazer aulas extras de poções comigo. Sempre escolho duas ou três alunas de cada ano que se interessam pela área para se especializar, assim como mais algumas que têm dificuldade. Acho que você leva muito jeito com plantas, vai se sair bem. Se quiser, é claro.

Lia respondeu que pensaria no assunto. Desejou ter sido mais educada ou simplesmente respondido que sim, mas era difícil decidir se queria começar uma especialização logo no segundo ano, ainda mais enquanto o Norte ameaçava entrar em guerra com o Sul, seus pais estavam presos em um pesadelo que crescia exponencialmente e ela não podia voltar para casa.

Havia muito no que pensar. Três semanas haviam se passado desde que a diretora Ursula a visitara. Os dias eram longos, alguns agitados e cansativos por conta do trabalho na horta, outros, tão tediosos que beiravam o insuportável. A neve caía de forma constante, criando uma paisagem inóspita e monocromática.

No final da terceira semana, e mais uma vez sem aviso, a diretora retornou ao dormitório de Lia com notícias. Os pais da garota haviam adquirido um radiotransmissor para se comunicar com ela.

Havia uma sala de rádios com isolamento acústico na escola. Todos os aparelhos eram da mais alta tecnologia, uma demonstração discreta da influência da Academia Rosazul em relação às outras escolas de magia de Lemúria. Apesar de seu acesso ser restrito, ela recebeu permissão especial para usá-los e conversar com os pais.

Assim o fez, todas as noites pelas semanas seguintes, enquanto a neve caía sobre os campos de treino da escola e películas de gelo se formavam nas janelas, enquanto o frio penetrava em seus ossos e se alojava no interior do corpo. Toda noite, depois de jantar com as três professoras, Lia se sentava em frente ao radiotransmissor e falava com os pais.

Janeiro veio e trouxe consigo ainda mais neve, enquanto no Norte as coisas pareciam piorar a cada minuto. Tropas de Azgür em Sorinsia, o Sul ameaçando retaliar com força. Do lado de dentro das paredes da escola, tudo parecia igual, mas, do lado de fora, o mundo conhecido desmoronava aos poucos.

— Os boatos de guerra estão aumentando — seu pai contou. — Estão dizendo que Lemúria enviou soldados para o Estreito de Berin, e o clima entre os dois reinos é dos piores que já vi na vida. Se a guerra realmente acontecer, pode ser o maior conflito da história do continente.

Seu pai sempre era sincero e direto com ela. Estava assustado. Mais assustado do que Lia jamais o vira. A garota respondeu que tudo ficaria bem e que não haveria guerra, mesmo que não estivesse convencida disso. Duas noites depois, sua mãe falou uma coisa que tirou seu sono pelo restante da semana:

— Espero que aconteça logo. Se for para acontecer, espero que aconteça o mais cedo possível, enquanto você está aí na escola em segurança e não tem idade suficiente para ser convocada.

— Mãe… — respondeu Lia. — Se acontecer uma guerra, eu vou sair daqui para lutar.

— Não seja burra, Lia. Seu trabalho é estudar e aprender e chegar à idade adulta, e não morrer numa guerra sem sentido. Fique aí onde é seguro. Se algo acontecer, seu pai e eu daremos um jeito de chegar ao Sul.

Lia ficou sem ar. Abaixou a cabeça e fechou os olhos com força antes de responder:

— Não vai acontecer nada. Não vai ter guerra nenhuma.

*

Mesmo durante o ano letivo, o templo de Kaë passava a maior parte do tempo vazio. Na verdade, era tão pequeno que mal podia ser chamado de "templo". Era apenas um cômodo com uma fileira de bancos de cada lado e uma figura da deusa no centro, cada uma de suas sete faces encarando um ponto diferente da sala. Precisava urgentemente de uma reforma. A tinta da estátua estava descascando e os bancos pareciam tão velhos que ela se perguntou se tinham sido trocados ao menos uma vez desde a fundação da escola.

Durante as férias de inverno, Lia foi até lá e rezou todos os dias.

*

Com duas semanas faltando para o retorno das aulas, Lia e as três professoras se sentaram na sala da diretora e escutaram ao rádio juntas. O homem do noticiário disse:

A Coroa enviou um emissário e soldados para abrir uma negociação com as tropas de Azgür. As mobilizações militares do Norte estão em pausa enquanto ambos os governos discutem novos termos econômicos para o futuro.

Todo e qualquer outro detalhe se tornou irrelevante para Lia. Ela buscava uma combinação específica de palavras e seu pai as disse quando os dois conversaram mais tarde naquela noite:

— Parece que, por enquanto, não vai ter guerra.

Lia respirou fundo e depois chorou aliviada em seu dormitório. *Por enquanto, não teremos guerra.* Kaë havia atendido às suas preces, mas a sombra ameaçadora daquelas últimas semanas perdurou, recusando-se a ser esquecida.

*

O restante das férias foi calmo, mundano, tedioso. As plantas da horta exigiam muito trabalho e isso era bom porque a distraía. Ela trabalhava duro e sem reclamar e tinha um bom relacionamento com a professora Elisabete.

Como a ameaça de uma guerra diminuíra, Lia se permitiu pensar na proposta da professora de poções. Realmente ela era boa com plantas. *Muito* boa. Boa o suficiente para, quem sabe um dia, abrir uma pequena loja de poções, preferencialmente em algum lugar calmo e longe de conflitos. Sentia que tinha permissão para sonhar com essas coisas.

Em uma tarde cinzenta enquanto nevava, ela se aproximou da professora e disse:

— Eu quero. Fazer aulas extras de poções, digo. Desculpe ter demorado tanto tempo pra te responder.

— Não precisa pedir desculpas — disse Elisabete. — Estivemos todas muito preocupadas com a situação dos seus pais e não podemos nem imaginar como deve ter sido pra você. Fico feliz que tenha aceitado, acho que vai se dar muito bem. Se for do seu interesse, pode ser minha assistente quando as aulas começarem. Ajudar a recolher provas, guardar materiais, arrumar prateleiras, esse tipo de coisa. É algo que vai para o seu currículo acadêmico e eu tenho permissão para te pagar por isso.

Lia sorriu. Outra coisa que não fazia há muito tempo.

— Eu adoraria.

— Ótimo. — A professora também sorriu. — Aqui, pegue isto. — Ela lhe entregou um livro de capa dura com o título *Dicionário básico de herbologia*. — Acha que consegue ler inteiro antes do começo das aulas?

Lia fez que sim. Abriu o livro e folheou as páginas. Era repleto de ilustrações de plantas e suas propriedades básicas, assim como sugestões de como usá-las.

— Muito bem. Não precisa me devolver quando terminar. Fique com ele como presente.

Lia agradeceu uma porção de vezes e, na mesma noite, o abriu e se debruçou sobre as páginas ilustradas.

*

Aos poucos, tornou-se uma profunda conhecedora de plantas. Conseguia memorizar com eficiência como identificá-las e qual função cada uma tinha. Para ela essa era uma grande surpresa.

Atropa belladonna, com folhas escamosas e pequenos frutos negros era venenosa, mas ajudava a tratar febres. *Arnica*, uma flor amarelo-vibrante, podia ser transformada em pomada ou mesmo ingerida em poções para tratar inchaços, contusões e hematomas. *Drosera,* uma planta carnívora, era usada para tratar tosses e problemas de garganta. E assim por diante.

Ela aprenderia como manipular esses elementos na disciplina de poções que começaria em breve e continuaria até o quarto ano. As aulas extras lhe dariam uma vantagem acadêmica sobre as demais alunas, o que era sempre bem-vindo.

*

Noite após noite, Lia estudava silenciosamente em seu quarto. Gostava de ficar sozinha. Deixava a porta entreaberta para que os gatos que viviam por lá pudessem entrar e sair à vontade. Alguns gostavam de dormir com ela, entrelaçados entre as cobertas. Dia após dia, almoçava com as professoras e Kolli, a mulher enorme que guardava os portões. Passou a conhecer essas mulheres melhor do que qualquer outra aluna.

Com o tempo, acostumou-se à quietude, e o retorno às aulas virou motivo de ansiedade: em pouco tempo suas colegas estariam de volta e trariam consigo todo aquele barulho, toda aquela futilidade, todo aquele ódio elitista.

A pior de todas as garotas era a outra menina bolsista, Ariadne. Ariadne achava que as duas eram iguais porque eram bolsistas, mas elas não podiam ser mais diferentes uma da outra. A começar pela aparência física. Lia tinha a pele negra, olhos cor de avelã e cabelos escuros, crespos, típicos do reino de Karinin. Ariadne tinha um cabelo loiro próximo ao ruivo, olhos claros e sardas no nariz e nas bochechas.

Lia se movia de forma ágil e silenciosa, enquanto Ariadne era desajeitada e sempre fazia barulho ao derrubar alguma coisa ou esbarrando no batente da porta da sala porque vivia distraída. Tinha uma personalidade impetuosa e falante (embora ninguém chegasse aos pés de Ísis nesse quesito), ao passo que Lia sempre gostara de ficar quieta em seu próprio canto.

Mas esses eram detalhes. O que mais tirava Lia do sério era como Ariadne havia se rebaixado ao fazer amizade com aquelas garotas. As alunas da Academia Rosazul eram mesquinhas e superficiais, sem nada de substancial por debaixo de suas roupas chiques e pulseiras de pedras preciosas.

A jovem karinin estava preparada para isso. Pensou que Ariadne seria capaz de ver através de toda essa beleza falsa. Mas, ao contrário dela,

Ariadne parecia *querer* que as pessoas a amassem, dava importância à opinião delas. Queria *ser* uma delas.

Um dia, todas aquelas meninas, Ísis, Viv, Jadis, iriam traí-la, e então ela perceberia o que Lia já havia percebido há muito tempo: que era melhor estar sozinha.

*

O primeiro dia de aula do segundo ano foi tão ruim quanto ela esperava. No instante em que as colegas colocaram o pé na escola, os corredores e os campos de treino se encheram de um burburinho ensurdecedor, garotas pulando e gritando para lá e para cá como um bando de passarinhos esganiçados.

Lia sentiu vontade de fazer o tempo voltar para aqueles breves dias cinzentos de paz, logo depois que as ameaças de guerra cessaram, dias em que havia apenas ela, uma caneca de chá e um ou dois gatos dormindo nas proximidades. Mas, no momento, os gatos saíam correndo quando viam as garotas nos corredores, gritando e pulando como feras selvagens e imprevisíveis aos seus olhos felinos.

O desfile de moda também voltara. Os vestidos de seda, as mangas bufantes, as tiaras e colares e pulseiras de diamante, todas cintilantes e brilhantes, tão falsas e vazias quanto suas portadoras. E, no meio disso tudo, havia Ariadne. Seus cabelos loiros estavam um pouco mais longos e seus olhos azuis continuavam vibrantes, quase elétricos, como sempre. Ela sorria mais, e, ao sorrir, pequenas covinhas se formavam embaixo de seus olhos.

Lia se deu conta de que a encarava do outro lado do corredor. Desviou o olhar e caminhou o mais rápido possível para a sala de aula, sem falar com ninguém. Sentou-se no fundo como de costume e aguardou a chegada da professora. As alunas entraram em seguida, cochichando, fofocando, gargalhando.

Ariadne se sentou ao lado de suas amigas na parte da frente da sala, longe dela.

*

Foram necessárias apenas algumas horas para que os boatos sobre a família de Lia começassem. Três garotas paradas no corredor começaram a conversar sobre o fato de que a aluna karinin havia ficado na escola durante as férias de inverno, já que a casa de seus pais estava prestes a ser destruída por tanques.

Falaram essas coisas e riram.

Lia não era de sentir impulsos violentos e, quando os sentia, sempre era capaz de mantê-los sob controle. Arrancar os apliques de cabelo e o sorriso daquelas alunas com unhas, socos e pontapés só daria mais munição a elas. Porém, apesar de sua força de vontade, percebeu-se com medo da raiva que sentia e desejou acima de tudo estar sozinha outra vez.

Quando as aulas terminaram, caminhou silenciosamente pelos corredores da escola até o pátio central, onde se sentou em um banquinho de pedra e abriu o livro de herbologia. Estava frio, mas não nevava, e ela precisava daquele tempo a sós.

Porém, um instante depois, escutou passos vindo em sua direção. Levantou a cabeça e viu Ariadne se aproximando.

Lia sentiu o rosto ficar quente e se irritou com a própria reação. Droga. O que será que ela queria? Sua expressão era de raiva ou consternação? O que será que ela ia dizer? Será que ela havia escutado algo sobre seus pais e diria que lamentava muito? Que entendia?

Ariadne não seria capaz de entender como era não poder voltar para seus pais, ou como era ficar acordada à noite encarando o teto do dormitório pensando que talvez, em breve, sua casa deixasse de existir. Ela nunca poderia entender.

O que eu faço?

Lia pensou em ignorá-la ou mesmo fugir, mas permaneceu prostrada no banquinho. Abriu a boca para falar primeiro, mas, para sua surpresa, a garota continuou andando e sequer pareceu notar sua presença.

O rosto de Lia ficou ainda mais quente.

Ela não percebeu que se levantara. Só se tocou de que havia chamado Ariadne quando a garota parou de andar e se virou para ela. *O que estou fazendo?*, pensou. Todos os sentimentos de raiva e desprezo que sentia pareceram sumir tão rápido quanto as férias.

— Posso falar com você um instante?

Ariadne respondeu, meio confusa:

— Cla... claro.

— Faz tempo que eu queria te dizer uma coisa — disse Lia, hesitante.

Sua mente rebateu no mesmo momento: *Não, não tem. Não tem nada que eu queira dizer pra você. Por que não consigo calar a boca?* —, mas nunca encontrei o momento certo. Queria... me desculpar pela maneira como agi da última vez que a gente conversou. Sei que você só estava tentando ser gentil. Me desculpe.

Muito bem, Lia, sua tonta. É isso. Agora ela vai te mandar enfiar as desculpas você sabe onde e sair andando. Ariadne abriu a boca para falar, mas hesitou. Parecia desconfortável.

— Então... — a garota respondeu por fim —, pra falar a verdade eu confesso que até você me falar eu nem lembrava daquela conversa. Tá, isso não soou legal. O que eu quero dizer é que não guardei mágoa, só isso. Eu... — Ela sorriu, e, de novo, pequenas covinhas se formaram sob seus olhos. — Não tem problema, sério. E você ainda é bem-vinda pra almoçar com a gente sempre que quiser.

Ariadne sorriu de novo, e Lia sentiu a pele esquentar por debaixo do uniforme. E sentiu raiva de si mesma outra vez. *Por quê?*, pensou. *Por que justo ela?*

Antes que pudesse dizer qualquer outra coisa, Ariadne girou nos calcanhares e saiu andando. Lia permaneceu parada no mesmo lugar observando-a partir, e assim ficou, mesmo depois de sua silhueta desaparecer por entre os corredores da escola.

II

Nosso correspondente oficial acabou de receber a notícia de que a Coroa enviará zepelins para a fronteira com Azgür. Uma frota composta por dezoito aeronaves foi convocada e deve partir da Capital nas próximas horas. O porta-voz da Coroa ainda não se pronunciou sobre a possibilidade de ataques aéreos vindos do Norte. Continue sintonizado para mais informações.

— *Boletim Informativo de Lemúria*, 21 de dezembro de 1919

*

Voltar para casa foi estranho, pois tudo continuava igual. A sapataria ainda tinha as mesmas cores, os mesmos cheiros, as mesmas texturas. Seu quarto ainda era o mesmo: o colchão continuava duro e seus livros permaneciam na estante na mesma posição, só mais empoeirados. Era como se o tempo na Academia Rosazul tivesse sido apenas um sonho, e ela tivesse despertado para as obrigações e a rotina da vida real.

Seus pais pareciam os mesmos de antes de ela partir. A mãe continuava brava e de cara amarrada e o pai continuava sorridente e bobo. Eles fizeram milhares de perguntas e, depois de responder a todas, a vida de Ariadne voltou a ser o que era. Ela ainda tinha que acordar às seis da manhã e ajudar o pai na sapataria, ainda ia se deitar na mesma cama na qual se deitara por quase toda a vida às onze horas, ainda se levantava com os cheiros doces da padaria da Josephina preenchendo o ar.

Tudo *parecia* igual. Se quisesse encontrar alguma mudança, Ariadne tinha que prestar atenção aos detalhes.

Havia conversas frequentes sobre a possível guerra entre o Norte e o Sul. As pessoas cochichavam e olhavam para cima com frequência, como se esperassem que bombas caíssem do céu. O clima na cidade era de tensão velada.

No vigésimo dia de suas férias, Ariadne e os pais foram acordados de madrugada por um tremor violento e um barulho tão intenso que parecia que o mundo estava acabando. A garota se levantou da cama, apavorada, e olhou pela janela. Um zepelim gigantesco sobrevoava a cidade, seus holofotes iluminando a escuridão.

Não houve sirenes ou gritos. Nada. A aeronave se deslocou devagarinho, fazendo a casa trepidar e vibrar, e Ariadne a observou enquanto ela singrava em direção ao Norte e desaparecia no meio da noite, como um leviatã. Foi quando percebeu que tudo o que eles tinham, aquela casa, a sapataria, a cama, os livros na estante, tudo poderia ser arrancado deles num piscar de olhos. Que, com o apertar de um botão, a pequena cidade de Gaurin poderia ser varrida do mapa, transformada em uma pilha de escombros e cinzas.

Ela se virou para trás e viu os pais abraçados ao pé da sua porta, visivelmente nervosos. A mãe de Ariadne fez chá de camomila para todos e eles foram se deitar outra vez quando estava quase amanhecendo. Dormiram até tarde. O pai não abriu a sapataria nesse dia, mas no outro sim, e a semana seguiu com razoável normalidade. Voltar às atividades cotidianas era a melhor maneira de espantar o medo, o pai de Ariadne disse. O susto causado pelo zepelim diminuiu aos poucos, mas a sombra de sua presença pairou sobre a casa de Ariadne por muito tempo depois daquela noite.

*

Foram férias solitárias. Quando voltou para casa, não foi recebida por suas antigas amigas de escola como esperava. Ninguém perguntou como havia sido seu tempo na Academia Rosazul, exceto seus pais. Ariadne percebeu que as antigas colegas tinham inveja dela. Inveja por ser bruxa e por estudar em uma escola de gente rica sem pagar.

Ela tampouco recebeu cartas ou telegramas de suas amigas, Ísis, Viv e Jadis. Ninguém a convidou para quaisquer bailes ou festas. Com certa amargura, pensou que aquilo talvez fosse bom, pois mesmo que a convidassem, não teria condições de comparecer. E talvez fosse melhor que a desilusão viesse cedo, com Sam havia alertado. Mesmo assim, esperou ansiosa pelo retorno das aulas, para poder revê-las, para poder comprovar suas hipóteses.

Apesar da recente solidão, os dias passaram com mais rapidez do que ela antecipara e logo era tempo de abandonar a sapataria do pai e voltar à Academia Rosazul para mais um ano de aulas. A nova grade curricular foi enviada por telegrama e Ariadne foi ao posto de mensagens buscá-la com o pai. Em 1920, ela teria aulas práticas de feitiços de ilusão e aulas introdutórias de poções, além de mais cinco matérias. Kaë e Cristo! Ela agradeceu a ambos por não ter mais aulas de etiqueta. Seu ânimo foi restaurado diante da oportunidade de colocar seus conhecimentos em prática e descobrir sua verdadeira aptidão.

— Eu estive pensando — a mãe começou. Faltavam três dias para a viagem e eles tomavam café da manhã na mesa da cozinha, como de costume. — Com uma boca a menos pra alimentar, eu e seu pai conseguimos guardar um pouco mais de dinheiro. Se as coisas se acalmarem entre o Sul e o Norte, poderíamos fazer uma viagem quando você voltar. Patinar no gelo, quem sabe.

O queixo de Ariadne caiu. Entre seus sonhos de infância mais modestos, aqueles que não envolviam se tornar uma bruxa mais famosa do que Agatta Aramante, o maior deles era patinar no gelo. Porém, sempre escutou que isso era "coisa de menina rica", a desculpa padrão de sempre. A oferta da mãe era sinal de que o relacionamento entre as duas estava melhorando. *Talvez seja porque a gente não se vê mais tanto*, Ariadne conjecturou.

— Isso seria incrível!

— É só uma ideia. Vamos ver se dá certo.

Ariadne tomou isso como promessa. Guardou-a no coração e não se esqueceu dela.

*

Quando os últimos flocos de neve do inverno caíram, a jovem bruxa tomou o bonde que a levaria até a estação de trem. Desta vez, ninguém a acompanhou. Os pais de Ariadne acenaram à distância, e ela observou suas silhuetas tornarem-se cada vez menores, até enfim desaparecerem.

Já sentada no vagão do trem, foi tomada mais uma vez pela insegurança. Será que suas amigas estariam lá para recebê-la? Será que ainda falariam com ela, ou será que finalmente descobririam que outras pessoas naquela escola eram mais interessantes? Ansiosa e inquieta, ela se sentou outra vez no lugar à janela da classe econômica e observou as árvores, os campos e os lagos passarem do lado de fora.

Ao chegar na estação, porém, viu que Viv e Ísis estavam lá. A segunda, ao vê-la, levantou os braços e veio correndo em sua direção, aos berros:

— Adneeeeeeeeeeeeeeeeeeeeeeeeeeeeeeeeee!

Ariadne não conseguiu evitar e gargalhou. Em um instante seu coração ficou mais leve. As duas se abraçaram, e então Viv se juntou a elas.

— Cadê a Jadis? — perguntou Ariadne.

— Acho que ela deve ter vindo em outro trem e chegado mais cedo — Ísis respondeu. — Que horas são? Ainda dá tempo de pegar um ônibus até a escola?

Viv balançou a cabeça.

— Chegamos muito tarde.

— Vamos pegar um carro, então? — sugeriu Ísis.

Ariadne engoliu em seco. Assim como da outra vez, viera com o dinheiro contado e tinha esperanças de guardar ao menos parte dele. Não podia acreditar que perdera o ônibus de novo. Mas, nesse momento, as opções eram poucas para chegar até a Academia. Ir a pé era uma delas, mas seria quase uma hora de caminhada e, com malas e tudo, chegaria lá extenuada e em farrapos. Desse modo, respondeu:

— Claro. Sem problemas.

*

Andar de automóvel pela segunda vez não foi agradável e não fez com que ela mudasse de opinião quanto a veículos motorizados. As três chegaram aos portões da escola com dores nas costas e pernas de tanto chacoalhar de um lado para o outro. Ficou decidido que dividiram a viagem em três, para alívio de Ariadne, mas, ao entregar o dinheiro, Ísis colocou a mão sobre a sua.

— Pode deixar que eu pago.

Não era sua intenção, mas Ariadne amarrou a cara.

— Não precisa fazer caridade, Ísis. Eu posso pagar se a gente dividir em três.

O rosto de Ísis foi tomado de vergonha.

— Desculpa! Eu não quis ser condescendente, só pensei que… desculpa!

Passada a injúria, Ariadne se sentiu arrependida de ter reagido de forma tão agressiva.

— Tudo bem.

— Não, sério, me desculpa, eu…

Ariadne segurou Ísis pelas mãos.

— Tá tudo bem, Ísis. Vamos dividir em três e pronto?

— Tudo bem.

Um silêncio constrangedor se instaurou durante o caminho dos portões até a mansão, mas, uma vez na escola, Ísis parecia já ter se esquecido por completo do assunto. Elas reencontraram Jadis e conversaram sobre o que haviam feito durante as férias, dos bailes, vestidos, bolos e garotos bonitos.

Ariadne já estava acostumada com conversas assim. Eram vislumbres de outro mundo, estranho e complexo à sua maneira, um ao qual ela ainda não tinha acesso. Em suas próprias férias, houve apenas trabalho na sapataria e zepelins sobrevoando a cidade durante a noite. Coisas desinteressantes aos ouvidos de suas amigas, que tinham preocupações maiores do que qualquer guerra.

— E os meninos? — Jadis lhe perguntou. — Conta pra gente sobre os *meninos*!

Ariadne abriu a boca para responder, mas nenhuma palavra saiu. Percebeu, com certo amargor, que a maior parte de suas amizades era composta por membros do sexo feminino. Garotos eram distantes, efêmeros e meio... tediosos. Seu encanto, qualquer que fosse, geralmente acabava no momento em que abriam a boca.

— Não tem nenhum, na verdade...

— Ah! — Ísis riu. — Isso não me convence. Você é uma menina mais bonita do que pensa, Adne. Tenho certeza de que os meninos olham pra você o tempo todo.

Ariadne sentiu as bochechas corarem, o que era irritantemente comum, e isso fez suas amigas rirem ainda mais.

— Olha que bonitinha que ela fica quando recebe um elogio!

— Bom — Ariadne passou a mão pela nuca —, pensando bem, antes de eu vir para cá, tinha um menino chamado Pietro que me seguia de um lado pro outro na minha antiga escola. Acho que ele queria ser meu namorado.

— Viu só? — Ísis lhe deu um tapinha no ombro. — Eu sabia.

— E como ele era? — perguntou Jadis. — Bonitinho?

— Hm, não. Ele tinha uma cara estranha. Como alguém que caiu do topo de uma árvore e acertou de cabeça todos os galhos no caminho pra baixo.

As garotas gargalharam tanto que Ísis teve que se apoiar na parede, chorando de tanto rir.

— Ai que dó, Adne, que dó! Mas não se preocupa que a gente vai arranjar um garoto bonitinho pra você. Um dia... não sei se você percebeu, mas aqui só tem mulher.

Ariadne se limitou a sorrir e concordar com a cabeça, e logo apagou a conversa da mente. Sentira falta das bobagens de Ísis e do riso de suas amigas e das aulas e das professoras e de todas as coisas maravilhosas que existiam na escola. Sentia-se aliviada, como se tivesse tirado um peso das costas, suas piores suspeitas descartadas. Ao ver Lia de relance no fim do corredor entrando na sala de aula, percebeu que sentira falta dela também.

Mesmo sem entender direito por quê.

*

Ariadne retornou ao mesmo dormitório que havia compartilhado com Maeve no ano anterior. Ao abrir o armário, encontrou uniformes novos pendurados no cabide. Sua cama parecia igual, com suas fronhas brancas com detalhes em azul marinho. Igual também estava a presença de sua colega de quarto.

O que não foi tão ruim quando ela pensou que seria. A colega já havia se resignado com o fato de que dividia o quarto com uma das garotas bolsistas e que continuaria assim por mais três anos. Ariadne, por sua vez, havia aceitado o fato de que dividia o quarto com uma garota que conversava com Ravena e Muriel e que não havia que pudesse fazer quanto a isso.

A única mudança de um ano letivo para o outro se manifestou sob a forma de um pequeno suporte de madeira anexado à parede. Ariadne encarou aquele objeto com estranheza até que Maeve entrou no dormitório e disse:

— Vamos receber cajados este ano.

Os olhos de Ariadne brilharam ao escutar isso, de modo que Maeve emendou:

— Não se sinta tão animada, são cajados de iniciante. Nem vamos ter as nossas próprias pedras ainda. Agora anda logo que a recepção das calouras vai ser daqui a pouco e eu não quero me atrasar.

Ariadne a encarou. Normalmente as duas faziam as coisas em seus respectivos cantos e nunca andavam juntas pelos corredores da escola, pois Maeve tinha medo de que Ravena e Muriel a vissem caminhando com a garota bolsista, e Ariadne tinha medo de virar cinzas se alguma das garotas olhasse para ela. Para além disso, as duas limitavam seu diálogo apenas ao mínimo necessário.

— Tá… me dá só um minuto.

Terminou de guardar as coisas e as duas andaram lado a lado até chegarem ao salão. Maeve disse:

— Te vejo mais tarde.

E caminhou em direção às amigas. Instantes depois, Ísis se aproximou de Ariadne e lhe deu um cutucão forte no braço. Doeu.

— Ai! Por que você fez isso?

— Pensei que alguém pudesse ter feito um feitiço de ilusão com seu formato, porque juro que vi você e Maeve chegando ao salão *juntas*. O que tá acontecendo?

— Eu não faço a menor ideia. Por quê? Você ficou com ciúme?

— *Eu*, com ciúme? Rá rá. — Ísis revirou os olhos. — Até parece que eu teria inveja da *Maeve*. Sou infinitamente mais bonita do que ela.

— E modesta também.

— Isso é óbvio.

— Deve ser muito difícil ser que nem você.

— Requer uma coisa que eu chamo de "superioridade emocional", Adne. Agora vamos encontrar a Viv e a Jadis porque as novas garotas já devem estar chegando.

*

Uma horda de meninas de catorze anos entrou no salão poucos minutos depois, quando Ariadne, Ísis, Viv, e Jadis já estavam sentadas uma ao lado da outra. Elas chegaram rindo, pulando e gritando, uma profusão atordoante de vestidos maravilhosos e tiaras reluzentes.

Chegaram na escola como se fossem donas de tudo, como se ali o lugar delas. Ao seu lado, Ariadne escutou Viv cochichar:

— Dá pra acreditar nessas meninas?

— Dá pra acreditar em como nós éramos iguais a elas? — Jadis retrucou.

— Isso não é verdade.

— Viv, você chegou aqui com uma tiara de brilhantes!

— Meu pai que me deu!

Ariadne riu e balançou a cabeça, enquanto Ísis sussurrava em seu ouvido:

— Superioridade emocional, Adne. Superioridade emocional.

*

Logo após a recepção das calouras, elas almoçaram no refeitório e seguiram para a primeira aula da nova grade curricular. Era Introdução à

Poções, com a professora Elisabete. Ariadne se sentou na parte da frente da sala com as amigas, animada com a perspectiva de finalmente colocar a mão na massa, embora não soubesse coisa alguma sobre poções.

Um cochicho se formou entre as alunas de que Lia permanecera nas dependências da escola durante as férias por causa do conflito que quase acontecera entre o Norte e o Sul. Enquanto Jadis sussurrava a nova fofoca, Ariadne reprimiu a vontade de mencionar o zepelim que sobrevoou sua casa durante a madrugada e como isso assustou ela e seus pais. Virou-se para trás e olhou para Lia.

Como sempre, ela estava sentada no fundo da sala, sozinha e com o rosto impassível.

Ariadne pensou em se aproximar mais tarde depois da aula e oferecer apoio, mas se lembrou da última conversa entre as duas e quão ruim havia sido. Além do mais, o que poderia dizer que servisse de consolo? Que direito tinha de comparar sua experiência com o zepelim com a possibilidade de Lia nunca mais voltar para casa porque não haveria casa para voltar? Era melhor ficar quieta.

Porém, como obra do destino, depois do término da aula, Ariadne esqueceu um livro na sala. Voltou para buscá-lo e decidiu caminhar em direção ao dormitório pelo caminho mais rápido, atravessando o pátio aberto. Lia estava lá, lendo um livro no banquinho de pedra. Decidiu evitar contato, mas, quando já estava quase no corredor, ouviu a voz da garota chamar pelo seu nome.

Virou-se, confusa e um tanto constrangida. Lia também parecia desconfortável, abraçando o próprio corpo, os olhos voltados para baixo, enquanto dizia:

— Faz tempo que queria te dizer uma coisa, mas nunca encontrei o momento certo. Queria… me desculpar pela maneira como agi da última vez que a gente conversou. Sei que você só estava tentando ser gentil. Me desculpe.

Ariadne engoliu um pouco de ar gelado antes de pensar em uma resposta. Depois daquela conversa, meses atrás, pensou que Lia sequer lembraria seu nome. Respondeu que não havia guardado mágoa, o que não era verdade, e que mal se lembrava da conversa, o que com certeza era mentira. Sorriu, nervosa, e se virou, caminhando para longe o mais rápido possível, antes que Lia falasse qualquer outra coisa.

*

Em seu dormitório, Ariadne encostou a cabeça na parede e sentiu o coração palpitar de forma exagerada. Por que estava se sentindo tão nervosa? Por que se sentia assim sempre que estava perto de Lia? Por que sempre se sentia boba e atrapalhada? Agradeceu à Kaë por Maeve ainda não ter voltado. Deitou-se na cama e encarou o teto.

Será que é assim que as pessoas se sentem quando gostam de alguém?, perguntou para a irmã. Sam não tardou em responder:

Sei lá. Eu nunca gostei de ninguém…

Caramba, Sam, você é de grande ajuda mesmo.

O que você quer que eu diga? Estou morta. *Nunca tive tempo pra gostar de ninguém.*

Tem razão. Ela suspirou. *Desculpa. Eu só não entendo. Se eu gosto dela, e não estou dizendo que gosto, por que tinha que ser ela? Por que não podia ser a Ísis, ou a Viv, ou algum menino de Gaurin? Por que tinha que ser justo ela? A gente quase não se fala!*

Não sei, Azulada, não sei mesmo, disse Sam. *Mas acho que ela também gosta de você.*

Ariadne franziu o cenho.

Por que você acha isso?

A irmã fez uma pequena pausa.

Porque, ao contrário de você, eu presto atenção nas coisas.

III

Ariadne concluiu duas coisas na primeira semana de aula. A primeira foi que, se ela gostava de Lia e Sam dizia que Lia gostava dela de volta, elas deveriam pelo menos conversar sobre alguma coisa. Qualquer coisa. Afinal, as duas haviam trocado uma dúzia de palavras no ano anterior, então talvez a coisa toda não passasse de atração física, se tanto. Tudo era uma grande novidade para ela que, em retrospecto, percebeu que nunca se sentira atraída por ninguém até aquele momento.

A segunda coisa que Ariadne concluiu foi que que magia era uma coisa muito perigosa para ser ensinada a adolescentes de quinze anos. Especialmente poções. Existiam milhares de poções para as mais variadas necessidades e, para seu desespero, uma delas deu errado e fez com que cabelo crescesse nas palmas de suas mãos. As alunas riram e até mesmo a professora Elisabete se esforçou para não esboçar um sorriso, mas ela não achou nem um pouco engraçado.

Coçava.

Com paciência e delicadeza, como se isso fosse a coisa mais normal do mundo, a professora a mandou até o escritório da professora Sibilla, especialista em transmutações, para retirar o cabelo das mãos. Voltou para a aula querendo se esconder debaixo da carteira.

— Acontece com qualquer uma — comentou Ísis. — Depois você pode nos ensinar as técnicas de depilação que a professora Sibilla te passou.

Viv e Jadis gargalharam e Ariadne se segurou para não voar no pescoço da amiga. Ao levantar os olhos, viu que Lia sorria de forma tímida para ela e pronto: suas bochechas quase explodiram.

O que de fato explodiu foi o caldeirão de uma das garotas. O nome dela era Petúnia. A explosão trincou as janelas e cobriu a sala inteira com uma nuvem expessa e preta. Petúnia foi jogada contra a parede, coberta dos pés à cabeça de cinzas e fuligem. A professora saiu correndo em seu socorro, e, com o auxílio de duas alunas, levou o corpo semiconsciente da aluna até a enfermaria.

Magia era uma coisa perigosa. Quem poderia imaginar?

Foi um baita susto para todo mundo e, depois que Petúnia foi retirada da sala, muitas das garotas sussurraram: "ela morreu?" Ravena e Muriel não disseram isso. Elas reclamaram da sujeira nos uniformes.

Mais tarde, antes do término da aula, a diretora Ursula apareceu na sala para informar que não, Petúnia não havia morrido. Ficaria dois ou três dias em repouso e depois retornaria sem grandes transtornos. A professora Elisabete aproveitou a deixa da diretora e usou os minutos remanescentes para dar uma bronca em toda a turma.

— Viram por que precisam aprender toda a teoria antes?! Se vocês não aprenderem toda a teoria, não chegarão vivas até o final do curso!

Ninguém duvidou dela.

Depois desses dois… pequenos incidentes, Ariadne não se sentia mais tão ansiosa para praticar magia. Tudo bem que a Vovó Nice a havia ensinado quando criança a controlar seus poderes e não atear fogo em tudo em todos, mas e se durante uma das aulas de feitiços de força e energia sem querer transformasse uma das garotas em pó? Se bem que talvez não fosse lá uma coisa *tão* terrível assim transformar Ravena ou Muriel em um punhado de cinzas... Ou isso seria crueldade demais?

Mesmo com o cabelo das mãos removido, Ariadne ainda esfregava as palmas uma na outra enquanto guardava o material escolar. Uma mão desprovida de pelos pousou em seu ombro e ela se virou. Era Lia.

— Está tudo bem com você?

Ariadne abriu a boca, mas nada saiu.

Não seja tonta, Sam murmurou em sua mente. *Diga alguma coisa.*

— Ah, sim, sim. A professora Sibilla tirou tudo, é só que... parece meio estranho, só isso.

— Entendi. A professora Elisabete disse que quer falar com você.

Ariadne engoliu em seco. Provavelmente levaria uma bronca.

— O cabelo nas mãos não foi nada bom, foi?

Lia fez uma careta.

— Hm, não, não foi.

Ariadne suspirou e foi até a professora Elisabete. A mulher não lhe deu uma bronca. Em vez disso, sugeriu que ela participasse de aulas extras de poções toda quinta-feira à noite, para evitar coisas piores do que palmas cabeludas.

— Se você tiver alguma dúvida, também pode perguntar para a Lia. Ela será minha assistente durante as aulas.

Olha só, Sam falou, *você vai poder passar mais um tempo com ela. Isso é bom, não é?*

Pior do que a aula de hoje não pode ser, respondeu para a irmã.

*

Além de Ariadne e Lia, juntaram-se ao grupo de aulas extras de poções Petúnia e Muriel. Petúnia apareceu com a cabeça enfaixada e o braço amarrado em uma tipoia, mas fora isso, parecia bem. Já Muriel estava lá por outros motivos. Ariadne descobriu, para seu desespero, que a mãe da garota tinha feito fortuna no ramo das poções e, portanto, havia uma cobrança de sua família para que ela fosse excepcional no manuseio das plantas.

A garota lhes lançou um olhar desdenhoso que fez com que Lia e Ariadne dessem um passo involuntário para o lado, uma em direção à outra.

A professora Elisabete parou no centro da sala e cruzou os braços.

— Que grupo eu reuni... em circunstâncias normais, teria selecionado a dedo as alunas com mais potencial para aulas extras de poções. Mas para *vocês* — ela lançou um olhar raivoso à Ariadne e Petúnia —, essa é uma questão de vida ou morte. Nunca uma aluna morreu durante minhas aulas em *vinte e cinco anos*, e não vou permitir que isso aconteça. Então, vamos começar com algo simples. Acendam seus caldeirões.

As garotas obedeceram. Colocaram uma tampa sobre cada caldeirão e, cinco minutos depois, a professora Elisabete se colocou atrás de Petúnia e deu um peteleco na orelha da aluna.

— Sua desmiolada! Que parte de "o fogo cria pressão" você não entendeu? Se você o mantiver alto desse jeito, ele *vai* explodir! Quer que eu te devolva para sua mãe em um saco ou vários?

Ariadne não conseguiu rir. A visão da garota sendo jogada como uma boneca de pano ainda estava impressa na mente de todas, ridícula, hilária e profundamente aterrorizante.

Lia se aproximou e sussurrou em seu ouvido:

— Experimente abaixar o fogo do seu caldeirão também.

Ela obedeceu. Observou Lia trabalhar com uma mistura de admiração e espanto. A garota era muito habilidosa no manuseio das plantas e utensílios, escolhendo tudo sem hesitar e sem cometer erros, sabendo a temperatura exata do fogo como quem fazia aquilo há muito tempo. Tímida, Ariadne deu um passo em sua direção e perguntou:

— Como você ficou tão boa nisso?

Lia ergueu as sobrancelhas.

— Boa? Eu não sou boa.

— Sério? Porque a Petúnia quase se explodiu e eu fiquei com cabelo nas mãos. Vai por mim, você é muito boa.

Lia baixou os olhos e não respondeu. Havia um sorriso tímido em seus lábios? Ariadne ousou colocar a mão em seu ombro e emendou:

— Sério, você é incrível. Como aprendeu a ser tão boa? É um segredo? Prometo que não vou contar pra ninguém.

A garota karinin olhou em seus olhos e ponderou antes de responder:

— Sabe o que as garotas estão falando por aí? Que eu não voltei pra casa nas férias por causa da ameaça de guerra?

Ariadne fez que sim.

— Bom, elas não estão mentindo. Meus pais enviaram uma carta pedindo para que a professora Ursula me deixasse ficar nas dependências da escola, porque tanques de guerra e soldados foram vistos perto do meu vilarejo. A diretora concordou. Então eu passei os dois últimos meses aqui, estudando. A professora Bete me pediu pra ajudar a cuidar da horta e me emprestou livros e me mostrou coisas e foi assim que aprendi a fazer poções — explicou, muito rápido.

Ariadne se descobriu sem respostas. Era a primeira vez em que as duas conversavam de forma tão franca. Ariadne pensou se devia responder "não se preocupe, vai ficar tudo bem, não vai ter guerra", mas não podia prometer esse tipo de coisa. Por fim, disse:

— Eu sinto muito.

A aula continuou e as duas permaneceram a maior parte do tempo em silêncio. De vez em quando, Lia dizia algo como:

— Está muito quente de novo.

Ou:

— Melhor espremer do que cortar.

Mas era só isso. Ao término da aula, a professora Elisabete puxou Ariadne para um canto e disse:

— Vi que você melhorou bastante nessa primeira aula. Gostaria que continuasse comparecendo. Na melhor das hipóteses, vai se tornar muito boa em poções. Na pior, vai evitar explodir a si e às suas colegas durante as aulas regulares.

Se essas palavras não eram encorajadoras o suficiente, Ariadne sentiu que havia feito um grande avanço em sua tentativa de se aproximar de Lia. E essa já era uma razão boa o bastante para voltar.

Sorriu e agradeceu. Ao colocar o pé no corredor, olhou para trás e viu a professora Elisabete abraçar a jovem karinin.

Foi a primeira vez que viu Lia sorrir.

*

Uma vez por semana pelos meses seguintes, Lia e Ariadne se encontraram nas aulas de reforço de poções da professora Elisabete. O ódio que Lia e Ariadne sentiam por Muriel as aproximou de forma inusitada. Se bem que não era um ódio verdadeiro, apenas um desejo profundo e literal de chutá-la para fora da sala por conta de sua mesquinhez.

Muriel, sim, tinha ódio delas. Ódio por elas serem diferentes, ódio por estarem invadindo seu mundo perfeito e coerente.

Revirava os olhos para as duas com frequência e tecia comentários ácidos, principalmente quando Ariadne errava alguma coisa. Em duas ocasiões, tentou sabotar as poções delas, colocando ingredientes no caldeirão enquanto ninguém olhava.

Apesar das dificuldades, Ariadne apreciava o tempo que passava com Lia. Tê-la ao seu lado lhe dava forças para se defender dos ataques e comentários de Muriel. Talvez isso valesse para a garota karinin.

As conversas entre as duas giravam em torno do preparo de poções, mas, aos poucos, Lia foi se soltando. Ao término do segundo mês, já olhava Ariadne nos olhos enquanto falava.

Com os livros nos braços, as duas caminhavam pelo corredor escuro da escola em direção aos seus aposentos ao fim de uma aula. Destilavam seu desgosto profundo por Muriel quando Lia interrompeu a conversa:

— Você vai almoçar com a Ísis amanhã de novo?

— Eu... sim. Por quê?

— Honestamente, como você aguenta aquela menina? Toda vez que eu olho pra ela, ela está falando, falando, falando... Não cansa?

Lia falou sem desdém e Ariadne riu. Perguntava-se a mesma coisa desde que conhecera Ísis.

— Às vezes, eu acho. Mas a Ísis é uma boa pessoa. De verdade. Às vezes, ela tem umas conversas de gente rica, mas... é o que ela conhece, certo? Não dá pra pedir que ela *não fale* sobre essas coisas.

Hesitante, Lia concordou com a cabeça.

— Fora que a Ísis e as outras meninas podem ser ricas, mas isso não significa que elas *têm* que ser como a Ravena e a Muriel, sabe?

— Acho que elas devem me achar exótica.

— Um pouco, sim. Mas e daí? Elas falam algumas besteiras e eu ignoro, ou dou risada junto. A Ísis é bem divertida depois que você se acostuma. Lia, acho que você gostaria delas se tentasse conhecê-las. Vem comer com a gente amanhã. Elas vão te receber bem. Eu prometo.

Lia suspirou.

— Eu não sei...

Mais uma vez, Ariadne ousou colocar a mão em seu ombro. Pensou no que Sam diria se estivesse ali em seu lugar:

— Lia, a gente não pode combater o ódio das meninas com ódio. Pode?

*

Ao entrar em seu quarto, Ariadne se deparou com uma gata preta desfiando o lençol de sua cama enquanto ronronava. Seus olhos se arregalaram e ela pisou firme no chão antes de gritar:

— Megera, sai daqui!

A gata se virou e a encarou de volta e Ariadne teve certeza de que ela dizia com aqueles olhos enormes e amarelos algo como: "Isto é tudo meu, sai você daqui." Ameaçou investir contra a gata e gritou de novo:

— Sai!

A gata enfim cedeu terreno e saiu correndo para fora do quarto. Ariadne bateu a porta e se virou para Maeve, que estava deitada em sua cama lendo um livro à luz do abajur.

— Obrigada por deixar que a gata destruísse meu lençol.

Maeve nada disse em resposta. Apenas esticou o braço direito, demonstrando um enorme arranhão vermelho que ia do antebraço até a dobra do cotovelo.

— Ah. Não está doendo? Talvez você devesse ir pra enfermaria.

— Pff… — debochou Maeve. — Tenho sete gatos em casa. Estou acostumada.

Ariadne respondeu com uma careta, foi ao banheiro e colocou o pijama. Ao voltar, a colega perguntou de repente:

— Você tem um problema com gatos, não tem?

Maeve estava conversando com ela. De livre e espontânea vontade.

Maeve enlouqueceu, Ariadne pensou. Sua irmã mais velha respondeu em sua mente: *Estou vendo.*

— Um pouco.

Algo com certeza havia mudado durante as férias.

— É superstição?

— Na verdade, não… É que gatos me deixam meio nervosa. Sempre gostei mais de cachorros. Gatos são sorrateiros e têm… unhas. São como ferinhas selvagens que a gente coloca dentro de casa. Sei lá. Prefiro distância.

— Hm... Devo concordar com a parte de "ferinhas selvagens" — respondeu Maeve. Voltou seu olhar para a leitura e decretou o fim da conversa.

Ariadne fez uma análise do estrago cometido pela gata. O lençol estava repleto de furinhos de unhas. Ela suspirou, resignada, e se colocou debaixo das cobertas. Essa era uma preocupação para o futuro. A preocupação do momento era se Lia almoçaria com ela no dia seguinte ou não.

Percebeu-se animada com essa perspectiva. Era bom pensar em Lia antes de dormir.

Era ainda melhor quando ela a visitava em seus sonhos.

IV

Lia não sabia o que, em nome de Kaë, estava acontecendo com ela. Se alguém perguntasse, não seria capaz de explicar por que falara com Ariadne no primeiro dia de aula do novo ano letivo, muito menos por que continuou falando com ela nas semanas seguintes durante as aulas extras de poções.

Sentia-se à vontade perto dela e não se sentia assim com mais ninguém.

Por quê? Por ambas serem bolsistas? Isso não era um motivo bom o suficiente. Ela já havia chegado à conclusão de que se sentia fisicamente atraída por Ariadne. Nunca se sentira atraída por ninguém, portanto essa era uma experiência nova. Mas só a atração física seria capaz de tirá-la de seu eixo de tal forma?

No dia seguinte à conversa das duas na aula de reforço, Lia decidiu que não se sentaria mais sozinha nas refeições. Ainda que titubeante, caminhou em direção à mesa de Ariadne. Ela estava com Ísis, Viv e Jadis, rindo e conversando, como sempre.

Este é um grave erro, disse a si mesma. *Volte.*

Entretanto, seus pés continuaram caminhando em frente. *Volte. VOLTE.* Seus pés pararam em frente à mesa das quatro garotas e sua boca se abriu.

— Posso me sentar com vocês?

As garotas olharam para ela, surpresas.

— Claro! — exclamou Ísis, depois de uma breve hesitação. Ela sorriu. Era mesmo muito bonita e seus olhos não continham desdém nem malícia. Olhando-a mais de perto, Lia foi capaz de entender por que Ariadne havia se aproximado dela.

As garotas abriram espaço. Lia se sentou e cumprimentou todas elas. *Onde está a armadilha?*, pensou. Precisava ser esperta. Ariadne e Ísis pareciam radiantes com sua presença e as demais garotas riam e faziam perguntas, sem nada preocupante, ácido ou com duplo sentido. Lia quase se sentiu segura ali. De qualquer forma, era tarde demais para voltar atrás.

Passadas as perguntas, as conversas logo se aproximavam do intolerável.

"Porque meu pônei... meus bailes... minha casa de campo... meus vestidos...", e assim por diante. Mas Lia percebeu que não conseguia prestar qualquer atenção nisso. Não conseguia prestar atenção em nada, exceto em Ariadne.

Conversa vai, conversa vem, e chegou a hora de voltar para a aula. Lia não conseguiu se concentrar na matéria e ficou irritada. Não podia de forma alguma comprometer seu desempenho acadêmico por conta de uma garota.

Preciso conversar com Kaë, pensou. *Preciso de iluminação.*

Cumpridos todos os afazeres e aulas, correu até o templo e se ajoelhou em frente à estátua da deusa. As sete faces a encararam sem oferecer uma resposta. Quando criança, a mãe lhe dissera que os deuses nunca respondiam de forma objetiva, mas mesmo assim a pessoa entendia. Naquela noite, entretanto, a garota não estava com vontade de trocar charadas com entidades místicas. Saiu do templo frustrada e voltou para o quarto.

Fechou os olhos, mas demorou a dormir. Seus sentimentos lutavam dentro dela, e a jovem karinin buscava a qualquer custo encontrar o caminho certo a seguir.

Todos pareciam levar à Ariadne.

*

Ariadne e Megera pareciam estar num embate mortal. Era óbvio que a criatura felina estava se vingando por todos os meses em que Ariadne não lhe dera atenção. Naquela semana, decidiu urinar nos pertences da garota e de sua colega de quarto, lembrando-as de que tudo aquilo, incluindo as próprias alunas, era sua propriedade.

Cocô de gato era ruim o bastante, mas xixi era insuportável. Ao entrar no dormitório, sentiu aquele odor pungente que fez os pelinhos da nuca arrepiarem. Maeve estava no chão, limpando.

— Megera esteve aqui — observou Ariadne.

— E não passou despercebida.

— Desculpa não ter te ajudado. Se eu soubesse, teria vindo mais cedo...

— Procurei por você, mas não te achei. Esse não é o problema. O problema é que aquela gata maldita mijou no pé da minha cama e agora a madeira está úmida e fedendo.

— Bom — Ariadne se ajoelhou ao lado da colega —, minha mãe me ensinou a passar limão nas coisas pra tirar o cheiro.

— Limão?

— É.

— Não uma poção mágica. Só limão.

— Isso.

Maeve deu de ombros.

— Não custa tentar.

— Deixa que eu vou o refeitório pegar alguns limões frescos e já volto!

Ariadne voltou com os limões, como prometido, e se ajoelhou ao lado de Maeve.

— Adne, você mora em Gaurin, certo?

Ela me chamou de Adne, pensou Ariadne. *Será que verdadeira a Maeve foi sequestrada e substituída por uma cópia?*

Veja se os livros de transmutação mencionam essa possibilidade, disse Samantha.

— Sim. A minha vida inteira.

— Eu moro em Ibirna — comentou a garota. — É perto, não é?

Ibirna ficava mais ao norte, uma cidade pequena e rica, famosa por suas pousadas chiques.

— Mais ou menos, sim.

— Desde que nós voltamos, eu fiquei pensando que devia te perguntar: você também viu o zepelim?

Ariadne a encarou em silêncio e confirmou com a cabeça.

— Quase matou eu e aos meus pais de susto — contou Maeve. — Ninguém avisou nada, nenhum alarme soou. Estávamos crentes de que seríamos bombardeados. Depois que o zepelim passou, meu pai permaneceu a madrugada toda no rádio aguardando notícias, pensando que estávamos em guerra.

— Com a gente foi a mesma coisa — disse Ariadne. — Ele passou quase em cima da nossa casa. Tudo começou a tremer, tinha uma luz que me deixou meio cega... Pensei que fosse um ataque.

Maeve anuiu.

— Você... acha que vamos entrar em guerra com o Norte?

— Não — respondeu Ariadne, sem hesitar. Só que no fundo ela não tinha tanta certeza. Maeve estreitou os olhos.

— Deixa eu reformular: você *acha* ou você *espera* que nós não entremos em guerra?

Ela baixou a cabeça e admitiu:

— Eu espero que não.

— Ah, bom. Nesse caso, somos duas. Mas confesso que estou com medo. Mais medo do que gostaria de admitir.

Medo. Isso foi o que aproximou Ariadne de sua colega de quarto. Medo do futuro. Estranhamente, esse pensamento fez Ariadne se sentir feliz. Feliz por ter uma pessoa a menos que a odiasse na escola. Feliz por ter algo em comum com a colega de quarto, mesmo que fosse o medo de uma guerra.

Elas continuaram a esfregar o chão e o pé da cama até se livrarem de todo o xixi de gato. O quarto cheirou a limão por dois dias.

*

Sábado à noite, depois da última aula da semana, Ariadne foi se deitar cedo e puxou um livro de poções para ler. Não costumava estudar nos horários vagos, mas, quanto mais participava das aulas extras de poções, mais se interessava pelo assunto. Fora que, se sua ambição era se tornar a bruxa mais poderosa que já viveu, era preciso se esforçar em todas as áreas.

Já deveria ser onze horas quando alguém bateu na porta. Ela e Maeve se entreolharam.

— Pode entrar… — disse Maeve, incerta.

A porta se abriu devagar e a cabeça de Ísis surgiu.

— Ísis! O que você tá fazendo aqui? — exclamou Ariadne.

— Ora, minha cara Ariadne, que bom que você perguntou. Eu vim "convocá-la" para uma missão muito importante, mas você não deve fazer barulho. Ah, oi, Maeve, tudo bom?

— E aí? — A aluna colocou o livro que lia de volta na cara, desinteressada.

— Anda, bota uma roupa. A menos que queira ir de pijama.

— Aonde a gente vai? — Ariadne começou a se vestir. Pensou que devia ter feito mais perguntas antes de trocar de roupa.

— Você vai ver.

Ela parou.

— Ísis… *aonde* a gente vai?

— Confia em mim. Ah, Maeve, você não vai contar pra ninguém, né?

— Contar o quê? — respondeu Maeve, ainda sem tirar o livro da cara.

— Legal. Anda logo, Adne, termina de se vestir!

Confusa e um tanto irritada, obedeceu. As duas saíram do quarto e correram pelo corredor escuro.

Enquanto corriam, Ísis deixou claro que Ariadne não devia fazer nenhum barulho, mas não lhe disse para onde estavam indo. Depois de passarem por vários corredores, saíram do prédio dos alojamentos. Viv e Jadis as aguardavam do lado de fora.

— Alguém pode me dizer o que está acontecendo?

Ísis abriu um sorriso de orelha a orelha.

— Nós vamos destilar *álcool*.

Ariadne não precisava refletir muito para saber que aquela ideia poderia expulsá-las da escola.

— Você tá brincando.

Ísis fez que não com a cabeça. Ariadne reconhecia a tendência de garotas da idade dela sentirem uma curiosidade inexplicável a respeito do primeiro porre, mas nunca a compartilhou.

— Pergunta: alguma de vocês sabe como destilar álcool? Assim, sem ficarem cegas?

— Não — disse Ísis —, mas podemos *aprender*. Afinal, somos *bruxas*. Sabemos fazer *poções*. Quão difícil pode ser destilar álcool?

Muito difícil, pensou Ariadne.

— Não acredito que você me chamou pra isso, é uma péssima ideia. Vou voltar pra cama.

— Não, não, não faça isso! — Ísis a puxou pelo braço. — Você está fazendo aulas extras de poções, pode ajudar a gente! Vai ser divertido, eu prometo.

— Se uma professora descobrir, vamos ser expulsas.

— Ninguém vai descobrir.

— *Eu* não sei destilar álcool, Ísis. Vou deixar todo mundo cega, ou em coma, e isso vai ser difícil de explicar pras professoras.

— Aposto que a Lia sabe — sugeriu Viv. — Ela é ótima com poções.

— Não — respondeu Ariadne, firme. — Gente, ela é bolsista. Que nem eu, por sinal. Se alguma coisa acontecer, nós estamos ferradas e nossos pais não vão poder nos ajudar. Fora que ela finalmente começou a falar comigo!

Ísis colocou as mãos em seus ombros.

— Adne, se alguma coisa acontecer, e não vai, eu prometo, *prometo* que assumo toda a responsabilidade por essa ideia. Eu juro, Adne. Você confia em mim? Por favor, confia em mim.

É agora, a voz de Sam ecoou. *Aquela traição que você estava esperando. Diga que não vai fazer parte disso. Que é uma ideia estúpida e que todas vão acabar se ferrando. Vá embora.*

Um suspiro.

— Tudo bem.

Caramba, Azulada.

*

Todas de acordo, seguraram risinhos e tentaram não fazer barulho de volta ao prédio dos alojamentos, até o quarto de Lia. Agnes atendeu a porta sonolenta e com os olhos inchados.

— O que vocês querem?

— Queremos falar com a Lia — disse Ísis. — Ela está acordada?

Em segredo, Ariadne desejou que a colega estivesse dormindo para que pudesse dizer: "Viu, ela não pode ajudar, vamos embora." Agnes soltou um suspiro audível, se virou e disse:

— Lia, sua amiga bolsista está aqui. E as amigas dela também.

Ariadne torceu o nariz ao ouvir a palavra "bolsista". Instantes depois, Lia apareceu com os cabelos desgrenhados e a cara amassada.

— Lia, desculpa te incomodar a essa hora — disse Ariadne, tentando esconder o constrangimento. — Mas... eu e as meninas queríamos pedir sua ajuda pra uma coisinha.

*

Nem Ariadne nem Lia se encontravam muito felizes com suas escolhas mais recentes. E, mesmo assim, lá estavam, andando ao lado de Ísis, Viv e Jadis, que Lia havia apelidado mentalmente de "trio ternura", a caminho de fazer uma coisa muito, *muito* estúpida.

Ariadne estava nervosa e com medo de olhar para Lia. *Isso vai acabar mal e a Lia vai me odiar*, pensou.

Ao que Samantha prontamente respondeu: *Então pega a mão dela e vai embora.*

Ariadne olhou de relance para a outra garota e o simples ato de pensar em segurar sua mão, sob qualquer contexto, fez com que as bochechas queimassem.

Não consigo.

*

Ísis queria conduzi-las até o refeitório, mas Lia as instruiu a seguir para a sala de poções. No escritório da professora Elisabete, encontrariam ingredientes e equipamentos adequados para destilá-los.

A sala estava trancada, como era de se esperar. Quem a abriu foi Viv, usando magia. Não havia qualquer proteção mágica e tanto Ariadne quanto Lia tiveram um mau pressentimento quanto a isso. Talvez a professora não colocasse proteções na sala porque ninguém, exceto elas, seria burro o suficiente para entrar lá sem permissão.

Lia preparou o caldeirão, juntou os ingredientes e começou a destilar tudo por conta própria. Viv guardava a porta, fazendo feitiços de ilusão meio grosseiros, enquanto Ariadne e Ísis supervisionavam o trabalho da colega, mais atrapalhando do que ajudando. Destilar bebidas não era uma tarefa muito fácil, nem rápida, mas Lia demonstrou sua habilidade fazendo pequenos feitiços para agilizar o processo e inserindo ingredientes para colocar um pouco de gosto na bebida. Jadis pegou cinco copos e serviu um pouco para cada garota.

— Vocês têm certeza de que querem fazer isso? — perguntou Lia.

Ísis e Viv fizeram que sim. Jadis meneou a cabeça de leve, como se estivesse se arrependendo de sua decisão, e Ariadne deu de ombros. Ao mesmo tempo, cada uma delas virou seu respectivo copo.

Puta merda, pensou Ariadne, enquanto o líquido queimava a garganta e dava a sensação de fazer a cabeça explodir, um neurônio por vez, como uma festa de fogos de artifício. *Essa foi uma péssima ideia!*

Se a mamãe pudesse te ver agora, falou Sam, *ela diria a mesma coisa.*

A bebida desceu torta e queimou seu estômago, deixando-a enjoada. As amigas tiveram reações semelhantes e Jadis quase cuspiu todo o conteúdo no chão. A única que bebeu indiferente foi Lia, que encarou as demais colegas com uma mistura de decepção e divertimento.

— Isso é horrível — arquejou Ísis. — Me dá mais.

O que quer que elas estivessem bebendo era forte e não demorou para que todas, com a exceção de Lia, estivessem cambaleando e falando arrastado. A sala da professora Elisabete era repleta de vidros e cristaleiras e outras coisas que quebravam só de olhar, e se uma dessas coisas se espatifasse no chão, era bem provável que a professora arrancasse a pele de cada uma com seus poderes mágicos. Portanto, destilaram um pouco mais de bebida e saíram da sala para beber no campo de treino.

— Amanhã é domingo! — justificou Ísis, dois tons acima do que seria considerado adequado para o horário. — Não tem problema ficar de ressaca!

As noites na Academia Rosazul tinham o costume de serem frias, menos no inverno, quando eram *muito* frias. Ariadne tremia da cabeça aos pés e Ísis lhe ofereceu mais álcool para aquecê-la. Por que não? Nesse estado de embriaguez, qual era a pior coisa que poderia acontecer?

Em seguida, as garotas começaram a contar histórias dos meninos mais estranhos que compareceram aos seus bailes, a rir, dançar e rodopiar no campo de treino. Ariadne se sentou ao lado de Lia nas arquibancadas e perguntou:

— Como você não *hic* está, tipo, *hic* BÊBADA?

Lia deu de ombros.

— Onde eu moro é muito frio, então é comum que as crianças bebam cerveja e outras coisas para se aquecerem. Acabei ganhando resistência.

— Nossa. Meus pais *hic* nunca me deixariam beber cerveja. *Hic.* Minha mãe ficou brava quando meu pai me deu um gole de vinho quando eu tinha onze anos. *Hic.*

Lia a encarou. As bochechas de Ariadne estavam vermelhas e ela não conseguia se sentar reta. Para Ariadne, Lia estava turva e havia duas dela. *Duas Lias*, pensou. *Ganhei na loteria.*

Ao ver o olhar abobalhado de Ariadne, a garota karinin estendeu o braço e tirou o copo da mão da colega.

— Pensando bem, talvez seja melhor você não beber mais. Você não parece forte pra bebida.

— Aaaaaaahhhh — choramingou Ariadne e tentou recuperar o copo. — Tá, essa parece uma boa ideia. Mas poxa. Álcool... eu não sabia que ele deixava a vida tão mais... *hic*. Leve. Por quê?

Lia riu. Foi a primeira vez que ela riu ao lado de Ariadne. No futuro, Ariadne desejaria não ter estado tão bêbada naquele momento. Gostaria de se lembrar dele melhor. Olhou fixamente para Lia. Sua boca estava a um metro de distância, convidativa. Sentiu o impulso de beijá-la.

Má ideia, Sam a alertou. *Má. Ideia.*

Mas... ela é tão bonita. E nós estamos aqui sozinhas. E...

Azulada, menos de uma hora atrás, enquanto você estava sóbria, não *tinha coragem de segurar a mão dela. Agora quer beijá-la? Você está bêbada. Não faça isso.*

Ariadne refletiu e então seu estômago revirou e fez um barulho estranho. Nunca havia beijado ninguém antes: e se vomitasse no meio do beijo? No *primeiro* beijo? Isso seria traumático. Lia nunca mais falaria com ela. Melhor confiar no conselho de Sam.

Ariadne não a beijou, mas escorregou um pouco para o lado para ficar mais perto dela. Lia não pareceu se importar.

As garotas continuaram no campo de treinos por talvez mais meia hora, bebendo e rindo. Quando as coisas pareciam prestes a terminar numa história de terror regada a vômito, Lia se levantou e disse:

— Está ficando tarde. Talvez seja melhor voltarmos antes que alguém nos descubra aqui.

Ísis cambaleou em sua direção, enquanto ria. Seu rosto estava vermelho como um pimentão. Andou um pouco e parou, empertigada, e encarou Lia tentando fazer uma cara séria. Abriu a boca para falar alguma coisa, mas no instante seguinte se curvou para baixo e vomitou.

Ísis levantou o dedo e o segurou no alto, pedindo para que Lia aguardasse um momento antes de oferecer uma resposta, enquanto esvaziava o estômago. Ao terminar, estava pálida como um fantasma. Cambaleando, caiu sentada no chão, por sorte longe do vômito, e limpou a boca com as costas da mão antes de dizer:

— Alguém me ajuda a ficar de pé, por favor.

*

Ísis não conseguia caminhar, portanto teve que ser carregada nos ombros por Lia e Ariadne, que não estava se sentindo lá muito sóbria. Já havia passado da fase da bebedeira em que tudo era engraçado e estava na fase em que tudo era intenso e difícil e meio assustador.

Talvez Lia não quisesse beijá-la. Talvez ficasse brava se tentasse. Ou talvez não. E, se fosse esse o caso, Ariadne havia desperdiçado uma boa oportunidade.

Trôpegas, as cinco garotas voltaram para a mansão. Era difícil não fazer barulho, mas elas estavam indo bem, até que tudo foi pelo ralo quando Viv se apoiou na parede em frente ao escritório da professora Sibilla e vomitou lenta e audivelmente.

Ao seu lado, Lia fechou os olhos e esperou. Ariadne teve certeza de que seria expulsa da escola nesse momento. A porta do escritório se abriu e, de dentro, surgiu o rosto da professora Sibilla, cansado, amassado e claramente furioso.

— O que vocês pensam que estão fazendo?

Ninguém respondeu. O cheiro do álcool estava no ar, na roupa delas, misturado com o cheiro do vômito.

— Vocês estiveram bebendo — observou a professora Sibilla. — De quem foi essa ideia brilhante?

Tanto Ariadne quanto Lia pensaram a mesma coisa no mesmo momento. Era a hora. Hora da tão esperada traição.

Mas Ísis deu um passo à frente e disse:

— Foi minha, professora.

Sibilla cruzou os braços e balançou a cabeça.

— Decepcionante, mas não surpreendente. Vocês duas — ela se virou para Lia e Ariadne —, no entanto, deviam ser mais inteligentes. Já vi garotas serem expulsas ou perderem suas bolsas por coisas menos estúpidas. A diretora Ursula tem pouca tolerância para esse tipo de coisa.

Ariadne engoliu em seco e sentiu o corpo tremer da cabeça aos pés.

— Professora — Ísis se manifestou outra vez. — A culpa foi minha. *Hic.* Eu que tive a ideia, elas só me ajudaram. Por favor, não conte para a diretora Ursula. *Hic.* Por favor.

— Como vocês conseguiram a bebida? Roubaram do refeitório? Ou da sala de algumas das professoras?

— Usamos os ingredientes na sala de poções — explicou Lia.

A professora lhe lançou um olhar incrédulo.

— Vocês *querem* ser expulsas? É isso? Se a professora Elisabete descobrir que vocês roubaram ingredientes da sala dela, a professora Filomena vai pendurar todas pelos tornozelos no alto da mansão.

Cada uma delas disse "desculpe", bem baixinho.

— Vocês duas. — Ela encarou Ariadne e Lia outra vez. — Voltem para seus dormitórios imediatamente, antes que a diretora descubra. Todas pagarão pelos itens roubados, não quero saber se são bolsistas ou não. E vocês três, inteligências, limparão esta bagunça. AGORA.

— Sim, senhora — disseram Ísis, Viv e Jadis em uníssono.

A professora Sibilla virou-se para as outras duas garotas e grunhiu:

— Sumam daqui. Pensarei em maneiras de puni-las depois de voltar a dormir. Vão.

Lia agarrou Ariadne pelo braço e a arrastou para longe. As duas andaram em direção aos dormitórios sem dizer nenhuma palavra. A garota karinin as conduziu até o quarto da outra e as duas pararam em frente à porta.

— Lia… *hic.* Me desculpa. Por favor. Eu *hic.* Não devia ter chamado você. Por favor, não fica brava comigo.

Lia soltou um longo suspiro e então assentiu, mas a expressão em seu rosto não escondia o quão irritada ela estava. Tirou um frasco de dentro do bolso interno do casaco e o entregou para Ariadne.

— Eu… preparei isso aqui pra você.

Dentro havia um líquido translúcido, mais grosso do que água, e quando Ariadne abriu o frasco, percebeu que cheirava a gengibre.

— Beba isso e então beba bastante água — explicou Lia. — Assim, quando você acordar, vai estar sem ressaca. E se for pra vomitar, faça o favor de fazer isso no seu banheiro.

— Po… *hic.* Pode deixar.

Lia se virou para partir, mas mudou de ideia.

— Não conte às outras meninas que te dei isso. Vai ser nosso segredo.

E com isso, ela partiu.

Ariadne entrou no quarto e viu que Maeve já estava dormindo. Devagar e com dificuldade, entrou no banheiro, tirou a roupa e recolocou o pijama. Sentia-se enjoada, trançando as pernas como se o chão fosse feito de gelatina. Bebeu a poção, como Lia havia instruído, e depois um litro de água.

Deitada, sorriu ao lembrar de Lia dizendo que aquilo seria o segredo delas. O primeiro de muitos, desejou, e teve um sono calmo e profundo.

V

Tenho estudado muito sobre quem somos, e por que somos como somos. Bruxas manipulam energia: luz, som, calor. Kaë diz que tudo no universo é energia e que a energia apenas se transforma. Nós, bruxas, a tomamos emprestada e a moldamos com o auxílio dos nossos cajados. Criamos ilusões e alteramos a matéria, conjuramos os elementos da terra para que atuem ao nosso favor. Mas Kaë também diz que existem formas diferentes de energia... energias que vão além do mundo material. Acredita-se que apenas bruxas excepcionalmente poderosas conseguem acessá-las, coisa que eu mesma nunca fui capaz de fazer. Algumas, por exemplo, se dizem capazes de prever o futuro, enquanto outras afirmam se comunicar com os mortos. Todavia, como é de se esperar, a comprovação de tais poderes é muito difícil.

— *Rosas ao Vento: A história de Agatta Aramante*, página 227

*

Os dias seguintes ao incidente do vômito foram marcados por um forte clima de tensão. No domingo, Ariadne, Ísis, Viv e Jadis almoçaram juntas no refeitório, mas ninguém comentou nada. As três estavam com os cabelos desgrenhados, as caras pálidas e com enormes olheiras debaixo dos olhos, reclamando de dor de cabeça. Ariadne, ao contrário, sentia-se ótima. A poção que Lia lhe dera havia feito efeito durante a noite e seu corpo estava descansado e bem-disposto.

Porém, Lia não almoçou com elas no domingo. Nem na segunda-feira, nem na terça. Voltou a comer no lugar de sempre, em uma mesa vazia no fundo do refeitório, em silêncio e longe de todo mundo.

— Ela tá brava com a gente — constatou Ísis. — É claro que está brava com a gente. Ai, Adne, me desculpa. Foi uma ideia estúpida.

Ariadne concordou. Todavia, enquanto essa parte era fácil de concluir, mais difícil era entender as atitudes da garota karinin. Em um dia, Lia lhe dava uma poção para curar a ressaca. Para ela e exclusivamente para ela. No outro, não olhava mais na cara de Ariadne.

Na terça-feira tiveram aula de poções com a professora Elisabete. Ao entrarem na sala, Ariadne e Ísis se entreolharam e engoliram em seco. Ficaram lado a lado com Jadis e Viv enquanto acendiam os caldeirões e esperavam por possíveis comentários. Não escutaram nenhum. A aula continuou normalmente, com as garotas passando as três horas seguintes suando frio.

Na quinta-feira, Ariadne teve aula extra de poções à noite, com Lia. A garota não olhou em seus olhos, o que a deixou com medo de dizer qualquer coisa. Muriel, do outro lado da sala, não deixou de tecer um comentário na primeira oportunidade que teve.

— Você não vai ficar do lado da sua namoradinha? Por acaso vocês brigaram?

Ariadne encarou Lia, mas a outra garota desviou o olhar. Muriel fez mais alguns comentários depois disso, e Ariadne passou o restante da aula tentando não ficar vermelha. Seu apelido não devia ser "Azulada", e sim "Pimentão", ela pensou.

A punição veio na sexta. Depois da aula de introdução a feitiços de ilusão, com ninguém menos que a professora Sibilla, as cinco foram chamadas pela professora.

— A diretora Ursula não ficou sabendo da brincadeira estúpida de vocês, mas eu prometo que, no próximo deslize, todas serão expulsas. Estou dobrando o serviço de limpeza de todas pelos próximos dois meses, o que não é nem perto do que a diretora faria. Que isso sirva de lição. A professora Elisabete também está muito decepcionada.

Ariadne engoliu em seco. Então ela sabia.

— Vou dar um jeito de pagar por tudo — prometeu Ísis, quase à beira do choro. — A ideia foi minha.

— A professora Elisabete disse que não há necessidade, embora eu tenha insistido para que vocês pagassem pelo material roubado. Ela disse que não. No fim, a decisão é dela, eu suponho. Mas saibam que estarei de olho nas cinco daqui em diante. Principalmente em vocês duas. — Apontou para Lia e Ariadne. — Vocês receberam uma oportunidade única. Deviam dar mais valor a ela. Estão dispensadas.

Lia foi a primeira a sair da sala e Ariadne saiu correndo atrás dela. Conseguiu alcançá-la no final do corredor e a puxou pelo ombro, fazendo com que as duas ficassem cara a cara.

— Lia, por favor. *Por favor.* Me desculpa. Eu nunca devia ter chamado você, sei disso. Sinto muito. Por favor, não fique brava comigo.

— Não estou brava com você.

— N... não?

— Não. — Lia balançou a cabeça. — Estou brava *comigo*. Concordei em ir com você. Eu não deveria ter feito isso.

— Lia, por favor. Não vai acontecer de novo.

— Se depender de mim, não vai mesmo. E vou te dizer uma coisa, Adne, pro seu próprio bem: esta é uma escola *paga*. A Ísis pode ser meiga, inocente, linda, o que for, mas ela não tem que assumir as mesmas responsabilidades que você e eu, porque o pai dela é *rico*. Contanto que continue pagando a mensalidade, ela vai poder fazer praticamente o que quiser. Nós não temos direito de sair da linha, entendeu? Não sei quanto a você, mas esta talvez seja a única chance que eu tenho de ser alguém na vida, de sair do meu vilarejo e, quem sabe, tirar meus pais de lá antes que tanques passem por cima!

Lia voltou a caminhar, mas Ariadne a chamou outra vez.

— Por que você me deu a poção?

Lia parou por um instante, ensaiou que iria se virar, mas no fim não respondeu. Caminhou o mais rápido que pôde para longe de Ariadne, parando apenas um momento para se apoiar contra uma parede quando já estava longe o bastante, respirar fundo e enxugar as próprias lágrimas.

*

Ariadne recebeu seu primeiro cajado na segunda-feira da semana seguinte à bronca da professora Sibilla.

Era feito de uma madeira leve e simples e não tinha uma pedra em cima, mas um tipo de resina amarela. Foi o suficiente para deixá-la eufórica. Estudava magia desde os oito anos de idade. Poderia finalmente mostrar para todo mundo o que era capaz de fazer.

Depois de receber o cajado, Ariadne passou os quatro dias seguintes brincando com o presente, até sua colega de quarto pedir para ela parar, antes que alguma coisa pegasse fogo ou explodisse. A resina não tinha a mesma força que uma pedra, mas era capaz de conduzir energias mágicas assim mesmo. Ariadne se conteve, pensando que o momento certo para exibir suas habilidades se apresentaria em breve.

O campo de treino estava ensolarado e uma brisa leve batia nas canelas das alunas que se reuniram em uma fileira em frente à mansão na manhã de sexta-feira. As mãos de Ariadne tremiam de expectativa.

— Como vocês notaram — começou a professora Sibilla —, todas receberam cajados com resina. Vocês só receberão pedras quando se formarem, e elas serão atribuídas pelo conselho escolar com base em suas personalidades e habilidades. Até lá, estes serão seus cajados. Evitem perdê-los ou quebrá-los.

Ela fincou o próprio cajado no chão. No topo ficava um exemplar lindamente esculpido de Pedra da Lua. Quando a professora Sibilla executava alguma magia, a pedra emitia um suave brilho cor-de-rosa. Ela caminhava de um lado para o outro enquanto falava.

— Todas vocês nasceram com a magia dentro de si. Todas são capazes de fazer magia sem usar o cajado. Porém, como estudamos no primeiro bimestre durante as aulas teóricas, o cajado as ajudará a condensar e focar a magia. Vamos começar.

Sobre uma pequena mesa colocada no meio do campo, a professora Sibilla depositou uma tora de madeira.

— Quero que vocês se aproximem da madeira uma de cada vez e façam um feitiço de ilusão. Deverão transformar a imagem desta tora em outra coisa. Mas lembrem-se: o objetivo não é alterar a composição do objeto, e sim projetar uma *imagem*. A imagem pode ser o que vocês desejarem. Quanto mais detalhes conseguirem colocar nela, melhor. Lia, vamos começar com você e seguir para a direita. Venha até aqui.

A garota obedeceu. Colocou-se a um metro de distância da tora e apontou o cajado para o objeto.

— Concentre-se. Você pode sentir um calor na mão, ou um formigamento, conforme a energia passa do seu corpo para o cajado. Isso é esperado. Agora escute bem: crie uma imagem nítida em sua mente do que a tora deve ser. Hoje não vou cronometrar o tempo, mas esse será um dos fatores determinantes em suas avaliações no futuro. Pode começar.

Com o cajado apontado para frente, a garota se concentrou. Fechou os olhos e respirou fundo, formulando uma imagem nítida do que queria transmitir. Um raio de luz amarelada se projetou da resina na ponta do cajado e atingiu a madeira. De repente, a tora cresceu para cima e raízes grossas se projetaram para baixo e se enfiaram no solo, até transformarem-se em uma linda cerejeira. Algumas das garotas suspiraram de surpresa. Ariadne entre elas.

Com as mãos cruzadas atrás das costas, a professora Sibilla se aproximou e estudou a imagem criada por Lia. A professora observou, observou e então fez um sinal com a cabeça para que Lia encerrasse o feitiço. A garota baixou o cajado e a imagem se desfez de imediato, transformando-se mais uma vez em uma simples tora.

A professora fez alguns comentários elogiando o feitiço e apontando questões que podiam ser melhoradas.

Lia retornou para seu lugar na fila com a expressão impassível. Em seguida, uma menina chamada Endora, cujas pontas do cabelo estavam pintadas de azul, se aproximou da tora e criou a imagem de uma coruja, mas não conseguiu fazê-la se mover. Depois, Petúnia transformou a tora em uma caneca de chocolate quente, mas se esqueceu do vapor.

Uma por uma, as alunas caminharam em direção ao objeto e o substituíram pelas mais variadas imagens: um cachorro que saiu deformado, uma rosa que ficou sem cor, uma cristaleira sem transparência e assim por diante.

Chegou a vez de Muriel, que caminhou confiante em direção à tora. Ela a transformou em um vaso de porcelana com complexos desenhos azuis. A professora Sibilla elogiou muito a imagem, cheia de texturas e reflexos. Muriel voltou para a fila mais arrogante ainda, como se isso fosse possível. Ravena foi logo depois e transformou a tora em uma maravilhosa águia de cabeça branca que, ao contrário dos demais objetos criados pelas alunas, movia-se com fluidez e naturalidade. Mais uma vez, a professora se mostrou muito impressionada, o que faria maravilhas para a manutenção de seus egos.

Maeve foi a próxima e transformou a tora em um vaso de frutas, enquanto Viv optou por uma escultura de pedra e Jadis projetou a imagem de uma casa em miniatura, com todos os detalhes: os tijolos, a chaminé com fumaça saindo, as janelas de beiradas verdes e um jardim com um pomar. A professora a elogiou bastante e sugeriu apenas que nas próximas aulas ela tentasse criá-la em uma escala maior.

E então foi a vez de Ísis, a última antes de Ariadne. Ela caminhou com uma timidez incomum em direção à tora, apontou seu cajado e a transformou em dezenas de borboletas azuis brilhantes que se puseram a voar ao redor da professora. Várias alunas exclamaram enquanto Muriel e Ravena fechavam a cara. O queixo de Ariadne despencou.

— Muito bonita sua imagem, Ísis — elogiou a professora Sibilla, meio atônita. — Muito fluída e com movimentos complexos. Adorei os detalhes nas asas das borboletas, isso é difícil de fazer. Estou impressionada, parabéns.

Ísis voltou sorrindo para a fila e se colocou ao lado de Ariadne, com um sorriso que ia de orelha a orelha.

— Você foi incrível! — sussurrou Ariadne.

— Obrigada! Agora vai lá e arrasa.

Ariadne engoliu em seco e deu alguns passos à frente. Apontou o cajado para frente e se concentrou. Assim como a professora havia dito, a mão direita que segurava o cajado ficou quente e todo seu braço começou a formigar, conforme o poder passava do corpo para a ferramenta.

O problema é que ela não fazia a menor ideia do que projetar. As outras alunas já haviam feito coisas tão incríveis que a deixaram embasbacada, e ela se esquecera de pensar em alguma coisa. Ficou parada, constrangida e com as bochechas quentes, o cajado apontado na direção da tora, sem fazer nada.

Atrás dela, começou um burburinho. As garotas ficaram impacientes e Ravena e Muriel puxaram a fileira da zombaria, como de costume. Ariadne ficou ainda mais nervosa, até que a professora se aproximou e disse:

— Fique calma e concentre-se. Não preste atenção nelas. Preste atenção no que está à frente e na imagem que você quer projetar. Esqueça o resto.

Ariadne engoliu em seco e respirou fundo. Não fechou os olhos: as palavras da professora lhe deram uma ideia. Uma luz cor de âmbar saiu da ponta do cajado e atingiu a tora, que se iluminou em um clarão intenso.

E então sumiu.

No começo, as colegas não entenderam o que havia acontecido. Ao seu lado, a própria professora Sibilla pareceu surpresa. A tora simplesmente não estava mais lá. Tudo o que se via era o topo da mesinha, o campo e as árvores atrás dela. A professora se aproximou devagar e estendeu a mão. Encontrou a tora e a tocou. Porém, para todos os efeitos, parecia que sua mão estava parada no ar.

— Impressionante. Por um momento eu pensei que você tivesse transmutado a tora, mas não. Ela continua aqui. Muito bem, Ariadne. Essa foi uma ilusão muito inteligente, você está de parabéns. Agora pode voltar para a fila.

Ariadne obedeceu, mais do que satisfeita. Ao se aproximar, escutou Muriel dizer:

— Ela fez a tora desaparecer, uau. Que coisa mais sem imaginação.

O comentário fez a raiva crescer em seu peito. Ao se colocar ao lado de Ísis na fila, a amiga se virou e disse:

— Não dê ouvidos a ela. Foi incrível.

Ariadne permaneceu o restante da aula olhando para a frente enquanto as demais garotas iam até o centro do campo e faziam seus feitiços. Não percebeu que Lia era incapaz de tirar os olhos dela. Não percebeu o corpo inquieto da outra, ou como ela se esforçava para não sorrir. A aula acabou com mais alguns comentários da professora Sibilla e as alunas voltaram à mansão para almoçar.

Lia foi na frente, afastando-se das demais garotas o mais rápido possível, e Ariadne admirou a maneira como seus cabelos cacheados balançavam com a força do vento. Isso a deixou triste. Ísis colocou a mão em seu ombro e sussurrou:

— Ela ainda está brava?

— Sim.

— Então a gente precisa reconquistar a confiança dela.

Ariadne concordou, embora não soubesse como faria isso. Quis correr até Lia e conversar com ela, pedir desculpas outra vez, falar qualquer coisa. Mas a garota karinin seguiu tão rápido em direção à escola que logo ficou fora de alcance.

VI

Aos sábados e domingos, o café da manhã era servido mais tarde, às dez horas, e era obrigatório que todas as alunas comessem juntas. Ariadne, que estava acostumada a acordar mais cedo que as colegas, chegou no refeitório antes de todo mundo e esperou até que Ísis, Viv e Jadis aparecessem. Ísis estava com o rosto parecendo massa de pão surrada e o cabelo como um ninho de pássaros. Ela se sentou, carrancuda, e estreitou os olhos ao encarar Ariadne.

— Sério, eu te odeio.

— Quê? — exclamou Ariadne. — Por quê?

— Como você consegue acordar tão cedo e continuar acordada o resto do dia? E, sério, como você consegue acordar com o cabelo tão bonito?

Ariadne revirou os olhos. Acordar cedo e tomar banho antes do café da manhã, essa era a resposta.

— Deixa de besteira, Ísis.

— Ué, você não ficou sabendo? Besteira é só o que eu sei falar.

Eis que, sem nenhum aviso, a diretora Ursula entrou no refeitório, acompanhada das professoras Filomena, Elisabete e Sibilla. O corpo docente nunca comia com as alunas, então todo mundo se virou para encará-las. Um burburinho começou. Ao lado de Ariadne, Jadis disse:

— O que elas estão fazendo aqui?

— Atenção! — a diretora gritou. — Atenção, por favor!

O burburinho diminuiu aos poucos até parar. A diretora caminhou até o centro do refeitório, onde todas podiam enxergá-la, e disse:

— Peço desculpas por interromper o café da manhã com notícias tão terríveis, mas é importante que vocês saibam disso o quanto antes. O ministro de Assuntos Exteriores de Lemúria nos encaminhou uma mensagem hoje de manhã. Tropas dissidentes de Azgür atacaram um comboio sulista próximo do Estreito de Berin. O príncipe está morto. E nós estamos oficialmente em estado de guerra.

O ar foi sugado do refeitório. Todas ficaram em silêncio.

— As aulas de hoje estão canceladas — prosseguiu a diretora. — Por favor, sigam todas à sala de recepção imediatamente de forma calma e ordenada.

Ariadne sentiu como se uma parede de tijolos tivesse caído em suas costas. Procurou por Lia no final do refeitório e viu que a colega estava pálida e com o olhar perdido. As alunas começaram a se levantar, atordoadas, e a caminhar até o outro salão. Ariadne se ergueu e correu até Lia, que continuava imóvel.

— Ei. Você está bem?

Lia demorou alguns segundos para perceber que Ariadne estava ao seu lado.

— Sim — disse. Sua voz saiu trêmula e fraca. — Temos… temos que ir pro refeitório.

— A gente já tá no refeitório. Temos que ir pra sala de recepção.

— Isso. A recepção.

Ela engoliu em seco e se levantou, passando por Ariadne sem dizer mais nada. Ísis, Viv e Jadis apareceram correndo logo depois.

— Ela tá bem? — perguntou Ísis.

Ariadne disse que não sabia.

*

No caminho, as alunas foram abandonando o silêncio sepulcral de antes.

— O que está acontecendo?

— Como assim o príncipe morreu?

— Estamos mesmo em guerra?

— Isso significa que vamos ser convocadas?

As professoras seguiram na frente, guiando as alunas até o salão, e não responderam nenhuma pergunta. De longe, Ariadne tentou enxergar Lia no meio da multidão. Se a conhecia bem, ela se sentaria sozinha.

A diretora Ursula abriu as portas do salão, revelando várias fileiras de cadeiras vazias e um enorme radiofone disposto sobre uma mesa de madeira na frente de tudo. As demais professoras do corpo docente já estavam lá.

Com rapidez, as garotas se sentaram e continuaram a cochichar, assustadas. Lia escolheu um banco no fundo, encostado na parede, e Ariadne correu para se sentar ao seu lado. Sem hesitar, abraçou a colega, que não fez qualquer movimento para repeli-la. Tremia da cabeça aos pés. Ísis chegou em seguida e se sentou ao lado de Ariadne e a abraçou também. Jadis abraçou Ísis e Viv abraçou Jadis no final da corrente.

— Vai ficar tudo bem — sussurrou Ariadne, mesmo estando tão nervosa que se sentia prestes a vomitar. — Vai ficar tudo bem.

Lia não respondeu.

As alunas do quarto ano foram as últimas a entrarem no salão. Os rostos carregados de medo, muitas abraçadas umas às outras, chorando. Ariadne olhou para elas e estremeceu. Não era incomum que ex-alunas fossem convocadas para prestar serviço militar depois da formatura, mas o reino inteiro estava em guerra desta vez.

A diretora Ursula se sentou em uma cadeira na frente de todas, enquanto a professora Filomena ligava o rádio. Alto-falantes espalhados pelo salão fizeram o som reverberar com violência, e uma voz grave e ponderada disse:

Príncipe Alban morto, Lemúria em guerra com o Norte. Começa agora o boletim informativo da manhã.

O príncipe Alban e seu marido foram mortos hoje às cinco e quinze da manhã, horário da Capital, em um atentado cometido por tropas dissidentes do governo de Azgür. Uma hora depois, o Rei declarou estado de guerra. Tropas de soldados e infantaria blindada estão se deslocando neste momento para o Estreito de Berin no que é, certamente, a maior ofensiva militar da história deste reino.

Ariadne sentiu de novo o ar sendo esvaziado do salão.

Em comunicado, a família real informou que o conflito por ora é estritamente armado e que forças mágicas não serão empregadas enquanto possível. Os governantes de Azgür não assumiram responsabilidade pelo atentado, mas informaram que irão mobilizar suas tropas com toda a força necessária para se defender.

Atrás delas, uma das alunas quartanistas começou a soluçar de alívio. Na frente do salão, várias professoras deram as mãos. A diretora Ursula, por sua vez, continuou sentada na cadeira, imóvel.

Eis o comunicado oficial da rainha:

A voz do locutor foi substituída pela voz de uma mulher velha e cansada. Ariadne já havia escutado a rainha em transmissões de rádio, mas nesse dia ela soava triste e desamparada.

É com grande pesar que informamos que nosso filho mais velho, o príncipe Alban, e seu marido, o duque de Anorsh, foram mortos no que só pode ser chamado de um ato bárbaro de covardia por parte do reino de Azgür. Nosso filho era um bom homem, respeitado e amado pelo povo, um homem com força de caráter e com toda sua vida pela frente. Julgamos que sua morte violenta e sem propósito significou um ato deliberado de guerra por uma nação vizinha.

Um novo ano se aproxima e não sabemos o que ele nos trará. Mas, independentemente de paz ou conflito, na felicidade ou na tristeza, nós nos manteremos unidos como um único reino, um único povo. Um grande período de provação se aproxima, mas nossas fundações são tão sólidas quanto nosso espírito. Jamais desistiremos. Jamais nos renderemos.

A voz da rainha foi substituída outra vez pela do locutor, que disse:

Por ordem do Governo Real de Lemúria, a partir deste momento o reino se encontra em estado de Lei Marcial. O toque de recolher obrigatório começará às 19h em todas as cidades, e quem o desrespeitar será ime-

diatamente preso. Todos os homens entre dezessete e trinta e cinco anos deverão se reportar para os centros de convocação militar mais próximos de suas casas até terça-feira, às nove da manhã, para avaliação médica. Quem se recusar será preso.

Mulheres entre dezessete e trinta e cinco anos estão temporariamente isentas de convocação. As bruxas que quiserem se alistar poderão fazê-lo também nos centros de convocação militar até sexta-feira.

O boletim informativo continuará transmitindo informações todos os dias às 7h, às 12h e às 18h. Permaneçam sintonizados e lembrem-se: um povo unido é um povo forte.

Uma música tocou em seguida e o boletim informativo acabou. Todas aguardaram a diretora Ursula. Ela se levantou devagar, e olhou para as alunas. Seu rosto estava pálido e contorcido e os olhos, vermelhos e marejados. Ela engoliu em seco e disse:

— As quartanistas estão dispensadas de quaisquer atividades no decorrer da semana. O exame final está temporariamente suspenso. As alunas que já completaram dezessete anos e desejarem se alistar deverão entregar uma carta em meu escritório declarando suas intenções até quarta-feira de manhã, para serem liberadas a tempo de comparecer ao centro de alistamento mais próximo. As que assim o fizerem terão uma cerimônia de formatura antecipada, a ser realizada na quinta-feira em horário ainda a ser estabelecido.

"Às demais alunas: eu quero dizer que tempos sombrios nos aguardam, mas, enquanto unidas, vocês não terão nada a temer. Esta é sua casa, *nossa* casa, e continuará sendo assim no futuro. Vocês continuarão com suas atividades, farão as provas e cumprirão com seus deveres como as damas em formação que são. Sejam fortes e corajosas e nós sobreviveremos à tempestade que se avizinha."

Ela engoliu em seco de novo, como se lutasse para acreditar nas próprias palavras.

— Aproveitem o tempo que lhes foi dado para descansar, consolar umas às outras e contatar suas famílias. A sala de rádio será liberada para quem quiser conversar com seus familiares, e um veículo será disponibilizado para quem precisar ir à cidade mais próxima enviar telegramas. Vocês deverão ir em turnos, que serão definidos por ordem de ano: as alunas do quarto e terceiro anos irão primeiro, depois as do segundo, e por último as do primeiro. Meu escritório permanecerá aberto caso alguém tenha alguma dúvida ou apenas queira conversar. Isso é tudo. Dispensadas.

Sem demoras, várias alunas se levantaram, ansiosas para irem para a sala de rádio conversar com os parentes. Abruptamente, Lia se levantou e saiu caminhando apressada. Ísis e Ariadne se entreolharam e correram atrás dela.

— Lia, espera! — gritou Ariadne, mas ela não lhe deu ouvidos. — Lia!

Lia estava tentando sair da mansão e alcançar seu dormitório. No meio do caminho, foi interceptada por Ravena, que começou a gritar e empurrá-la.

Faça alguma coisa, pensou Ariadne. *Qualquer coisa.*

Lia não reagiu. Deu um passo para o lado, mas lá estava Muriel para bloqueá-la. Deu um passo para o outro e lá estava Ravena, xingando, gritando.

— Você devia ser expulsa da escola, sua porca nortista!

Ariadne se moveu.

Escutou a voz de Ísis gritar alguma coisa, mas a ignorou. Sem perceber, sua mão se fechou em um punho. Ravena olhou em sua direção. Havia parado de gritar e parecia assustada. No instante seguinte estava caída, com a mão na boca que vertia sangue.

A mão de Ariadne explodiu em uma dor aguda que viajou até o cotovelo. Ela também gritou de dor e se ajoelhou no chão, segurando o pulso.

Ao seu redor, as demais alunas ficaram em estado de choque. Demorou alguns segundos para que o entorpecimento passasse, e então Muriel apareceu no campo de visão da garota, aos berros.

— Sua lunática! O que foi que você fez?!

O que foi que eu fiz? Ariadne pensou. *Sam? Você tá aí? O que foi que eu fiz?*

Ravena continuou caída de costas, com a boca sangrando. De olhos arregalados e despejando uma raiva selvagem, gritou:

— Meu dente! Ela quebrou meu dente! Sua vaca desgraçada, eu vou acabar com sua vida!

Ariadne virou o rosto para o lado e enxergou Lia, paralisada e com os olhos cheios de lágrimas, olhando de volta para ela.

— Lia...

A menina balançou a cabeça de um lado para o outro, algumas das lágrimas escorrendo pelo rosto, e saiu correndo.

— Lia!

— O que está acontecendo aqui?! — Uma voz irrompeu pela multidão. De trás das alunas que se reuniram para ver a briga, surgiu a professora Sibilla, que olhou para Ravena caída de costas com a boca sangrando e então para Ariadne, que segurava a mão machucada, e juntou dois mais dois.

A professora caminhou rapidamente até Ariadne, a segurou pelo braço bom e a puxou para fora de lá, arrastando-a com força de volta para a mansão. Tremendo de dor e de medo, ela passou por Ísis. A amiga olhou em seus olhos e disse:

— Adne, fica calma, vai ficar tudo bem.

Em sua mente, a voz de Sam também dizia: *Fique calma, vai ficar tudo bem.*

Mas Ariadne já sabia que as coisas não ficariam bem.

*

A professora Sibilla a levou para seu escritório e a colocou sentada em um banquinho de madeira.

— Não diga uma palavra — ordenou, e então se virou para pegar alguma coisa em uma prateleira.

A mão direita de Ariadne latejava na altura do pulso, e a dor havia se espalhado até o ombro. Os nós dos dedos estavam machucados e sangrando, e o corpo continuava a tremer quando ela finalmente se deu conta do que havia feito. A professora Sibilla se virou, com o cajado em uma mão e um frasco de um líquido amarelo na outra, e disse:

— Deixe-me ver isso. — Pegou a mão da aluna e a examinou, virando-a de um lado para o outro. Ariadne soltou um gemido de dor. — Acho que o pulso está quebrado. Fique quieta.

A professora apontou o cajado para o pulso da garota e uma luz rosa saiu da Pedra da Lua. Ariadne sentiu o braço ficar quente e a dor diminuiu aos poucos.

— Fique bem parada ou seus ossos podem virar geleia.

Ariadne engoliu em seco e continuou tão imóvel quanto possível. A intensidade da dor no braço diminuiu, até sumir.

— Agora mexa a mão.

Ela obedeceu. Girou o pulso de um lado para o outro e não sentiu dor em nenhum momento, apenas uma certa rigidez. A professora anuiu e começou a passar uma pomada com cheiro forte nos dedos inchados e depois colocou uma faixa em tudo.

— Você vai me acompanhar ao escritório da diretora.

Ariadne se permitiu entrar em pânico e puxou o braço de volta.

— Não! Por favor, professora! Eu sinto muito! Por favor! Eu sinto muito, me desculpa! Por favor, não me leva pra diretora, *por favor*!

Estava chorando e soluçando como uma criança, mas a professora Sibilla apenas balançou a cabeça.

— Você agrediu uma aluna, Ariadne. Eu sinto muito, mas não posso mais ajudá-la.

*

A diretora Ursula estava de costas para a porta quando Ariadne entrou, e não se virou para recebê-la. Permaneceu de pé com as mãos cruzadas atrás das costas, encarando a paisagem através da janela.

— Imagine por um momento — disse ela — que eu sou o ministro dos Assuntos Exteriores. Meu país está em guerra com o Norte, minha rainha perdeu seu filho mais velho e o genro, tudo está de pernas para o ar e, no meio desse caos, recebo uma ligação dizendo que minha filha levou um soco na boca.

Ariadne engoliu em seco. *O pai da Ravena é o ministro dos Assuntos Exteriores?!*, pensou. A voz de Sam respondeu: *Retiro o que eu disse. Você está absolutamente ferrada.* A diretora se virou e a garota deu um passo involuntário para trás.

— Agora imagine que *eu* sou a diretora dessa escola, uma escola de elite na qual se formam bruxas que depois assumem posições de destaque na alta sociedade. Imagine que tenho que atender um telefonema desses. Imagine as coisas que tive que ouvir.

— Professora, eu...

— Fique quieta. Quando a escolhemos, foi porque enxergamos em você um grande potencial, porque esperávamos de você coisas maravilhosas. — Ela engoliu em seco. — Infelizmente, não mais.

Ariadne voltou a chorar.

— Professora, por favor... eu...

— Ariadne. Eu sei que os sentimentos estão à flor da pele. Sei que vocês estão todas com medo, mas este tipo de comportamento é inaceitável em nossa escola. Por isso, você está, para efeito imediato, expulsa da Academia de Magia Rosazul.

VII

Ariadne estava em seu quarto aos prantos quando Ísis entrou. A amiga se sentou na cama ao seu lado e escutou a história inteira.

— Ela não pode te expulsar! — exclamou. — Não é justo!

— Não importa se é justo ou não — respondeu Ariadne, entre soluços. — Foi o que ela acabou de fazer.

— Não — insistiu Ísis. — Não. Deve ter alguma coisa que a gente possa fazer.

— Você pode me deixar em paz.

Ariadne se deitou na cama e enrolou o rosto na fronha do travesseiro, inconsolável.

Seus sonhos estavam se esfarelando e fora necessário apenas um dia, um segundo, um breve momento de descontrole. Ísis afagou sua cabeça, se levantou e saiu do quarto sem dizer mais nada. Ariadne chorou por mais um bom tempo, até que as lágrimas a deixaram entorpecida, e ela enfim conseguiu se levantar.

Arrumou suas coisas e guardou os uniformes no armário. Depois, colocou os presentes que havia ganhado, o vestido, as botas e o relógio, na mala, como se aqueles objetos fossem todos pequenos símbolos de seu fracasso. Que não merecia nada disso. Que havia decepcionado a todos, e que voltaria para casa como a aluna que foi expulsa da escola de magia mais prestigiada do reino.

Sentindo-se vazia por dentro, caminhou com a bagagem para fora do dormitório. Ao colocar o pé no campo aberto, se deparou novamente com a professora Sibilla.

— A diretora pediu para que você esperasse no salão de entrada.

Um lampejo de esperança a atravessou como um raio.

— Ela... ela mudou de ideia? — perguntou.

— Eu não sei, Ariadne. Ela só disse para você esperar lá.

A garota engoliu em seco e assentiu. Caminhou até o prédio principal, abriu a porta e se sentou em uma das cadeiras almofadadas. Enquanto estava sozinha, o tempo passou. E passou. E passou. Ocasionalmente, garotas, algumas de sua própria turma, outras do primeiro ano, a olhavam de relance por detrás dos batentes da porta e cochichavam alguma coisa, como se ela fosse um animal exótico ou uma fera enjaulada. Ela nada disse em resposta.

A diretora Ursula enfim apareceu e Ariadne se levantou. Quanto tempo havia se passado? Meia hora? Uma hora e meia? Era difícil dizer. A mulher fez um gesto com a mão e disse:

— Sente-se.

A garota obedeceu. A diretora pegou uma cadeira e a arrastou pelo chão, sentando-se à sua frente.

— Responda-me sem rodeios: há quanto tempo você está apaixonada pela Lia?

Ariadne abriu a boca em resposta, mas nenhuma palavra saiu. Ela olhou para baixo e encarou os próprios pés.

— Reconheço quando vejo duas garotas apaixonadas, sabe? — continuou a diretora. — Já estou neste mundo há algum tempo, já vi muita coisa. Esta é uma escola só de garotas adolescentes e cheias de hormônios, e eu definitivamente não sou tão ingênua quanto vocês pensam. Se esta fosse uma escola mista... — Ela fez uma careta. — Estremeço só de pensar. Então? Há quanto tempo?

— Não sei — admitiu ela. — Desde o começo do ano, eu acho.

Antes, Sam corrigiu. *Desde as aulas de etiqueta.*

— Hm. Apaixonada ou não, criança, você não pode sair socando as pessoas. Mesmo que seja para defendê-las.

A garota finalmente levantou o rosto.

— A Ravena chamou Lia de "porca nortista".

— Sim, isso acabou de chegar ao meu conhecimento. E você devia ter vindo até mim, vocês duas, e me contado.

— Eu sei. Eu sinto muito. Por favor, me desculpa.

A diretora esfregou os cabelos brancos, já bagunçados. Grandes olheiras haviam se formado sob seus olhos. Ela parecia cansada, triste e com medo, o que fez Ariadne se sentir ainda pior por ter lhe dado mais uma dor de cabeça.

— Sabe, Ariadne, eu olho para você e me lembro da primeira vez que coloquei os pés nesta escola. Eu ainda não havia completado quatorze anos, e minha família era de fazendeiros. Não tínhamos dinheiro. Foi uma grande aventura, que também teve seus percalços. Vou ser sincera com você, criança: essas pessoas têm suas próprias regras e códigos de conduta. Se Ravena tivesse feito o contrário, provavelmente eu não seria capaz de expulsá-la.

Ariadne assentiu.

— Você precisa ser mais cuidadosa. Está me entendendo? Você não tem poder de barganha, não tem pais que possam resolver seus erros com dinheiro, fazer com que eles sumam. — Ela estalou os dedos.

A franqueza da diretora a deixou sem resposta, de modo que ela apenas concordou com a cabeça outra vez e prendeu a respiração, como se o próprio ato de respirar pudesse fazer com que a diretora mudasse de ideia.

— Deixei o incidente da bebedeira passar porque não fez mal a ninguém. Não me olhe com essa cara, é lógico que eu fiquei sabendo. Ou você pensa que você e suas amigas foram as primeiras a terem a brilhante ideia de destilar álcool usando seus poderes mágicos? Pelo menos uma vez por ano tenho que advertir alunas que se acham muito espertas, e curar algumas cegueiras também. — A diretora esfregou as têmporas. — Pode pegar suas coisas e voltar para seu dormitório.

Ariadne pensou que teria caído de bunda no chão se já não estivesse sentada.

— No começo de sua trajetória aqui, eu disse que nesta escola nós cuidamos umas das outras — prosseguiu a professora. — Por conta disso, não posso em sã consciência expulsar você por ter defendido sua colega. Porém, se algo assim acontecer outra vez, não há nada, eu repito, *nada*, que eu possa fazer para manter você conosco. Você receberá uma advertência em seu histórico acadêmico. Agora vá.

A jovem bruxa não hesitou. Levantou-se outra vez, agradeceu, pegou as malas e saiu correndo em direção ao quarto.

Maeve lhe lançou um olhar indecifrável, mas ficou em silêncio enquanto Ariadne colocava os pertences de volta no armário. Depois de arrumar tudo de novo, foi até o banheiro e lavou o rosto. As mãos ainda estavam tremendo pelo que devia ter sido o maior susto de sua vida.

Mais tarde, durante a noite, recebeu visitas de Ísis, Viv e Jadis. Viv apareceu primeiro, disse que estava feliz por tudo ter dado certo e a abraçou. Ísis e Jadis vieram juntas, e a melhor amiga a abraçou por um bom tempo e a balançou de um lado para o outro enquanto chorava.

— Estou tão feliz, tão, tão feliz que elas não te expulsaram! Eu, a Jadis, a Viv, todas fomos até o escritório dela e contamos o que aconteceu. Lia também.

— Lia?

— Aham. — A menina balançou a cabeça e esfregou o nariz cheio de ranho. — Foi ela quem finalmente convenceu a diretora a mudar de ideia.

Ariadne respirou fundo e assentiu.

— Obrigada pelo que você fez, Ísis. Você também, Jadis. Obrigada por tudo.

— Não tem de quê — respondeu Jadis. Olhou de relance para Maeve e acrescentou: — Pelo que soubemos, a diretora deu uma bronca monstro na Ravena, que ficou indignada. Deu pra ouvir os gritos das duas do corredor. A professora Ursula disse que a Ravena era uma vergonha para a escola por ter dito aquilo pra uma colega. E disse que, se o pai dela a ameaçasse novamente, Ravena seria expulsa da escola no mesmo instante. Nós

— ela apontou para si e para Ísis — ficamos perplexas. Eu digo *perplexas*.

Ariadne abriu a boca

— Como é que é?!

— É sério, a gente estava lá. Por Kaë, como eu queria ter sido uma mosquinha naquela sala, só pra ver a cara da Ravena — concluiu Jadis.

— Preciso falar com a Lia — disse Ariadne. — Preciso agradecer por ter me ajudado.

— Ela está no dormitório dela — avisou Ísis.

— Vou pra lá. Meninas, obrigada, de coração. Tenho muita sorte de ter vocês como amigas.

— Tem mesmo. — Ísis sorriu. — Agora vai logo falar com a Lia. E, dessa vez, diga que está apaixonada por ela, porque não aguentamos mais ver você sofrendo desse jeito. Parou no meio do caminho com essa cara por quê? Anda logo! Vai!

Ariadne saiu correndo.

*

A garota correu pelos corredores dos dormitórios pronta para despejar todos os sentimentos que havia guardado nos últimos meses. Sentia o coração palpitar de esperança e expectativa. Bateu na porta do dormitório e outra vez foi Agnes quem atendeu, encarando-a assustada como se fosse apanhar por nenhum motivo. Então disse:

— Você não é bem-vinda aqui.

— Eu só quero falar com a Lia.

— Ela não quer falar com você.

Isso fez com que a expectativa de Ariadne se transformasse em outra coisa. Quem era aquela dondoca para ficar no meio dela e de sua amiga depois de tudo o que tinha acontecido?

— Então ela pode vir dizer isso na minha cara — respondeu.

Agnes olhou para o lado, atrás da porta, e falou:

— Eu tentei.

Ela foi embora e, instantes depois, Lia tomou seu lugar na entrada do quarto. Os olhos estavam inchados, como se ela também tivesse chorado por um bom tempo.

— O que você quer?

Ariadne franziu o cenho.

— Eu… queria te agradecer. Por ter conversado com a diretora. Por ter me ajudado.

— Não precisa agradecer. Agora vai embora, por favor.

Tentou fechar a porta, mas Ariadne a impediu.

— Ei! Espera! Por que você está brava *comigo*?

— Preciso mesmo responder? Você socou uma garota na boca!

— Sim! Eu estava te defendendo!

— Você chegou a pensar, por um instante, que eu não precisava que você me defendesse? — Lia deu um passo à frente. — E que isso só vai me causar mais problemas?

— Eu não… eu não entendo… Eu só queria ajudar.

— Então vou te explicar pra ver se você entende: você soca uma das meninas na boca e isso vira mais munição para ela usar contra mim, *e* contra você! É por isso que eu ignoro! Deixa elas falarem o que quiserem, deixa elas se queimarem com a diretora sozinhas! Mas, não, você teve que ser a grande heroína e bater nela. Agora ela e as amigas vão transformar nossas vidas em um inferno ainda pior. Então, Ariadne, por favor, não tente me ajudar de novo. Essa é a melhor coisa que você pode fazer por mim. Boa noite.

E com isso, ela bateu a porta. Ariadne não conseguiu conter o choro e caiu no chão, sentada e tremendo. Algumas garotas abriram as portas de seus dormitórios para ver que algazarra toda era aquela e voltaram para dentro sem dizerem nada.

Era a segunda vez no dia que era humilhada na frente de todo mundo. Havia cometido um erro, sim, mas só queria ajudar. Queria mostrar para Ravena e Muriel que suas palavras tinham consequências. Queria mostrar a Lia o quanto se importava com ela. Não era para nada disso ter acontecido.

A diretora havia restituído sua matrícula. Ela poderia continuar na escola por mais dois anos e se formar. Tudo bem que Ravena, Muriel e suas asseclas usariam esse período para tornar a vida dela um inferno, como Lia havia dito. Mas essas coisas não tinham qualquer importância, pois Ariadne sabia que havia perdido algo de valor. Algo que ela não sabia se teria a chance de recuperar um dia.

Parte III

HARMONIA

Caos e harmonia são partes essenciais da natureza. Na teologia Kaëísta, o fruto da Harmonia é expresso pelas formas geométricas, pela matemática, pela arte, assim como pelo amor, pela ternura e fidelidade nutridas e compartilhadas entre os seres humanos.

I

Mais uma vitória para o nosso reino e nossos aliados! O exército de Azgür foge cada vez mais para o inverno escuro do Norte! Nossos soldados continuam marchando implacavelmente, e os cidadãos por toda a Lemúria podem dormir tranquilos em suas casas, cientes de que o fim da guerra se aproxima!

— *Boletim Informativo de Lemúria*, 2 de outubro de 1921

*

O terceiro ano de Ariadne na Academia Rosazul começou como uma repetição do ano anterior: novas aulas e novos feitiços, as mesmas colegas e as mesmas inimizades.

Durante as férias de inverno, entre o final de novembro e o começo de fevereiro, logo depois que a guerra foi anunciada, dezenove garotas quartanistas se alistaram para prestar serviços de apoio às tropas, como remoção de minas terrestres e obstáculos, reconstrução de postos de comando e auxílio em hospitais de campanha. Apesar de não estarem na linha de frente do combate, nem todas voltaram para casa com vida. Pouco tempo depois de receber uma carta listando as garotas que morreram nos primeiros meses do conflito, a diretora Ursula teve o que foi descrito vagamente pelas demais professoras como um "mal-estar", e precisou tirar uma licença médica. Em seus anos como diretora, Lemúria participara apenas de um ou outro conflito esporádico com nações além-mar, e a morte de alunas da Academia Rosazul era algo raro. Enquanto esteve ausente, o comando da escola passou para a professora Elisabete, que ficou no cargo por quase três meses.

Ariadne esteve entre as alunas que voltaram para casa durante as férias. A maioria de suas colegas de turma voltou. Enquanto o conflito estivesse confinado ao Norte, as garotas da Academia Rosazul sentiam-se mais ou menos protegidas.

Mesmo assim, a guerra se mostrava visível de várias maneiras. No trem de volta para Gaurin, Ariadne enxergou zepelins sobrevoando campos ao longe. Ao chegar à cidade, viu homens fardados caminhando pelas ruas. Sacos de areia haviam sido colocados em pontos estratégicos e metralhadoras foram montadas no alto de casas e prédios, apontadas para o alto, aguardando a chegada de aeronaves inimigas.

Todas as casas da cidade tiveram de pendurar bandeiras azuis e vermelhas de Lemúria em suas janelas ou em hastes fixadas nas paredes do lado de fora. Havia desfiles com soldados, caminhões e tanques com certa frequência. Hinos nacionais eram tocados uma vez por dia em alto-falantes e o rádio constantemente fazia discursos de exaltação das tropas que marchavam para Azgür.

Os pais de Ariadne também estavam diferentes. Mais taciturnos e silenciosos, mais assustados. Ela também tinha medo. Mal podia esperar para voltar a Rosazul, onde, apesar do ódio de Ravena e Muriel, se sentia mais segura. E, ao mesmo tempo, tinha medo de deixar os pais em Gaurin e receber uma mensagem de rádio dizendo que sua cidade fora varrida do mapa. Lia também devia se sentir assim.

Ariadne recebeu uma carta naquelas férias, de Ísis. Ela, Viv e Jadis estavam organizando uma festa na casa do pai dela, algo "pequeno" e "discreto" em suas palavras, apenas para "nos distrair do que está acontecendo no Norte e nos vermos uma vez antes do retorno às aulas". Ariadne fechou o envelope e chorou de frustração na mesa da cozinha, na frente dos pais. Havia anos que não fazia uma coisa dessas, de modo que até a mãe ficou preocupada.

Dois anos haviam se passado e mesmo assim não tinha condições de ir a uma festa de suas amigas. Desejou com todas as forças que pudesse, mas não podia. Talvez quando se formasse tivesse algum dinheiro para comprar um vestido verdadeiramente bonito, mas, até lá, aquele permaneceria sendo o mundo de suas amigas, e não o seu.

Pelo menos elas gostam de mim, pensou, tentando encontrar qualquer foco de luz para afastar a tristeza. *Isso já é alguma coisa.* Mandou uma carta agradecendo, mas recusando, e permaneceu o resto das férias em casa.

O retorno à escola foi feito de maneira resoluta e silenciosa. A mãe lhe disse que, se as coisas piorassem, manteria Ariadne em Rosazul nas férias do ano seguinte, adiando indefinidamente seu sonho singelo de patinar no gelo.

*

Dentro da escola era mais seguro do que do lado de fora, onde tanques e infantarias se chocavam umas contra as outras e havia a constante ameaça de bombas caírem no céu.

Porém, ao retornarem das férias, Ravena e Muriel decidiram que a missão de vida delas seria transformar o ano letivo de Lia e Ariadne em um inferno, tal como Lia havia alertado. Tingiram as roupas de Ariadne de marrom e esfregaram fezes e xixi de gato em sua fronha, entre outras pequenas maldades. Para Lia, foi pior. Um mês e meio após a volta das aulas, alguém usou magia para entalhar na porta de seu dormitório os dizeres "Porca Nortista". Mesmo a professora Sibilla, especialista em transmutações, teve dificuldade em remover o feitiço.

Ariadne tentou se blindar dessas coisas usando todo o tempo que tinha disponível para estudar. Manter-se ocupada com os estudos ajudava não pensar em seus pais, na guerra ou em Lia, nem na crueldade das outras meninas. Pensar nessas coisas era doloroso e assustador. Às vezes, passava a noite toda acordada e chorava baixinho enrolada nas cobertas. Maeve sabia. Às vezes, ela chorava baixinho no centro da escuridão também.

Não ter Lia por perto tornava as coisas mais difíceis. Foram vários meses de silêncio entre as duas. No começo, Lia a ignorou por completo. Depois, passou a ter uma cordialidade formal e nada mais. Elas ainda frequentavam as aulas extras de poções e a professora Elisabete as convidou para ajudar na horta. Parecia estar querendo aproximá-las outra vez, mas sem sucesso. Lia nunca falava nada e Ariadne sentia medo demais (e um pouco de raiva também, pela colega ter reagido da maneira que reagiu quando só estava tentando defendê-la) para conversar ou confrontá-la de qualquer modo.

Quando já era quase novembro, e os sentimentos de angústia e injustiça não diminuíram, Ísis sugeriu o seguinte:

— Olha, pra nós era óbvio que ela gostava de você também. Talvez seja por isso.

— Continuo sem entender.

A amiga deu de ombros.

— Vai ver ela não sabe como demonstrar. Vai ver ela queria parecer forte pra você, assim como você quer esfregar na cara das outras meninas que é melhor em magia do que elas. Talvez ela queira manter distância de você pra que as outras garotas te deixem em paz, ou vai ver ela está com vergonha. Vai ver são todas essas coisas juntas. Eu não sei, Adne. Gostaria que vocês nunca tivessem brigado, e de não ter chamado Lia pra ajudar a gente a destilar álcool. Acredite quando eu te digo que me arrependo até hoje.

Ísis sabia ser muito eloquente e ponderada quando queria. Mesmo assim, suas palavras não serviam de consolo.

— Ainda não acho justo — resmungou Ariadne em resposta. — Tem sido difícil pra nós duas. Tenho certeza de que seria mais fácil se não estivéssemos brigadas.

— Não sei, Adne — disse a amiga. — Não podemos comparar a nossa experiência com a dela. Ninguém escreveu "Porca Nortista" na minha ou na sua porta.

⁎

Todos os dias durante o ano de 1920 e boa parte de 1921, Lia se moveu como uma sombra pelos corredores da escola, esforçando-se ao máximo para passar despercebida. Era mais seguro estar sozinha, pensava, ou tentava se convencer, mesmo que fosse mais doloroso.

As professoras fizeram o possível para protegê-la. Por ordens da Coroa, tornou-se obrigatório que todas as alunas da escola se reunissem no salão principal duas vezes por dia, às oito da manhã e às seis da tarde, para ouvir ao boletim informativo no rádio. Todos os dias, eram bombardeadas com informações vindas do *front* e depois precisavam seguir com suas vidas. Lia era a única poupada. A diretora Ursula a escondia em seu escritório, para que a garota karinin não estivesse no salão com as demais garotas, escutando sobre os avanços do Norte ou do Sul e toda a carnificina envolvida no processo.

Ela também não almoçava mais no refeitório. As professoras permitiram que almoçasse e jantasse na sala dos professores ou no escritório da diretora. Tentavam minimizar seu contato com as alunas, o que talvez não fosse o melhor curso de ação, já que ainda tinha que comparecer às aulas e toda noite dormia no dormitório compartilhado, tendo que encarar Agnes antes de se esconder debaixo das cobertas. A discriminação feita pelas professoras, mesmo que bem-intencionada, parecia causar ainda mais raiva nas colegas.

Sonhava com bombas caindo e transformando seu vilarejo em pó. Sonhava com os pais queimando vivos dentro de casa, gritando e pedindo socorro. Todo dia, ia dormir sem saber se na manhã seguinte a diretora a chamaria em seu escritório para dizer que os pais de Lia estavam mortos.

Foi ao templo de Kaë quase todas as tardes depois da aula e rezou, implorou à deusa para que os poupasse do conflito. Não importava que suas colegas a odiassem e que ela e Ariadne não se falassem há meses, que estivesse cercada e sozinha ao mesmo tempo.

Pensou em pular os muros da Academia Rosazul e fugir. Voltar para casa, alistar-se no exército ou qualquer coisa do tipo, mas não o fez. Tinha medo. Medo de morrer no meio do caminho, de chegar em casa e não encontrar nada. E, acima de tudo, tinha medo de lutar contra suas antigas colegas no futuro, de encontrar Ariadne no campo de batalha.

De que, no final, uma matasse a outra.

✶

Dezesseis quilômetros ao sul do *campus* da Academia Rosazul, havia uma cidade chamada Pedra Negra, que recebera esse nome por conta de uma Igreja construída com pedra vulcânica. Era a cidade onde ficava a estação de trem na qual as garotas desciam e pegavam o ônibus para chegar à escola, e era a primeira vez em que Ariadne conhecia o restante dela.

Pedra Negra era famosa pelo comércio de artesanato feito de pedras vulcânicas. Ísis queria comprar um colar. Era domingo, e aos finais de semana era permitido que as alunas do terceiro e quarto anos saíssem do *campus* e passeassem por onde bem entendessem, contanto que respeitassem o toque de recolher e voltassem antes do anoitecer. Uma espécie de privilégio conquistado pelas alunas mais velhas apenas por serem mais velhas.

As garotas não sabiam, mas a diretora Ursula havia brigado por muito tempo com essa ideia. Estavam em guerra e qualquer escapulida podia ser perigosa. O *campus* da Academia Rosazul era protegido por magias que impediriam até mesmo bombas de caírem sobre ela, mas, do lado de fora, tudo podia acontecer.

O reino não achava uma boa ideia deixar que as alunas saíssem desacompanhadas, mas a diretora Ursula argumentou que deixar as adolescentes presas em seus dormitórios todos os dias enquanto a guerra acontecia do lado de fora só as deixaria mais nervosas. Afinal, o Sul ainda estava seguro: o conflito se desenrolava no Norte, e havia esperança de que continuasse por lá.

Depois de muita discussão entre o corpo docente da escola e o governo, eis que Ísis e Ariadne estavam no meio de um mercado de braços dados, procurando uma joia. "Algo diferente para eu exibir quando voltar", estipulou Ísis. Ariadne nunca tivera joias, pois seus pais achavam um desperdício de dinheiro.

Mas a professora Elisabete usava Lia e Ariadne como suas assistentes para cuidar da horta e, depois de algum tempo, começou a pagar Ariadne por isso. Pela primeira vez na vida, ela tinha o próprio dinheiro! Não muito, mas algum. Quem sabe o bastante para comprar algo simples e discreto.

Com ou sem guerra, o centro comercial estava apinhado. Havia duas fileiras de barracas, uma em cada lado da rua, vendendo de tudo. Peixes, carnes, frutas cristalizadas, roupas, utensílios de cozinha e, claro, joias e artesanato.

— Vamos ali. — Ísis apontou para uma barraquinha.

Ariadne a seguiu enquanto olhava em volta. Havia sinais sutis da guerra, é claro; vários soldados fora de serviço caminhavam pelas ruas, com os rifles seguros junto aos ombros, sorrindo, flertando e bebendo. Militares patrulhavam as ruas e, assim como em Gaurin, todas as casas eram enfeitadas com a bandeira colorida de Lemúria.

— Você tá bem?

Ela se virou para Ísis.

— Claro.

— A gente está em segurança aqui.

Isso é discutível, Ariadne pensou, mas não disse nada.

Na primeira barraca de artesanato, joias de todos os tipos, tamanhos e preços estavam dispostas uma ao lado da outra em uma bancada ou penduradas. A loja era guardada por uma senhora negra com sotaque estrangeiro que, ao vê-las, começou a gritar:

— Ah, bruxas! Temos pedras boas para bruxas! Pedras muito boas!

Ela mostrou a Ísis vários pingentes, pulseiras, e até mesmo pedras brutas não lapidadas, que poderiam ser usadas em cajados. Ísis olhou tudo com a atenção, e, educadamente, recusou todas as ofertas, optando por olhar outra barraca. Ariadne, no entanto, se deteve. Encarou um pequeno pingente de vidro vulcânico com uma corrente dourada. Era algo delicado e discreto. Devia ser barato.

— Quanto? — perguntou.

— Ah, senhorita. Oitenta, certo? Para a senhorita, oitenta.

Ariadne quase gritou "belizes?!", mas é claro que seriam belizes. Ela pensou que, se pechinchasse o bastante, poderia reduzir aquele valor para sessenta. Poderia pagar, mesmo que lhe parecesse muito dinheiro para um objeto tão pequeno.

Agradeceu, colocou o pingente de volta com os outros penduricalhos e se virou para encontrar Ísis. Atrás dela, a vendedora gritou:

— Faço setenta, senhorita! Setenta!

Ariadne ignorou os chamados da vendedora e olhou em volta. Onde estava Ísis? Havia perdido a amiga no meio da multidão.

— Ísis? — chamou. — Ísis!

Ariadne continuou procurando, tentando ver por cima das cabeças das pessoas, olhando de um lado para o outro, procurando-a por toda parte. Tinha tanta gente naquela rua... as pessoas se esbarravam e mal havia espaço para se mover. Ariadne começou a ficar nervosa.

— Ísis! Cadê você?!

Uma mão segurou seu braço e Ariadne tomou um susto tão grande que o coração quase pulou para fora do corpo.

— Caramba, Adne, calma. Você tá muito ansiosa. Vamos voltar.

— Não. — Ariadne se sentiu constrangida e ofegante. — Não precisa. Eu só... será que foi uma boa ideia virmos para cá sem supervisão?

— Você é uma *bruxa* e nós viemos com nossos cajados.

— Eu não me garanto se alguma coisa acontecer...

— Adne, eu vi você transformar um tronco de madeira em cinzas durante a aula de feitiços de energia.

Ela tem um argumento aí, Sam comunicou sua opinião mentalmente.

Você fique quieta

— Mas tudo bem, eu não me importo de voltar — cedeu Ísis. — Quer comer alguma coisa no caminho?

— Pode ser. Mas você já comprou tudo o que queria?

— Ah, peguei algumas coisinhas e posso voltar domingo que vem.

Ariadne anuiu, chateada por obrigá-las a voltar mais cedo. Algo dentro dela, sua intuição, talvez, insistia para que saíssem de lá o quanto antes. As duas procuraram algo para comer em uma das barracas e caminharam até a divisa da cidade mastigando. No meio do caminho, foram abordadas por um homem de meia-idade e barbudo que disse:

— Senhoritas, com licença! Vocês têm um momento? Permitam-me a pergunta: vocês duas já completaram dezessete anos?

Ariadne havia aberto a boca para responder, mas Ísis foi mais rápida:

— Que te interessa saber quantos anos a gente tem?

O homem mudou de expressão.

— Me desculpem, senhoritas! Eu não quis ofender. — Ele segurava uma pilha de papéis nas mãos. Puxou dois e entregou para as garotas. — Só queria lembrá-las do serviço militar opcional para jovens bruxas com dezessete anos ou mais. Nossas tropas aceitarão qualquer ajuda que puderem oferecer!

— Ainda estamos no terceiro ano — respondeu Ísis. — Mas obrigada mesmo assim.

Ela agarrou os folhetos, agarrou Ariadne, e a tirou de lá. Ainda não haviam saído da cidade quando um zumbido fraco e distante chamou a atenção das duas. Começou baixinho, mas aos poucos aumentou de intensidade.

— O que é isso? — perguntou Ariadne.

Ísis levantou a cabeça. Uma aeronave de porte leve se aproximava. Seu formato era esguio e parecido com o de uma flecha impulsionada por uma pequena hélice na parte traseira. Toda prateada, refletia a luz do sol de modo que era difícil identificar sua nacionalidade

— É uma das nossas?

— Não sei — respondeu Ísis.

De repente, Ariadne e Ísis escutaram um estrondo e se jogaram no chão. Outras pessoas fizeram o mesmo. Ariadne cobriu a cabeça com as mãos e Ísis não teve sequer tempo de pegar o cajado e colocar um feitiço de proteção sobre elas. Tudo aconteceu rápido demais. Ao erguerem o olhar uma segunda vez, viram milhares de folhas de papel caindo do céu.

Ariadne se levantou, confusa e com os joelhos ralados. Um dos papéis aterrissou à sua frente e ela o pegou. Era um panfleto. Estava escrito em uma língua do Norte que ela não compreendeu, acompanhado de um desenho do litoral de Lemúria. Flechas apontavam do Norte para baixo. Aos poucos, as pessoas foram se levantando e a aeronave partira para longe, um pequeno ponto desaparecendo no céu.

Um policial surgiu na rua e gritou:

— Não leiam esses panfletos! É propaganda inimiga!

Ariadne se virou e deu de cara com Ísis, limpando a calça que ficara toda suja de terra. Sem que ninguém percebesse, guardou o panfleto no bolso do casaco.

— Tudo bem com você? — perguntou Ísis, e Ariadne concordou com a cabeça. — Vamos voltar. Isso é emoção demais para um dia só, puta merda.

*

Notícias chegaram pelo rádio mais tarde naquele domingo. O Sul havia sofrido sua primeira grande derrota quando a cidade de Ardênis fora arrasada por tropas de Azgür. Centenas de soldados sulistas morreram no confronto e as demais tropas tiveram que retroceder. As alunas da escola estavam reunidas no salão principal para ouvir o rádio e uma garota do segundo ano perguntou:

— Isso significa que Lemúria vai usar magia na guerra?

— Não sabemos disso ainda — respondeu a diretora Ursula. — Assim que tivermos novas informações vocês serão as primeiras a saber. Por enquanto, tentem seguir com suas atividades. Dispensadas.

Nos corredores, salas e dormitórios, não se falava de outra coisa a não ser a guerra. Boatos circulavam de que as bruxas mais experientes estavam sendo recrutadas pelo exército de Lemúria para auxiliar as tropas no Norte, principalmente nos departamentos médicos, e que ambos os reinos continuavam receosos de começar um conflito mágico em larga escala. Mas a possibilidade não era descartada.

Várias alunas perguntaram a Ísis e Ariadne sobre o que havia acontecido na cidade e pediram para olhar o panfleto do exército inimigo. Ariadne o mostrou durante um momento entre duas aulas e uma de suas colegas traduziu a mensagem como:

"Estamos a caminho."

Uma intensa aura de medo e apreensão pairou sobre a Academia Rosazul nessa noite. Durante o jantar, o refeitório permaneceu em um silêncio profundo e incomum, como se as alunas estivessem tentando ouvir barulhos de explosões do lado de fora, ou o som de passos de tropas inimigas se aproximando. As professoras estavam sempre repetindo o quão forte era a magia protetiva da escola, mas o clima sombrio persistia.

Ariadne caminhou para seu dormitório conversando baixinho com Ísis. Antes de entrar, a amiga a segurou pelo braço e sussurrou:

— Tenho uma surpresa pra você. Abre a mão.

Ela obedeceu e Ísis lhe entregou um pequeno pacote. Ariadne o abriu e encontrou dentro o pequeno pingente feito de vidro vulcânico.

— Voltei e comprei ele quando a gente se desencontrou. É um presente.

— Ísis, eu... — Ariadne engoliu em seco. — Não posso aceitar.

— Como não? Não é um vestido de festa, é só um pingente. Comprei pra você.

— Isso... é muito dinheiro.

— Não pra mim — retrucou ela. — Vi que você tinha gostado dele e sei que pra você era muito dinheiro.

— Mas... — Ariadne franziu o cenho. — Como você sabia que eu tinha gostado dele?

— Pff — fez Ísis, revirando os olhos. — Vou te contar um segredo, chega mais perto. Eu me faço de excêntrica — sussurrou —, mas na verdade sou bastante perceptiva. — Ariadne caiu na risada. — Eu vi sua cara quando olhou pro pingente e vi sua cara quando você saiu da tenda. Pronto.

— Mesmo assim, Ísis...

— Ah, pelo amor de Kaë, Ariadne, eu não estou fazendo isso porque quero esfregar na sua cara como sou rica e maravilhosa, embora eu *seja* rica e maravilhosa. Só quero te dar um presente. Aceite, caramba, e pare de encher o meu saco.

Ariadne sorriu e lhe deu um beijo na bochecha. Ísis disse:

— Hm. Às vezes penso que, se eu gostasse de mulher, com certeza poderíamos dar uns amassos.

— Credo, Ísis. Obrigada. Eu amei. Vou usá-lo o tempo inteiro.

Foi a vez de Ísis sorrir.

— Um dia, Adne, você vai ter dinheiro suficiente pra comprar todos os pingentes que quiser. Você só precisa ir lá pro Norte e acabar com a guerra pra gente. — Ela deu uma piscadela e se despediu.

Ariadne segurou o pingente contra o peito, antes de passar a corrente ao redor do pescoço. *Vou usá-lo o tempo todo mesmo assim*, prometeu.

Meia hora depois, estava na cama encarando o teto sem conseguir dormir. Ao seu lado, Maeve também parecia ansiosa e inquieta, se remexendo na cama, mas as duas não conversaram. Ariadne pensou em Ravena e nas palavras que ela havia dito para Lia, antes de receber um soco na boca. Pensou em seus pais e nos pais de Lia, em como deviam estar sofrendo com tudo aquilo. Pensou nas palavras de sua primeira professora, a vovó Nice, sobre o que as bruxas eram obrigadas a fazer em nome da Coroa.

Pensou em como o ódio e o medo estavam incrustados em cada pessoa dentro daquela escola e como, mesmo assim, Ísis encontrara um momento para ser gentil.

Pensou em mil coisas.

Em um determinado momento, abriu o armário e tirou o panfleto que havia caído do céu mais cedo. A essa altura, Maeve já havia adormecido. Ela acendeu o abajur e olhou o desenho do litoral de Lemúria, com as flechas apontando do Norte para baixo e as palavras "Estamos a caminho" escritas no alto em letras grandes e legíveis, como se não fosse uma ameaça, e sim uma promessa.

II

Em três anos na Academia Rosazul, algumas colegas da turma de Ariadne demonstraram maior ou menor aptidão para certos tipos de feitiços. Por exemplo, ninguém era melhor em feitiços de ilusão do que Ísis. Em feitiços de transmutação, Maeve claramente se destacava, e ninguém tinha mais poder do que Ariadne para feitiços de energia.

Não que elas estivessem competindo entre si, é claro.

No primeiro dia de aula de feitiços de energia com a professora Filomena, Ariadne transformou um tronco de madeira de um metro de altura em cinzas. Todas as garotas deram um passo instintivo para trás. Até Ísis. Os olhos de Viv saltaram das órbitas, o queixo de Jadis despencou. Ao virar-se para trás, ela viu suas colegas encarando-a, estupefatas.

Até a professora pareceu meio assustada. Para Ariadne, com seu histórico de atear fogo em coisas, não era uma surpresa *tão* grande. A melhor parte de tudo, porém, foi ver Ravena, parada ao lado de Muriel, com os olhos mergulhados em pânico.

A professora Filomena ficou tão impressionada que a puxou para um lado depois da aula e disse:

— Acho que você leva jeito para a coisa e deveria considerar seriamente o alistamento na academia militar depois de completar a escola. As tropas poderiam usar alguém com um poder como o seu.

Ariadne ficou tão surpresa que não conseguiu formular uma resposta mais trabalhada que:

— O... obrigada. Vou pensar no assunto.

— Pense bem e me avise quando chegar a uma conclusão. Tenho todos os contatos necessários. Você tem o espírito de uma guerreira, sabia?

Ariadne pensou bastante no assunto, como prometido. Porém, quanto mais pensava na oferta, mais assustada se sentia.

Notícias novas chegavam do *front* quase todos os dias e eram cada vez piores. Novas derrotas foram sofridas pelo exército sulista e os soldados estavam morrendo congelados por conta da chegada do inverno. Cada vez mais bruxas eram convocadas para ajudar as tropas, reconstruir estruturas destruídas por bombardeiros e trabalhar nas enfermarias.

Era só uma questão de tempo até serem usadas na infantaria.

— *Eu* acho que você devia aceitar — disse Ísis, quando Ariadne contou para as amigas. — Na verdade, acho isso incrível. Se fosse eu, usaria essa chance só para esfregar na cara da Ravena e da Muriel a minha superioridade.

Viv e Jadis concordaram enfaticamente.

Ariadne sorriu, mas percebeu-se incapaz de ficar animada. Seu sonho romântico da infância havia virado uma possibilidade real com consequências reais.

— Não sei. Não sinto que tenho o espírito de uma guerreira como a professora disse.

— Falou a garota que socou a Ravena na boca na frente de todas as alunas.

— Isso foi diferente.

— Como foi diferente?

— Primeiro, eu não usei magia. Segundo, eu só estava tentando fazer ela calar a boca. Há uma grande diferença entre isso e... ir pra guerra. Não sei, Ísis. Não sei se gosto da ideia de usar minha magia pra matar pessoas.

A amiga balançou a cabeça.

— Não é para matar pessoas. É para defender o seu país, proteger sua família, suas colegas e as pessoas que você ama. Certo? — Ela olhou para Viv e Jadis, que concordaram outra vez. — Que nem você defendeu a Lia quando deu um soco na boca da Ravena, aliás, meu momento favorito do ano passado. Você não deu aquele soco porque a odiava. Tá, eu sei que você odeia ela, *todo mundo* odeia, então talvez você tenha socado ela por isso *também*, mas você fez aquilo porque estava defendendo outra pessoa, uma pessoa com quem, por sinal, você devia conversar. Tem uma grande diferença entre essas duas coisas. Você não é uma maníaca assassina com poderes mágicos, graças a Kaë. E eu não posso dizer o mesmo da Ravena...

Ariadne meneou a cabeça, devagar. A amiga tinha certa razão, mas as coisas não eram tão simples assim, não para ela.

— E tem mais! — continuou Ísis. — Tem uma grande diferença entre você se alistar e ser convocada. Se for convocada, vai começar como soldado raso. Mas, se você se alistar com a professora Filó tendo todos os contatos, então as coisas ficam bem mais fáceis e isso pode ser muito bom pra você e pra sua família. Os militares pagam salários altos para quem tem patente alta, *bem* altos. Sei disso porque vários amigos do meu pai são do exército e eles vivem em casas enormes cheias de empregados e coisas do tipo, e nem todos vieram de famílias ricas.

— Eu sei.

— Então pensa bem. Essa me parece uma boa oportunidade.

Ariadne anuiu. Pensou que a amiga tinha argumentos sólidos, mas seu coração ainda não conseguia aceitar a ideia. Conforme ficava mais velha, a guerra se tornava um conceito mais difícil de compreender, e seu sonho de infância de se tornar uma grande guerreira minguava frente à realidade.

*

Lia não aguentava mais esse lugar. Tinha que fugir. Era isso ou acabaria cortando os próprios pulsos.

A questão era: fugir para onde?

Depois que a guerra estourou, seus pais migraram para o Sul, para o campo de refugiados erguido entre Azgür e Lemúria. Haviam se juntado às milhares de pessoas que perderam suas casas durante o conflito e que tinham medo de perder o que sobrara. Lia não tinha mais casa para onde fugir. Ninguém sabia disso, nem mesmo as professoras. Apenas ela e a diretora Ursula.

Enquanto isso, as colegas a tratavam como se ela tivesse começado a guerra sozinha, ou como se estivesse matando os soldados do Sul com as próprias mãos. O que no começo era desprezo por ela vir de Karinía, logo se transformou em ódio em seu estado mais puro.

Ninguém havia tentado escrever "Porca Assassina" na porta do seu dormitório outra vez, mas as palavras ainda eram sussurradas por várias colegas. Muriel e Ravena principalmente, mas não só elas. Muitas das garotas (de sua sala e de outros anos também) acreditavam que a Academia Rosazul estava abrigando uma inimiga da Coroa e expressavam suas opiniões de modo que Lia pudesse escutá-las.

— Se eu fosse a diretora Ursula, já tinha expulsado ela daqui há muito tempo.

— Quando meu pai descobriu que tinha uma garota karinin aqui, quase não me deixou voltar.

— Vocês acham que ela é uma espiã?

Além do templo de Kaë, a horta e o escritório da professora Elisabete se tornaram seus maiores refúgios. Ela ajudava a professora a arrumar a sala depois das aulas extras, a catalogar poções e ingredientes, cuidar das plantas e outras tarefas simples que ocupavam seu tempo. Sozinha, não tinha que tolerar os ataques das outras colegas. Só a própria solidão.

Às vezes, Lia olhava para Ariadne e sentia vontade de chorar. A garota voltou a frequentar as aulas extras de poções como se nada tivesse acontecido. As duas trabalhavam em lados opostos da sala e quase nunca se falavam. Adne havia melhorado muito em poções desde que começara, de modo que não precisava mais de sua ajuda. A professora Elisabete então colocou as duas para trabalharem juntas na horta, o que não ajudou em nada.

Em alguns dias, Lia sentia vontade de conversar com ela. Chegava a dar o primeiro passo, apenas para desistir no meio do caminho. Ariadne devia odiá-la e, de todas as pessoas que frequentavam aquela escola, era a única que tinha esse direito.

Mas era isso o que eu queria, não?, pensou. *Queria ficar sozinha.*

Não havia um dia sequer em que Lia não quisesse voltar atrás na maneira como tratara Ariadne. Sentia falta de alguém que estivesse ao seu lado, alguém de sua própria idade que a defendesse quando ninguém mais o faria. Sentia falta de conversar com ela, de vê-la sorrir. Sentia sua falta como se alguém tivesse arrancado uma parte do próprio corpo.

— Você está bem, querida? — perguntou a professora, enquanto a garota recolhia e limpava os caldeirões usados. Chacoalhou a cabeça. — Que pergunta idiota. Eu sei que você não está bem. O que quero saber é se você quer conversar.

— Estou bem, professora. Não preciso conversar.

— Sabe Lia, você não mente tão bem quanto pensa. Diga-me: no que está pensando agora? Pode me contar.

Lia soltou um suspiro.

— Na Adne.

— Ah, sim. Por que vocês pararam de se falar? Você gostava dela, não gostava? E tenho quase certeza de que ela gostava de você também. O quê? Acha que eu não percebi a maneira como vocês olhavam uma para a outra? Sou velha, mas não estou morta, querida.

Lia conseguiu esboçar um sorriso.

— Então, me conte. Por que vocês duas brigaram?

— Porque eu fui burra e orgulhosa.

— Hm. Tem algo a ver com o soco que Ariadne deu em Ravena? — Lia fez que sim. — Veja, não estou concordando com aquela atitude, mas você entende que ela estava te defendendo, não entende?

Lia fez que sim de novo.

— Ora, todo mundo é um pouco burro e orgulhoso nessa vida, não? Por que você não conversa com ela? Se for o caso de pedir desculpas, então peça desculpas...

— Não. — Balançou a cabeça. — Adne está melhor sem mim.

— Você não sabe disso.

— Sei, sim. — Ela engoliu um soluço. Sempre teve consciência de que chorar não resolvia nada, mas às vezes segurar o choro era difícil demais. — Vocês também estariam melhor sem mim. Não entendo por que a diretora Ursula me manteve aqui, mesmo depois de a guerra ter começado. Teria sido muito mais fácil se ela tivesse me mandado embora.

— Aqui você está mais segura do que se estivesse em Karinía.

— Não sei. As meninas me odeiam aqui dentro, posso muito bem ser odiada lá fora.

— Aqui elas não podem *matar* você, criança. Esse é o tipo de escolha que a diretora Ursula teve que fazer. Aqui, o ódio das outras meninas não significa nada mais do que palavras jogadas ao vento. Ele nos atinge porque deixamos. Lá fora, o ódio das pessoas tem consequências que não podem ser desfeitas. Está me entendendo?

Lia fez que sim, embora não estivesse totalmente convencida. Aos olhos de suas colegas, ela era uma inimiga tanto quanto os soldados do Norte. Se bem que sua colega de quarto não poderia simplesmente sufocá-la com o travesseiro enquanto ela dormia. Ou poderia?

— Mesmo assim… ainda penso que teria sido melhor se a diretora tivesse me mandado embora para o campo de refugiados ou algo do tipo.

— Ela não o fez porque aqui nós não combatemos ódio com ódio. Você também não pode fazer isso, Lia. Fazê-lo é entregar a vitória nas mãos do oponente.

Lia engoliu outro soluço e conteve as lágrimas. Foi o que Ariadne lhe disse, tanto tempo atrás que parecia outra vida.

— Sim, senhora.

— Lia, olhe pra mim. *Olhe* pra mim, criança. — Ela se aproximou e ergueu o queixo da garota, forçando-a encará-la nos olhos. As lágrimas finalmente verteram. — Oh, minha querida. Se você gosta de Ariadne e ela gosta de você, não vejo motivo para que não possam resolver o que quer o que seja. Nunca, *nunca* pense que você não merece carinho, amor ou felicidade. Isso também é entregar a vitória nas mãos do oponente.

Devagar, Lia assentiu. Estavam em outubro. Havia se passado mais de dez meses desde a briga, *dez meses* sem se falarem. A esperança de que as duas poderiam se acertar, de que Adne ainda gostaria dela apesar de tudo, parecia ínfima. Se fosse falar com ela e a garota a dispensasse, seria o empurrão necessário para fazê-la fugir.

— Tem feito as orações para a deusa Kaë como conversamos? — perguntou a professora.

— Sim, senhora. Todas as noites.

— Continue fazendo suas preces, criança, e a deusa vai te escutar. E tenha mais fé: esta guerra vai acabar em breve e suas colegas se esquecerão de todo o ódio que um dia tiveram por você, ou pelo seu povo. Acredite em mim. As pessoas têm memória curta, tanto para as coisas importantes quanto para as não importantes.

— Sim, senhora.

*

Naquela noite, deitou-se bem antes da colega de quarto. Agnes chegou mais tarde, entrou no dormitório em silêncio e se deitou. Lia ouviu sua respiração por um bom tempo, e só conseguiu relaxar depois que teve a certeza de que ela havia dormido. Fechou os olhos com força e rezou por Kaë. Rezou pela mesma coisa que rezava todas as outras noites: pediu para a deusa levá-la embora e para que nunca mais colocasse aquelas garotas em seu caminho.

Mas Kaë não atendeu às suas preces, pelo menos não em sonhos. Em vez disso, levou Ariadne ao seu encontro. Nele, os grandes olhos azuis da colega a encararam com firmeza. O cabelo loiro balançava com a força do vento com a horta de rosas azuis da professora Elisabete emoldurando sua silhueta ao fundo, e o tempo todo ela sorria.

III

Dezembro chegou despencando as temperaturas e fazendo nevar quase o tempo todo. Faltavam poucos dias para as férias de inverno que marcavam o fim do ano letivo quando a mãe de Ariadne mandou um telegrama pedindo para que ela ficasse no *campus* da escola durante as próximas semanas.

"Estamos com medo", dizia o telegrama. "Não é seguro. Fique na escola."

Ariadne não seria a única. Petúnia, Endora e mais uma dúzia de outras garotas ficariam nas dependências da escola durante as férias. Ísis, Viv e Jadis, porém, iriam embora, assim como Maeve, deixando-a sem amigas do começo de dezembro até o final de janeiro. A parte boa é que Ravena e Muriel partiriam também.

Se você for esperta, Sam lhe disse, *pode aproveitar esse tempo pra conversar com a Lia sobre tudo o que aconteceu.*

E se eu não quiser conversar com a Lia?

Então você é uma *tonta.*

Mas Ariadne tinha preocupações mais importantes para resolver. Na véspera das férias, foi até o escritório da diretora e bateu na porta.

— Entre. Oi, Ariadne. Sente-se, fique à vontade. O que foi?

A jovem bruxa se sentou na cadeira e pensou na melhor maneira de expor suas preocupações.

— Professora, serei convocada para a guerra quando fizer dezessete anos? — perguntou.

— Não, querida — respondeu a diretora. — Por ora, só estão indo para a batalha as bruxas que querem se alistar. E elas não estão indo para a linha de frente, pelo menos não por enquanto. Eu vi que você faz aniversário agora em janeiro, o que significa que, por lei, você pode se alistar se quiser. Mas imagino que você não viria até aqui perguntar sobre alistamento se isso estivesse nos seus planos...

— Não, senhora.

— Bom, em caso de convocação, o que ainda não aconteceu, a lei estipula que uma aluna tem o direito de completar o curso mesmo tendo a idade mínima necessária para prestar o serviço militar. Isso responde à sua dúvida?

— Sim, senhora — respondeu Ariadne, mas sabia, pois havia estudado em aula que a Coroa podia criar um estado de exceção se necessário.

— Algum tempo atrás a professora Filomena veio me dizer que você tem um talento extraordinário para feitiços de energia e que é capaz de manipular fogo como nenhuma outra aluna que ela já teve. Essas são características muito valiosas no âmbito militar e a professora conhece muitas pessoas que se interessariam em conhecer você. Já pensou a respeito?

— Sim, senhora, mas eu não sei, na verdade. Estive pensando no assunto, mas ainda não me decidi. Se eu me alistar, gostaria que fosse depois que as aulas acabassem.

Ariadne dizia a verdade. Passara muito tempo remoendo o que a professora Filomena havia lhe dito. *Eu me sairia bem como soldado,* pensava. Em seu primeiro ano na escola, ela não teria hesitado em agarrar essa oportunidade, mas hoje...

— Bom, querida — a diretora sorriu —, independentemente de qual for sua decisão, saiba que você sempre terá meu apoio. Mas fico feliz que você tenha optado por terminar o curso antes. Há conhecimentos valiosos aqui que eu não gostaria que você perdesse. E, quem sabe? Pode ser que a guerra já tenha terminado até lá.

Ariadne assentiu.

— Eu tenho uma pergunta a lhe fazer — emendou logo a professora Ursula. — Não fiz antes, porque, bem... não quis me meter no assunto. Por isso perdoe a minha intromissão, mas... você e a Lia brigaram?

As bochechas de Ariadne coraram. Ela era capaz de transformar troncos de madeira em cinzas com mais facilidade do que qualquer uma das colegas, mas era traída por suas bochechas toda vez que alguém mencionava Lia. Kaë parecia exercer seu senso de humor às custas dela.

— Eu... na verdade...

— Você era apaixonada por ela, me lembro disso com clareza. O que aconteceu? Desculpe se estou sendo muito indiscreta.

As bochechas de Adne ficaram ainda mais vermelhas e ela abaixou a cabeça. *Sabe, Adne,* a irmã falou, *você às vezes dá muito na cara. Eu percebi antes de você, e eu estou morta.*

Lógico que você percebeu, a jovem bruxa retrucou, *você vive na minha cabeça.*

Sem se dar conta, ficou trocando farpas com a irmã mais velha e falecida em vez de responder à diretora, que ainda a encarava.

— Nós... hã... brigamos por conta do que aconteceu com a Ravena e não nos falamos direito desde então.

— Hm. — Ela se recostou na cadeira. — Elisabete me disse que vocês duas trabalham juntas e mesmo assim não se falam. Deve ser difícil para você. Ainda gosta dela?

A franqueza da diretora foi tão forte que Ariadne mais uma vez não conseguiu responder. A professora percebeu.

— Desculpe — disse ela —, estou me intrometendo. Não precisa responder.

Ariadne hesitou por mais um instante, até que finalmente disse:

— Não importa se eu gosto dela ou deixo de gostar, se ela não gosta de mim de volta.

— E o que te faz pensar que Lia não gostava de você de volta? Você perguntou?

— É que… não, não perguntei. Mas ela nunca demonstrou nada…

Não seja tonta, Sam falou. É lógico que *ela demonstrou. Você se Esqueceu do dia em que vocês encheram a cara?*

A diretora cruzou os braços e em seu rosto havia uma mistura de irritação e divertimento.

— Certamente Lia é muito boa em esconder seus verdadeiros sentimentos. Com tudo isso que está acontecendo, essa pode ser uma ferramenta valiosa. Mas algo deve ter transparecido, tenho certeza. Procure se lembrar dos momentos que compartilharam. Não estou dizendo que vocês precisam namorar! — Ela balançou as mãos de um jeito que quase fez Ariadne rir. — Estou dizendo que isso talvez jogue uma luz nos motivos por trás das atitudes dela. Os tempos estão ficando cada vez mais difíceis, querida. Você não pode se dar ao luxo de perder aliadas por conta de bobagens e muito menos de dar as costas para uma amizade.

— Eu… — Ela não sabia o que dizer. O quão estranho era ter uma conversa como aquela com sua diretora? Forçou-se a lembrar da bronca assustadora que havia levado da mesma mulher no dia em que socou Ravena na cara e pensou que pareciam duas pessoas diferentes. — Prometo que vou pensar no assunto.

— Ótimo. Agora, há mais alguma queixa, pergunta ou desabafo? Se houver, começarei a cobrar por hora.

— Hã, não. Não, senhora. Era só isso.

A diretora anuiu.

— Recebi a carta dos seus pais. Aproveite a estadia aqui na escola durante o inverno.

Meio atordoada, Ariadne saiu do escritório da diretora pensando que talvez ela estivesse em conluio com a professora Elisabete para aproximá-la de Lia e caminhou até o dormitório de Ísis para se despedir. A amiga lhe deu um forte abraço e disse:

— Quando essa babaquice de guerra acabar, vamos passar o verão todo na minha casa de campo. E não me venha com a desculpa de que não tem um vestido, você recusa todos os meus convites usando essa desculpa. Vamos ficar de maiô e beber álcool de qualidade e comer à beira do lago e não precisaremos de vestido nenhum. O que acha?

Ariadne sorriu. Aquilo parecia mais do que bom: parecia perfeito.

— Promete?

— Claro que prometo, estou convidando, não estou? Boas férias!

Em silêncio, Ariadne a observou ir embora. Viv e Jadis se despediram logo depois, uma do lado da outra, como sempre, e partiram.

*

O clima na escola ficou solitário, mesmo com várias garotas permanecendo dentro dos muros da Academia Rosazul. Ariadne não se sentia pronta para conversar com Lia, ainda não.

Esforçou-se para lembrar dos momentos que as duas compartilharam antes da briga. Às vezes, tinha a sensação de que Lia só almoçava com Ísis e as outras meninas por causa dela e que só concordara com a ideia de destilar álcool porque Ariadne estava lá. Mas então… por que a colega nunca disse nada?

Pelo mesmo motivo que você, sua besta, Sam lhe deu uma nova cutucada. *Como na noite em que você quis beijá-la, mas estava tão bêbada que não conseguiu. Pelo mesmo motivo pelo qual você teve a oportunidade de beijá-la todos os dias depois disso e não beijou: porque não teve coragem.*

Receber conselhos de sua irmã morta não era fácil. Admitir que ela tinha razão era mais difícil ainda.

O fato de que Sam tinha razão, todavia, não foi o bastante para Ariadne tomar uma atitude. Quando não estava ajudando na horta, evitava Lia sempre que possível, e a sensação era de que, a cada novo dia que as duas não se falavam, mais se aproximavam de um ponto em que não se falariam nunca mais.

O inverno chegou implacável e essa era uma época sempre difícil para a jovem bruxa sulista. No segundo dia de férias, o clima ficou insuportavelmente gelado, e caía uma fina cortina de chuva misturada com neve, fazendo com que o frio penetrasse em seus ossos. Para piorar, a professora Elisabete precisava que ela e Lia a ajudassem a proteger as preciosas rosas azuis, vendidas a preços exorbitantes para bruxas sonhadoras de toda Lemúria.

Vestindo uma capa de chuva e tremendo bastante mesmo com várias camadas de roupa, ela lançou feitiços de calor sobre as plantas, enquanto Lia fazia o mesmo em outra parte da horta.

— Um pouco menos de calor, Adne, querida — pediu a professora.

A garota obedeceu. Apesar de estar manipulando energia, não conseguia se sentir mais confortável. Logo seu nariz começou a escorrer.

— Você tá bem? — perguntou Lia de repente. As primeiras palavras que as duas trocavam em sabe-se lá quanto tempo.

— Mais ou menos. — Ela soltou um espirro. — Queria terminar logo aqui, voltar pra dentro e me aquecer.

— Vamos nos apressar, então.

Aos poucos, Ariadne foi se sentindo cada vez mais cansada e com tontura. O frio sempre era ruim para ela. Às vezes, uma simples lufada de vento era o bastante para deixá-la resfriada, o que era ridículo, considerando que ela manipulava fogo. Focada nas plantas, contudo, esqueceu-se de fazer feitiços para se aquecer.

— Professora, acho que a Adne não está bem — escutou Lia dizer. Apoiou o cajado e se colocou de joelhos. Sentiu calafrios nas costas e o corpo todo começou a tremer. Ao mesmo tempo em que morria de frio, suava debaixo das camadas de roupa e da capa. A professora Elisabete a chamou, mas sua voz soou fraca e distante.

— Querida, o que houve? Lia, me ajude a levá-la para o escritório.

— Não devemos fazer um feitiço para deixá-la mais quente?

— Não. — A professora colocou a mão em sua testa. — Ela está com febre. Vamos levá-la para dentro, vou preparar alguma coisa.

A visão de Ariadne foi ficando turva, os sons ao seu redor cada vez mais distantes, até que sentiu uma vontade muito forte de fechar os olhos, e então tudo ficou escuro.

*

Ariadne teve pesadelos seguidos de pesadelos e acordou várias vezes em um sofá desconfortável. Alguém lhe deu uma bebida quente e forte que descia ardendo pela garganta. Depois de beber, ela dormiu de novo e, quando não teve pesadelos com bombas caindo e sua casa pegando fogo, teve sonhos que se sobrepunham uns aos outros de forma confusa. Lia apareceu em alguns deles. Aproximava-se, falava algo ininteligível e colocava a mão em sua testa antes de se afastar.

Quando acordou em definitivo, sentiu-se dolorida e bêbada. Olhou em volta e enxergou caldeirões de vários tamanhos, frascos de poções dispostos em prateleiras que iam do chão ao teto, e outras mil quinquilharias. Estava no escritório da professora Elisabete, deitada em um sofá, coberta por uma manta. A bruxa mais velha preparava alguma coisa ao seu lado, em silêncio.

— Professora? — chamou, ainda que sua voz tenha saído baixinha e sem força. A mulher a ouviu. — O que aconteceu?

— Você teve uma febre feia, menina. Dormiu por onze horas. Está se sentindo melhor?

Onze *horas*, Ariadne pensou. *Isso explica meu pescoço.*

— Sim.

— Nós preparamos chá com *Belladonna*. Isso ajudou a baixar a febre. Por que não fez feitiços para se aquecer antes de chegar a esse ponto?

Boa pergunta.

— Eu... acho que esqueci.

— Uma bruxa que manipula fogo se esquecendo de fazer um feitiço para se aquecer... E eu aqui pensando que já tinha visto de tudo. Fique sentada, preciso pegar outro ingrediente para a sua poção.

Ariadne obedeceu. A cabeça pesava como se fosse feita de chumbo.

— Eu nunca... nunca fui firme pra clima nenhum — confessou. — Se o sol estivesse muito forte, minha pele queimava. Se estivesse frio ou chovendo, eu ficava doente.

— Vou ensinar uma poção para aumentar sua imunidade e existem maneiras de proteger a pele contra o sol — respondeu a professora. Voltou com uma caneca de cerâmica marrom que exalava fumaça. O cheiro era forte, mas bom: tinha limão e hortelã misturados, além de algumas outras ervas que a garota não reconheceu. — Beba tudo e não reclame.

Ela bebeu e não reclamou. Sentiu o corpo ficar mais quente conforme engolia a bebida.

— A senhora disse "nós cuidamos" de você. Quem é "nós"?

— Ora, Lia é claro. Quem mais poderia ser?

Ariadne devolveu o copo vazio.

— A Lia cuidou de mim?

— Lia só saiu do seu lado porque eu mandei. Posso ser velha e enrugada, mas vou lhe dizer uma coisa: vocês duas deveriam conversar. Resolver seja lá o que precisa ser resolvido. Honestamente... em tempos de guerra... não se pode desperdiçar uma amizade assim.

A garota não respondeu. Ficou sentada mais um tempo enquanto a bebida fazia efeito e, quinze minutos depois, sua dor de cabeça havia passado.

— Talvez você tenha febre baixa por mais um ou dois dias e só. Faça bastante repouso e coma comidas quentes. Agora venha. Vou levá-la ao seu dormitório.

*

Ariadne seguiu as instruções da professora à risca e passou os dois dias seguintes na cama sem fazer nada, exceto ler. Levantava-se apenas para ir ao banheiro e fazer suas refeições. No refeitório, olhava para Lia sentada ao longe, mas a garota nunca olhava de volta.

Quando se sentiu bem o bastante para caminhar, respirou fundo e foi até o dormitório da garota karinin. Sentia-se estranhamente revigorada depois do descanso e pensou que, se não conversasse com a garota nesse momento, perderia a coragem de vez.

Bateu na porta. Lia abriu e olhou em seus olhos, parecendo desconfortável.

— Oi. Está se sentindo melhor?

— Bastante — respondeu Ariadne. — Obrigada.

Lia sorriu timidamente, mas não disse nada. Ariadne passou a mão pela nuca e perguntou:

— Hã... será que a gente pode conversar? Tipo, conversar *mesmo*?

A outra garota soltou um suspiro e abriu passagem para Ariadne. O quarto era mais ou menos igual ao que ela dividia com Maeve, exceto que não fedia a xixi de gato. Tinha pouquíssimos adornos, de modo que apenas um chamou sua atenção: sobre a cama de Lia, preso à parede, havia um apanhador de sonhos de sete pontas, da religião de Kaë.

— Não sabia que você era religiosa.

— Pois é — respondeu Lia. — Sente-se... onde quiser. — Ariadne obedeceu e se sentou na cama de Agnes, do outro lado do quarto. — Sobre o que você quer conversar?

— Sobre você ter cuidado de mim enquanto eu estava com febre.

— Não foi nada.

— Bom, eu queria te agradecer mesmo assim.

— Você já agradeceu.

— Bom, então gostaria de agradecer de novo.

— De nada.

Ariadne bufou e respirou fundo até recuperar a calma. Não deu certo. O sangue começou a ferver em seu corpo.

— Tem uma coisa que eu queria te dizer faz tempo. Eu... eu... droga! Por que é tão difícil? Estou apaixonada por você. Ou... estava. *Estou.* Estou apaixonada por você. Já faz tempo. E eu acho que você está, ou estava, apaixonada por mim também.

A respiração de Lia ficou trêmula.

— Se você já sabia, por que quis conversar?

Ariadne engoliu em seco.

— Por que você continua agindo desse jeito?

— Agindo como?

— *Assim!* Que saco, Lia! Se você também estava apaixonada por mim, por que não disse nada?

— Por que *você* não disse nada?

— Eu... — Ariadne descobriu que não tinha uma resposta.

— Bom, aí está — devolveu Lia. Seus olhos ficaram marejados e ela virou a cabeça. — Se você quer tanto saber... um dos motivos pelos quais nunca falei nada é porque tudo o que eu quis, desde que cheguei aqui, foi *ir embora*. Eu ia fugir pra casa no fim do ano passado e dizer aos meus pais que não queria mais vir pra escola. E então começou a guerra e não pude mais voltar pra casa. Pensando bem, mesmo que voltasse, meus pais vieram para o Sul, então...

— O quê? Espera. Seus pais fugiram?

Lia deu de ombros, limpou uma lágrima que escorria pelo rosto e olhou para baixo. Sem perceber Ariadne também começou a chorar, em silêncio. Sentia-se boba e mimada. Suas reivindicações e dramas pareciam insignificantes perto do que Lia estava passando. A jovem karinin tomou fôlego e disse:

— Sabe o que a Agnes me falou no dia em que coloquei aquele apanhador de sonhos na parede? "Nossa, eu não sabia que existia religião em Karinía. Achei que vocês todas eram ateias." Quer dizer... sério mesmo? — Ela riu e mais algumas lágrimas escorreram. — As pessoas daqui me odeiam por causa do lugar de onde eu venho. Tá, elas me odeiam porque eu sou pobre também, mas isso já era esperado. Não tive culpa de ter nascido em Karinía e não sei por que elas me odeiam tanto por isso. É só um pedaço de terra... Por muito tempo... por muito tempo eu senti raiva de você por se tornar amiga dessas pessoas. Eu era orgulhosa demais pra me "unir" a elas, a você, e agora é muito tarde.

Ariadne limpou o rosto e respondeu:

— Não é muito tarde.

— É sim. Eu... outro motivo pelo qual nunca te disse como me sentia é porque sei que, se ficarmos juntas, as pessoas vão te odiar ainda mais e eu não quero dar a elas mais motivos pra te odiar.

A garota karinin engoliu em seco. Ariadne sabia que aquela não era *toda* a verdade e a empatia que estava sentindo até o momento desapareceu atrás de uma cortina de raiva. Ela correu até a cama e se ajoelhou na frente de Lia.

— *Puta merda,* Lia! Eu não ligo para o que as pessoas vão pensar! E você pode vir falar o que quiser sobre Ísis, ou Viv ou a deusa Kaë em pessoa, mas *eu* não me importo! Se essa era sua maior preocupação, podia ter simplesmente conversado comigo e pronto!

— Não é só isso — admitiu Lia. — Não é... eu... eu não sou como outras garotas que "ficam apaixonadas, e ah, que bonitinho" e no dia seguinte estão dizendo que mudaram de ideia, sabe? Pra mim, isso é uma coisa séria. Dar o lenço para alguém é algo muito importante, e é algo que tem consequências...

— Como assim "dar o lenço"?

— Não importa. Deixa pra lá.

— Não, Lia, não vou deixar pra lá. Me explica.

— Já falei que não importa.

Ariadne se ergueu, agarrou os próprios cabelos e os puxou.

— ARGH, QUE INFERNO! Por que você insiste em agir desse jeito? Será que a vida já não está difícil o suficiente sem a gente complicando ainda mais? Olha, eu só sei que eu gosto de você. Muito. E nunca me senti assim por ninguém, nem por meninos, nem por meninas. Mas me sinto assim quando estou com você e não sei por que, pra falar a verdade, JÁ QUE VOCÊ NUNCA FOI GENTIL COMIGO OU COM QUALQUER OUTRA PESSOA!

As palavras foram despejadas em sucessão quase sem respiro, e Ariadne se arrependeu delas no instante em que saíram de sua boca. Não eram verdade e ela sabia, mas depois disso só houve silêncio entre as duas, um silêncio frio e doloroso, e alguns segundos intermináveis se passaram até ela conseguir dizer:

— Eu não quis dizer isso...

— Quis sim.

Suas bochechas queimaram.

— Eu... só quero entender, Lia. Você nunca ligou para o que nossas colegas pensam. Eu já disse que não me importo. Do que você tem tanto medo?

A garota engoliu em seco, mas não respondeu.

— Lia?

— EU TENHO MEDO DE *VOCÊ*! — gritou Lia. Todo seu autocontrole, tão cuidadosamente construído, havia desmoronado.

— Eu não entendo... "medo" de mim?

A garota chorava sem qualquer controle. Havia abraçado o próprio corpo e não conseguia olhar nos olhos de Ariadne nem deixou que ela se aproximasse.

— Tenho medo de que você me ache frígida. Pouco amorosa. Tenho medo de que você tenha criado uma fantasia de mim na sua cabeça e descubra que não sou nada disso. Tenho medo de que você acabe me odiando, assim como todas as garotas me odeiam. E como se isso tudo não bastasse, tenho medo de que a guerra piore e que um dia nós lutemos uma contra a outra!

Ariadne não tinha uma resposta para nada disso, então ficou em silêncio.

— Não aguento mais — continuou Lia, entre soluços. — Este lugar, estas pessoas. Não aguento mais.

Era estranho para Ariadne vê-la assim tão frágil, tão franca, tão... exposta. Só fez com que ela se sentisse ainda mais apaixonada, mais entregue aos seus sentimentos, e, sendo finalmente sincera consigo mesma, ela sentiu que o coração iria explodir de frustração por tanto tempo desperdiçado.

Levantou-se e se sentou ao lado de Lia. Colocou a garota entre seus braços, apoiou a cabeça dela em seu peito e deixou que chorasse. A conversa havia acabado.

Passado um bom tempo, Lia ficou entorpecida de tanto chorar. Ariadne a colocou na cama, cobriu seu corpo até os ombros, segurando-se para não a beijar no rosto antes de apagar as luzes. Quando fechou a porta, Lia já estava dormindo.

Ariadne foi se deitar na própria cama, tensa e frustrada.

Durante a madrugada, pensou em tudo o que Lia havia dito. Talvez ela tivesse razão: era mais seguro deixar as coisas como estavam. E se a guerra de fato piorasse? E se ambas se encontrassem no campo de batalha lutando por lados opostos? E se não houvesse espaço para qualquer amor entre as duas no meio de todo o ódio e violência?

Amanheceu e Ariadne ainda estava acordada. Quando não conseguiu mais ficar na cama, decidiu voltar ao dormitório de Lia. Ninguém atendeu. Vasculhou todos os salões e o refeitório, mas não a encontrou em lugar algum. Ela devia estar na horta, ajudando a professora Elisabete, ou então finalmente fugira.

Não, disse a si mesma. Descartou essa possibilidade e a empurrou para o fundo da mente. *Ela não fugiria, não agora. Não depois da nossa conversa.*

Dessa vez, fez um feitiço para se aquecer e caminhou em direção ao campo aberto. Havia uma elevação considerável antes de chegar à horta; Ariadne subiu a colina e olhou para baixo. Seu coração deu um salto e o corpo relaxou de alívio.

Lia estava lá, cuidando das plantas.

Ainda havia tempo.

Ariadne caminhou pela pequena elevação como se estivesse prestes a pular de um penhasco. Não podia pensar no que estava fazendo ou perderia a coragem. Apenas deu um passo atrás do outro sem olhar para trás, torcendo para que o penhasco não tivesse fundo, ou para que aprendesse a criar asas no caminho para baixo. Lia não percebeu sua aproximação até que estivessem muito próximas. Seus olhos se arregalaram de surpresa e, antes que pudesse dizer qualquer coisa, cercada por rosas azuis, Ariadne se inclinou para a frente e a beijou.

IV

Atenção, notícia de última hora: *o reino de Lemúria e seus aliados sofreram uma derrota significativa hoje de madrugada quando um comboio que carregava suprimentos para os soldados entrincheirados no Norte foi destruído. O avanço das tropas sulistas até a capital de Azgür tem não correu como o esperado, e, com a chegada de outro inverno, há medo por parte dos comandantes e da Coroa de que nossos soldados estejam em desvantagem. Ainda não temos nenhum comunicado oficial acerca da possível convocação de bruxas para atuarem nas linhas de frente do conflito.*

— *Boletim Informativo de Lemúria*, 2 de janeiro de 1922

O inverno fazia a neve cair de forma mais insistente no Norte, e os ventos da guerra se aproximavam com força avassaladora da Academia Rosazul para Garotas, prestes a destruir a frágil e temporária bolha de segurança que circundava suas alunas.

Nenhum inverno em Lemúria era tranquilo, e cada um parecia pior do que o anterior. Não fossem os feitiços de proteção, a horta de professora Elisabete e suas milhares de rosas azuis cuidadosamente cultivadas na primavera teriam congelado. O céu ficou cinza, os gatos procuraram abrigo dentro das paredes da mansão e o campo de treinamento se tornou uma grande planície branca.

Porém, ignorando todo o frio e toda a sombra, Lia e Ariadne sentiam como se tivessem descoberto um tesouro escondido. Entre as frutas, hortaliças e rosas azuis que cresciam ao seu redor, elas se abraçaram, enfim livres dos grilhões que haviam colocado em si mesmas e, seguras nos braços uma da outra, sentiram que nada poderia separá-las.

— Eu sinto muito — disse Lia chorando outra vez. — Sinto muito por ter brigado com você naquela noite. Sinto muito por não ter falado com você durante todo esse tempo. Eu fui burra e orgulhosa. Por favor, me desculpa.

Ariadne não sabia se ria da situação ou se chorava junto. Em vez isso, limpou as lágrimas do rosto de Lia e a beijou mais e mais vezes. Seus questionamentos e medos pareciam ter desaparecido.

— Não precisa pedir desculpas. Não precisa pedir desculpas por nada.

As duas se abraçaram e permaneceram abraçadas apesar do vento cortante e da neve gelada, sem reparar que, em seu escritório, a professora Elisabete as observava em silêncio, sorrindo.

*

Ariadne guardaria aqueles momentos em um lugar especial em seu coração. Nos primeiros dias, nos quais elas não conseguiam desgrudar uma da outra e que cada novo momento era uma descoberta, em que exploravam uma à outra como se fossem as primeiras a desvendar os mistérios do amor físico, fazendo pausas apenas para comer, beber e dormir. Mas sem dormir muito.

Lia contou com as pontas dos dedos cada uma de suas sardas. Enterrou o rosto em seus cabelos loiros. Ariadne, por sua vez, estudou minuciosamente as linhas sinuosas do queixo de Lia, a delicadeza da pele, a maneira como o âmbar de seus olhos mudava sutilmente de cor conforme a variação da luz. Elas riram, conversaram e se beijaram, e em nenhum momento pensaram que aquilo teria fim.

Em dado momento, Lia pediu para conhecer o dormitório de Ariadne. A garota ficou receosa, pois, durante as férias, havia sido meio... displicente com a arrumação. Ao chegarem lá, além da bagunça, foram surpreendidas por três pares de olhos felinos que as encaravam com um quê de alarme que logo se transformou em indiferença.

— Vocês três?! — exclamou Ariadne. Olhou em volta. Alguns de seus pertences haviam sido jogados do alto da cômoda e estavam espalhados pelo chão e os lençóis das duas camas estavam desfiados outra vez. Ela fungou. — Está cheirando a xixi?

— Não parece — respondeu Lia, franzindo o cenho. Encarou os dois gatos machos. — Espere, eu conheço vocês dois. Vocês costumavam dormir *comigo* durante as férias! Traidores...

Ariadne riu e acariciou o mais próximo atrás das orelhas.

— Engraçado — comentou Lia —, não pensei que você gostasse de gatos.

— Não gosto, pra falar a verdade. Mas eles parecem que gostam muito de mim, então eu meio que tive que me conformar.

— Talvez eles a identifiquem como um dos seus.

— Como assim?

— Feroz e indomável.

Ariadne corou.

— Quem me dera.

— Devo lembrá-la que você socou a Ravena na boca. Os gatos aprovariam essa atitude. E confesso que, hoje, depois de muito pensar a respeito, eu também. — Elas riram e se beijaram de novo. — Agora, se você não gosta de gatos, talvez devesse tomar mais cuidado para não esquecer a porta aberta.

— Pois é. — Ariadne coçou a cabeça. — É a terceira vez esta semana. Estou começando a pensar que uma das professoras está me sacaneando. É provável que seja a Elisabete, isso é bem a cara dela. Ou um dos gatos é mágico. Ou os três. Essa não. Lia, gatos são mágicos?

A garota karinin riu.

— Em minha anti... em minha casa, tínhamos um gato que sabia abrir portas — contou. — Ele pulava em cima da maçaneta e jogava o peso pra abrir. Depois, deitava e dormia na minha cabeça. Mas não, não acho que eles sejam mágicos. Você não vai me apresentar?

— Mas você disse que conhece esses dois...

— Sim, mas quero saber que nome você deu pra eles.

— Bom — disse Ariadne —, já contei pelo menos uma dúzia de gatos na escola, mas estes são os três que sempre ficam comigo e com a Maeve. Aquele ali é o Capitão Gorducho. — Ela apontou para um gato ruivo gordo e com longos bigodes brancos deitado sobre a cama de Maeve. — Ele gosta mais da minha colega de quarto, mas eu não tenho ciúme. O outro macho é este aqui. — Ela encarou o gato cinza de olhos azuis que dormia passivamente com a boca aberta e a língua entre os dentes. — Ele tá sempre assim, então eu o chamei de Lorde Bocaberta.

— Bocaberta? Tudo junto?

— Sim. — Ariadne sorriu. — Que nem Rosazul. E, por último, nós temos a Megera. — Ela olhou com certo desdém para uma gata toda preta com grandes olhos amarelos e pupilas estreitas. Lia reconheceu a gata.

— Megera?

— Foram as professoras que deram esse nome, não eu.

Lia se aproximou com delicadeza, na esperança vã de que a gata aceitasse seu carinho.

— Eu reconheço você. Você é a gatinha preta que nunca chegava perto da minha janela. Você não é uma megera, é? Você é uma moça linda e doce...

Megera respondeu com um rosnado e uma patada, deixando os dentes à mostra. Lia recuou imediatamente e colocou o dedo arranhado na boca.

— Tá... entendi.

— Eu e a Megera nos conhecemos no primeiro dia de aula — contou Ariadne. — Ela veio se esfregar no meu pé. A professora Sibilla ficou chocada.

— Eu imagino.

As garotas ocuparam a cama, e Megera foi se deitar na cama de Maeve, sem antes soltar um miado irritado para as duas humanas. Ariadne e Lia ficaram ali por um bom tempo. Além de trocar beijos, descobriram que a coisa que mais gostavam de fazer era conversar. Perguntas eram disparadas de ambos os lados em um esforço desesperado para compensar os meses de silêncio.

Ariadne contou sobre os pais, a sapataria, a dona Josephina e o senhor Tito, mostrou-lhe o relógio, as botas e o vestido que ganhou antes de ir embora, e também narrou o dia em que o zepelim sobrevoou a cidade.

Lia, por sua vez, contou sobre a vida em Karinía, e alguns dos costumes de lá, suas comidas preferidas, como havia se adaptado ao frio desde cedo e várias outras coisas. O único tópico que não voltou a comentar foi sobre os pais estarem em um campo de refugiados. Pensar nisso lhe causava angústia e ela queria aproveitar os momentos com Ariadne sem pensar em tais coisas. A neve caia com mais força do lado de fora. Em seus braços, o corpo de Ariadne tremeu de leve.

— Adne, você tá com frio?

— Claro que eu tô com frio! — respondeu a garota, os dentes batendo. — Que ideia estúpida foi essa de deitar na cama por cima da coberta!

Enquanto Lia dava risada, Ariadne se enfiava debaixo das cobertas e tremia mais um pouco até seu corpo esquentar.

— Sério, como é que você aguenta?

— Adne, isso pra mim é quase verão.

Ela levantou as cobertas e se deitou ao lado de Ariadne, envolvendo seu corpo com os braços e usando o próprio calor para aquecê-la.

— Antes de vir pra cá eu encarei nevascas *muito* piores — contou. — Às vezes, eu abria a porta de casa e usava meus poderes para derreter a neve que havia se acumulado do lado de fora, sem cajado nem nada, para que eu e meus pais não ficássemos presos. Uma vez, fiquei com queimaduras nas mãos por conta do frio e meu pai teve que me levar de carroça em um curandeiro no meio da noite.

Ariadne engoliu em seco.

— Parece uma vida dura.

— Era, mas era boa — respondeu Lia, sem hesitação. Sentia saudades de casa. Era estranho pensar que seu lar não existia mais. A casa em que crescera, em que seus pais viviam, a casa na qual eles alimentavam os gatos que apareciam, a casa na qual praticou seus primeiros atos de magia... Tudo se fora.

Ariadne percebeu quando o rosto de Lia se contorceu e seus olhos ficaram marejados, e se aninhou um pouco mais em seu abraço.

— Eu tô aqui — sussurrou. — Sei que não serve de consolo, mas você não está sozinha. Eu tô aqui e não vou a lugar algum.

— Eu sei — respondeu Lia, tão baixinho que Ariadne mal conseguiu escutá-la.

— Sabe mesmo?

— Sei.

— Pode conversar comigo sobre o que quiser.

— Eu sei.

Depois disso elas ficaram deitadas em silêncio por um tempo. Trocaram de posição e foi a vez de Lia ficar aninhada no peito de Ariadne. Era gostoso ficar ali, sentindo sua respiração e escutando o coração bater, sem o som de dezenas de garotas gritando, correndo e pulando pelos corredores, destilando ódio e desprezo. Sem guerra. Sem casas queimando. Só elas, os gatos e o silêncio.

— Quero que você me conte um segredo — pediu Lia. — Algo que nunca contou pra ninguém.

— Por quê?

A menina deu de ombros.

— Quero conhecer um pouco mais de você. Só que quero algo que seja especial, que seja só pra mim. E em troca, eu te conto uma coisa. Qualquer coisa que você quiser.

— Tá. — Ariadne teve a sensação de que seu rosto iria derreter de tanta vergonha. Ela pensou e pensou, até que uma resposta lhe veio. — Eu tinha uma irmã mais velha.

— Como assim, "tinha"?

— Bom… — Ariadne engoliu em seco. — Ela morreu quando eu era criança.

Lia ajeitou o corpo e ficou de frente para ela.

— Isso é sério?

— Você me pediu pra te contar algo que eu não tinha contado pra ninguém. Bom, eu não contei isso pra ninguém. Nem pra Ísis.

— Por que não?

— Não sei. Não lembro quase nada dela. Eu tinha dois ou três anos quando ela morreu. Ela tinha uns… oito. Foi duro pros meus pais, mas principalmente pra minha mãe, porque ela nasceu meio doente, e minha mãe sempre pensou que havia algo de errado dentro dela que fez minha irmã nascer assim. Ninguém comenta muito o assunto lá em casa e não é um tópico de conversa muito atraente em qualquer contexto. "Oi, tudo bem? Eu sou a Ariadne. Eu tinha uma irmã mais velha, ela morreu."

Lia assentiu, devagar.

— Qual era o nome dela?

— Samantha — respondeu, se dando conta de como falava aquele nome em voz alta com pouquíssima frequência. Pronunciá-lo a tornava real, uma garota que nasceu, cresceu e viveu, alguém que existiu em um plano físico e não apenas na mente e no coração de Ariadne e seus pais. — Sam.

— É um nome bonito.

Ariadne sorriu, tímida. Não contou que conversava com ela mentalmente às vezes, e que essa era sua maneira de mantê-la por perto.

— Bom, aí está. Meu "grande" segredo. E você, Lia? Tem irmãos ou irmãs?

A garota fez que não com a cabeça.

— Quando o Reino de Karinía foi anexado, Azgür implementou uma política de filho único, para estabilizar a economia ou algo assim. Faz uns trinta anos, mas persiste até hoje.

— Entendi.

— Agora é sua vez — disse Lia. — Eu prometi que responderia qualquer pergunta. A menos que sua pergunta tenha sido se eu tenho irmãos, que no caso a resposta é "não".

Ariadne devolveu uma careta.

— Puxa vida, não sei...

— Ah, quer dizer que você não tem curiosidade sobre mim?

— Claro que não! Quer dizer, claro que sim! Claro que tenho! — Antes que o constrangimento virasse uma crise de pânico, Lia começou a rir.

— Eu tô brincando! Muita gente acha que não, mas eu sei brincar, tá?

— Você não presta, isso sim. — Ariadne mostrou a língua. — Nesse caso, quero que você me fale melhor daquele negócio do "lenço". — Lia fez cara de desentendida. — Quando a gente conversou no seu dormitório naquela noite, você falou algo como "dar o lenço é uma coisa importante".

— Ah, sim. Isso. Tá. É que, assim, em Karinía, quando alguém tem sentimentos por outra pessoa, ela não chega simplesmente na pessoa e diz "eu gosto de você". Lá, quando uma pessoa está apaixonada, ela entrega um lenço e o amarra no braço esquerdo da pessoa amada. Talvez pareça bobo pra quem é de fora, mas é um ritual que existe faz só alguns milhares de anos.

— Não acho bobo — disse Ariadne, com sinceridade. — Acho bonito. Esse ritual só vale em Karinía, ou você pode dar o lenço pra uma pessoa de qualquer lugar?

Lia não respondeu. Apesar de ter a pele escura, estava claramente corando.

— Na verdade — respondeu, hesitante —, eu pensei várias vezes em te dar um lenço, mas você veio até a horta e me beijou antes que eu tivesse coragem.

Ariadne sentiu o coração palpitar. Inclinou-se e beijou Lia nos lábios. Elas permaneceram abraçadas por mais algum tempo, e depois se beijaram um pouco mais. Deitadas com os braços entrelaçados, o inverno nem parecia mais tão frio, a guerra nem parecia mais tão assustadora.

Assim elas ficaram, alheias, aquecidas e felizes, enquanto conversavam sobre coisas frívolas até adormecerem uma nos braços da outra.

V

— Jura que você não sabia? — perguntou Lia, enquanto enfiava um pedaço de bolo na boca. As professoras haviam feito uma pequena surpresa na ocasião do décimo sétimo aniversário de Ariadne, com direito a bolo e tudo. Houve até uma festinha e algumas alunas que estavam ali compareceram, quer fossem suas amigas ou não, já que nenhuma delas era mesquinha o bastante de recusar bolo de graça no meio do inverno no meio de uma guerra.

De noite e de volta ao dormitório enquanto a neve caía do lado de fora como se o frio não tivesse fim, Ariadne passou um unguento nos lábios, que estavam rachados pelo frio e de tanto beijar Lia. Havia sido um presente carinhoso (embora recebido com uma alta dose de constrangimento) da professora Elisabete. Nunca teria imaginado que ela era casada com a professora Filomena. Elas eram tão diferentes uma da outra...

Pensando bem, Ariadne e Lia também eram diferentes uma da outra e as coisas estavam caminhando muito bem por enquanto.

— Eu juro que não sabia. Aliás, como *você* é a maior fonte de fofocas nesta escola?

— Bom... como eu não tinha amigas, as professoras meio que me adotaram. Acabei sabendo de tudo. Pode não parecer, mas elas falam mais do que a Ísis.

Eis uma coisa difícil de imaginar, pensou Ariadne. Apoiou-se no ombro de Lia.

— Hm... que outros segredos sórdidos sobre as professoras você tem pra me contar?

— Que não vão causar nossas mortes, tenho alguns. Mas cuidado com o que eu vou te falar.

— Lógico.

— Eu... sei que a professora Sibilla é divorciada. Pelo visto esse é um tópico de muita fofoca entre algumas alunas e até entre as próprias professoras. Não entendo direito o porquê. O divórcio em Karinía não é algo incomum, então não sei por que fazem tanto escândalo com relação a isso aqui no Sul.

— Pelo visto, se divorciar é uma das piores coisas que se pode fazer na "alta sociedade" — Ariadne fez aspas com os dedos — da nossa querida Lemúria. É preferível ter amantes do que terminar um casamento.

— E como *você* sabe disso?

— Acho que absorvi um pouco das aulas de etiqueta.

— Isso sim é motivo de comemoração.

— Não enche o saco.

Durante a conversa, Ariadne descobriu que muitas professoras tinham histórias difíceis que preferiam deixar no passado. A professora Sibilla era divorciada. Kolli, que protegia a entrada da escola e recepcionava os alunos, tinha sido uma guerreira em outro continente. Quando voltou para a vida civil, teve um filho que faleceu. Seu casamento não se sustentou e a diretora Ursula a abrigou e Lia fez Ariadne jurar outra vez que nunca, jamais, sob hipótese alguma contaria isso a mais ninguém. O mesmo valia para a professora de Astronomia, pois dizia-se que ela era uma desertora; algo que, nas mãos de alguém como Ravena ou Muriel, teria consequências desastrosas para a vida dela, e assim por diante. Lia pediu que Ariadne não falasse dessas coisas nem para Ísis e ela prometeu que não o faria; jamais teria coragem de trair sua confiança assim.

Havia histórias mais felizes, é claro, como a das professoras Elisabete e Filomena, casadas há muitos anos e felizes. A Academia Rosazul não era um lugar destinado a bruxas exiladas, párias da sociedade ou desgraçadas, mas, como a diretora havia dito no primeiro dia de Ariadne ali, era um lugar que não dava as costas para quem precisava.

Ariadne enxergou a si mesma dando aulas lá, um dia. Talvez depois de conquistar o mundo com seus poderes incríveis e se tornar uma bruxa tão famosa quanto a matriarca da escola. Isso se aceitasse a oferta da professora Filomena e fosse para o exército, coisa que, paradoxalmente, lhe parecia cada vez mais improvável. Será que existia uma maneira de se tornar uma bruxa famosa sem ir para o campo de batalha?

— E sobre a professora Ursula, você não sabe nada?

— Sei que ela é uma bruxa muito, *muito* poderosa — contou Lia. — Ela cumpriu o serviço militar obrigatório e depois pediu dispensa. Muitos generais tentaram convocá-la para lutar em outros continentes, mas ela sempre recusou. Não acho que seja casada ou tenha filhos... ela é uma pessoa muito reservada.

Mas Ariadne sabia que a diretora havia sido uma bolsista, assim como elas, e esse pequeno segredo compartilhado entre as duas fazia Ariadne se sentir especial e cheia de confiança. *Viu?*, dizia a si mesma. *Essa pode ser você um dia. Diretora de uma escola.* A fofoca sobre as professoras seguiu por mais alguns minutos até que ambas se cansaram e decidiram fazer algo mais interessante. Lia a beijou com força intensidade, primeiro nos lábios antes de prestar atenção a seu pescoço e ombros. As mãos da garota karinin ficaram cada vez mais aventureiras e ela estava prestes a tirar sua blusa quando Ariadne a interrompeu:

— Espera.

— O que foi? — Lia se afastou. — Você não quer?

— Eu quero, claro que eu quero...

Ariadne queria muito, mas algo dentro dela não estava pronto para dar esse passo. Não era a primeira vez que isso acontecia. Frustrada, ela se sentou na cama enquanto Lia a abraçava por trás.

— Não precisa ficar com vergonha. Não tem problema.

— Nós ficamos com a escola toda por quase dois meses — retrucou Ariadne, irritada. — As aulas voltam daqui a três dias e eu não consegui... Desculpa. Não sei o que tem de errado comigo.

— Já falei, Adne. Não tem problema. — Lia suspirou. Por mais que disfarçasse, porém, a frustração transparecia em sua voz. — Você tem medo? Do que as outras garotas vão falar?

— Hm, eu tô mais curiosa, na verdade. Ísis já sabia. Que eu estava apaixonada por você, quero dizer. — Aliás, pelo visto, *todo mundo* parecia já saber. — Que a Ravena e a Muriel vão comentar alguma maldade, eu já sei, então não, não é com isso que eu tô nervosa.

— Que bom. Porque confesso que *eu* estou um pouquinho.

Pronto. A vontade de fazer o que elas iam fazer havia passado e ambas tinham assuntos sérios a discutir. Ariadne sentiu uma nova onda de frustração percorrê-la como uma descarga elétrica.

— Não precisa — respondeu. — Afinal, se alguém falar uma besteira muito grande, vou socar a boca da pessoa e daí ela não vai falar mais nada porque eu sou feroz e indomável como os gatos que dormem na minha cama, lembra?

Lia se inclinou para a frente e a beijou com delicadeza.

— Isso você é mesmo.

✶

Na véspera do retorno às aulas, Lia recebeu uma notícia inesperada. Estava no quarto com Ariadne quando a professora Sibilla bateu na porta. Ao entrar, ela ficou visivelmente constrangida ao ver que as duas garotas estavam deitadas — ainda que vestidas — nos braços uma da outra.

— O que foi, professora?

— Ah, querida, desculpe... hã... interromper. São seus pais. Eles estão no rádio querendo falar com você.

As duas garotas se entreolharam. Lia pulou para fora da cama e saiu correndo até a sala de rádio. Ariadne foi atrás dela, mas se deteve ao pé da porta ao lado da professora.

Queria estar com ela, confortá-la não importando quão boa ou ruim fosse a notícia, mas sabia que existiam coisas nas quais não podia interferir, por mais que seu coração desejasse o contrário. A professora Sibilla colocou a mão em seu ombro.

— É melhor que ela converse com eles a sós.

— Eu sei.

A jovem bruxa esperou do lado de fora em silêncio durante quase quarenta minutos. Sentiu o impulso de rezar por Kaë e pedir auxílio, mas sentiu que essa seria outra intromissão. Não era religiosa, não era adepta da Deusa das Sete Faces. Por que seu chamado seria atendido?

Sentindo-se com medo e impotente, esperou.

Quando Lia saiu da sala, com os olhos marejados e a cabeça baixa, Ariadne temeu pelo pior.

— Eles estão bem — disse Lia, e sua voz estava tão carregada de alívio que a própria Ariadne sentiu vontade de chorar. Quis se erguer e abraçá-la com toda a sua força, mas Lia parecia pequena e frágil, prestes a quebrar. — Ainda estão no campo de refugiados e finalmente conseguiram usar um rádio. Disseram que estão sendo bem tratados e que fizeram um pedido de asilo ao governo de Lemúria. Devem vir pro Sul em breve. Eu... acho... acho que tudo vai ficar bem.

A professora Sibilla se levantou junto de Ariadne e colocou as mãos nos ombros de cada garota.

— Tenho certeza que sim, querida. Tenho certeza que sim.

*

Ariadne a acompanhou até seu quarto. Apesar da boa notícia, a cada passo que elas davam, a outra garota parecia ficar mais tensa, como uma corda sendo puxada. Quando finalmente fecharam a porta, Lia caiu de joelhos e começou a chorar.

Era um choro diferente de tudo o que Ariadne já escutara. Desamparado, como se por meses e meses Lia tivesse dentro de si um monte de água fervente, borbulhando e pressionando o interior da garota até estourar como o caldeirão de Petúnia que explodira na aula de poções, só que com uma força mais compatível com a de um vulcão. No começo, Ariadne se assustou e ficou paralisada, mas depois o susto diminuiu e ela se abaixou e abraçou Lia, passando minutos incontáveis assim, até que todas aquelas lágrimas finalmente acabaram com as forças da jovem karinin e a obrigaram a se deitar.

— Vai ficar tudo bem — disse Ariadne. — Eu prometo.

Ariadne sabia que não tinha poder para fazer uma promessa desse tipo, mas parecia a coisa certa a dizer, mesmo que fosse uma mentira.

— Obrigada — sussurrou Lia, rouca. — Obrigada por estar comigo.

Ariadne cobriu seu rosto de beijos e respondeu, baixinho:

— Sempre.

E foi assim que as férias terminaram.

VI

Um novo ano letivo começou no dia seguinte. Novas alunas conheceram o interior da Academia Rosazul, enquanto velhas alunas retornaram aos respectivos aposentos. Ao fim das férias, elas sempre voltavam diferentes. Ísis *parecia* igual, mas havia algo no fundo de seus olhos, marcas sutis de que havia passado pelas próprias dificuldades e tristezas, marcas de que estava um pouquinho mais dura por dentro, embora na superfície continuasse a menina doce e falante que sempre fora.

Nenhuma garota da escola deu qualquer atenção ao namoro entre Ariadne e Lia.

Quando Ariadne contou para Ísis, a amiga não gritou nem pulou de alegria. Apenas disse:

— Bom, Adne, até que enfim.

Pelo visto o relacionamento entre as duas era a progressão natural de eventos que eram de conhecimento de todos na escola. A única que fez qualquer comentário mais desenvolvido foi Maeve. Ariadne estava deitada na cama, frustrada por não poder passar a noite com Lia outra vez, quando a colega disse:

— Você e a Lia estão namorando?

— Hã... Sim.

— Que bom. Fico feliz por você.

As palavras de Maeve soaram sem malícia. Ariadne franziu o cenho e a encarou.

— Fica?

— Claro. Eu e outras garotas já havíamos percebido um romance entre vocês faz um tempo. Fora o dia em que a Ísis veio aqui e disse que você estava apaixonada por ela. Isso tornou as coisas mais evidentes. Enfim, fico feliz que tenha dado certo.

— Ah... — Ariadne ficou sem reação. — Eu, hã... obrigada.

— De nada. E, viu, se você está preocupada que a Ravena faça comentários para as outras garotas... não se preocupe. Ninguém aguenta mais ela.

— É mesmo? — Eis algo novo e importante e Ariadne se ajeitou na cama para prestar mais atenção.

— Nem mesmo a Muriel — contou Maeve. — Dinheiro não devia ser uma desculpa para ser uma pessoa tão nojenta.

Algo *realmente* havia acontecido durante as férias. Escutá-la fez Ariadne rir e, antes que pudesse ficar com vergonha, Maeve se uniu a ela em uma risada leve e bem-vinda.

Era uma boa maneira de começar o ano de 1922, pensou.

✶

No começo do último ano letivo, a Academia Rosazul promovia um baile de inverno para as alunas comemorarem o período final do curso. Era uma tradição da escola que seguia mesmo com a guerra. Ao término do ano, em dezembro, haveria também um baile de formatura para convidados, mas o primeiro era só para as alunas.

Nos tempos difíceis, aquelas rotinas se tornavam mais importantes, para mostrar que havia outras coisas além de fogo e da sombra e da incerteza provocada por um conflito armado que nada tinha a ver com elas. A mesquinhez aflorava, e o pior das pessoas vinha à tona, mas às vezes o melhor também. Laços se tornavam mais estreitos e palavras postergadas eram finalmente ditas em voz alta.

Para Ariadne, Ísis, Lia e as colegas, aquele ano significava um período que mudaria o restante de suas vidas. Elas tinham consciência disso, mas, no momento, a preocupação maior era escolher o vestido certo e se enfeitar apropriadamente para uma festa.

— Você acha que eu devo ir com um vestido mais simples — perguntou Ísis —, ou com um decote mais... avantajado?

— Acho que os peitos são seus e você faz com eles o que quiser — respondeu Ariadne. Ela tinha apenas um vestido, de qualquer forma.

— Peitos onde? Isso aqui parece mais uma tábua de passar roupa.

Ariadne revirou os olhos.

— Ísis, para de se achar feia. Às vezes eu não sei se você só tá fazendo charme ou se acredita mesmo nessas coisas, mas, de qualquer maneira, pare agora. Você é maravilhosa, todo mundo acha isso. Até a Lia disse que você é linda.

Os olhos de Ísis se iluminaram e ela abriu um largo sorriso.

— A Lia disse que me acha linda?

— Ei, não vai dar em cima da minha namorada.

— Ah, pode ficar tranquila. Tenho que me lembrar com certa frequência de que você tem uma namorada, mas eu já te disse que não gosto de mulher. Se gostasse, já tinha dado em cima de você há muito tempo. Voltando ao assunto, a Lia disse que eu sou linda, é?

— Ela disse também que você fala muito.

— Ninguém é perfeito. Tudo bem: vou vestir os dois e você me diz qual ficou melhor.

Ela começou a tirar a roupa. Ariadne sentiu as bochechas corarem e exclamou:

— Espera! Deixa eu me virar!

— Ai, tenha dó, Adne. — Foi a vez de Ísis revirar os olhos. — Não tem nada aqui que você já não tenha visto ao olhar no próprio espelho. E nós já nos conhecemos há três anos. Até parece que alguma coisa terrível vai acontecer se você me ver pelada...

Ariadne foi forçada a concordar e aos poucos o rubor desapareceu do seu rosto. Ísis, entretanto, não havia terminado.

— É só pensar nos peitos da Lia que vai dar tudo certo.

Pronto, o rubor voltou.

— Preciso confessar uma coisa. Na verdade... nós nunca... sabe? Fizemos.

— Nunca? Sério? — Ariadne fez que não. — Durante todo o período de férias de inverno? Enquanto vocês tinham a escola *inteira*?

— Pois é.

— Por quê?

— Não sei. Sei que ela queria... e eu também queria, é claro, mas...

— Você deu bobeira.

— Eu não dei bobeira!

— Deu bobeira, sim.

Ariadne suspirou.

— Tá, talvez eu tenha mesmo dado bobeira. Não sei. Nunca me parecia o momento certo, eu sempre ficava com medo de estar apressando demais as coisas. Agora me arrependo um pouco, porque, né... como você disse, a gente tinha a escola inteira...

— Mas vocês já dormiram de conchinha?

Ariadne franziu o cenho.

— Já...

— E você apalpou os peitos dela, certo?

— Ísis, pelo amor de Kaë.

— Ei, olha a blasfêmia. Que é? Eu sou curiosa...

— Você tem é uma fixação por seios. Parece até um menino. Vai por mim: como alguém que *tem* seios, eles não significam muita coisa exceto um peso extra nas costas. E eles doem quando estou pra ficar menstruada, então... sabe? Desencana.

Ísis fez uma careta e anuiu.

— Brincadeiras à parte, eu te entendo. Eu... também sou virgem.

— Que estranho — refletiu Ariadne. — Por algum motivo, eu sempre achei que você já tinha, sabe, resolvido essa questão. Mas pensando bem, faz sentido. Se você tivesse ido pra cama com algum garoto, todo mundo na escola já saberia.

— Rá, rá, muito engraçado. Esse é um grande fardo na minha vida, sabia?

— O quê? Não ter ido pra cama com ninguém?

— É. E antes que você revire os olhos, isso é importante pra mim, tá bom?

Ariadne revirou os olhos assim mesmo e Ísis lhe lançou um olhar fulminante enquanto cruzava os braços.

— Tá bom, desculpa. Mas se é algo tão importante, por que você não… sabe? *Foi* pra cama com ninguém? É por conta da fofoca? As coisas na alta sociedade são diferentes assim?

— Também… — confessou Ísis. — Mas sei lá. Nunca encontrei o rapaz certo. Muitos dos meninos que iam nos bailes na minha casa ou na casa da Viv eram muito bonitinhos e eu já dei uns amassos com alguns, mas… na hora do "vamos ver", eu nunca… *quis*… com nenhum deles. Sabe?

— Acho que sim.

— Todos eles me diziam que eu era linda, mas… eu era só linda, sabe? Nada mais do que "linda". Nem inteligente, nem engraçada ou interessante de qualquer modo que fosse além de "linda". E tenho certeza de que muitos só diziam isso para me levarem pra cama. Eu não queria ir para a cama com alguém assim. Talvez seja besteira, mas eu sempre fui meio romântica. Sempre quis fazer isso pela primeira vez com alguém de quem gostasse, alguém que gostasse de mim de volta. Por favor, não ria.

— Ísis, não vou rir de você por causa disso!

— Ah, sei lá. — Ela deu de ombros. — A Jadis, por exemplo, acha tudo isso besteira. Ela perdeu a virgindade no final do ano passado durante um baile.

Desta vez, Ariadne ficou surpresa. Justo Jadis que era sempre tão tímida, que tinha medo até de falar palavrão, havia perdido a virgindade antes dela.

— E eu sempre pensei que a alta sociedade seria puritana com esse tipo de coisa…

— Ah, nossos pais são, pode ter certeza. Se os pais da Jadis descobrirem que ela foi pra cama com um menino antes do casamento, é capaz de ela ficar sem herança. Aliás, não conte pra ninguém que eu te contei isso.

— Pode deixar.

Ísis soltou outro suspiro.

— Sei que no fundo tudo isso é bobagem. Que vai acontecer eventualmente e que é melhor que aconteça com a pessoa certa, mas... às vezes... isso faz com que eu me sinta atrasada e... indesejável.

— Ísis, você é maravilhosa. Não deixe que essas coisas façam você pensar o contrário.

— Eu sei... Vamos ter um baile agora e, em outras circunstâncias, essa seria uma ótima oportunidade, mas, não sei se você percebeu: só tem *mulher* aqui.

Ariadne riu e Ísis começou a rir também. Ariadne se levantou e andou até a amiga. Apesar de Ísis ser magra, tinha bochechas grandes e era sempre divertido apertá-las.

— Vai acontecer e vai acontecer com a pessoa certa, tá bom?

— Agora você só tá repetindo o que eu falei.

— É porque suas palavras são muito sábias, porque *você* é uma pessoa muito sábia.

— Isso eu sou mesmo.

— Ísis?

— Quê?

— Você tá enrolando pra colocar o vestido e eu tenho que me trocar. Vai logo pra eu escolher um, caramba.

*

Pela primeira vez desde sua chegada à Academia de Magia Rosazul para Garotas, Ariadne teve a chance de usar o vestido que sua mãe havia costurado. Ele era simples, sem bordados, cauda ou renda, e ficou um pouco apertado no quadril. Tudo bem. Por quinze minutos, ela se sentiu bonita, bonita de verdade.

Então ela entrou no salão de festas.

O baile deu às colegas a chance de demonstrar toda sua riqueza e esplendor. Ravena, por exemplo, chegou em um vestido preto decorado com fios de ouro e bordados de pedras preciosas. *Ouro.* Era de uma cafonice atroz e, mesmo assim, Ariadne não conseguia tirar os olhos dele. Ísis a acompanhara pelos corredores até o salão principal que havia sido decorado para a festa, fazendo pequenos sons de reprovação a cada nova garota que aparecia. Ela optara pelo vestido decotado.

Ao chegarem no salão, Ariadne olhou em volta, procurando por Lia. Ela havia prometido que viria, mas com a garota karinin era impossível ter certeza. Procurou e procurou, sem encontrá-la em parte alguma, até que Ísis lhe deu uma cotovelada no braço e acenou com a cabeça.

O salão inteiro parou para olhar quando Lia entrou.

Ela usava um vestido preto com um recorte diferente dos demais (incluindo uma ombreira maravilhosa), todo cheio de bordados geométricos em dourado, verde e vermelho. Os cabelos cacheados caíam livres e soltos pelos ombros e o rosto parecia algo saído de um sonho. Ariadne abriu a boca para falar, mas descobriu que não tinha palavras para expressar o quanto a namorada estava linda.

Tudo bem, porque quando alguém não sabia o que falar, Ísis sabia.

— O que a minha amiga aqui está querendo dizer — disse à Lia, que se aproximou delas — e fracassando miseravelmente é que você é a coisa mais bonita que ela já viu na vida.

Ariadne corou, é claro, mas Lia pareceu feliz com o comentário.

— Vou pegar algo pra beber. Vocês duas se comportem — declamou Ísis, e deu uma piscadela.

Meio tímida, Lia sorriu de novo e se aproximou mais. As duas deram as mãos.

— Você está... maravilhosa, Lia. Eu... nem sei o que dizer.

— Obrigada. Confesso que nunca pensei que usaria esse vestido, mas minha mãe insistiu que eu trouxesse. Você também está linda.

— Ah... obrigada. — Ela olhou para o próprio vestido. — Foi minha mãe quem costurou. Eu gosto, mas me sinto meio mal-arrumada perto de você e das outras meninas.

Lia levou a mão ao seu rosto e puxou seu olhar de volta.

— Você está linda. Não estou dizendo isso só porque estou apaixonada.

Ariadne não conseguiu deixar de sorrir.

— Quer dançar? — convidou Lia.

A palavra "dançar" evocou nela lembranças assustadoras das aulas de etiqueta, mas com Lia ao seu lado sentiu o fôlego renovado. Havia uma melodia suave e convidativa no ar e soube que se dissesse "não" se arrependeria depois.

— Tá bom. Só não me deixe cair de bunda, por favor.

— Prometo que não vou.

As duas seguiram de mãos dadas para o centro do salão. A professora Filomena havia criado feitiços de energia que se materializaram em pequenas bolas de luz dourada que flutuavam, próximas às paredes. Duas esferas luminosas acompanharam Ariadne e Lia até elas pararem de andar e então se posicionaram no teto, sobre elas.

— Deixe que eu conduzo — pediu Lia.

Ariadne engoliu em seco.

— Por favor.

Foi como se todas as outras pessoas do salão desaparecessem. Ariadne não se importava se Ravena fizesse caretas de desaprovação ou Muriel expelisse algum comentário malicioso. Essas coisas não tinham importância. Ali, havia somente ela e Lia. No ar, as únicas coisas que ela conseguia ouvir eram o som da música, a respiração de Lia e as batidas aceleradas do próprio coração.

✶

Na mesa próxima à parede leste do salão de dança, Viv e Jadis se sentaram com elas, assim como Ísis, que fez questão de beber quase todo o ponche do baile. Ariadne conversou como não conversava há meses. Todas pareciam felizes e sorridentes, e a ameaça da guerra parecia distante, incapaz de penetrar as paredes da mansão da escola.

Mesmo Lia parecia mais relaxada, apesar de demonstrar certa impaciência toda vez que Ísis abria a boca. Enquanto a amiga falava e ria, claramente bêbada, Ariadne percebeu uma oportunidade se abrir. Ela segurou a mão de Lia e se levantou.

— Vem comigo?

Sem dizer nada, Lia se levantou e as duas caminharam para fora do salão. Ariadne ignorou uma nova piscadela de Ísis, que não parou de falar, e continuou em frente. Seguiu o caminho até seu dormitório, na esperança de que a colega de quarto ficasse na festa com as amigas até tarde.

Ariadne fechou a porta, segurou Lia pelos braços e a empurrou de encontro à parede. Depois, a beijou com toda força e intensidade que conseguiu reunir. Lia retribuiu o beijo. Mãos se aventuraram pelas suas costas, ombros e quadril, até que a garota karinin a afastou de leve e olhou em seus olhos.

— Tem certeza?

— Tenho.

— Não bebeu demais?

— Eu quase não bebi.

Lia a empurrou em direção à cama, e Ariadne fechou os olhos enquanto os lábios dela percorriam sua orelha, pescoço e ombros, os dedos longos e finos puxando a alça do vestido para baixo, fazendo o corpo inteiro se arrepiar. O tecido do vestido era macio e sedoso e ela o deslizou com calma, até retirá-lo. Ariadne, em resposta, cruzou os braços na altura dos seios e escondeu a nudez.

— O que foi? — perguntou Lia.

— Vergonha...

Lia soltou um suspiro.

— Adne, você é linda. Não precisa sentir vergonha. Olha pra mim. Não precisa sentir vergonha.

Ainda com um pouco de receio, Ariadne descruzou os braços.

— Viu? — Lia sorriu. — Eu disse que você era linda.

Ariadne fechou os olhos outra vez. Lia beijou seu rosto, seus seios e sua barriga, sem pressa. Dedos finos roçaram o elástico da calcinha e ela ofegou, baixinho. E então, com um movimento rápido, Lia a removeu.

— Lia, espera.

Ela parou.

— Que foi?

— Você... já fez isso antes?

— Não.

— Você tem alguma ideia do que está fazendo?

— Não muita.

Ariadne respirou bem fundo e disse a si mesma: *Está tudo bem. Você está segura aqui, com ela.*

*

As duas garotas tiveram que se despedir antes do amanhecer e Lia foi para seu dormitório, antes que Maeve entrasse no quarto e desse de cara com uma cena impossível de apagar da memória. Ariadne estava suada, cansada e delirando de tanta felicidade. Tomou uma ducha, vestiu o pijama às pressas e dormiu no instante em que encostou a cabeça no travesseiro. Como de costume, Lia a visitou em sonhos.

O dia seguinte foi um festival de olheiras e cabelos desarrumados. Ísis se arrastava de um lado para o outro enquanto soltava grunhidos baixinhos para lá e para cá, mas, mesmo assim, encontrou energia suficiente para segurar Ariadne pelos braços quando as duas estavam longe das outras garotas e chacoalhá-la.

— Você *precisa* me dizer o que aconteceu ontem à noite. Vocês *fizeram*?

Ariadne lhe lançou um olhar que respondeu à pergunta.

— Ah, por Kaë! — gritou, e Ariadne fez "shhh". — Me conta, me conta tudo! Detalhes, Adne, *detalhes*! Foi tão bom quanto você esperava? A Lia é tão linda quanto você imaginava em seus sonhos?

Verdade fosse dita, havia sido uma experiência confusa, quente e atrapalhada. Gratificante, sim, mas estranha ao mesmo tempo. Haveria tempo para praticar e aperfeiçoar todos os procedimentos e Ísis não precisava saber de nada disso. Ariadne sorriu e respondeu apenas:

— Sim. Sim e sim.

VII

Era maio, e tempo suficiente havia se passado para que Lia se esquecesse que havia um mundo real lá fora, e que esse mundo tinha garras longas e afiadas para arrancá-la de seu sonho sem piedade. A garota karinin nunca pensou que veria a diretora Ursula implorando por qualquer coisa, mas lá estava uma das bruxas mais poderosas de toda Lemúria, suplicando para que um oficial do Norte reconsiderasse.

— Por favor, não faça isso. Ela está segura aqui. E feliz. Ela finalmente está feliz aqui. Por favor, não a leve embora. Estou lhe pedindo.

O oficial estava sentado na cadeira ao lado de Lia, com as mãos apoiadas nas pernas. Não olhou para a jovem bruxa em nenhum momento, agindo quase como se ela não estivesse lá. Lia, por sua vez, não conseguia tirar os olhos dele. Sentia o sangue ferver, a pele formigar debaixo do uniforme e o desejo quase incontrolável de agarrar aquele homem pelo pescoço e estrangulá-lo, sem se importar com as consequências. *Você não pode me tirar daqui*, ela pensava, *não agora*.

Não conseguia parar de pensar em Ariadne.

— Com todo respeito à senhora e à sua instituição — o homem respondeu, descruzando os braços —, eu não vim aqui para negociar. A Coroa do Norte tem suas próprias leis e, embora tenha permitido que a garota estudasse aqui, precisa dela agora, e nem mesmo você pode nos impedir de levá-la. As leis das Terras Cinzas são diferentes das do Sul, e você sabe disso.

Lia viu a diretora ranger os dentes. *Por favor*, pensou. *Faça alguma coisa. Não deixe que ele me leve, faça alguma coisa.*

Mas não havia nada que a professora Ursula pudesse fazer e as três pessoas naquela sala sabiam disso.

— Muito em breve todas as suas estudantes serão convocadas — prosseguiu o oficial. — Os governantes mudam as leis conforme a necessidade, sempre o fizeram. Portanto, não criemos problemas por causa de apenas uma aluna. — Ele se levantou, ainda sem olhar para Lia. — Vamos acabar logo com isso.

A diretora trocou um olhar com Lia e em seus olhos a garota karinin enxergou apenas derrota. O corpo tremeu da cabeça aos pés e todo o seu autocontrole teve que ser usado para não cair de joelhos aos prantos. Gritar. Ela desejou tanto gritar, correr para fora da sala, encontrar Ariadne e fugir da escola para qualquer lugar. Não podia fazer nada disso, é claro, e nem tinha o direito de arruinar a vida de Ariadne pelo simples fato de ter nascido do outro lado da fronteira.

Ela era só uma karinin, afinal. Retornar para casa sempre foi seu destino.

A diretora engoliu em seco e olhou para ela.

— Precisamos encontrar Ariadne — disse. — Para que você possa se despe…

— Não — interrompeu Lia. Se olhasse Ariadne nos olhos, se dissesse adeus, simplesmente não aguentaria. Suas forças só iam até certo ponto e estavam perigosamente perto do fim. Ela encarou o oficial que enfim retribuiu o olhar, e disse: — Só… só vamos embora. Por favor.

A diretora Ursula respirou fundo e assentiu. Suas mãos também tremiam. Devagar, ela se levantou e ajeitou o uniforme.

— Muito bem.

*

Uma hora e meia antes da conversa entre a diretora Ursula, Lia e o oficial nortista, Ariadne acordou sem saber que estava prestes a enfrentar o pior dia de sua vida. Ao levantar a cabeça, deparou-se com dois grandes olhos amarelos encarando-a com irritação.

— Tá bom — resmungou ela, enquanto Megera dava patadas de leve em seu rosto. — Eu já entendi.

Desorientada, sentou-se na cama, enquanto a gata ao seu lado continuava a encará-la fixamente. Na outra cama, Lorde Bocaberta dormia com a língua rosa entre os dentes, aninhando ao corpo de Maeve, que também dormia com a boca aberta.

Como sempre, acordara antes de todo mundo. No chão, próximo à porta, havia um pedaço de papel. Ela se agachou e o pegou. Era um folheto de disciplina facultativa, ministrada somente no segundo semestre do último ano: "Comunicação Onírica." Ela o dobrou sem dar atenção, e o deixou em cima da cômoda de Maeve para o caso de ela demonstrar interesse.

Tinha algumas roupas sujas que precisavam de atenção, portanto caminhou devagar e sonolenta até a lavanderia.

Lia ainda estava dormindo, portanto, a veria no café da manhã. Sentia uma ansiedade quase infantil com a perspectiva de vê-la mais tarde, como havia sentido quase todos os dias nos últimos meses. *Acho que o amor é isso,* ela pensou. *Sentir-se tonta de tanta ansiedade em ver uma pessoa que você já vê todo dia.*

Mas Lia não apareceu para o café da manhã. Ariadne olhou e olhou em volta sem vê-la em lugar algum. Na mesma mesa, Viv comentou:

— Talvez ela tenha ido comer na sala das professoras.

Improvável, mas Ariadne se levantou assim mesmo para checar. Bateu na porta da sala das professoras e ninguém atendeu. A porta estava trancada.

Um pouco alarmada, caminhou até os dormitórios. Bateu na porta de Lia e chamou pelo seu nome, mas ninguém atendeu. Assim como na sala das professoras, a porta estava trancada.

Tem algo errado, pensou. Sentiu o medo crescer dentro de si, prestes a estourar. Ísis e Viv apareceram no corredor à sua frente, ofegantes e visivelmente aflitas.

— Adne — falou Ísis. — Você precisa vir com a gente agora.

Um grupo de garotas havia se reunido na frente do escritório da diretora Ursula. Grande parte era composto por alunas mais novas que tentavam escutar a conversa lá dentro. O problema era que a porta estava sendo guardada por Kolli, com seus quase dois metros de altura, e ela havia colocado um feitiço para que ninguém escutasse o que era dito.

Ísis aproveitou o momento para exercer sua recém-adquirida autoridade como quartanista sobre as demais alunas e berrou:

— Saiam da frente, suas dondocas! Agora!

As meninas mais jovens se assustaram e formaram um corredor para que elas passassem. Na frente de Kolli, formando uma última barreira, estavam algumas alunas do quarto ano que encaram Ariadne. Jadis saiu do meio delas e se aproximou.

— Lia está lá dentro. Parece que alguma coisa aconteceu no Norte.

Ariadne engoliu em seco e caminhou até a porta, parando na frente da guardiã.

— Kolli, por favor, me deixa passar.

A mulher enorme a encarou lá de cima com olhos tristes, e respondeu, baixinho:

— Me desculpe, Ariadne. Não posso fazer isso.

— Kolli, é a namorada dela que tá lá dentro — interveio Ísis. — Por favor...

— Desculpe, garotas — lamentou a mulher, desta vez com mais firmeza. — A diretora Ursula foi muito explícita ao dizer que *ninguém* deve entrar nesta sala, nem mesmo você, Ariadne. Eu sinto muito. Por favor, se afastem e não criem problemas.

Ariadne lhe devolveu um olhar raivoso, angustiada e traída, mas Ísis a puxou pelo braço antes que pudesse dizer qualquer coisa.

Dois ou três minutos depois a porta se escancarou e a diretora Ursula saiu de dentro da sala com um olhar tão ameaçador que várias garotas deram passos involuntários para trás. Sua voz saiu trovejante:

— VÃO PARA SUAS SALAS AGORA, ANTES QUE EU EXPULSE TODAS! ANDEM!

Apavoradas, as alunas mais novas saíram correndo, enquanto as quartanistas deram as costas para o escritório, decepcionadas por não terem obtido mais informações. Ariadne não se moveu e, ao seu lado, Ísis, Viv e Jadis também não. A diretora olhou para elas. Seus olhos estavam marejados e exaustos. Ariadne sentiu o coração despencar.

— Vocês também, garotas. Adne...

— Professora... Por favor, me diga. A Lia está bem? O que aconteceu? Por favor, me deixa ver ela.

A voz de Ariadne saiu embargada e cheia de angústia. Os olhos da diretora Ursula ficaram ainda mais vermelhos, como se ela estivesse se esforçando para conter o próprio choro. Aproximou-se de Ariadne a segurou pelos braços.

— É melhor você vir comigo. — Ela se voltou para as outras garotas. — Vocês três, vão para a aula. Já.

Ísis, Viv e Jadis não contestaram a vontade da diretora e partiram. Deixada sozinha com a diretora, Ariadne se sentia prestes a explodir. A mulher tentou afastá-la da sala da diretoria, mas ela resistiu.

Seu pesadelo havia se tornado real. Ela sabia disso, sabia dentro de si.

— Ariadne — começou a diretora, quando a garota se recusou a se mover —, preciso que me escute com atenção. Lia foi... foi convocada. As regras em Azgür e nos reinos do Norte são diferentes... Não há nada que eu possa fazer.

— Não... — As lágrimas finalmente transbordaram. Ela balançou a cabeça. — Não.

— Querida, eu sinto muito.

— Não... você tá mentindo. Eu quero ver ela. Me deixa ver ela.

A diretora Ursula olhou para trás e então voltou sua atenção para Ariadne.

— Não posso, Ariadne. Por favor, venha comigo.

— Não.

A professora a abraçou, como se estivesse fazendo uma espécie de defesa preventiva, impedindo-a de fugir e correr até Lia na primeira oportunidade. Por cima de seu ombro, Ariadne enxergou Lia saindo da sala. Não tinha palavras suficientes para descrever a expressão em seu rosto. Derrota, desespero, raiva, dor. Resignada com o fato de que havia sido vencida por um algo maior e mais poderoso. Atrás dela, vinha um homem negro de olhos cor de âmbar, alto, vestindo uma farda verde-escura. Em seu ombro esquerdo havia uma insígnia dourada de major. Seu rosto era frio e impassível e ele ignorou Ariadne por completo, mesmo enquanto ela gritava:

— Lia! LIA! ME SOLTA! Lia, por favor olha para mim! LIA!

Mas a garota abaixou a cabeça e não disse nada, nem uma palavra sequer. Apenas continuou andando.

— VOCÊ NÃO PODE FAZER ISSO! — berrou Ariadne. Lutou contra a professora Ursula com unhas e dentes, chutando, esperneando e arranhando como uma gata selvagem. — SEU FILHO DA PUTA! OLHA PARA MIM! VOCÊ NÃO PODE FAZER ISSO! EU VOU MATAR VOCÊ! VOLTA AQUI!

Sem que ela percebesse, as paredes do corredor ficaram mais quentes e um cheiro de madeira queimada preencheu o ar. A professora Ursula exclamou:

— Ariadne, pare com isso agora mesmo!

Lia e o major continuaram andando até desaparecerem e Ariadne não conseguiu se desvencilhar do abraço da diretora. Por fim, suas forças a abandonaram e ela caiu sentada no chão.

*

Ariadne esgotou as lágrimas, gritos e súplicas. A diretora Ursula a levou até o dormitório e ficou ao seu lado por quase duas horas, enquanto ela repetia "eles não podem fazer isso, não podem fazer isso", mas não ofereceu qualquer consolo. Ninguém tinha palavras para oferecer. Todas as alunas, do primeiro ao último ano, estavam chocadas e com medo de que a mesma coisa acontecesse com elas em breve.

A guerra havia finalmente invadido a Academia Rosazul.

Ariadne ficou entorpecida. As coisas ao seu redor, as colegas, os corredores da escola, o dormitório, tudo havia adquirido uma qualidade etérea, abafada e fora de foco, como se ela estivesse sonhando acordada.

Ísis veio visitá-la mais tarde naquele dia, com os olhos vermelhos e a expressão abatida. Ao vê-la, Ariadne voltou a chorar. A amiga se sentou na cama ao seu lado e a abraçou, sem dizer nada.

— Não consigo entender — finalmente verbalizou Ariadne. — Eles levaram ela embora, Ísis. Pegaram ela e simplesmente LEVARAM ELA

EMBORA!

— Eu sei.

— Ela nem olhou pra mim…

— Ei. — Ísis a tirou de seu abraço e segurou seu rosto com as mãos. — Olha pra mim. Sério, Adne, olha pra mim. Me escuta bem. Você não pode ficar brava com a Lia, entendeu? *Não pode.* Não é culpa dela que tudo isso esteja acontecendo. Não temos como saber pelo que ela está passando, então *não fique brava com ela.*

Ariadne engoliu em seco, meio assustada, e fez que sim. Em seguida, a amiga a abraçou de novo, enquanto sussurrava:

— Eu sinto muito. Adne, por Kaë, como eu sinto muito.

*

A diretora Ursula viajou para a capital de Lemúria naquele mesmo dia e lá permaneceu pelo restante da semana. Rumores circularam de que ela estava falando com a Coroa sobre a possível futura convocação das alunas e, como de costume, a professora Elisabete ficou no comando enquanto isso. Tentou convencer Ariadne a sair de seu quarto e ajudá-la na horta para se distrair, mas não obteve sucesso. A garota foi liberada das aulas, que pareciam apenas uma formalidade: as garotas sabiam que seriam convocadas para a guerra muito em breve.

Maeve nada disse, embora tenha trazido comida do refeitório todos os dias. Também trouxe visitas na forma de Ísis, Viv e Jadis, que ofereceram palavras de apoio e carinho. Algumas outras garotas de seu ano, como Petúnia e Endora, também foram até seu quarto e disseram que lamentavam muito.

Os gatos, Lorde Bocaberta, Capitão Gorducho e Megera, também tornaram evidente seu apoio e passaram a maior parte do tempo dormindo com ela, os dois machos aos seus pés e a fêmea aninhada em seu peito.

Depois de permanecer quatro dias enfiada na cama, Ariadne decidiu que não aguentava mais ficar deitada. Foi até a sala da diretoria e a professora Elisabete lhe garantiu que, se tivesse notícias de Lia, falaria com ela imediatamente. Até lá, não havia nada a fazer a não ser se pensar em outra coisa, e a melhor maneira de fazer isso era voltando às aulas, se ocupando, se distraindo.

Só que voltar para as aulas significava voltar a conviver com garotas como Ravena e Muriel. Ariadne pulou o café da manhã de sexta-feira e entrou na aula da professora Sibilla em silêncio. As colegas ficaram mudas ao vê-la e Ísis a acompanhou com os olhos enquanto ela caminhava até o fundo da sala, para o lugar onde Lia costumava se sentar.

A professora disse:

— Fico muito feliz de a senhorita ter se juntado a nós, Ariadne. Oferecemos a você todo nosso carinho e apoio neste momento.

Ariadne sorriu, mas não respondeu. Ravena se virou e a encarou de uma forma esquisita, como se estivesse irritada com toda a atenção dedicada a ela.

Não foi fácil acompanhar a aula. Além dos pensamentos que a perturbavam, as colegas insistiam em olhar para trás, sempre com expressões penosas, e isso começou a lhe dar nos nervos. Pelo visto, deu nos nervos de Ravena também, pois em dado momento ela disse:

— Será que vocês podem parar, por favor? Sinceramente, não entendo por que ficaram tão chocadas. Todas sabíamos que isso aconteceria mais cedo ou mais tarde. O povo do Norte não é confiável. *Eu*, pelo menos, nunca tive ilusões quanto a isso.

Não é confiável?, Ariadne pensou. O que isso significava? *Chega*, disse a si mesma. Havia socado Ravena na boca uma vez e estava pronta para socar de novo. Não se importava se seria expulsa da escola ou não. Lia havia sido convocada para a *guerra*. Em breve, poderia estar no campo de batalha lutando e morrendo. Essa mimada insuportável fora longe demais. Ariadne mal havia se levantado da cadeira quando Maeve ficou de pé e disse em alto e bom som:

— Pelas sete faces de Kaë, Ravena, será que você não pode calar a boca pelo menos uma vez na vida?

Risos foram contidos, queixos caíram, olhos se arregalaram. O rosto de Ravena se contorceu em uma careta de surpresa e raiva. Ela se dirigiu à professora e perguntou:

— A senhora vai deixar ela falar assim comigo?

A professora Sibilla respirou fundo e disse:

— Acho que Maeve está correta em sugerir que podemos ficar um dia sem seus comentários, querida. Agora, se pudermos voltar à aula…

O rosto de Ravena ficou muito vermelho e ela pareceu à beira do choro por um instante, antes de abaixar a cabeça. Permaneceu quieta o restante da aula. Ariadne não sentiu qualquer simpatia. *Que chore*, pensou. Ela mesmo queria chorar outra vez, mesmo sabendo que choro nenhum traria Lia de volta. Decidiu que ficar lá também não iria, então se levantou, pediu licença e saiu da sala antes que a aula acabasse.

Voltou para o dormitório sem conseguir respirar direito. Lorde Bocaberta a esperava na cama de Maeve. Ele lhe lançou um olhar curioso quando ela entrou, e soltou um bocejo. Ariadne se deitou na própria cama e colocou a mão no peito, apertando o tecido da camisa.

Gostaria de ouvir sua irmã mais velha dizer que as coisas ficariam bem, ou que talvez fosse apenas um sonho muito ruim e muito longo. *Azulada, pare de ficar pensando essas besteiras e acorde*, diria, e então Ariadne encontraria Lia esperando por ela no café da manhã.

Mas ela sabia nenhuma dessas coisas aconteceria. Pela primeira vez na vida de Ariadne, Samantha estava em completo e absoluto silêncio. Lia havia partido e nada ficaria bem.

Duas ou três horas depois, Maeve entrou no quarto.

— Sinto muito. Por tudo. Sinto mesmo. Não quero te causar mais sofrimento, mas estão fazendo uma reunião de emergência no salão principal com todas as alunas e isso inclui você.

Ariadne limpou o rosto e o nariz com a manga da camisa e se sentou.

— Já estou indo.

✶

Foi como se uma grande sombra tivesse se erguido sobre o salão principal da Academia Rosazul. O burburinho típico havia desaparecido e tudo o que restou foi um silêncio profundo e aterrorizante. Ao longe, entre as primeiras fileiras, Ísis balançou o braço e chamou Ariadne para se sentar ao seu lado. Maeve a acompanhou.

Quando todas chegaram, a professora Elisabete ligou o radiotransmissor e a voz do locutor ecoou entre as alunas:

As notícias vindas da capital acabam de informar que a Coroa ordenou que todas as alunas quartanistas de todas as escolas de Magia de Lemúria, independentemente de terem completado dezessete anos, ou de terem se formado, se apresentem o mais rapidamente possível aos centros de alistamento do exército. Quem se recusar será preso. A Coroa anunciou que a magia será empregada por ambos os lados no conflito. Segue uma lista de…

A professora Elisabete desligou o radiotransmissor antes que o locutor pudesse prosseguir.

Algumas das garotas caíram no choro, Ravena entre elas. Ariadne não. Sentiu-se estranhamente fria diante da situação. *Então é isso*, pensou.

O pesadelo estava completo.

*

A diretora Ursula voltou para a Academia Rosazul no fim da semana. Esperava-se que fizesse um pronunciamento na frente de todas as alunas, mas, primeiro, ela decidiu fazer uma visita a uma aluna.

Ariadne estava sentada no alto da colina de onde enxergara Lia antes de descer para beijá-la pela primeira vez, entre as rosas azuis que davam nome à escola. Tinha as pernas dobradas e abraçava os próprios joelhos, encarando algum ponto indistinto ao longe. A diretora caminhou em silêncio e se sentou ao seu lado e colocou a mão em seu ombro.

— Você precisa ser forte agora, querida — disse, baixinho. — Todas nós precisamos ser fortes.

Parte IV

CAOS

O quarto fruto é o do caos, ou tempestade: a face que se opõe diretamente à harmonia. É um princípio expressado pela agressão e violência, tanto humana quanto natural. Porém, embora seja visto com um signo destrutivo, é muito associado à renovação, no sentido de que é preciso destruir aquilo que é velho para dar lugar ao que é novo.

I

Existe muita especulação e discordância acerca da natureza da magia e os motivos pelos quais ela parece afetar os membros do sexo feminino com cada vez mais frequência. Há relatos muito contundentes de bruxos, alguns muito famosos, no curso da História, mas estes parecem estar desaparecendo. Em Lemúria, nenhum caso foi registrado nos últimos doze anos — e, se foi, existe a chance a ser considerada de ter sido ocultado, por quaisquer motivos. Em Nanjim, para embasar a existência empírica da deusa que dá nome a teologia Kaëísta, a população reforça o fato de que a maioria das bruxas que nasce nos quatro reinos vem de Namjin: quase quarenta por cento, um número decerto impressionante. Porém, isso não explica a existência de bruxas nas civilizações que se estabeleceram do outro lado do oceano, e que até muito recentemente, nunca tiveram qualquer contato com o mito da Deusa das Sete Faces.

— *Fundamentos básicos da magia, volume 3*, página 27

*

Ariadne acordou com a tenente Glinda berrando no dormitório:

— ACORDEM, SUAS MOLENGAS! DE PÉ, AGORA! PENSARAM QUE O TREINAMENTO TINHA ACABADO? PENSARAM ERRADO! TODO MUNDO DE PÉ, BANDO DE MIMADAS IMPRESTÁVEIS! QUERO TRINTA VOLTAS AO REDOR DO CAMPO!

Assim como as demais bruxas à sua volta, Ariadne pulou da cama, vestiu a roupa de corrida e saiu do dormitório às pressas. Ser a última a sair significava mais dez voltas ao redor do campo. Não se levantar no momento em que a tenente chamava significava mais dez voltas ao redor do campo. Esquecer o prendedor de cabelo significava mais dez voltas ao redor do campo.

Fazia muito frio naquela madrugada e ainda faltavam trinta e cinco minutos para o amanhecer. Lufadas de vapor saíram de sua boca conforme ela corria, com Maeve à frente e Ísis atrás. Ninguém falava durante as corridas: era doloroso demais respirar o ar gelado, e conversas significavam mais dez voltas ao redor do campo.

Na Academia Rosazul, Ariadne sempre pensou que as professoras eram rigorosas. Comparadas à tenente Glinda, porém, não passavam de um grupo de vovós meigas e displicentes. Mas as colegas de Ariadne planejavam maneiras de se vingar dos maus tratos. Ísis, por exemplo, usou um feitiço de transmutação para fundir a sola da bota dela com bosta de cavalo. Do jeito que a tenente era burra, explicou ela, não perceberia de onde vinha o mau cheiro por várias semanas. O plano deu certo e a tenente passou quase dois meses inteiros reclamando e perguntando de onde vinha aquele cheiro.

Apesar de não ser dotada de grande intelecto, a tenente Glinda tinha um vasto repertório de insultos: "tontalonas", "bisonhas", "imprestáveis", "molengas", "acéfalas", "princesinhas", "dondocas" e outros termos mais gráficos usados apenas quando estava *realmente* de mau humor.

— Aperte esse passo, Adanin! Se você vier com moleza vai dar mais

DEZ VOLTAS AO REDOR DO CAMPO!

Ariadne pensou em uma sugestão anatômica para a tenente enfiar aquelas dez voltas, mas nada disse. Dois anos atrás, jamais poderia imaginar que se encontraria nessa situação. Dois anos atrás, estava enrolada nos braços de Lia e não havia nada além do calor do seu abraço e a suavidade de suas palavras.

Tudo isso parecia ter acontecido há muito tempo.

Quase todas as alunas quartanistas da Academia Rosazul foram convocadas para a guerra. Quarenta e uma no total, sendo que a maioria sequer havia completado dezessete anos. Isso causou bastante alvoroço na comunidade de Lemúria, uma vez que essa medida era novidade na história do reino peninsular. Os pais dessas garotas obviamente não ficaram nada felizes em enviar suas filhas para o campo de batalha, mas a Coroa parecia desesperada e disposta a fazer qualquer coisa pela vitória, assim como o Norte.

Como era de se esperar, muitos desses pais usaram seus contatos e cobraram favores para impedi-las de serem convocadas. Uma estratégia foi comprar títulos de guerra, ou seja, dar muito dinheiro ao governo para que não convocasse suas filhas. Ravena e Muriel estavam entre as felizardas, o que não foi surpresa para ninguém e serviu apenas para aumentar o desprezo por parte das colegas que efetivamente acabaram no exército.

— Se um dia eu der de cara com elas em qualquer lugar — comentou Endora —, vou esfregar as duas no cascalho, eu juro por Kaë.

Pouco depois da convocação das alunas, a diretora Ursula decidiu se alistar também. Em uma conferência pública transmitida pelo rádio, ela disse que não conseguia imaginar nada mais desrespeitoso ao legado de Agatta Aramante do que chamar bruxas com menos de dezessete anos para participar de uma guerra sem sentido, e que aquela ocasião ímpar na história de Lemúria a faria acompanhar suas alunas em combate.

Uma semana depois, apesar dos apelos de grande parte da comunidade mágica, ela estava no mesmo acampamento que as antigas alunas. Seu posto era de general, portanto comia e dormia em um prédio separado com os outros oficiais, mas isso não a impedia de supervisionar vários dos treinamentos.

Junto com ela, se alistaram as professoras Sibilla, Amália e Filomena.

A professora Elisabete ficou em Rosazul, onde assumiu mais uma vez o cargo de diretora interina. As três mulheres mais velhas receberam o posto de tenentes, enquanto as garotas entraram como soldados rasos.

Tê-las no regimento dava mais confiança às demais bruxas, mas também criava uma sensação ilusória de que o exército era apenas uma extensão da Academia Rosazul. Por isso, as antigas professoras tentavam manter o mínimo de contato possível com suas alunas e se esforçavam para tratá-las como tratariam a qualquer outro soldado. E, enquanto a guerra prosseguia indefinidamente, mais e mais alunas da Academia Rosazul eram enviadas para lá, assim que terminavam o terceiro ano.

Ainda correndo, Ariadne se lembrou dos primeiros dias e quão terríveis e assustadores eles foram. Seu coração estava partido e ela e as colegas foram reunidas no pátio externo da escola e levadas como se fossem prisioneiras até o acampamento por um veículo coletivo, sem saber se seriam separadas umas das outras. O dia em que as professoras apareceram foi o dia em que elas sentiram esperança pela primeira vez desde o anúncio no rádio.

Todas pensaram que seriam jogadas em ação logo de cara, mas o *status* delas foi o que impediu isso de acontecer. Ao contrário de outras bruxas que foram postas na linha de frente assim que desembarcaram dos caminhões de transporte, as alunas da Academia Rosazul participaram de um rigoroso regime de treinamento para se tornarem "a elite das tropas mágicas". Elas conjecturaram que talvez fosse a maneira da Coroa poupá-las, torcendo pelo término da guerra que não veio. Muito tempo havia se passado, porém, e a guerra continuava tão intensa quanto antes, de modo que elas tinham certeza de que fariam parte do último esforço de Lemúria para encerrar o conflito.

Foram vinte e um meses de comida fria e noites curtas, de abuso verbal, de se arrastar por campos intermináveis de lama pegajosa e fedida. Vinte e um meses tentando desaprender e abandonar tudo o que havia sido aprendido na Academia Rosazul, tentando se esquecer de Lia. Vinte e um meses de fracasso.

Para seu consolo, durante todo aquele tempo, ninguém tentou menosprezar seu sofrimento, ou mesmo diminuir a profundidade do que havia acontecido: uma aluna fora tirada da escola, seguida pela grande maioria das demais. Ariadne não queria nem pensar em como as alunas que restaram, do primeiro, segundo e terceiro anos, se sentiam sabendo que, ao chegar ao último, seriam convocadas também; apenas esperando o dia em que seriam arrancadas de seus dormitórios e das paredes seguras da escola e lançadas com violência rumo ao desconhecido.

*

Nesse ínterim, Ariadne aprendeu muitas outras coisas além de magia. Aprendeu, por exemplo, a arte do combate corpo a corpo. Se o soco que ela deu na boca de Ravena quatro anos antes não havia demonstrado de forma suficiente o quanto era boa de briga, o treinamento no exército conseguiu.

Maeve também era boa, tendo um gancho de direita cujo impacto podia ser comparado a ser atingido por uma pedra de volume respeitável. Já Ísis, que era magra, frágil, e excessivamente meiga para serviços militares, mostrou-se pouco adepta a bater em pessoas, o que deixava a tenente Glinda furiosa. Ariadne e as outras bruxas também aprenderam a atirar e a garota descobriu que, além de tudo, tinha uma boa mira. Era, em suma, o protótipo de um soldado exemplar, não fosse sua recém-descoberta falta de disciplina.

Ela tinha seu próprio cajado, com uma pedra. Não uma resina qualquer, mas uma pedra de verdade. A diretora Ursula teve que fazer uma sessão especial para presentear as quartanistas com seus novos cajados, e não foi surpresa para ninguém quando Ariadne recebeu uma Ágata de Fogo, como Vovó Nice bem havia profetizado.

Ísis ganhou uma Ametista, enquanto Maeve foi presenteada com uma Ágata Lilás. Petúnia recebeu um belíssimo exemplar de Ônix Azul, e Agnes, uma Malaquita. Endora recebeu um Jaspe Oceânico, enquanto Viv e Jadis ganharam uma Pedra de Estrela e um Quartzo Azul, respectivamente. Seus cajados eram feitos com madeira de eucalipto: fortes, resistentes e leves, capazes de conduzir magia com muita eficiência e de aguentar uma luta física com outro cajado sem se partir.

Podia-se fazer coisas incríveis com eles. Ariadne aprendeu a manipular elementos e transmutá-los para criar imensas estruturas que poderiam ser usadas para proteger soldados durante a batalha. Aprendeu não apenas a controlar o fogo com muito mais eficácia, como também a projetá-lo. Aprendeu que, se usasse energia suficiente, era capaz de abrir um buraco na blindagem de um tanque.

Como Ariadne tinha aprendido muito nas aulas extras de poções da professora Elisabete, participou de outros treinos que ensinaram a fazer poções para facilitar a cicatrização e diminuir a febre, a fortalecer os ossos e tendões e várias outras coisas. Também aprendeu a fermentar tônicos que permitiriam aos soldados passar quatro ou cinco dias sem dormir e ainda assim lutar contra o inimigo. Coisas que dificilmente seriam ensinadas na escola.

Toda a magia era usada em serviço de uma causa maior, um horizonte abstrato que às vezes ganhava forma em palavras como "tomar a capital de Azgür" e "acabar com a guerra". Mas esses eram destinos tão distantes e indistintos que Ariadne costumava pensar que elas seriam mulheres velhas quando chegassem ao fim do conflito.

Como isso não bastasse, não conseguia parar de pensar em Lia. Com frequência, perguntava-se qual seria a pedra que a jovem karinin ganhara e onde ela estaria.

Pensar nessas coisas fazia suas mãos tremerem.

*

O acampamento das Rosas Azuis ficava bem ao norte de Lemúria, quase na fronteira com Azgür. Até o momento, não tinham visto nenhuma ação, exceto por regimentos que se deslocavam para o campo de batalha. Muitos dos soldados eram jovens: com dezessete, dezoito ou dezenove anos, alguns mais jovens até do que Ariadne e suas colegas. Na última conversa que teve com os pais, soube que três netos do relojoeiro Tito haviam sido convocados.

Será que os netos do relojoeiro voltariam para casa? Quantas de suas próprias colegas, pensou Ariadne, nunca mais colocariam vestidos bonitos, iriam a bailes, teriam o coração partido? Havia quarenta e uma Rosas Azuis naquele batalhão, vinte e sete em outro, ainda na primeira fase do treinamento, e, logo que tiveram a primeira reunião, a tenente Glinda informou que era uma simples questão de estatística: nem todas voltariam para casa com vida. Quando ouviram isso, as garotas olharam uma para a outra, procurando quem seria a colega a deixá-las, e todas pareceram pensar a mesma coisa ao mesmo tempo: "Não serei eu."

Correr ao redor do campo ajudava Ariadne a não refletir tanto acerca dessas coisas. Tinha que agradecer à tenente Glinda por isso: estar em movimento, exausta e sendo xingada quase o dia inteiro permitia que ela se distraísse.

Depois de correrem trinta voltas, as bruxas tomaram café da manhã, participaram de um treino de tiro e limparam minuciosamente seus alojamentos antes do anoitecer. Dolorida e cansada, Ariadne saiu às escondidas do dormitório para fumar um cigarro. Sozinha, contemplou o horizonte enquanto pensava em mil coisas até que Ísis surgiu e se sentou ao seu lado.

— Me dá um?

— Você já tá me devendo dois da semana passada.

— Agora vou ficar te devendo três. Me dá um, vai.

Ariadne cedeu. Pegou um cigarro e o segurou na frente do rosto da amiga.

— Acenda isto no seu…

A colega o agarrou e o colocou na boca. Ariadne acendeu o cigarro com a ponta do dedo e as duas fumaram em silêncio por um tempo.

— Não consegue dormir? — perguntou Ísis.

— Minhas pernas doem.

— Mas não é só isso.

Ariadne deu uma boa tragada do cigarro e liberou a fumaça pelo nariz. O simples ato de fumar a deixava mais calma. Suas pernas *estavam* doendo, mas Ísis tinha razão: nunca era só isso.

— Não.

Ísis suspirou.

— Você ainda pensa muito nela?

Ariadne não respondeu. Acreditou que, ao ser convocada, a frequência com que pensava em Lia diminuiria, mas isso não aconteceu.

Ísis abriu a boca para falar, mas pareceu não encontrar uma resposta boa o suficiente e desistiu. Melhor assim. Ariadne não estava com disposição para conversar sobre Lia. Sentia-se endurecida por dentro e suspeitava que Ísis também. Todas elas estavam mais duras por dentro: o tempo e o treinamento haviam feito isso.

— Quer mais um? — Ariadne ofereceu outro cigarro.

— Quero, mas não quero ter que te dever esse.

— É por conta da casa.

— Você é incrível.

Pouco tempo depois, Maeve apareceu. Ela não parecia feliz.

— O que vocês estão fazendo acordadas a essa hora? Se a tenente Glinda descobrir, teremos que dar cinquenta voltas ao redor do campo!

Ariadne fez um círculo com o dedo.

— Abafei o som ao nosso redor com um feitiço. Ela não vai nos escutar e só vai descobrir que estamos aqui se alguém sair para mijar na moita ou se você falar, tipo, *muito* alto.

Ísis abriu um sorriso de orelha a orelha.

— A Adne é maravilhosa, não é?

— Ainda não sei se essa é uma boa ideia. — Maeve fungou. — Que cheiro é esse? Vocês estão fumando? Podem me dar um?

— Ariadne está com os cigarros. Adne, dê um cigarro pra sua futura sargento.

Ela ergueu as sobrancelhas para a colega que se sentou ao seu lado.

— Já foi confirmado?

— Não. A Ísis só está falando bobagem como sempre.

— Mas seria a escolha mais óbvia, não? — se defendeu Ísis. — Tipo, eu sei que a tenente Glinda não é a pessoa mais inteligente do mundo, nem a segunda, nem a milionésima, mas ela precisaria ser particularmente burra para não perceber que você é a melhor entre nós.

Maeve deu de ombros.

— A Adne também seria uma boa escolha, se conseguisse não deixar a tenente irritada o tempo todo.

— Tem algo nessa mulher que me faz querer socar cada centímetro da cara dela. — Ariadne deu de ombros. — Talvez seja porque ela é uma filha da...

— Se me lembro bem — interrompeu Maeve —, seu descontrole com a Ravena quase fez com você fosse expulsa da escola. Não é uma questão de elas merecerem ou não levar um soco na boca, a questão é ser *esperta*. Sua vida seria muito mais fácil se você parasse de contradizer a tenente Glinda o tempo todo. Com seus poderes, com certeza se tornaria sargento e depois tenente com facilidade. Quem sabe até chegasse a major.

— Talvez eu não queira ser nada dessas coisas.

— Adne — Maeve colocou a mão em seu ombro —, em algum momento você vai ter que aceitar que ela foi embora, e que não havia nada que você ou qualquer outra pessoa pudesse fazer.

Mas a gente devia, pensou Ariadne. *Deveríamos ter feito alguma coisa.*

— Eu sei — disse ela, por fim. — Você tem razão.

O exército fazia coisas estranhas com as pessoas. Com Ariadne, a deixou mais fria e quieta. Com Maeve, fez brotar uma doçura que não existia na época da escola, ou que só estava escondida. Já Ísis... bem, ela continuava igual.

Maeve sorriu de forma calorosa e se levantou, jogando a bituca do cigarro longe.

— Vou me deitar. Vocês duas não demorem muito, por favor. Ouvi falar algo sobre reuniões sendo feitas amanhã de manhã com as tropas. Obrigada pelo cigarro.

Ariadne se despediu com um aceno de cabeça e tirou outro cigarro da caixinha. Ísis a encarou em silêncio por alguns segundos e ficou de pé.

— Vou dormir também. Não demore muito.

— Boa noite, Ísis.

A amiga se levantou e desapareceu na escuridão. Ariadne continuou sentada fumando um cigarro atrás do outro até ser vencida pelo sono. Não conseguia parar de pensar em Lia. Pensou na primeira vez em que a beijou e nos meses que se seguiram. Pensou nas noites em que as duas dormiram abraçadas, nas quatro vezes em que fizeram amor escondidas no interior da escola. Pensou em onde ela estaria, o que estaria fazendo, se estava pensando nela também, e se um dia seus caminhos se encontrariam no campo de batalha.

Ariadne não era religiosa. Aliás, havia constatado nos últimos dois anos que não acreditava na existência de deus algum. Nem Cristo, nem Kaë, nem qualquer outra divindade. Pessoas criaram aquela situação e pessoas dariam um fim a ela, de um jeito ou de outro. Os deuses, onde quer que estivessem, pareciam mais preocupados com seus próprios problemas, quaisquer que fossem. Mesmo assim, descobriu-se rezando para Kaë antes de dormir. Fechou os olhos e pediu, *implorou*, para que a deusa nunca mais colocasse Lia em seu caminho.

II

Com as nossas melhores bruxas agora nas linhas de frente do campo de batalha, a Coroa projeta que a guerra chegue ao fim em até no máximo três meses. Todos os assessores do Rei e da Rainha acreditam que a vitória definitivamente será nossa.

— *Boletim Informativo de Lemúria,* 19 de fevereiro de 1924

*

Todos os soldados e bruxas do regimento estavam em polvorosa com a notícia de que receberiam uma folga de vinte e quatro horas. Talvez isso significasse que seriam mandadas para o campo de batalha em breve, talvez não. Não importava. Por enquanto, a licença significava uma oportunidade de sair do acampamento e ir até a cidade para encher a cara, arrumar companhia, ou apenas contatar a família e descansar.

Porém, quando se tratava de Ísis, o lazer sempre ganhava uma roupagem mais dramática.

— Vamos fazer tatuagens!

Ariadne franziu o cenho.

— Certo...

— Todas nós! Você também! E depois vamos sair e beber!

— Ísis... pensa bem. Você realmente acha que essa é uma boa ideia?

— Claro que não: é uma ótima ideia! E você não vai dar pra trás. É sério, Adne.

Ariadne olhou fundo nos olhos de Ísis e percebeu como aquilo parecia importante para sua melhor amiga.

— Eu pretendia falar com meus pais. Que horas vocês querem fazer suas... tatuagens?

— Encontra a gente na cidade lá pelas oito em um lugar chamado Tinta Velha.

— Sério que vocês vão em um lugar chamado "Tinta Velha"? Ísis, eu sei que você é meio doida às vezes, mas tenha o mínimo de bom-senso. Só um pouquinho.

— É um bom lugar — retrucou a bruxa. — Petúnia quem recomendou.

— A Petúnia fez uma tatuagem? Quando?

— Semestre passado. Ela não te contou? Ao que tudo indica, o exército despertou nela um lado *ousado*. Incrível, não?

— Extraordinário, realmente.

— Enfim. — A amiga sorriu com todos os dentes. — Não se atrase. Nos vemos lá. Tchau!

Ísis se virou e saiu correndo antes que Ariadne pudesse retrucar. Pelo visto, ela faria uma tatuagem. Isso não estava em seus planos quando acordou.

Ariadne seguiu para a tenda dos radiotransmissores. Era melhor chegar cedo, pois muitas bruxas e soldados usavam as folgas esporádicas para se comunicar com as famílias. Vinte cabines foram dispostas na tenda e cada pessoa tinha dez minutos para falar. Como temia, encontrou uma fila enorme.

Seus pais haviam ganhado o equipamento do governo. Esse luxo tinha sido dado porque Ariadne estudara na Academia Rosazul. Muitas outras bruxas não tinham o mesmo privilégio por virem de escolas menos conhecidas ou mesmo de escola nenhuma. Era estranho. Por ser uma Rosa Azul, tinha um *status* superior. Ninguém sabia que seu pai era sapateiro e que sua mãe era costureira e trabalhava em uma fábrica. As mulheres e os soldados ouviam seu nome e da escola, e era tudo o que precisavam saber.

O aparelho recebido era o mais avançado à disposição. Junto com a caixa e o microfone, vinha um pequeno disco de cerâmica e uma agulha, como uma vitrola. Se não estivessem em casa quando ela ligasse, poderia deixar uma mensagem que ficaria gravada no disco para ser escutada em outro momento.

Quarenta minutos depois, Ariadne enfim conseguiu se sentar em uma cabine. Colocou os fones de ouvido, selecionou a sequência específica do rádio do pai em uma pequena caixinha de metal e o aparelho respondeu emitindo estática. Ela chamou uma, duas, três vezes, sem obter resposta. Era certo que a mãe estava trabalhando, mas em tese o pai deveria estar em casa.

Estava prestes a deixar um recado quando uma voz masculina ecoou pelo fone de ouvido:

Aqui é o rádio hã... cinco, dois, meia... hã, cinco. Alô.

— Oi, pai, sou eu.

— *Adne? Azulada? Está tudo bem?*

Ela segurou o riso, apesar de sentir um aperto no coração ao escutar o apelido "Azulada". No exército era chamada de "Adne", "Adanin", seu sobrenome, ou no máximo "Sardas". Ninguém a chamava de "Azulada", exceto seus pais.

— Tá tudo bem, papai. Recebemos folga hoje e pensei em ver como vocês estavam.

— *Ah, eu estou bem, Azulada. Na medida do possível, é claro. Você sabe, tem sido difícil se sentir seguro hoje em dia.*

— Eu sei.

Ariadne deitava todas as noites pensando em bombas caindo. Destruindo a pequena sapataria de seu pai, incinerando a Padaria da Pina e transformando a relojoaria do senhor Tito em um monte de entulho. Era um pesadelo compartilhado por todas as colegas: acordar e descobrir que suas respectivas casas não existiam mais. Era assim que Lia devia ter se sentido todas as noites na escola, desde que a guerra começara.

— *Zepelins têm sobrevoado a cidade com bastante frequência,* — explicou o pai. — *Normalmente o rádio nos avisa sobre qualquer aeronave inimiga, então passo a maior parte do dia escutando o rádio. Você me pegou no banheiro.*

— Desculpa.

— *Imagina, não precisa pedir desculpas. Já faz tempo que não recebo notícias suas. É bom ouvir sua voz.*

— É bom ouvir sua voz também. E a mamãe, como está?

— *Ah... cansada, você sabe. Tem trabalhado turnos duplos na fábrica de costura por causa da demanda. Eu mesmo recebi várias encomendas do exército para fazer mais botas e tenho trabalhado feito louco.*

— Mais dinheiro entrando, então?

— *Na verdade, não. Tudo agora é feito em nome do esforço de guerra, então o exército tem comprado as botas por consignação. Sabe-se lá quando vou ver esse dinheiro, ou se vou ver ele. Sua mãe não recebeu aumento na fábrica de costura, mesmo dobrando os turnos.*

— Isso é um absurdo! — exclamou Ariadne, quase se levantando da cadeira. Algumas pessoas ao seu redor murmuraram "shhh".

— *É a guerra, Azulada* — continuou. — *A Coroa diz que o país está sem dinheiro para pagar seus trabalhadores. Diz que precisamos fazer sacrifícios. Todos os discursos são assim agora. Não há muito o que fazer. Temos que esperar passar.*

Ariadne chacoalhou a cabeça. Daria um jeito nisso, pensou. Usaria sua influência de alguma forma, antes de ser enviada para o campo de batalha.

— Bom, eu só tô feliz que vocês tão bem e que a sapataria continua inteira.

— *Ah sim, com certeza. Mas e você, como está? Tem visto alguma ação?*

— Não. Estamos na fronteira com Azgür, mas ainda não nos mandaram para o campo de batalha. Não sabemos quando isso vai acontecer.

Ela ouviu o pai suspirar.

— *Vamos torcer para que isso não aconteça, Azulada. Vamos torcer para que a guerra acabe antes de você ter que ir pro campo de batalha. Eu e sua mãe temos rezado todas as noites, sabia? Sua* mãe comprou *uma estátua de Kaë. Colocamos do lado do crucifixo. Sabemos que eles vão cuidar de você.*

— Eu também tenho rezado por vocês — respondeu ela, mesmo não sendo verdade. — Mas papai, me escuta. Se formos chamadas, não devo mandar mensagens por um tempo. Não fique nervoso. O exército vai mandar uma carta ou um telegrama ou qualquer coisa do tipo, informando onde estou e se estou bem. Meus minutos estão acabando. Por favor, manda um beijo pra mamãe, diga pro Vovô Tito que o relógio dele está sendo bem usado e pra dona Pina que eu sinto falta dos bolinhos dela e que eles deviam se casar logo.

O pai riu. Ouvir sua risada foi como voltar para casa, só por um instante.

— *Pode deixar, Azulada. E suas botas, estão servindo bem?*

— São as melhores de todo o regimento, papai. Ninguém faz botas que nem o senhor.

— *Isso é verdade. Azulada, por favor tome cuidado e mande notícias sempre que puder, está bem?*

— Pode deixar, papai. Eu amo vocês.

— *Nós também te amamos. Se cuide.*

Ariadne desligou o rádio e segurou os fones de ouvido entre as mãos com tanta força que os nós dos dedos ficaram brancos.

*

Não foi difícil encontrar o estúdio de tatuagem chamado Tinta Velha. Em frente ao estabelecimento havia uma aglomeração nada discreta de mulheres usando trajes militares, bebendo e rindo. No centro do grupo, encontrou Ísis, que já estava visivelmente fora de si. *Essa vai ser uma noite daquelas*, pensou Ariadne. A amiga, ao vê-la, levantou os braços derrubando metade do conteúdo de um copo de cerveja que segurava nas mãos, gritou e correu em sua direção.

— VOCÊ VEIO! Gente, a Ariadne veio!

— Oi, Ísis.

A amiga colocou o braço por trás de seu ombro de forma tão desajeitada que ela quase caiu no chão. Cheirava a suor e cerveja.

— Gente, precisamos arranjar uma cerveja pra Ariaaaadneeeeeeeeee!

— Ísis, quanto você bebeu?

— Não o suficiente. CADÊ A CERVEJA, GENTE?!

— Sabe, sua voz fica *muito* aguda quando você grita.

— Isso é porque eu sou uma garoooooooota.

Que Cristo me ajude, Ariadne pensou. *Ou Kaë. Ou ambos.* Ela não era boa com bebidas, e a primeira experiência alcoólica foi o suficiente para delimitar seus limites. Porém, a melhor amiga levava a embriaguez a outro nível. Se já não tinha muita noção enquanto sóbria, bêbada perdia completamente o juízo.

Endora surgiu do meio da multidão com uma cerveja para ela. Viv e Jadis estavam lá e a cumprimentaram. Não lhe passava despercebido como as duas passavam todo o tempo juntas, fosse na escola ou no exército. Ariadne não sabia dizer se eram melhores amigas ou algo a mais. Temia por uma resposta afirmativa: se elas fossem um casal e o exército descobrisse, dificilmente ambas continuariam atuando no mesmo regimento.

Olhando em volta, Ariadne constatou que praticamente todas as bruxas da Academia Rosazul estavam lá e isso incluía a professora Sibilla, que a cumprimentou.

— A general Ursula me pediu para ficar de olho em vocês — explicou ela. — Para que ninguém morra.

— É uma boa ideia.

Ainda rindo e andando torto, as bruxas entraram no estúdio de tatuagem, amontoadas e se espremendo e aos berros. Ísis, é claro, liderava o grupo. O coitado do tatuador, um sujeito jovem barbudo de olhos claros, a encarou como se ela fosse uma criatura vinda de outro planeta.

— Oi — disse Ísis, meiga, doce e absolutamente bêbada. — Nós queremos — ela se virou para trás e contou — trinta e oito tatuagens, por favor.

Ela falou como quem pedia um lanchinho ou um café. O sujeito pareceu em pânico, olhou por cima do ombro da bruxa e engoliu em seco. Ariadne sentiu pena dele e se segurou para não cair na risada.

— Tudo bem — anuiu, passando a mão na cabeça. — Mas vocês vão ter que terminar suas bebidas lá fora.

Ariadne e Maeve estavam entre as mulheres que saíram para terminar as cervejas, juntando-se à professora Sibilla do lado de fora. Pelo que Ariadne entendeu, todas fariam a mesma tatuagem, uma rosa azul sobre a omoplata direita. Petúnia havia feito o desenho.

Elas entraram em turnos e o tatuador teve que pedir auxílio de outros estúdios para dar conta de todo o trabalho. Demorou uma eternidade. Passadas umas duas horas, Maeve finalmente entrou no estúdio e a deixou lado a lado com a antiga professora. Ariadne percebeu que Sibilla a encarava em silêncio, um cigarro entre os dedos ainda aceso.

— Que foi?

— Nada — respondeu a mulher. Terminou de fumar seu cigarro e esmagou a bituca no chão de cascalho com a sola da bota. — Só que... Ariadne, desculpe. Com quantos anos você está, mesmo?

— Dezenove, senhora. Por quê?

— Por nada. — A professora Sibilla meneou a cabeça. — É só que a general Ursula comentou recentemente que bela mulher você se tornou. Eu só estava pensando em como ela tem razão.

Ariadne sentiu o rosto ficar quente e uma repentina vontade de chorar. Lia deveria estar lá, com elas, recebendo a mesma tatuagem, ouvindo um elogio semelhante da professora Sibilla, revirando os olhos para os gritos de Ísis de dentro do estúdio. Deveria estar ali ao seu lado, mas não estava. E em noites assim, em que a professora falava com carinho e o álcool trabalhava para deixar tudo mais intenso, Ariadne tinha a sensação de que simplesmente não aguentaria mais.

— Obrigada, tenente.

O sorriso de Sibilla desapareceu. Ela não parecia brava, apenas triste. Sua voz saiu baixinha, como se estivesse contando um segredo.

— Por favor, não me chame de tenente, Adne. Me chame de professora.

✶

Demorou cerca de uma hora até Ariadne ser chamada. Aos poucos, foi ficando cada vez mais ansiosa com a perspectiva de ganhar uma tatuagem e bebeu algumas cervejas além do que deveria. Entrou no estúdio e encontrou um ambiente abafado e luminoso, cheio de quadros com os desenhos nas paredes e um distinto cheiro de álcool fermentado no ar.

O tatuador lhe deu uma toalha para cobrir a parte da frente e ela se sentou na cadeira com as costas nuas.

Quando a agulha encostou na pele, sentiu mais cócegas do que dor.

Ajudou que ela estivesse zonza por conta da bebida. O tatuador usou o mesmo desenho para todas as mulheres, de modo que o trabalho foi completado em pouco tempo e ela recebeu um espelho para analisar o resultado.

Havia uma rosa azul em suas costas. As pétalas começavam pouco abaixo do ombro direito e o caule descia até logo abaixo da omoplata. A pele havia ficado um pouco inchada e vermelha no entorno, e só. Ele colocou um curativo por cima e Ariadne se vestiu.

— Não é uma boa ideia você beber enquanto a tatuagem estiver cicatrizando — explicou o tatuador. — Passe um unguento a base de calêndula ou algo do tipo, não coma nada gorduroso e não tome sol.

— Pode deixar — respondeu Ariadne, pensando que provavelmente não faria nenhuma dessas coisas nos próximos dias.

Pagou trinta Belizes e saiu. A tatuagem pinicava de leve por debaixo da blusa e ela se sentia cansada e aérea, mas as garotas ainda mostravam fôlego para continuar com a farra noite adentro.

Das trinta e oito bruxas que fizeram tatuagem, todas menos sete irromperam pelas ruas iluminadas da cidade de Amëlin, vestindo grandes capaz azuis, rindo, cambaleando, mal conseguindo andar em linha reta. Comeram, beberam mais cerveja, passaram mal e fizeram uma bagunça enorme. A professora Sibilla sumira em algum momento.

Ariadne estava sentada na mesa interna de um pequeno bar, bebericando sua nona ou décima caneca de cerveja da noite, quando Ísis a segurou pelo braço e a puxou para perto.

— Viu. Quero te falar uma coisa antes de perder todas as minhas *hic* funções motoras. — Ela fez uma pausa e seu olhar se tornou confuso e distante. — Do que eu *hic* tava falando?

Ariadne não conseguiu se conter.

— Para de rir de mim! — choramingou Ísis, o que só a fez rir ainda mais. — Calma, eu vou lembrar. Ah, lembrei! Eu queria te dizer uma coisa muito importante. Espera. Merda, esqueci de novo.

— Leve o tempo que precisar.

— *Hic*. Lembrei! — Ela segurou o rosto de Ariadne próximo ao seu e olhou no fundo dos olhos da amiga. As duas estavam tão próximas que quase encostavam o nariz uma na outra. O hálito de Ísis cheirava a álcool e o de Ariadne não devia estar muito melhor. — Eu queria que você viesse com a gente fazer a tatuagem porque você nunca se sentiu parte de nós. Não de verdade e não adianta discutir comigo. Maaaas. Você *faz.* Sempre fez. E agora você tem essa tatuagem e ninguém pode tirar isso de você. A menos que arranquem sua pele. Mas pensando bem, mesmo sem pele você ainda faria parte de nós. Acho que era isso. Ah, mais uma coisa.

Em seguida, Ísis fez uma coisa que Ariadne jamais se esqueceria. Ela se inclinou para a frente e a beijou. Ariadne ficou tão chocada que não conseguiu reagir. O beijo durou apenas alguns segundos e, pela graça de Kaë, não envolveu língua. Rapidamente, Ísis a soltou e fez uma careta.

— Eca. Não dá. Tentei, juro que tentei gostar de mulher... Seria muito mais fácil, mas não consigo. Adne, você é linda, mas não dá.

— Que... que pena...? — Ariadne se virou para o lado e tomou um grande gole de cerveja para lavar essa memória. Não funcionou. Tinha beijado apenas duas garotas na vida e uma delas havia sido Ísis. Ísis.

— Sabe, Adne. — Ísis se virou mais uma vez. — Preciso muito fazer uma coisa.

O sangue de Ariadne gelou.

— O quê?

A amiga se inclinou outra vez e Ariadne se afastou, temendo um novo beijo, mas Ísis a puxou para perto e sussurrou em seu ouvido:

— Trepar.

Ariadne quase cuspiu toda a cerveja.

— Eu gostei daquele rapaz ali! — gritou ela, e apontou para um jovem oficial que estava sentado em uma mesa com outros homens do outro lado do bar. Ariadne deu um tapa em sua mão.

— Ísis! Seja mais discreta!

— Cansei de ser discreta! Ainda sou virgem. Todo mundo fala como eu sou linda... sou uma linda virgem. Não quero mais ser virgem. Quero um homem bonito e cheiroso que tire a minha virgindade.

Ariadne ficou feliz por ninguém escutar a conversa entre as duas. Seu desejo era de se enfiar debaixo da mesa e beber o resto da cerveja lá. Em vez disso, colocou a mão no ombro da amiga e falou da forma mais calma e ponderada que conseguiu:

— Ísis, não acho que seja uma boa ideia.

— E por que não?

— Porque você está em um estágio avançado de bebedeira e sair com um estranho e ir pra cama com ele é uma coisa meio... perigosa. Especialmente quando você está bêbada.

— Mas Adne, eu sou uma... BRUXA! — Alguns rostos se viraram quando ela gritou, e Ariadne resmungou "xiu, pelo amor de Kaë!" — Posso transformar ele num texugo. Não seria engraçado? Transformar ele num texugo? Um texugo de uniforme?

— Faço um acordo com você — sugeriu, sem entrar no mérito de que nenhuma magia conhecida era capaz de transformar seres vivos em outros seres vivos.

— Eu gosto de acordos.

— Se você conseguir andar até aquela mesa sem vomitar ou cair de boca, deixo você ir pra cama com ele. — *Se ele topar*, emendou mentalmente. Ambos os cenários (Ísis chegar lá e o oficial se deitar com ela) pareciam improváveis.

A amiga sorriu e deu um tapa na mesa.

— Tá bom!

No que levantou, entretanto, balançou de um lado para o outro e se sentou outra vez.

— Adne. — Ísis parecia prestes a cair no choro. — Não me sinto bem.

*

Foi assim que a noite terminou: com Ariadne carregando Ísis nos ombros, e dando um pulo para trás para evitar que seus sapatos fossem atingidos pelo jato de vômito expelido pela jovem bruxa. Ou seja, mais ou menos como ela esperava.

Enquanto caminhavam aos tropeços em direção ao acampamento, Ariadne se surpreendeu ao descobrir que não estava irritada nem frustrada. Sentia-se feliz com a amiga cambaleando e murmurando coisas incompreensíveis ao seu lado; havia passado uma noite inteira sem pensar na guerra ou nos bombardeios ou em Lia.

Entrar no acampamento sem ser vista ou ouvida, porém, foi uma tarefa mais difícil e Ísis certamente não ajudou. Usando sua perspicácia, uma combinação de poderes mágicos e muita sorte, conseguiu jogar a amiga na cama sem ser pega por um oficial, ou pior, pela tenente Glinda. Ísis colocou as mãos no rosto e virou para o lado.

— Adne, eu ainda não me sinto bem.

— É porque tem mais álcool no seu sangue do que sangue. Vou pegar um balde e preparar alguma coisa pra você tomar.

— Você é a melhor amiga...

— Eu sei.

Ariadne preparou uma poção que misturava glicose, anti-inflamatórios, antiácidos, cafeína e uma boa quantidade de hortelã para disfarçar aquele bafo. A professora Elisabete lhe ensinara o preparo e chamava aquilo de curarressaca, tudo junto que nem Rosazul, e Ariadne suspeitava que aquela era a mesma poção que Lia lhe dera na memorável noite de bebedeira de anos atrás. Funcionava mesmo. Pouco depois de tomar aquilo, Ísis se deitou e caiu em um sono profundo.

Ariadne também tomou a poção e ficou acordada por mais tempo. Tirou uma madeixa de cabelo do rosto de Ísis e sorriu, um pouco melancólica. Depois, foi até o banheiro, lavou o rosto e desabotoou a blusa. Enquanto encarava seu reflexo no espelho, passou os dedos pela tatuagem recém-adquirida e pensou no que Ísis havia dito. Ela era uma Rosa Azul e isso estava gravado na própria pele.

Ninguém poderia tirar isso dela.

III

A expressão contorcida de ódio e pânico da tenente Glinda enquanto ela aplicava uma "punição administrativa" em trinta e oito bruxas foi o ponto alto da semana de Ariadne. Tinham certeza de que, depois daquele fiasco, ela mesma receberia uma punição administrativa do general Gorhn, ou melhor ainda, da própria general Ursula, por permitir que todo o destacamento voltasse bêbado para o acampamento. A tenente Sibilla supervisionou a punição, e Ariadne podia jurar que havia enxergado um sorriso discreto em seu rosto durante todo o processo.

As bruxas foram obrigadas a dar cem voltas ao redor do campo, já que a tenente Glinda não parecia capaz de pensar em outra punição para suas subordinadas. Posteriormente, aquela corrida tornou-se conhecida como a "Passeata do Vômito". Nunca haveria outro evento na história do regimento, nem mesmo a vitória sobre o Norte, capaz de eclipsá-lo ou apagá-lo da memória.

Esfriou muito no dia seguinte e começou a nevar. Os treinamentos foram cancelados e uma reunião foi agendada para o anoitecer. As bruxas ficaram ansiosas e buscaram respostas com Maeve, pois ela era a colega com as maiores chances de ser promovida.

— Vamos ser despachadas?

— Vamos ganhar um novo comandante?

— Para onde vamos?

Maeve não sabia. Ainda era cabo, como todas as outras. Disse o que elas já sabiam: que a reunião aconteceria às dezoito horas e que coisas seriam esclarecidas nesse encontro. Tornara-se óbvio que elas seriam enviadas para o campo de batalha em breve, mas, até a confirmação, tudo o que podiam fazer era esperar.

Ariadne saiu do interior das tendas para fumar e se deparou com Maeve e a tenente Glinda conversando. Elas não perceberam sua presença. A tenente tirou uma pequena caixinha do bolso do casaco e entregou a Maeve. A jovem bruxa a abriu e encontrou dentro uma insígnia verde escura. Agradeceu e apertou a mão da oficial.

Maeve enfim havia se tornado sargento.

Ariadne ficou feliz, pois sabia que a companheira era a melhor escolha para o cargo. Era uma bruxa competente e corajosa, e daria a vida para proteger suas colegas. Mas ao mesmo tempo percebeu o medo crescendo em seu interior, porque isso só podia significar que ela e as demais bruxas seriam despachadas muito em breve.

*

Todo o regimento foi reunido na manhã seguinte. As mulheres da Academia Rosazul se reuniram com soldados homens e mulheres vindos de outros batalhões e o salão ficou lotado com mais de uma centena de pessoas. A tenente Glinda se sentou em uma das fileiras da frente, ao lado da recém-promovida Maeve, e pouco depois um peixe graúdo caminhou pelo corredor criado entre as cadeiras. Ísis não se conteve:

— Gente, olhem, o repelente de xoxota chegou.

A voz de Ísis saiu tão alta que até mesmo Maeve escutou, lançando um olhar arregalado para trás. Mortificada, Jadis disse:

— Ísis, puta merda, cala essa boca!

Ariadne encarou o homem para entender o porquê do insulto: o homem era alto e magro, com um pescoço comprido e uma cabeça pequena e ovalada, sem cabelo nem queixo. Mas Ísis devia ser mais cuidadosa: aquele não era ninguém menos do que o general Gorhn em pessoa.

Ela se virou para a colega e sussurrou:

— Sério, Ísis. Fica quieta.

Ao término do salão havia um palanque com cinco cadeiras e o general se sentou na ponta esquerda. Pouco depois, a general Ursula entrou acompanhada de duas mulheres. Uma tinha cabelos negros cortados curtos, olhos puxados e expressão taciturna. Sua fisionomia e uniforme indicavam que ela era uma das Senhoras do Vento do vilarejo de Tawedi, que na língua do reino de Namjin significava "Vale do Vento". Seu cajado era feito de madeira de sabugueiro e tinha uma Ágata Lilás incrustada no alto. Atrás dela veio uma mulher alta, corpulenta e de olhos escuros com um cajado de metal. Ela parecia uma das Damas de Ferro, a mais renomada escola do reino de Grussiana, ao leste do continente.

Por último entrou um homem de pele muito escura, cabeça raspada e bigode volumoso. Ariadne não o conhecia por nome, mas a insígnia em seu ombro indicava que também era um general e seu uniforme evidenciava que era do Sul. Ariadne e suas colegas se sentiram inquietas diante da presença de oficiais de tão alta patente.

Ao ficar de frente para os soldados, a general Ursula olhou para suas ex-alunas da Academia Rosazul e as cumprimentou com um aceno de cabeça, olhando para Ísis por um tempo, o que deixou Ariadne preocupada. Uma vez que todos haviam se sentado em seus respectivos lugares, o general Gorhn foi até o centro do palanque.

— Apaguem as luzes.

Como ordenado, as luzes se apagaram. Uma luz direcionada foi acesa sobre um enorme mapa na parede atrás do palanque. Mostrava a fronteira entre Azgür e Lemúria, ao noroeste de onde estavam.

— Noite passada — começou o general Gorhn, e, para combinar com a cabeça pequena e ausência de queixo, ele tinha uma voz aguda e irritante —, tropas do Norte invadiram e tomaram a cidade de Miralën, forçando nossas tropas a recuar. Perdemos centenas de soldados. Como sabem, a cidade de Miralën dá acesso ao rio Ynix, e uma rota direta às estradas que levam à Lemúria. Acreditamos que Azgür está enviando tropas para a região com o objetivo de uma invasão em larga escala. A Coroa ordena que a cidade seja tomada de volta a qualquer custo.

Ariadne e Ísis se entreolharam e a amiga falou, baixinho:

— Vamos finalmente ver um pouco de ação.

— Por que não me sinto feliz com isso? — respondeu Ariadne.

— Os batalhões da 116ª divisão blindada, 114ª, 109ª e 87ª divisões de infantaria estão sendo deslocados neste exato momento. As bruxas da Academia Rosazul, da Escola de Magia de Effrel, as Damas de Ferro e as Senhoras do Vento serão enviadas imediatamente à margem do rio Ynix para auxiliar as tropas. Elas serão supervisionadas pela general Ursula e pelas capitãs Isha e Dorah, que se encontram aqui presentes, e por mim.

Ariadne não sentia tanto medo desde o dia em que elas foram levadas para o acampamento. Não, antes disso. Desde o dia em que levaram Lia embora. Suas mãos tremiam, e ela torceu para que ninguém percebesse.

— Partiremos em uma hora! — informou o general. — Peguem todo o equipamento essencial e estejam no pátio de treinamento até as dezenove horas. Dispensados.

No instante seguinte, a tenente Glinda já estava de pé, gritando e batendo as mãos.

— Vocês escutaram, suas bisonhas riquinhas! Peguem todo o equipamento e andem logo! Vamos, vamos!

As bruxas e os soldados se levantaram e saíram às pressas do salão. Ariadne estava correndo atrás de Ísis em direção ao dormitório, quando escutou seu nome sendo chamado.

— Ariadne!

A voz não era da tenente Glinda, e de qualquer modo ela nunca a chamaria pelo primeiro nome. Ariadne se virou e deu de cara com a general Ursula. Seus grandes olhos verdes a encaravam com um senso de urgência que a deixou ainda mais assustada.

— Venha aqui um instante, por favor.

Ariadne obedeceu. Ficou a dois passos de sua antiga diretora e prestou continência.

— General.

A mulher respirou fundo. Os últimos dois anos pareciam tê-la envelhecido dez. Mais rugas haviam se formado ao redor de seus olhos e ela parecia exausta, a pele branca e pálida esticada sobre os ossos. A postura, no entanto, continuava firme e imponente como sempre.

— Ariadne, como você está?

— Estou... bem, senhora. Ansiosa para entrar em combate... senhora.

— Adne. Suas colegas vão receber essa informação em breve, mas achei mais prudente informá-la primeiro. Relatos informaram que bruxas vindas de Karinía ajudaram as tropas do Norte a tomarem a cidade.

Ariadne engoliu em seco e seu corpo ficou rígido. Tentou ao máximo manter a frieza.

— Você entende o que isso significa? — questionou a general.

— Significava que é possível que Lia esteja entre elas.

— Sim. Entendo que você a amava, e nós a amávamos também...

Isso é mentira, Ariadne pensou. *As professoras talvez, Ísis talvez, quem sabe Viv e Jadis, mas todas as outras alunas a odiavam. Odiavam pelo simples fato de ela vir de onde veio. Ninguém fez nada, ninguém levantou um dedo pra ajudar quando ela precisou.*

— Adne, devemos decidir agora como iremos lidar com isso. Entende o que estou falando? Preciso saber se devo tomar providências com relação a você *agora*, pois quando estivermos lá, não haverá volta.

— Sim, senhora.

Ela engoliu em seco. O pesadelo de que ela e Lia fossem enviadas para lutar por lados opostos já havia se concretizado. Porém, havia a chance real de as duas se encontrarem no campo de batalha, como se a deusa Kaë que a jovem karinin tanto venerava estivesse fazendo isso de propósito. Sua garganta ficou seca. Ela não devia hesitar. Precisava dar uma resposta para a general, mas não conseguia.

Conteve o desejo de colocar a mão na tatuagem. Ela formigava de leve por debaixo do uniforme, uma lembrança encravada na pele da responsabilidade que tinha com as colegas. Sacrifícios, seu pai dissera.

— Eu estou ciente dos meus deveres, general — respondeu, por fim. Queria gritar, chorar, sacudir o corpo e sair correndo, desertar, desistir.

Queria voltar para casa. — Prometo que lutarei ao lado das minhas colegas e que não a decepcionarei.

A general Ursula assentiu devagar.

— Muito bem, Ariadne. Pode ir.

*

Todos os soldados se reuniram no campo de treinamento e carros e caminhões militares os aguardavam. As bruxas se separaram em grupos, de acordo com as escolas, e a general Ursula se dirigiu às antigas alunas.

— Colegas. Nos encontramos, mais uma vez longe de nossas casas, longe da nossa escola, em um período escuro e difícil. Mas cá estamos, com um trabalho árduo a ser feito... com sacrifícios que eu jamais gostaria de pedir a qualquer uma de vocês. Não posso prometer que todas voltarão para casa. Não posso prometer que voltarão as mesmas pessoas que eram quando vieram para cá. Mas posso prometer que ficaremos juntas e que protegeremos umas às outras até o final.

Algumas bruxas da Academia Rosazul vibraram, outras se abraçaram e algumas poucas deixaram que lágrimas escorressem pelos rostos em silêncio. Ariadne sentiu um grande aperto no peito, desejando outra vez que Lia estivesse lá, lutando com elas e não *contra* elas.

Ariadne considerava a si mesma uma pessoa que amava seu país. Mas ela se perguntou, enquanto a antiga diretora falava, em que momento o amor pelo próprio país se tornava ódio pelo outro. Por que o lugar em que você nascia devia decidir como você deveria morrer e pelas mãos de quem? Economia e geopolítica pareciam conceitos abstratos ali, de pé, no frio, prestes a entrar em combate.

A general terminou seu discurso e as Rosas Azuis entraram nos caminhões e carros como se tomadas por um assombro coletivo, carregando vários quilos de equipamento: mochila com suprimentos, kit médico, uma baioneta presa no tornozelo, uma pistola segura em um coldre amarrado na cintura, e seus cajados, além dos próprios fardos invisíveis, cada um com seu respectivo peso.

Estava frio. O céu ficara nublado e não havia lua ou uma estrela sequer para iluminar o caminho.

IV

Ísis colocou a mão em seu ombro e perguntou o que havia de errado.

— Estou enjoada — respondeu Ariadne.

Andar de carro não combinava mesmo com ela. O caminhão balançava e trepidava sobre o terreno acinzentado, fazendo o corpo da bruxa chacoalhar de um lado para o outro. Estava com dor nas costas e as pernas latejavam de tanto bater contra a superfície de metal.

— Se você for vomitar — instruiu Viv, sentada à frente —, por favor, faça isso *fora* do veículo.

— Não vou vomitar — retrucou.

Seria mais fácil se elas não estivessem indo para o campo de batalha, ou se Ariadne não estivesse tão nervosa com a perspectiva de finalmente entrar em guerra com outras bruxas e com a possibilidade de encontrar Lia no meio do confronto.

Não pense no que está acontecendo, disse a si mesma. *Apenas não pense.*

Mas não pensar era quase impossível. Enquanto viajavam para o acampamento às margens do rio, elas não tinham nada a fazer exceto pensar.

— Não foi inteligente pra caralho por parte do Norte nos atrair pro interior, onde nós não podemos usar a maior frota de navios do mundo contra eles? — conjecturou Petúnia, quebrando o silêncio. Parecia estar falando mais consigo mesma do que com as colegas. — Pra que servem todos aqueles navios agora, hein, porra?

— Sabe qual a segunda melhor coisa que Lemúria produz? — devolveu a tenente Glinda.

— O quê?

— *Bruxas*. A menos, é claro, que eu esteja errada em relação a você e esse cajado na sua mão seja apenas decorativo. Pelo visto vamos precisar torcer pelo melhor. Enquanto isso, faça um favor a todas nós e cale a boca.

Petúnia fechou a boca e não voltou a abri-la por um bom tempo. Aquelas foram as maiores palavras de encorajamento que a tenente havia dito desde... bem, desde sempre. Melhor aceitá-las. Após uma hora e meia de viagem, as bruxas escutaram sons distantes parecidos com disparos de artilharia. Algumas cabeças se viraram na tentativa de enxergar alguma coisa ao longe, sem sucesso. Meia hora depois, os sinais da guerra finalmente se tornaram visíveis e elas viram grandes colunas de fogo no horizonte iluminando a noite nublada, e pequenas explosões se acendendo como lanternas na escuridão para logo em seguida desaparecerem.

Três horas de viagem haviam transcorrido quando o comboio parou subitamente. Sob hipótese alguma o comboio deveria parar, exceto se houvesse um bloqueio na estrada. O que, por sua vez, só poderia significar uma coisa.

— Desçam, desçam! — gritou a tenente Filomena, fazendo coro com a tenente Glinda. — Saiam do caminhão!

Todos os meses de treinamento ouvindo pessoas gritando na sua orelha, correndo e pulando e se arrastando na lama, se fizeram valer em uma fração de segundo. Por instinto, Ariadne agarrou o cajado e pulou para fora do caminhão junto de suas colegas e dezenas de outros soldados.

As bruxas da Academia Rosazul foram acompanhadas pelas Rosas do Vento e as Damas de Ferro, formando um perímetro ao redor dos veículos parados. Seus cajados emitiram luzes brancas e douradas que iluminaram a escuridão em busca de inimigos, mas não encontraram nenhum.

No entanto, descobriram que a estrada fora bloqueada por carros e caminhões incinerados. A tenente Sibilla chamou Maeve e Ariadne para ajudá-la a removê-los da frente do comboio, e as outras bruxas da Academia Rosazul se juntaram à duas Senhoras do Vento.

— Temos que tirar isto daqui o mais rápido possível — instruiu a tenente.

Ariadne fez a pedra do cajado brilhar e projetou uma onda de calor intensa sobre os detritos, provocando uma grande explosão sem chamas. O estrondo foi alto e os veículos foram arremessados para longe, liberando parte da estrada. Olhares de surpresa voltaram-se para ela.

— Bom, se ninguém sabia onde estamos, agora sabem — desculpou-se Ariadne, constrangida. Sentiu-se tonta e deu um passo para o lado.

— Adne, você está bem? — perguntou a tenente Sibilla. — A cor sumiu do seu rosto.

— Estou bem.

— Volte para seu caminhão. Eu e as outras limparemos o que sobrou aqui.

— Sim, senhora.

Ariadne voltou para seu veículo como ordenado e se sentou a sós no caminhão. Sentia-se abatida e frágil e tomou um gole d'água do cantil. Tinha que ser mais cuidadosa. A liberação de energia do feitiço drenara suas forças. De nada adiantariam seus poderes se ela não conseguisse ficar de pé depois de usá-los. Quando as colegas voltaram e Ísis se sentou ao seu lado perguntando o que acontecera, ela mal encontrou forças para verbalizar uma resposta.

— Beba mais água — recomendou Ísis.

Maeve se sentou à sua frente, também parecendo extenuada.

— E a professora, digo, a tenente Sibilla? — perguntou Ariadne.

— Está em um jipe na frente do comboio para ajudar as outras bruxas a retirar novos detritos da estrada. Estamos perto. Só mais trinta minutos de viagem.

— Estão tentando nos atrasar — observou Petúnia, sentada ao lado, e Agnes comentou:

— Achei que fosse uma emboscada.

*

Sob esse clima tenso, o comboio partiu. Maeve estava certa, elas estavam próximas do rio Ynix, assim como Petúnia também tinha razão: as tropas do Norte estavam tentando atrasar o comboio. Ariadne sentiu-se sonolenta e se aninhou no ombro de Ísis, quando um estrondo fez seu coração saltar.

— O que foi isso?

Cabeças se levantaram e olharam em volta. O comboio parou outra vez, quase fazendo as bruxas caírem nos colos umas das outras. Alguns veículos bateram e xingamentos foram ouvidos no meio da noite. Ariadne se levantou com Ísis ao seu lado e seus olhos se arregalaram quando ela viu uma bola de fogo se erguer no ar gelado e então desaparecer em uma nuvem de fumaça.

— Desçam do caminhão! — a tenente Filomena gritou outra vez. — Rápido!

Foi uma repetição da parada anterior. Bruxas e soldados desceram e formaram um novo perímetro ao redor do comboio, prontos para uma emboscada inimiga. Nenhuma emboscada veio, entretanto. O primeiro veículo na fileira do comboio estava em chamas e, quando Ísis percebeu de quem era o carro destruído, saiu correndo. Ariadne arranjou forças para correr atrás dela.

— Ísis, para!

Ísis correu para fora de formação, enquanto gritava, com Ariadne e Maeve em seu encalço.

— Professora! Professora!

Ariadne conseguiu agarrá-la pela cintura antes que ela se aproximasse demais das chamas. Jogou seu peso e as duas caíram no chão. Lágrimas escorriam pelas bochechas de Ísis e ela ainda gritava e lutava para se desvencilhar do abraço das duas bruxas que tentavam arrastá-la para longe.

Era o carro da professora Sibilla.

— Ela se foi, Ísis, ela se foi — falou Maeve, e Ariadne sentiu o corpo ficar pesado.

— Ela ainda está lá. — Ísis chorava.

— Ísis, vem. — Ariadne a abraçou com ainda mais força. — Não tem nada que a gente possa fazer. Vem.

Ísis cedeu e Ariadne encontrou forças para levá-la de volta ao caminhão das Rosas Azuis. Olhou para trás uma vez: outras bruxas haviam apagado as chamas e o carro não passava de um monte retorcido de metal.

— O que aconteceu? — perguntou Petúnia, depois que Ísis foi colocada de volta no caminhão.

— A professora Sibilla — murmurou Ariadne.

*

O carro teve que ser retirado da estrada e os corpos carbonizados de seus ocupantes foram colocados em sacos e depositados dentro dos caminhões ao final do comboio. Ísis estava abatida e Ariadne a segurou nos braços. A amiga permaneceu o restante da viagem chorando baixinho.

A Academia Rosazul havia sofrido a sua primeira perda e todas sabiam que ela não seria a última. Era como a tenente Glinda havia explicado: uma simples questão de estatística. Mas as estatísticas se tornaram reais, e qualquer sensação de alívio que pudesse existir entre as bruxas por serem acompanhadas por suas antigas professoras evaporou em um fulgor tão rápido e brilhante quanto a própria explosão que havia matado os ocupantes do carro.

*

Ainda era noite quando finalmente chegaram ao destino.

Ariadne desceu do caminhão cansada, com medo e frio. Logo à frente estava o rio Ynix. Ele estava baixo, emitindo apenas um suave gorgolejar que quase desaparecia no meio de tantas pessoas falando e gritando ordens e dos veículos descarregando soldados e suprimentos.

Ao norte havia um bosque com grandes pinheiros e uma mata densa e, depois dele, ficava a cidade de Miralën. Entre o bosque e o acampamento havia um campo aberto. Amanheceu pouco depois de elas colocarem o pé no acampamento. Sinais de uma batalha anterior marcavam toda a extensão do campo: crateras negras haviam sido abertas recentemente e vários soldados sulistas estavam caídos e parcialmente cobertos pela neve.

Ao descer do caminhão, Petúnia soltou a seguinte pérola:

— Onde ficam nossos beliches?

A tenente Glinda devolveu uma gargalhada.

— Está pensando que voltou pra escola? Ou pra sua casa de campo? Talvez pense que está em um hotel cinco estrelas. Cavem suas próprias trincheiras, porra!

— Mas o chão está congelado — argumentou Petúnia.

— Vocês são *bruxas*, não são? Usem magia! E depois que terminarem suas trincheiras, ajudem os outros soldados a cavarem as deles. Podem começar!

Isso foi o fim da conversa. A Academia Rosazul havia arrancado a maior parte das frescuras de suas antigas alunas, e o exército fez o seu melhor para arrancar o resto. Mas, mesmo assim, era claro que nenhuma das instituições fora inteiramente bem-sucedida.

As bruxas da Academia Rosazul, da escola Effrel, as Damas de Ferro e as Senhoras do Vento se uniram para cavar as trincheiras, um trabalho que durou várias horas. Elas já estavam cansadas da viagem e terminaram o serviço exaustas.

Mal conseguindo ficar em pé, Ariadne e Ísis se sentaram juntas na trincheira que haviam criado para si. Pouco depois, foram abordadas por duas Senhoras do Vento.

— Com licença — disse uma das mulheres. Tinha longos cabelos negros e olhos castanho-avermelhados. Ariadne a reconheceu da viagem. A colega ao seu lado era mais baixa e tinha cabelo curto e da mesma cor. — Meu nome é Yoni e esta é Korin. Estivemos juntas quando tivemos que limpar os detritos da estrada.

— Sim, eu sei. Meu nome é Adne. Esta é Ísis.

Elas apertaram as mãos.

— Gostaríamos de compartilhar nosso pesar pela morte da tenente Sibilla — disse Yoni. — Ela era uma grande bruxa e sua falta será sentida.

Ao seu lado, Ísis virou a cabeça e não respondeu. Ariadne, por sua vez, engoliu em seco. *Tenente não,* pensou ela. *Professora.* Era difícil acreditar que ela estava morta: a mulher de echarpe rosa e meias amarelas que a recebeu em seu primeiro dia na Academia Rosazul. Era difícil acreditar que elas estavam todas ali, nesse lugar, nesse tempo, para testemunhar o que testemunhavam.

— Ela era sim — respondeu. — Obrigada.

— Você demonstrou grande poder e habilidade quando nos encontramos — falou a outra mulher, Korin. — Por que seu posto é de cabo e não sargento?

— Ah. É porque a tenente Glinda me odeia.

As duas Senhoras do Vento se entreolharam.

— Compreendemos a política interna do seu regimento, mas, se estivesse conosco, você estaria liderando o combate — explicou Yoni. — Ficamos muito impressionadas com seu poder e felizes de estarmos ao seu lado quando a batalha acontecer.

Estava frio demais para suas bochechas corarem. Ariadne pensou nas aulas de etiqueta e respondeu:

— Também é uma honra lutar ao lado de vocês. Muito obrigada por suas palavras.

As duas mulheres fizeram uma pequena mesura e partiram. Por mais tocada que Ariadne estivesse, porém, sentia que qualquer honra que pudesse ter existido havia abandonado esse lugar muito tempo atrás.

No curso do dia o moral permaneceu baixo para as bruxas de Rosazul. Ísis em particular parecia não estar lidando com a situação nada bem e isso deixou Ariadne preocupada. Sentadas na trincheira gelada, Ariadne perguntou:

— Ísis... você tá bem?

— Hm — respondeu a amiga com um resmungo.

— Tá com fome?

— Hm.

— Vou pegar alguma coisa pra você comer.

Sem esperar por uma resposta, levantou-se e caminhou até o refeitório improvisado. Pegou dois potes de sopa e duas canecas com cerveja de gengibre e voltou.

— Ísis, trouxe sopa e cerveja.

— Eca. Essas duas coisas não combinam.

— Bom… — Ariadne se sentou. — Não é *bem* uma sopa, mas sim uma batata moída com tempero. Batata combina com cerveja. Tome.

— Não tô com fome.

— E eu não tô de brincadeira. Se você não comer alguma coisa, vou enfiar a sopa na sua boca à força. E se você resistir, vou chamar a tenente Glinda e *ela* vai enfiar a comida na sua boca.

Isso pareceu convencê-la. Ísis pegou a sopa e a cerveja e comeu e bebeu em silêncio. Ariadne fez o mesmo e logo se sentiu mais quente e confortável. O problema é que não podiam pegar no sono, pois tinham que vigiar a linha para o caso de aproximação de soldados inimigos.

— Adne? — a voz de Ísis chamou.

— Que foi?

— Você pode me abraçar?

Ariadne virou a cabeça e a encarou. Ísis parecia à beira do choro, o que não seria bom; nessa temperatura, suas lágrimas podiam congelar sobre a pele e a bruxa teria que ser levada ao departamento médico.

— Por favor.

— Vem cá — chamou Ariadne. Ísis se ajeitou e ela a abraçou, aninhando-a em seu peito.

— Hm… — A amiga soou confortável. — É macio.

Ariadne riu baixinho. As duas ficaram quietas por um bom tempo observando a linha, até que anoiteceu. Quando a noite coberta de nuvens se ergueu sobre elas, ambas escutaram um barulho vindo de longe.

— O que é isso? — perguntou Ariadne.

— Parece que vem do outro lado do bosque — respondeu a amiga. — Parece que eles estão cantando. Só pode ser brincadeira.

Os soldados nortistas continuaram a cantar pelo que pareceram horas. Sabiam que elas estavam ali e queriam mostrar sua presença. Ariadne se perguntou se Lia estava entre eles e se também cantava, mas não teve muito tempo para mergulhar em devaneios. Em seus braços, o corpo de Ísis tremeu de leve, e Ariadne suspeitou que não era por causa do frio.

— Quando a batalha começar, fique perto de mim — disse ela. — Não vou deixar que nada te aconteça.

— Não vou sair de perto de você nem morta — respondeu Ísis. — E se eu morrer, vou virar um fantasma e te assombrar.

— Que coisa mórbida para se dizer justo agora, Ísis...

A amiga ficou em silêncio por mais um tempo e seu corpo se aquietou um pouquinho nos braços de Ariadne, até que ela disse:

— Sabia que a professora Sibilla foi o primeiro rosto que eu vi dentro da escola?

— O meu também.

— Lógico que me atrasei no primeiro dia e perdi o ônibus que saía da estação. Aí quando eu cheguei, ela estava vestindo meias amarelas e...

— Um lenço rosa. Sim, eu me lembro.

A sensação de estranheza voltou. Era estranho pensar que elas haviam perdido a professora naquela explosão de forma tão repentina. Parecia que havia acontecido em outro lugar, com outro grupo de pessoas. Um instante, eventual, sem glória ou honra ou qualquer coisa do tipo, apenas uma grande bola de fogo e depois fumaça e cinzas, que poderia tão facilmente ter acontecido com qualquer outro veículo, com outra bruxa no banco da frente.

— Adne... por que a gente tá aqui?

Ariadne queria ter uma resposta boa, algo como "é o nosso dever", ou "temos um trabalho a fazer aqui", mas não conseguiu. Tudo parecia terrivelmente estúpido, como se uma parte do mundo tivesse enlouquecido e as arrastado em sua loucura, e as palavras, mesmo sem serem proferidas, pareciam apenas evidenciar toda aquela estupidez.

— Eu não sei.

— Adne eu... — Ísis hesitou. — Já que estamos aqui... sabia que eu sempre senti um pouco de inveja de você?

— Inveja? De *mim*? Por quê?

A bruxa se aconchegou melhor em seu peito.

— Porque você é linda e confiante e não se importa com quanto dinheiro as pessoas têm ou deixam de ter... E porque você é incrivelmente poderosa e consegue fazer todas essas coisas e ainda ser uma pessoa meiga e carinhosa.

Ariadne sentiu vontade de chorar. Justo Ísis falando essas coisas para ela. Justo Ísis, que sempre foi a mais meiga, a mais doce de todas.

— Você tá exagerando. Eu não sou meiga, nem carinhosa.

— É, sim. Caramba, estou deitada no seu colo no meio de uma trincheira. Não é um comportamento tipicamente militar, é? — Ísis bufou. — Queria que você visse a si mesma como eu vejo, Adne. Como Lia te via.

— Com sorte, Lia está bem longe daqui.

Ísis se virou e levantou a cabeça, encarando-a.

— Me diga uma coisa e, por favor, seja sincera. Se a gente encontrar a Lia no campo de batalha, você vai tentar salvar ela?

Ariadne ponderou sobre o que devia responder. Era Ísis, sua melhor amiga desde o primeiro ano na Academia Rosazul. Ela já tivera a chance de traí-la antes e nunca o fez. Ísis nunca a trairia, ela pensou. Tinha consciência disso nesse momento.

— Se for possível, sim.

Ísis assentiu e voltou a se acomodar em seu peito.

— Eu não contaria isso pra mais ninguém.

— Não vou.

Ariadne olhou em volta. Estava *mesmo* ali, dormindo em uma trincheira cavada no chão, longe de casa. Seu corpo e alma pareciam finalmente aceitar isso e ela estremeceu.

— Sinto falta da escola.

— Eu também — concordou Ísis.

Ariadne deixou que a amiga dormisse, calma e confortável em seu colo. Ela, por sua vez, não conseguiria dormir mesmo que quisesse. Imaginou, a contragosto, que era Lia quem estava em seus braços e não Ísis. Imaginou que as duas estavam juntas lutando lado a lado nessa guerra sem sentido, ou que ainda estavam juntas abraçadas na cama do dormitório da escola, e que tudo não passava de um sonho longo e ruim.

V

Aprendi desde cedo que a vida de um soldado se resume em dois estados: o de tédio absoluto e do absoluto caos.

— *Rosas ao Vento: A história de Agatta Aramante*, página 182

*

Milhares de soldados, bruxas, cavalos, cães farejadores, veículos blindados, carros e caminhões de transporte andavam de um lado para o outro no acampamento antes dos últimos preparativos que levariam ao ataque.

Ariadne observava os homens em silêncio. Eles vinham em todas as cores, tamanhos e formatos, encolhendo-se nos braços uns nos outros para lutar contra o frio.

Alguns eram muito jovens, outros eram velhos, a maior parte havia sido convocada, pois os alistamentos diminuíam ano após ano. Uma parcela menor havia usado o serviço militar para escapar da prisão e não era incomum que brigas e outros comportamentos insubordinados irrompessem de vez em quando. Estavam a pouco mais de um quilômetro do exército inimigo, cansados, com medo e ansiosos para lutarem. Ariadne entendia bem: desde o momento em que montaram acampamento, dois dias antes, as tropas permaneceram inertes, esperando sabe-se lá o quê. Por mais terrível que fosse, parte dela queria simplesmente atacar o exército inimigo e acabar logo com aquilo.

Toda a energia acumulada esperava por uma chance de irromper. Como os soldados e bruxas não tinham com quem lutar, acabavam brigando entre si.

— Estão todos tensos — disse Maeve —, mas não se preocupem. Em breve vamos receber nossas ordens. Vocês só precisam aguentar firme até lá.

Depois que a sargento se afastou, Ariadne ouviu Petúnia dizer:

— Quem ela quer enganar? Ninguém sabe de nada, nós estamos aqui congelando nossas bundas enquanto os nortistas preparam uma emboscada.

— Por que você nunca cala a boca? — retrucou Agnes.

— Por que você não vai se ferrar?

Antes que as duas se atracassem, Endora se colocou no meio e falou para Petúnia:

— Ei, fica calma. Por que você não vai pegar uma sopa, ou algo do tipo? Vai, anda.

As Rosas Azuis pensaram que Petúnia partiria no soco ali mesmo, mas a bruxa não o fez. Levantou-se e se afastou batendo o pé. O clima continuou incômodo, mas Ariadne refletiu que Endora tinha razão em afastar Petúnia do resto do grupo: medo e ansiedade eram contagiosos.

*

"Emboscada" tornou-se a palavra-chave. Todas as noites, as bruxas tinham que vigiar a linha de defesa contra possíveis invasores inimigos. Não era fácil. Ariadne e Ísis vigiavam em turnos para permitirem uma à outra algumas horas de sono, mas Ariadne não gostava de dormir, mesmo que fosse necessário. Tinha pesadelos.

Na quinta noite de vigília, sonhou que encontrava Lia no campo de batalha. Sonhou que uma matava a outra com golpes de baioneta. Depois de acordar, não conseguiu pensar em outra coisa.

No sexto dia, voltou a nevar. Pequenos flocos de neve caíram após períodos esporádicos de luz do sol. As Damas de Ferro substituíram as Rosas Azuis na tarefa de vigiar a linha durante a tarde, portanto Ariadne e Ísis caminharam para o fundo do enorme acampamento para fumar um pouco e talvez comer alguma coisa.

No caminho, enxergaram dois soldados conversando e fumando sentados sobre uma pequena elevação.

— Ei, olha só! — um disse para o outro, jogando a bituca de cigarro longe. — Essas bruxinhas estão cada vez melhores!

Tanto Ariadne quanto Ísis já tinham escutado coisas piores durante o treinamento militar. A melhor maneira de lidar com isso era ignorar e continuar andando. Foi o que fizeram, mas o soldado insistiu e a paciência de Ariadne já estava no limite desde o pesadelo com Lia.

— Ei, voltem aqui! Por que não usam suas magias para nos aquecer um pouquinho? Ou nem precisam usar magia!

Ariadne parou de andar e Ísis a segurou pelo cotovelo.

— Deixa pra lá.

Mas então o soldado emendou:

— Acho que elas não gostam de homens!

Ariadne se virou.

— Adne, não briga com eles — pediu Ísis, mas foi ignorada. — Adne, volta aqui...

— Ah, lá vem ela!

O colega do rapaz deu um cutucão em seu ombro e disse:

— Gofred, cala a boca!

— Quê? — retrucou Gofred. — Eu só tô brincando.

Ariadne caminhou em direção a eles pensando nas desculpas que daria depois de transformá-los em duas poças de gosma, quando Viv se materializou com o cajado em mãos e um olhar enfurecido estampado na cara.

— Escute aqui — esbravejou ela. — Você se acha muito engraçado não é mesmo, seu bostinha? Você se acha o rei da comédia, não é? Pois bem, chegue mais perto. Está vendo ela? — Apontou para Ariadne. — Olhe bem. Ela é uma *bruxa*. Só as botas que ela está usando valem mais do que vocês dois palermas juntos, portanto tenham mais respeito!

O soldado chamado Gofred ficou com tanto medo que a cor fugiu de seu rosto.

— Eu não tive a intenção...

— Se acontecer de novo, vou reportá-los à tenente Glinda e ela vai dar um jeito nos dois. Entendem o que eu quero dizer com "dar um jeito"?

— Não, senhora — respondeu Gofred. Em circunstâncias normais, Ísis e Ariadne, que se aproximavam devagar, teriam caído na gargalhada quando o soldado falou "senhora". Os dois estavam apavorados, provavelmente temendo que a bruxa os transformasse em estátuas, ou coisa pior.

— Ela vai fazer vocês limparem latrinas até não saberem diferenciar o cheiro do ar do cheiro de bosta! Não que vocês conhecem algo diferente, pois a boca de vocês só serve pra isso, não é mesmo? Estamos aqui defendendo a linha, fazendo trincheiras e aquecendo vocês durante a madrugada e é assim que vocês nos retribuem? Bando de filhos da puta. Eu devia transformá-los em duas baratas, mas vocês não valem nem o esforço!

Com calma, Ísis se aproximou e a segurou pelo cotovelo.

— Viv.

Saindo de seu ataque de fúria, Viv se virou para as outras duas e disse:

— Vamos.

Elas caminharam ao lado da colega em silêncio, até que Ísis tomou coragem e se pronunciou:

— Caramba, Viv, será que você não pegou um pouco pesado? Agora eles vão *realmente* achar que nós podemos transformar eles em baratas.

— Não peguei, Ísis. Aquele soldado foi insubordinado com uma bruxa. Entendo que ele está assustado, mas todo mundo está e isso não é desculpa para esse tipo de comportamento. Se alguém falar algo do tipo para vocês outra vez, reportem para a Maeve ou a tenente Glinda. Entenderam?

Viv saiu andando na direção oposta enquanto Ariadne e Ísis seguiram para a tenda de comida.

— Alguém promoveu Viv a sargento? — perguntou Ísis. — Você viu alguma insígnia?

— Não vi, mas temo pela vida do infeliz que cruzar o caminho dela no campo de batalha.

*

Exagero ou não, o esporro de Viv pareceu surtir efeito. Uma vez que a fúria da bruxa Rosazul se espalhou por entre os combatentes, os comentários desse tipo minguaram. Duas horas após a discussão, os dois soldados apareceram na trincheira em que Ariadne e Ísis estavam sentadas. Aproximaram-se com cautela e o soldado que não havia se apresentado falou:

— Com licença. Meu amigo imbecil queria falar uma coisa pra vocês.

As duas pegaram seus cajados, só para intimidá-los.

— Seja lá o que for, sugiro que você tome muito cuidado — retrucou Ariadne.

Gofred colocou as duas mãos na frente do corpo, pedindo paz.

— Eu só queria pedir desculpas. Sei que fui desrespeitoso. Não sei o que deu em mim pra falar aquelas besteiras. Obrigado por terem cuidado da nossa segurança, por terem nos ajudado a cavar nossas trincheiras e por não terem nos transformado em ratos nem nada do tipo hoje mais cedo.

Ariadne soltou um suspiro e abaixou o cajado.

— Desculpas aceitas.

Ísis emendou:

— Da minha parte também. Estamos todos juntos nessa. Só... tomem mais cuidado, está bem?

— Sim, senhora — responderam os dois soldados em uníssono e partiram.

*

Sétimo dia de espera.

Meia dúzia de bruxas Rosas Azuis, Ariadne e Ísis entre elas, três Senhoras do Vento e duas Damas de Ferro formaram um círculo e brindaram à primeira semana naquele acampamento. Parecia que havia se passado um século. Elas ergueram as canecas, xingaram o clima, o chão frio e duro, a comida horrorosa e a maldita cerveja, e beberam.

Maeve se aproximou e elas se dispersaram. Ísis e Ariadne se viraram para voltarem juntas, mas a sargento disse:

— Adne, preciso falar com você.

Sem questionar, a bruxa deu as costas para Ísis e caminhou com Maeve para longe. Quando pararam, a sargento esfregou os braços para afastar o frio, e Ariadne engoliu um pouco de ar gelado que desceu queimando a garganta, já antecipando o teor da conversa.

— Tive uma conversa com a dire... com a general Ursula e... bom, serei franca: estamos todas preocupadas com a possibilidade de encontrar Lia durante a batalha. Mais ainda, estamos preocupadas em como *você* vai reagir se seus caminhos se cruzarem outra vez. Preciso saber, Adne, se devemos colocar você na retaguarda ou não, no caso de um ataque. Por favor, diga a verdade.

Ariadne ponderou. Se Maeve tinha conversado com a general, isso significava que o ataque seria feito em breve. Ela *precisava* ir para a batalha. Precisava proteger Ísis, proteger suas colegas e, além disso, proteger Lia. Mesmo que tivesse só uma chance ínfima de a salvar, ainda assim era uma chance.

— Adne — continuou a oficial, antes que ela pudesse responder —, eu confio em você e a general também. Não é por isso que estou tendo essa conversa. Eu só não quero que você morra porque não está com a cabeça no lugar.

— Maeve, eu não sei como vou reagir se encontrar Lia de novo — admitiu, e, quanto mais falava, mais confiança sentia. — Nosso relacionamento durou só alguns meses e eu não vejo ela faz muito tempo. Não vou deixar Ísis nem o restante das minhas colegas. Não quero que elas lutem sem mim. Vou entender se você me colocar na retaguarda, mas peço que me coloque com elas. Estou pronta.

Ou tão pronta quanto possível, pensou.

Maeve a olhou nos olhos e assentiu devagar.

— Isso é tudo o que eu precisava ouvir — respondeu. — Obrigada, Adne. Agora volte para sua trincheira e fique de prontidão. Tenho informações para discutir com todas vocês em breve.

Ariadne prestou continência e as duas se separaram.

Conforme caminhava para sua trincheira, Ariadne se deu conta de que, durante a conversa, sua lealdade nunca esteve em questão. A general Ursula e Maeve se preocupavam com ela, assim como se preocupavam com todas as bruxas sob seu comando. Por três anos e meio as duas haviam dividido um quarto. Dormiram juntas, tiveram pesadelos juntas, limparam xixi de gato juntas. E Maeve precisava tomar uma decisão que podia salvar ou não sua vida.

Ariadne sentiu duas forças lutando em seu interior. Ela havia feito uma promessa a Maeve e uma promessa a si mesma para encontrar Lia e salvá-la.

Ela poderia cumprir as duas?

*

Maeve ficou quarenta e cinco minutos em uma reunião na tenda dos oficiais graúdos, e as demais bruxas aguardaram ansiosas do lado de fora. Quando saiu, elas já estavam reunidas. Ariadne e Ísis trocaram olhares ao verem a expressão no rosto da sargento.

— Bom — começou ela, firmando a voz. — Tenho novidades, portanto escutem com atenção.

— Finalmente — murmurou Petúnia e alguém fez "shhh".

— O ataque ao acampamento nortista será feito hoje à noite — prosseguiu a sargento. — O general Gorhn quer que nós lideremos.

A informação foi recebida com um coro de vaias. Várias bruxas reviraram os olhos e algumas deram as costas para a sargento. De todas, justo Jadis exclamou:

— Ah, puta merda.

— Por que vamos na frente? — questionou Petúnia.

— O general Gorhn acredita que temos as habilidades necessárias para comandar o ataque — respondeu Maeve. — Ele acredita que nós somos as melhores entre as melhores. Por quê? Vocês acham que não somos as melhores? Acham que outro grupo deve ir no nosso lugar?

Maeve tentou inspirá-las, mas obteve pouco sucesso. As mulheres se entreolharam, receosas, mas não expressaram suas opiniões. Ariadne mordeu a língua. Depois de sete dias de espera, dormindo em trincheiras geladas e comendo comida ruim, cansadas e com medo, aquela era a pior notícia que as Rosas Azuis poderiam receber.

Mas é uma chance, ela pensou. *Uma chance de encontrar Lia antes das demais.*

— Quantos soldados estão do outro lado do bosque? — perguntou Endora.

— Nossos batedores acreditam que o número é algo em torno de quatrocentos a quinhentos soldados.

— Vão ter bruxas karinin do lado de lá? — perguntou Petúnia, sem hesitação. Com uma ou duas exceções, as bruxas evitaram olhar para Ariadne.

— Acreditamos que sim — respondeu Maeve. — Olhem... sei que estão todas ansiosas. Eu também estou. Sei que esse não era o futuro que desejávamos quando estávamos na Academia Rosazul e ninguém quer encontrar Lia lutando do lado inimigo. Mas estamos juntas e isso é o que importa. Cuidaremos umas das outras no campo de batalha, assim como fizemos durante todos esses anos. Vamos fazer um bom trabalho e voltar para casa com vida, está bem?

Ariadne quis acreditar nas palavras da sargento, mas não foi capaz. E talvez nem mesmo Maeve acreditasse totalmente no que dissera. Pensou que, durante os anos da escola, essas garotas só souberam tramar e maltratar umas às outras. Com raras exceções, todas odiavam Lia. Todas a odiavam também.

E se uma delas tentar matá-la?, Ariadne se perguntou. *E se ela tentar matar uma das garotas? E se eu chegar tarde demais?*

Tanto os pensamentos de Ariadne quanto as palavras de Maeve foram interrompidos quando escutaram um projétil inimigo atravessando o ar, seguido de um estrondo. Um carro foi atingido em cheio, rodopiou e caiu de ponta-cabeça, envolvido em chamas.

Entre as árvores do bosque, surgiram canhões de artilharia.

— Protejam a linha! — berrou Maeve.

Elas obedeceram, mas o ataque pegou o exército sulista desprevenido. Ariadne deduziu que, enquanto um lado mandou batedores para identificar o número de soldados inimigos, o outro também enviou seus batedores para espionar.

E havia se antecipado.

Novos projéteis sobrevoaram o acampamento e atingiram vários alvos. Dois soldados à frente de Ariadne foram arremessados para longe, um deles sem uma perna. Um jorro de sangue quente atingiu em cheio o seu rosto e grandes nuvens de poeira se ergueram ao seu redor. Ela perdeu Ísis de vista.

Gritos. Gritos por toda a parte.

A general Ursula saiu da tenda já dando ordens. Instruiu que as Rosas Azuis formassem uma linha de defesa mágica na frente do acampamento. Ariadne engoliu em seco e correu pelo acampamento enquanto gritava por Ísis.

Desorientada, acabou trombando com um soldado duas vezes maior que ela e caiu no chão. O impacto a atordoou e ela protegeu a cabeça temendo ser pisoteada pelas pessoas correndo. Alguém tropeçou nela e suas costelas emitiram uma dor lancinante. Quando enfim conseguiu levantar a cabeça, meio sem ar, enxergou uma mão sendo estendida em sua direção e a agarrou. Ao se levantar, deu de cara com o soldado chamado Gofred.

— Você tá bem? — Com a mão estendida, ele a puxou para cima.

— Sim. Preciso ir para a linha.

— Tome cuidado.

— Você também.

Ela voltou a correr. Não parou de gritar por Ísis, mesmo enquanto projéteis passavam zunindo ao seu redor. À distância, enxergou algo emergindo das árvores do bosque que fez seu sangue gelar: tanques rompiam a linha de árvores e avançavam em direção ao acampamento.

— Ísis, onde você tá, caralho?!

— Eu tô aqui! — Escutou a voz da amiga chamar de volta. Virou-se para a esquerda e a viu caminhar em sua direção, mancando.

Ariadne correu e apoiou Ísis no ombro.

— Você tá bem? Foi atingida?

— Não! — respondeu a amiga. O barulho das explosões era tão alto que elas tinham que gritar para serem ouvidas. — Eu torci o pé! Bela maneira de começar a guerra!

— Aguenta firme!

Ariadne se abaixou, tirou um unguento de dentro da mochila e começou a passar no tornozelo ferido de Ísis. Depois, o enfaixou e projetou luz de cura com seu cajado. Suas mãos tremiam de medo e nervoso e ela sabia que tinha que ser rápida: eram alvo fácil para a artilharia inimiga paradas daquele jeito.

— Melhorou? Consegue andar?

— Sim! — gritou Ísis de volta.

— Então anda!

Os tanques continuavam a avançar, disparando. As bruxas correram para proteger a linha que separava o campo do acampamento, e canhões aliados revidaram o ataque, com vários soldados se colocando em posições mais elevadas e atirando na direção do bosque.

Ariadne e Ísis se colocaram de pé ao lado das demais Rosas Azuis, que formaram um cordão enquanto os soldados se posicionavam.

— Rosas Azuis! — a voz da general Ursula ecoou outra vez pelo campo. — Criem escudos!

Elas haviam treinado para isso. Transmutaram uma barreira invisível para conter os disparos inimigos. Apontaram os cajados para frente formando uma espécie de muralha de luz azul translúcida, que se interpôs entre os dois exércitos.

Os disparos atingiram a barreira, mas não as bruxas e nem os soldados. Em vez disso, transformaram-se em areia e choveram sobre as Rosas Azuis.

— Mantenham a linha! — gritou a general Ursula. Ariadne não conseguia enxergá-la, seus olhos estavam fixos no exército adversário, mas sua voz de algum modo lhe dava forças. — Fiquem firmes!

Dezenas, centenas de rifles surgiram entre as árvores do bosque e dispararam na direção da barreira mágica. Alguns disparos atravessaram por entre pequenas lacunas deixadas pelas bruxas e atingiram os soldados. Um homem atrás de Ariadne caiu e sangue quente espirrou na parte de trás de seu pescoço. Ela sentiu o cajado tremer nas mãos, mas não permitiu que a barreira fosse desfeita.

— Apertem esse cerco! — berrou a tenente Glinda. As bruxas obedeceram e as lacunas sumiram.

Ariadne e suas colegas resistiram enquanto uma nova rajada caiu sobre elas. Os disparos finalmente cessaram, mas, em seguida, dezenas de bruxas karinins saíram correndo de dentro do bosque e avançaram pelo campo, seus rostos marcados por pinturas de guerra e carregados de fúria.

— Soldados! — Ariadne escutou uma voz masculina dizer atrás dela. — Preparar baionetas!

Rifles foram apontados para o alto e baionetas fixadas em suas pontas. Imediatamente, a general Ursula gritou:

— Rosas Azuis, preparem-se!

Ariadne apertou seu cajado com força e engoliu em seco. Esse era o momento para o qual elas haviam treinado pelos últimos dois anos. Estreitou os olhos. As silhuetas das bruxas karinin avançavam com velocidade, ficando cada vez maiores e mais ameaçadoras, mas era impossível discernir se Lia estava entre elas ou não.

Não importa, pensou. *Eu vou dar um jeito de encontrá-la.*

Ariadne pensou que estava usando as botas que seu pai havia feito especialmente para ela. No pulso esquerdo, afivelara o relógio que o relojoeiro Tito lhe dera no dia de sua partida para a escola. No pescoço, estava o pingente presenteado por Ísis, que por sua vez estava de pé ao seu lado. As preces de seus pais a acompanhavam o tempo todo e algo em seu coração lhe disse que Sam também estava lá, protegendo-a.

Ela estava tudo, menos sozinha.

VI

O sucesso ou fracasso de uma batalha é sempre pago em sangue.

— *Rosas ao Vento: A história de Agatta Aramante,* página 195

*

Ariadne correu. De sua garganta saiu um grito selvagem movido por uma raiva recém-descoberta. Raiva por tudo o que lhe havia sido tirado, por todas as humilhações sofridas, todos os momentos que poderia ter tido com Lia e não teve, raiva por estar ali, longe de casa, no frio. Ainda mancando, Ísis correu em seu encalço rumo à batalha, o cajado apontado para frente.

Três mil pessoas colidiram no centro do campo. Soldado contra soldado, bruxa contra bruxa, cajados, baionetas, fuzis, canhões, unhas, dentes, mãos e pés, puxando, atacando, rasgando. Matando.

Ariadne golpeou uma bruxa karinin no rosto e quebrou seu nariz. Com um segundo golpe na cabeça, a bruxa caiu no chão. *Lá se vão todas as minhas aulas de etiqueta*, pensou. Suas ordens eram de terminar o serviço, o inimigo caído ou não.

"Um soldado vivo é um soldado perigoso", a tenente Glinda havia dito incontáveis vezes nos últimos dois anos. "Um soldado vivo sempre pode ser reincorporado ao sistema. Não mostrem misericórdia; seus inimigos com certeza não mostrarão."

Ariadne apontou o cajado para baixo. Um feitiço daria conta do recado; tão rápido que sua oponente sequer se daria conta do que aconteceu. A bruxa inimiga estava caída de bruços, respirando, mas sem se mover, e sua cabeça estava envolta em uma poça de sangue. Ela hesitou.

Um tiro de fuzil passou perto demais de sua orelha e Ariadne decidiu ir embora.

O coração batia próximo da garganta, os músculos se movendo por conta própria, sem a necessidade de pensamento. Em questão de segundos, estava coberta de poeira, terra e sangue. O caos era tamanho que se tornou difícil distinguir os soldados inimigos dos aliados.

Mesmo com o campo povoado de homens e mulheres de lados opostos, a artilharia inimiga continuou. Um disparo de canhão atingiu um grupo de bruxas, karinins e Damas de Ferro, e lançou várias delas no ar. Uma grande cratera se abriu no centro do campo de batalha.

Distraída com o aglomerado de tropas à sua frente, Ariadne não percebeu a aproximação de um soldado inimigo. Ele correu em sua direção com a baioneta apontada para frente e tirou bastante sangue do braço direito dela. O ferimento ardeu como se estivesse em brasas, e ela tropeçou e caiu no chão. O soldado se virou e apontou o fuzil para o seu rosto, pronto para disparar.

Ariadne travou. Não conseguia formular sequer um pensamento, não conseguia fechar os olhos. Seria seu fim: morreria com os olhos abertos, a boca aberta, incapaz de soltar um grito ou articular uma súplica.

Mas uma forte luz branca e quente se projetou, tão forte que Ariadne teve que desviar o olhar, e o soldado inimigo caiu sobre ela em cinzas.

Olhou para o lado e viu Ísis correndo em sua direção ao lado de Endora, cujo Jaspe Oceânico no topo do cajado continuava incandescente. A colega havia acabado de salvar sua vida. Ísis se aproximou e a segurou pelo braço e a ajudou se levantar.

— Você tá bem? — gritou.

— Sim... — Ariadne respondeu, ainda trêmula. Estava coberta de cinzas, cinzas que antes haviam sido uma *pessoa*. Limpou o rosto com a manga do uniforme e lançou um agradecimento para Endora.

— Vamos! — chamou Ísis.

Elas correram e em algum momento Endora se separou das duas. Mais três soldados nortistas surgiram e dispararam contra elas. Tanto Ariadne quanto Ísis criaram escudos mágicos para se proteger e lançaram raios de luz de seus cajados, atingindo os homens, que caíram mortos no chão. Ariadne se deu conta de que havia matado alguém pela primeira vez e estremeceu.

Um projétil inimigo de alto calibre foi disparado e atingiu o campo a poucos metros delas. O chão tremeu e uma cortina espessa de terra caiu sobre as duas. O mundo desapareceu por um momento e os ouvidos de Ariadne zumbiram por causa do barulho da explosão. Tudo ficou abafado. Desorientadas, ela e Ísis se apoiaram uma na outra e caminharam, disparando raios de luz quando conseguiam enxergar a aproximação de soldados inimigos.

Ariadne vasculhou o caos do combate à procura de Lia, mas não conseguiu encontrá-la em lugar algum. Seus sentidos ainda estavam embaralhados, a visão turva e os ouvidos ainda zumbindo. *Preciso encontrar ela, preciso salvá-la antes que alguém a encontre*, pensou. Mas era Ísis quem precisava da sua ajuda. Ela continuava apoiada em seu ombro e mancava mais do que antes.

Aos poucos, o abafamento diminuiu e se transformou em um barulho estridente e difuso. Uma bruxa as atacou e Ísis usou o cajado para se defender do golpe, ao mesmo tempo em que Ísis lançou um feitiço que a transformou em vidro. A mulher se estilhaçou e caiu em pedaços aos seus pés.

Ariadne olhou para a amiga. Não havia palavras para descrever o terror nos olhos dela quando percebeu o que fizera. Ísis, justo Ísis, a mais doce de todas elas, também havia tirado uma vida. Mesmo assim, as duas continuaram a se mover, atacando e se defendendo como se estivessem executando um gesto mecânico atrás do outro. Ambas não podiam parar para pensar no que faziam; isso significaria a morte nesse campo manchado de sangue.

Eram os vinte meses de combate corpo a corpo, de corridas ao redor do campo, de disparar rifles e conjurar feitiços de combate, de acordar às cinco da manhã com os gritos da tenente Glinda, de se arrastar pela lama, de ficar sem comer e sem dormir; era o treinamento que ditava cada gesto, que fazia suas mãos guiarem o cajado de um lado para o outro e executar os feitiços certos.

Onde está Lia?, pensou Ariadne. Só conseguia pensar nela, em Ísis e em sair dali com vida. Começou a olhar para o chão, procurando-a entre os mortos enquanto andava. Seu coração batia tão rápido que o corpo parecia estar em chamas por debaixo do uniforme.

Raios de luz brancos, laranjas e vermelhos cruzaram o ar acima dela e de Ísis enquanto corriam. Um estrondo fez o chão tremer outra vez e uma chuva de terra caiu pelo que parecia quase toda a extensão do campo. Era a general Ursula: ela estava ali com suas antigas alunas. Havia criado uma cratera ao norte da linha, onde ela e um grupo de bruxas e soldados procuraram abrigo.

Ariadne não percebeu que havia parado de caminhar. Quando ergueu a cabeça, viu que Ísis já estava longe, agitando os braços e chamando por ela.

— Anda! — gritou a amiga. — Eles estão recuando!

Ela olhou para o final do campo e, como Ísis havia dito, o exército nortista parecia mesmo estar sendo rechaçado e forçado a recuar em direção ao bosque.

A antiga diretora chamou as Rosas Azuis que estavam mais próximas para dentro da cratera. As bruxas correram e se agruparam ao redor dela, cobertas de fuligem, terra e sangue. Agnes tinha um corte feio na cabeça e Petúnia colocava gaze e fazia pressão sobre o ferimento.

— Nossas ordens são de impedir que as karinins escapem — disse a general, e virou-se para Maeve. — Escolha três bruxas e leve-as pelo flanco esquerdo. Eu levarei mais três pelo flanco direito e nós vamos bloquear as rotas de fuga delas. Não importa o que aconteça, *não entrem no bosque.*

Maeve assentiu.

— Ariadne, Ísis, Endora, vocês vêm comigo.

— Jadis, Viv e Petúnia, fiquem na minha cola — ordenou a general Ursula. — O restante siga pelo centro com rapidez e força. Vamos!

Com um grito uníssono, os três grupos de bruxas se separaram e seguiram para suas respectivas posições. Ariadne enxergou as bruxas karinin chamando pelas demais colegas, tentando fugir.

— Prontas? — perguntou Maeve.

Ariadne fez que sim, embora estivesse tudo menos pronta. Tremia da cabeça aos pés e o coração continuava a martelar. Ao seu lado, Ísis também assentiu, embora seus olhos estivessem arregalados de medo.

— Atacar! — gritou a sargento.

Elas se levantaram e correram. Ariadne manteve-se mais ou menos perto de Ísis, que ainda mancava, sentindo as coxas queimarem e o peito subir e descer. O ar estava gelado e sentiu-se alerta e exausta ao mesmo tempo.

Estavam a meio caminho da orla do bosque quando, por um instante, Ariadne pensou ter visto a imagem das bruxas karinin tremeluzir e se tornar semitransparente. Um pico de adrenalina percorreu seu corpo como um choque elétrico, mas os pés estavam agarrados ao ímpeto da corrida e ela não conseguiu parar, não conseguiu falar nada.

Pouco atrás dela, porém, Ísis gritou primeiro:

— Esperem! É uma armadilha!

Tudo aconteceu rápido demais. Com o canto do olho, Ariadne percebeu um grupo de sombras se aproximando pelo lado direito. Ísis se virou primeiro, mas no momento em que o raio de luz se projetou para fora de sua ametista, já era tarde. A imagem das bruxas karinin à frente desapareceu e, no instante seguinte, a imagem dos soldados à direita ganhou forma, os fuzis apontados.

Ariadne arregalou os olhos.

Um projétil passou raspando em seu rosto, fazendo a pele arder. Sangue e lágrimas se misturaram. Ela virou a cabeça para o lado, enquanto se jogava no chão, e viu Ísis caindo, caindo, caindo com dois buracos vermelhos abertos em suas costas, cada um do tamanho de uma laranja, caindo de barriga para cima, estatelando-se como uma tábua, a cabeça pendendo para o lado, os olhos parecendo de vidro, emoldurados em uma expressão de dor e surpresa.

Não.

À sua frente, Ariadne viu a cabeça de Endora, que sempre pintara as pontas dos cabelos de azul, se abrir de dentro para fora.

Não.

Um projétil atravessou o braço de Maeve, partindo-o como um galho seco.

Não.

Ariadne não pensou. A Ágata de Fogo na ponta de seu cajado brilhou com uma luz vermelha e chamas brilhantes dançaram para fora dela e se tornaram cada vez maiores. As duas serpentes de fogo que conjurou cresceram e cresceram e cresceram, até engolirem os soldados inimigos. Qualquer grito que eles pudessem ter soltado desapareceu antes de ganhar forma.

A batalha parou de repente. Olhos estarrecidos de ambos os exércitos se voltaram para cima conforme as serpentes de fogo se transformavam em uma gigantesca muralha vermelha.

Envolta pelas labaredas, Ariadne percebeu, para seu desespero, que as chamas engoliram Ísis e Endora, ainda caídas no chão. O feitiço ficou fora de controle no momento em que saíra do cajado. Ela começou a gritar.

— ÍSIS! ÍSIS!

Em pânico, Ariadne se levantou e correu, ainda gritando enquanto a muralha de fogo se curvava sobre ela. Sua amiga estava lá. Precisava salvá-la, ela precisava...

Uma mão a agarrou pelo ombro e a puxou para trás. Uma voz ecoou atrás dela. Seria Jadis? Parecia com a voz de Jadis.

— Adne, o que você pensa que tá fazendo?!

Ariadne a ignorou. O calor da muralha de fogo que crescia queimava sua pele, mas ela ignorou a dor também. Havia prometido que cuidaria de Ísis, que não deixaria que nada acontecesse com ela no campo de batalha. Precisava cumprir sua promessa, precisava tirá-la de lá, precisava...

Outra mão a agarrou pelo braço esquerdo e a puxou para trás, apesar de sua resistência. Ela reconheceu a voz que gritava como sendo de Viv e, pouco depois, a general Ursula se juntou a elas. Precisaram de toda sua força para arrancá-la de lá.

A muralha de fogo continuou a crescer. Em breve, engoliria o campo inteiro.

Vovó Nice diria que seu elemento era o fogo e que ela sempre soubera disso. Mas o que Sam diria? E Lia? Se pudesse ver o que Ariadne via, o que se passaria pela sua mente?

Ela tentou lutar contra as colegas que a arrastavam para longe, mas suas forças haviam sido drenadas pelo feitiço. O calor da muralha de fogo se tornou tão alto que formou bolhas em sua pele, apesar de terem se afastado vários metros. Os pés se arrastaram pelo chão e ela gritou, xingou, chorou e chamou por Ísis, mas a amiga havia sumido, engolida pelas chamas.

*

Colocaram Ariadne sentada em uma cadeira dentro da enfermaria do acampamento. Ela não conseguia parar de chorar e tremer. Viv deu um tapa em seu rosto, achando que isso ajudaria, mas não ajudou. Em resposta, Ariadne a agarrou pelas mangas do uniforme e a puxou para perto enquanto balbuciava:

— Viv… o que foi que eu fiz?

— Ela está em choque — declarou Viv, virando-se para Jadis. — Precisamos sedá-la antes que ela solte outro feitiço. Chame um médico, rápido!

Jadis saiu correndo e atravessou a tenda.

— Eu matei a Ísis, Viv — Ariadne continuou falando. — Eu matei ela.

A colega se ajoelhou à sua frente.

— Você não matou a Ísis — disse ela. — Adne, me escuta! Ela já estava morta! — Ariadne balançou a cabeça de um lado para o outro. — Ela já estava morta! Eu vi! Vi com meus próprios olhos! Ela já tinha morrido!

— Eu a matei — murmurou. — Matei todas aquelas pessoas, eu…

— Salvou as nossas vidas — interrompeu Viv. — Venceu a batalha, está me ouvindo? Adne, você é uma heroína! Salvou nossas vidas!

As lágrimas continuaram a escorrer pelo seu rosto tão fora de controle quanto o próprio feitiço. Viv a abraçou e a apertou com força.

Rostos conhecidos entraram na tenda pouco tempo depois: Jadis veio acompanhada do soldado chamado Gofred e de Yoni, a Senhora do

Vento que ela havia conhecido antes. Junto delas estava um enfermeiro, um homem jovem de pele escura e olhos verdes.

— Preciso que dois de vocês a segurem — pediu ele.

Viv a soltou e ficou de pé. Antes que Ariadne pudesse fazer qualquer coisa, Gofred a segurou de um lado e Yoni a agarrou do outro. Juntos, eles a mantiveram sentada na cadeira.

— Vai ficar tudo bem — disse Viv, olhando-a nos olhos. — Fica calma, Adne. Vai ficar tudo bem.

Sem que Ariadne percebesse, o enfermeiro se aproximou pelo outro lado e enfiou uma seringa em seu braço, e ela só teve chance de sentir uma leve picada antes de ficar tonta e ser envolvida pela escuridão.

VII

Ariadne acordou na tenda da enfermaria, sentindo-se exausta e desorientada. Alguém estava sentado ao seu lado, mas ela demorou para perceber que era o soldado chamado Gofred com as pernas e os braços cruzados e a cabeça pendendo para o lado, adormecido.

Escutou gemidos baixinhos e olhou em volta. Dúzias de soldados estavam deitados em macas enfaixados em bandagens manchadas de sangue, com membros faltando, parecendo mais mortos do que vivos. A visão fez seu estômago revirar.

Gofred gemeu, roncou, se esticou todo e por fim abriu os olhos. Ao olhar para Ariadne, se colocou ereto na cadeira e disse:

— Você acordou. Espera, eu vou chamar a sargento Andrënet.

Ariadne reconheceu o sobrenome de Viv. Esfregou o rosto e sua visão ficou um pouco mais límpida.

— Sargento?

— Ela foi promovida — explicou Gofred — depois do que aconteceu com a sargento Maeve.

Ariadne engoliu em seco. Maeve havia sido engolida pelas chamas também? Não conseguia se lembrar.

— Ela morreu?

— Está na cirurgia. Foi atingida no braço. — Ele fez uma pausa. — Não parece muito bom.

Ariadne balançou a cabeça.

— Eu... imagino que não era o meu rosto que queria ver quando acordasse — prosseguiu o soldado —, mas a sargento Andrënet tinha uma reunião com a general e pediu pra eu ficar com você. Vou chamar ela.

— Espera — respondeu Ariadne, descobrindo que mal tinha energia para levantar a cabeça. — O que aconteceu comigo?

— Você chegou aqui em choque. O enfermeiro te deu um sedativo.

A memória do que havia acontecido aos poucos voltou para ela: Ísis levando um tiro, Ísis caindo, Ísis sendo engolida pelas chamas. Ela esfregou os olhos de novo. Talvez estivesse desidratada, caso contrário estaria chorando outra vez.

— Todo mundo deve achar que eu sou uma covarde.

— Olha, eu não sei quanto a "todo mundo", mas a maioria do pessoal aqui pensa que você acabou com a batalha com um único feitiço — disse ele, olhando para ela com firmeza. — Foi tão forte que as capitãs Isha e Dorah estão até agora com as outras bruxas tentando contê-lo. O outro exército recuou pra floresta; você salvou nossas vidas.

— Não todas.

Gofred abriu a boca para falar, mas se conteve. Baixou os olhos cansados e encarou o chão.

— Prometi que manteria ela segura — continuou Ariadne, mais para si do que para aquele homem. — Tudo... tudo aconteceu tão rápido... eu nem vi eles chegando. Não acredito que ela tenha morrido, eu não... acredito. Eu... quantas pessoas matei naquela explosão?

— Isto é uma guerra. Você só fez o seu trabalho.

Ariadne cobriu o rosto com as mãos. Não queria chorar na frente de Gofred, mas não conseguiu se conter. Desidratada ou não, descobriu que ainda tinha lágrimas para derramar.

— Sou uma assassina do mesmo jeito. Me pergunto o que minha irmã diria. Ou meus pais.

— Sua irmã esteve na guerra?

— Não. Ela morreu há muito tempo, quando a gente era criança. — Ariadne enxugou o rosto e se sentou na maca. — Estranho pensar nisso. De repente me toquei que entre nós duas *eu* sou a mais velha. O que será que ela pensaria se me visse agora?

Gofred respondeu com outra pergunta:

— Qual era o nome dela?

— Samantha. Sam. Eu costumava conversar com ela quando era mais nova.

— Como assim?

— Eu... tinha conversas mentais com ela. Sabe? Pedia conselhos, contava fofocas. Era estranho, porque ela morreu quando eu era muito nova, então tive que lhe dar uma voz inventada. Acho que conversava com ela só pra mantê-la comigo.

Mas ela se foi. Se foi há muito tempo.

Por que estava contando isso para Gofred? Ariadne não sabia. Por que para ele e não para Ísis, ou mesmo Lia? Tantas oportunidades e ela nunca disse nada sobre isso. Só seu pai sabia que ela conversava com a irmã, e... Gofred. Mas pouco importava, pois as palavras continuaram saindo com tanta facilidade que ela mal se deu conta de que estava contando seu segredo mais profundo para um homem que havia conhecido há poucos dias.

— Conforme fui ficando mais velha, passei a conversar com ela cada vez menos. Não consigo me lembrar qual foi a última vez que perguntei qualquer coisa pra ela. Desculpe. Não sei por que estou te contando isso.

Gofred se levantou.

— Olha, não posso responder por sua irmã, então vou te dizer só o que *eu* vi, tá? Eu vi você salvar nossas vidas.

*

Outras pessoas vieram até a tenda para conversar: Viv, Jadis, Petúnia. Perguntaram como ela se sentia, disseram que estavam orgulhosas e que ela era uma heroína. Isso nem era o pior. O pior era saber que Ísis estava morta do lado de fora da tenda, em algum no meio do campo de cinzas, e que todo aquele pesadelo recomeçaria no dia seguinte.

A última a visitá-la foi a general Ursula. Estava visivelmente cansada e imunda da cabeça aos pés. Sentou-se na cadeira ao lado da maca de Ariadne, que ainda não conseguia se levantar.

— Vou te colocar na retaguarda — disse. — Você vai defender a linha.

— Não vai me levar pra próxima missão?

— Não.

— Mas eu quero ir com vocês.

Ariadne se sentou na maca. *Por que falei isso?* A única coisa que queria era ficar ali. Mas suas colegas iriam para o bosque e Lia talvez ainda estivesse lá fora. Talvez ainda estivesse viva.

— Você já fez o bastante. Quero que fique aqui e descanse um pouco. Deve estar exausta por conta do feitiço.

— Não — insistiu Ariadne. Abaixou o braço e encontrou o cajado no chão. No meio do caos da noite anterior, ela se esquecera por completo dele. Alguém o deixara ali. — Desculpe profe… general. Mas… ninguém é tratado diferente dentro do regimento, certo? É o que sempre diziam pra gente. Já descansei, agora vou com vocês.

A general a encarou em silêncio com seus olhos cor de esmeralda. Soltou um longo suspiro cansado e esfregou os olhos.

— Você é uma boa bruxa, Ariadne — respondeu. — Todas vimos, não só hoje à noite. Vimos todos os dias desde que… desde que… — Ariadne pensou que ela estava para dizer "desde que Lia foi embora", mas não disse. — Você não precisa provar nada para nós.

— Eu… não tô tentando provar nada.

A antiga diretora lhe lançou um olhar que fez seu coração pular uma batida.

— Procuramos, mas não encontramos Lia. Todo o campo virou cinzas durante a noite, portanto não temos como saber.

Os lábios de Ariadne tremeram, mas ela permaneceu em silêncio. A general continuou a encará-la com seus grandes olhos verdes até se levantar e parar na entrada da tenda.

— Fique aqui e descanse até o amanhecer, depois reporte-se ao seu pelotão. Vamos marchar em direção ao bosque às oito horas.

— Sim, senhora.

A general Ursula se virou para sair e depois pareceu mudar de ideia. Ela respirou fundo e se virou devagar.

— É minha culpa que Lia se foi — disse, cansada. Ariadne ficou perplexa. Abriu a boca, mas nenhum som saiu dela. — Culpa minha porque fui fraca, entende? Era meu dever lutar pelas minhas alunas, e não fiz isso.

Devagar, a general se aproximou outra vez dela.

— Vou lhe dar uma ordem, Ariadne, mas você tem o direito de escolher se quer seguir ela ou não: se encontrar Lia, fuja. Leve ela embora daqui. Siga para o norte, até as montanhas. Fique por lá e não volte; direi aos soldados que você morreu. Consegue fazer isso?

Ariadne sabia a gravidade do que sua antiga diretora havia acabado de falar. Sabia que concordar com aquilo significaria mudar toda a sua vida. Significaria abandonar as colegas e trair sua nação. Nunca mais poderia voltar, nunca mais poderia ver os pais. Eles viveriam o restante de suas vidas pensando que a filha tinha morrido durante a guerra. Isso arrasaria sua mãe. Partiria seu coração.

A diretora não estaria pedindo isso se não pensasse que Ariadne amava Lia de verdade.

Como se lesse seus pensamentos, a mulher completou:

— Minha ordem… não, meu pedido é que você conserte isso para mim. No primeiro dia de aula eu prometi a vocês duas que a Academia Rosazul nunca daria as costas às alunas, e descumpri essa promessa. Hoje, não tenho mais o poder de acolher Lia de volta, mesmo que eu a encontre: o exército não permitiria. Se você a encontrar, terá que fugir e se esconder, no mínimo até o término da guerra. Talvez mais, talvez para sempre. Esse é o preço necessário se você quiser fazer o que eu não pude e é muito para se pedir a qualquer um, Ariadne, então você precisaria ter certeza. Se eu te pedir, você fará isso por mim?

Ariadne pensou nas colegas, e seu primeiro impulso foi dizer que não, que ela não as deixaria para trás, mas foi seu coração quem respondeu:

— Sim.

Os olhos da diretora ficaram marejados e ela acenou com a cabeça enquanto exibia um sorriso melancólico.

— Sinto muito, muito mesmo, por Ísis. Ela era uma garota doce demais para isto tudo, e eu desejava de todo o coração que ela nunca tivesse vindo para cá. Você se saiu muito bem mais cedo, Ariadne. Estou orgulhosa de você.

E com isso ela saiu da tenda. Ariadne permaneceu sentada por um tempo, tremendo, estupefata, até conseguir se levantar. Refletiu sobre a conversa. Sabia que constituía uma traição. Jamais poderia contar nada a ninguém e, com Ísis morta, não sobrara ninguém para contar.

Ariadne consultou seu relógio de pulso. Sete horas haviam se passado desde que perdera a melhor amiga. O pingente em seu pescoço pesava tanto que parecia puxá-la para baixo.

Ela caminhou até a saída que dava para uma tenda adjacente. Ao cruzar o espaço, encontrou uma enfermeira que estava inteira suja de sangue. Não era a única: o interior da tenda parecia algo saído de uma história de terror. Soldados gemiam nos quatro cantos do cômodo e o tecido que formava as paredes da tenda estava tingido de escarlate.

Surpresa, a mulher olhou para seu cajado antes de perguntar:

— Você está bem? Está ferida?

Ariadne piscou para ela e respondeu, depois de um momento:

— Não.

— Pode nos ajudar? Estamos com pouco pessoal. Você sabe feitiços de transmutação?

— Eu... eu sei remendar ossos quebrados e... e fechar cortes, mas é só isso.

— Tenho um soldado com o braço quebrado aqui. Pode dar uma olhada nele?

Ainda no modo automático, Ariadne fez que sim.

O soldado em questão estava deitado em uma maca com o braço esquerdo e a cabeça enfaixados. Quando ela se aproximou, seus olhos se arregalaram e ele disse:

— Puta merda, você é a Ariadne "Ágata de Fogo".

Ela se ajoelhou ao lado da maca e lançou para o soldado um meio--sorriso. *Tenho uma alcunha agora*, refletiu. Segurou o braço do rapaz e removeu a faixa com cuidado, apertando o ferimento de leve. Lembrou--se do dia em que a professora Sibilla fez o mesmo, quando ela quebrou o pulso socando Ravena na boca.

— Melhor ficar quieto — disse ela. — Ou seu braço pode virar geleia.

Sua pedra projetou um brilho branco e quente sobre o ferimento e Ariadne pensou que talvez, apenas *talvez*, Ísis e sua irmã pudessem sentir orgulho dela.

✶

Ariadne passou toda a madrugada na enfermaria cuidando de soldados, remendando braços, trocando ataduras, administrando poções, passando unguentos em feridas abertas, vendo coisas que ficariam guardadas em sua memória para o resto da vida.

Seu relógio marcava cinco horas da manhã quando Viv entrou na tenda da enfermaria e a encontrou exausta, imunda e pingando de suor. Deu-lhe um esporro, ordenando que fosse imediatamente tomar um banho. Era sua superiora, portanto Ariadne obedeceu, e, quando saiu do chuveiro improvisado do acampamento, encontrou roupas novas e limpas ao lado das botas e cajado. O ideal seria arranjar alguns minutos de sono, mas, em vez disso, foi perguntar por Maeve.

Ela estava viva. Havia sido retirada do campo de batalha antes que fogo consumisse tudo e passara as últimas horas na cirurgia. Disseram--lhe que a amiga estava fora de perigo, mas que seu braço direito fora amputado.

Ariadne abriu a tenda e viu a amiga coberta de bandagens. O braço direito havia se tornado um toco ensanguentado, cortado pouco acima do cotovelo. Sua pele escura havia adquirido um tom acinzentado e ela parecia exausta e frágil, mesmo consciente.

— Adne — cumprimentou, conseguindo esboçar um sorriso apesar de tudo. — Que bom que você apareceu. Eu ia pedir pra alguém te chamar; preciso conversar com você.

Ariadne fechou a fina cortina atrás dela e se sentou na cadeira de metal ao lado da maca.

— Como você tá?

— Cansada. — Ela olhou para o braço amputado. — E com dor.

Maeve fez uma pausa como se estivesse lutando com as palavras. Ariadne enxergou em seus olhos tristeza por debaixo toda a dor e cansaço.

— Queria agradecer por ter salvado a minha vida — disse a sargento —, e pedir perdão pelo que aconteceu com a Ísis. Foi minha culpa.

Ariadne franziu o cenho.

— Por que seria sua culpa?

— Porque eu era a sargento responsável, devia ter percebido que estávamos caindo em uma armadilha.

Maeve estava deitada em uma maca sem o braço direito e ainda pedia desculpas pela morte de Ísis. Não era justo. *Por Kaë*, não era justo.

Ariadne respondeu sem perceber que estava chorando:

— Nada disso é culpa sua. Nada... Você não apertou o gatilho que matou a Ísis. Você não escolheu vir pra cá, pra essa guerra de merda. Você não tem nada por que pedir desculpas. Eu também não vi aqueles soldados até ser tarde demais. Não consegui salvar Ísis, nem... ninguém. Podia facilmente ter morrido junto com ela e Endora. Sobrevivi por pura sorte.

— Você salvou nossas vidas, sim — retrucou Maeve, enxugando o próprio rosto com o braço bom. — Venceu a batalha por nós. Outras batalhas virão, eu sei, mas também sei que só estou viva por sua causa. Sinto muito por Ísis, Adne. Não é... não é possível salvar todo mundo. Você não pode ficar com esse peso na sua consciência.

— Nem você pode se prender a essa culpa.

Devagar, Maeve concordou.

— Tem mais uma coisa que eu queria te dizer. Primeiro, suas ações na batalha não passaram despercebidas entre os oficiais mais graúdos. O general Gorhn fez questão de me dizer logo que acordei o quanto ele ficou muito impressionado com o seu feitiço, apesar de quase ter destruído nosso acampamento. Ele vai promover você a tenente.

Ariadne engoliu em seco e endireitou o corpo.

— Segundo, a general Ursula indicou você para receber a estrela dourada depois que a guerra acabar. — O coração de Ariadne despencou: era a maior honraria concedida pela Coroa a um militar. Mas se ela encontrasse Lia pelo caminho... estava mesmo disposta a deixar Maeve? Viv? Jadis? As outras? — Você é uma heroína, Ariadne.

— Todo mundo fica me dizendo isso — disse ela, se levantando. — Mas eu não consigo... — Inclinou-se e deu um beijo na testa de Maeve. — Vou te deixar descansar.

A colega devolveu um sorriso triste e disse:

— Boa sorte, Adne. Gostaria de estar em condições de ir com vocês.

Ariadne sorriu tristemente para Maeve uma última vez e saiu.

Ao pôr o pé do lado de fora, ela estacou. Todos os soldados pararam o que estavam fazendo e se viraram para encará-la. Suas bochechas recém-lavadas coraram e ela tomou coragem para caminhar em frente. Os rapazes, imundos, feridos e exaustos abriram um grande corredor para a jovem bruxa, que foi até as colegas.

A tenente Glinda veio e apertou sua mão. Não parecia muito contente, mas entregou-lhe assim mesmo uma caixinha de veludo que Ariadne abriu, encontrando dentro uma insígnia verde e prata.

— Meus parabéns — disse Glinda.

Ariadne não se sentia nem um pouco agradecida, muito menos orgulhosa. Não queria ser premiada por ter matado dezenas de pessoas e, principalmente, por não ter salvado Ísis. Mesmo assim, murmurou um "obrigada" e ficou feliz por sua voz ter saído mais ou menos sob controle.

As colegas se levantaram e a abraçaram, uma por uma. Viv, Jadis, Petúnia, Agnes, todas falando as mesmas coisas "você é uma heroína", "nunca vi nada igual", "venceu a batalha sozinha". Ariadne já estava cansada daquelas palavras. Respondeu tudo com um tom de voz padrão e se manteve o mais isolada possível nos instantes que antecederam a nova marcha. Ainda não conseguia compreender que Ísis se fora, nem aceitar sua partida. Afastou o rosto da melhor amiga e a imagem dela caindo de sua mente. Precisava estar lúcida.

Enquanto o pelotão se arrumava, um sol vermelho surgiu no horizonte e iluminou o estrago feito na noite anterior. O campo havia sido transformado em uma grande planície cor de cinza. O fogo destruiu todos os corpos, incluindo o de Ísis. Tudo havia virado pó. Se Lia tivesse morrido ali, Ariadne jamais a encontraria.

A batalha havia sido vencida com um único golpe, mas o trabalho estava longe de ser completado. Centenas de soldados cruzariam o campo em direção à floresta e acabariam com o restante do exército inimigo.

Ou pelo menos esse era o plano. Era sabido que a general Ursula tinha suas ressalvas quanto a ele.

— Não foi à toa que nos atacaram ontem ao anoitecer — comentou Petúnia. — Era o *nosso* plano. Estavam tentando nos atrair para o bosque e agora vamos cair direitinho na armadilha.

— Temos nossas ordens — respondeu Viv, fazendo valer sua patente.

A tenente Glinda encarou Ariadne e disse:

— Você e a tenente Filomena serão as encarregadas das Rosas Azuis durante a missão. Chame todo mundo e vamos embora.

Ariadne não tinha a menor ideia do que fazer como tenente. Tampouco fazia a mínima questão de ter uma responsabilidade desse tamanho. Tenentes precisavam se portar de forma autoritária, confiante e inspirar respeito, portanto ela tentou imitar um pouco o jeito de Maeve, já que se imitasse a tenente Glinda, acabaria com um motim em mãos.

Viv se colocou ao seu lado e deu um tapinha discreto em suas costas.

— Você consegue.

— Va… vamos partir! — gritou. — Rosas Azuis, co… loquem-se em linha e estejam preparadas. O resto, nos siga. — Virou-se para a colega ao seu lado. — Esqueci alguma coisa?

Viv balançou a cabeça.

— Acho que não.

— O que eu faço agora?

— Você vai na frente.

Ariadne liderou o pelotão com passos incertos até o campo nunca se sentindo tão despreparada para uma tarefa quanto nesse momento. A burrice do general Gorhn de colocá-la no comando era perigosa. Todas as bruxas sabiam que o bosque estava enfeitiçado e que era intenção do exército nortista que entrassem nele, e Ariadne não tinha nenhuma experiência comandando.

Repelente de xoxota, pensou, e o rosto de Ísis surgiu em sua mente como uma fotografia.

Desta vez a general Ursula permaneceu na linha de defesa. Sua incursão anterior ao campo de batalha assustara diversos oficiais, que não queriam perder uma bruxa de seu calibre, e ela havia se exaurido tentando impedir que o feitiço de Ariadne destruísse o próprio acampamento.

As Rosas Azuis estavam por conta própria.

Do lado esquerdo de Ariadne estava a tenente Glinda, e a tenente Filomena, a antiga professora de feitiços de energia, havia ficado à sua direita. Atrás caminhavam Viv, Petúnia, Agnes e Jadis. Ariadne caminhou em frente sabendo que as colegas dariam a vida para protegê-la e vice-versa. Isso a acalmou um pouco.

— Fiquem alertas! — gritou a tenente Filomena. Seu jeito estoico e carrancudo servia bem ao exército. Antes de se tornar professora da Academia Rosazul, havia sido uma guerreira poderosa. Batalhas não eram novidade para ela. — Lancem seus feitiços de proteção!

Raios azuis, laranjas e violetas cruzaram o ar, criando escudos transparentes que circularam as bruxas enquanto o grupo caminhava em direção ao bosque. Avançaram com velocidade e cautela.

Pequenos focos de incêndio ainda podiam ser encontrados pela extensão do campo; à frente de Ariadne, um pedaço de tronco estalou e lançou fagulhas no ar. Ela hesitou. Pela primeira vez na vida estava com medo do fogo.

As árvores do bosque se ergueram ameaçadoras à frente. Durante à noite, as chamas mágicas destruíram uma faixa enorme de terra antes de serem contidas. No meio das cinzas e árvores carbonizadas, Ariadne encontrou uma mão, aberta e intacta, com os dedos apontando para cima. Ela engoliu em seco e seguiu adiante.

Conforme caminhavam pela mata cada vez mais densa, perceberam uma quietude tenebrosa. Petúnia disse:

— Onde estão todos os pássaros? Não escuto nada.

— Ela tem razão — respondeu Viv. — Fiquem atentas. Pode haver armadilhas.

As bruxas e os soldados caminharam em frente, atentos a qualquer movimento brusco, qualquer sinal do inimigo. Seus passos ecoavam pelo bosque com intensidade exagerada.

— Será que eles fugiram? — perguntou um soldado na fileira de trás.

Ariadne achou pouco provável. Seu coração continuou a martelar cada vez mais forte até que a sensação de que estavam caindo na armadilha do inimigo tornou-se forte demais para que ela continuasse.

Se estivesse lá, se ainda conversasse com ela, Sam diria para Ariadne confiar em seus instintos. Foi o que ela fez.

— Parem — ordenou. Suas colegas e os soldados obedeceram. Ela se virou para a colega atrás. — Viv, você consegue fazer uma magia de ilusão? A maior que puder. Petúnia e Agnes, ajudem ela, por favor.

Viv e as outras bruxas pousaram seus cajados no chão e os pressionaram contra a terra. A Pedra Estrela de Viv se iluminou com um brilho azul claro e então cessou de repente. Confusa, ela franziu o cenho e sussurrou:

— Mas que porra?

Ariadne sentiu um arrepio percorrer sua espinha. Olhou para o cajado e tentou conjurar uma pequena chama, mas a mesma coisa aconteceu. Havia um contrafeitiço na floresta. Algo que bloqueava a magia delas.

— Re... recuem — ordenou. — Recuem, agora!

— Como assim recuar? — interveio a tenente Glinda, dando um passo em sua direção. — Temos que continuar avan...

A tenente não conseguiu terminar sua frase. Um projétil atravessou o ar e atingiu a árvore ao lado dela. Uma lasca do tronco se projetou no ar como uma navalha e arrancou sua cabeça com um corte limpo. Ariadne se jogou no chão.

A cabeça da tenente Glinda aterrissou ao seu lado, os olhos abertos e opacos, um pequeno filete de sangue escorrendo da boca aberta. De repente, toda a brincadeira de enfeitiçar suas botas não parecia mais tão engraçada.

Uma voz gritou:

— Artilharia! Abaixem-se!

Percebeu Viv se jogando para a frente. Um segundo depois, Jadis, Petúnia e as outras bruxas já estavam no chão com as mãos na cabeça. Vários soldados, porém, demoraram um instante a mais para seguir o exemplo e foram caindo às dúzias. O barulho se tornou ensurdecedor. Troncos de árvores eram despedaçados pelos disparos lançando outras lascas de madeira que voavam com força mortal para quem ainda estivesse de pé.

De trás das moitas e da vegetação densa, projetaram-se bruxas karinin. Ariadne se levantou bem a tempo de desviar um feitiço lançado em sua direção. O que quer que estivesse sobre a floresta fora removido de modo que as bruxas karinin pudessem atacar. Era tarde demais para retroceder. Ela gritou e ergueu o cajado ao mesmo tempo que a bruxa inimiga desferiu o primeiro golpe.

A bruxa golpeou mais uma vez e Ariadne se abaixou. Tentou devolver o ataque, mas a karinin usou o próprio cajado para se proteger como se ambos fossem lâminas e aquela fosse uma luta entre espadas. A mulher era forte e a empurrou de encontro a uma árvore.

A outra bruxa girou o cajado tentando golpeá-la na cabeça, mas Ariadne desviou um segundo antes. Com uma distância curta entre as duas, apontou o cajado para frente e projetou um raio de luz branca que atravessou o corpo da adversária e a arremessou longe. Ela aterrissou três metros adiante sobre um monte de raízes com os olhos abertos e um buraco incandescente no peito.

É o povo de Lia que eu estou matando, Ariadne pensou. *Por Kaë, este é o povo de Lia que eu estou matando...* Será que Lia conhecia aquela bruxa? Será que as duas eram amigas? Teriam crescido próximas uma da outra? Antes que suas mãos começassem a tremer, Ariadne desferiu um novo raio *de luz* branco contra os soldados que disparavam por detrás de suas coberturas, e depois outro, e outro, sem um instante de descanso, mesmo com cada novo feitiço drenando mais e mais de sua energia.

A violência de seus ataques fez com que as bruxas inimigas ficassem com medo e deu mais energia para que as Rosas Azuis, as Damas de Ferro e as Senhoras do Vento avançassem.

A atitude de Ariadne a surpreendeu. De onde vinha tanta força? De onde vinha tanta raiva? Seria uma vingança por ter perdido Ísis? Endora? Lia? Não importava, pois, assim como na noite anterior, sua magia brilhou intensamente por apenas um momento e então se esvaiu.

De joelhos, virou-se para o lado. O soldado chamado Gofred havia se posicionado atrás de uma árvore e gritava para ela:

— Sai daí! Sai daí agora!

Um segundo depois, um disparo de fuzil o atingiu na maçã do rosto e arrancou um naco da cabeça dele ao sair do outro lado. Ele desabou, os olhos abertos, um buraco na bochecha do tamanho de uma moeda. Ariadne se ergueu e o cajado em suas mãos projetou um arco no ar, lançando uma cortina de fogo nas moitas de onde vieram os disparos inimigos. Soldados saíram de lá em chamas, gritando e correndo. Ela avançou, cambaleante.

Sou uma heroína, disse a si mesma. Sua visão começava a ficar turva. *Sou uma guerreira.*

Parou outra vez, diante de duas Senhoras do Vento caídas e ensanguentadas no meio da relva. Seus rostos estavam voltados para cima e os olhos pareciam feitos de vidro acinzentado, permanentemente fixos em algum ponto indistinguível. Ariadne passou por cima delas.

Pensou que poderia desistir. Cair de joelhos outra vez e deixar que algum soldado desse um tiro em seu peito e acabasse logo com aquilo. Porém, algo chamou sua atenção pelo canto do olho e a fez se virar

Havia uma mulher parada no alto de uma elevação de terra, quatro metros adiante. Tinha o cajado em mãos, mas apontado para o lado, como se tivesse preparado um ataque e desistido. Seus olhos cor de âmbar encaravam Ariadne de volta, arregalados, iguais aos que a Rosa Azul se lembrava.

Lia.

Ambas permaneceram imóveis olhando uma para a outra pelo que pareceu um período interminável, até que Ariadne se moveu primeiro.

Mais uma vez, ela agiu por instinto, sem pensar. Girou o cajado para frente e o apontou para Lia. A outra bruxa tentou se defender, mas era tarde. Da Ágata de Fogo de Ariadne saiu um novo raio de luz branca, só que desta vez em uma potência muito menor. Atingiu Lia no peito e a bruxa karinin voou para trás, aterrissando com força no chão.

Ariadne correu o mais rápido que pôde. Tiros passaram zunindo pela sua cabeça. Encontrou Lia caída no chão do bosque, viva, mas desacordada. Agarrou o colarinho de seu uniforme e a arrastou.

Descobriu um buraco de dois metros de circunferência no solo, recentemente aberto por uma explosão. Continuou arrastando o corpo de Lia usando tudo o que restava de suas forças, até jogá-la dentro do buraco e pular sobre seu corpo. Segundos depois, um o disparo de artilharia atingiu em cheio uma árvore atrás delas. O tronco se rachou e se curvou para frente e despencou sobre as duas.

Parte V

JULGAMENTO

Um dos princípios elementares do reino de Nanjim e da religião é de Kaë é o da ação e reação, o que faz com que muitos teóricos e teólogos contestem a tradução do quinto fruto da deusa para as línguas do Sul como "Julgamento". Não há, de verdade, uma noção de punição ou justiça divina na teologia Kaëísta, e sim uma relação de causa e efeito, de ações que geram consequências.

I

A guerra, de um jeito distorcido e unicamente seu, é uma força que nos proporciona sentido e significado. Os laços construídos pelos soldados e bruxas em um campo de batalha são frequentemente os mais fortes e duradouros que eu já vi, mas o preço pago pelo conflito armado costuma ser alto demais para justificá-los.

— *Rosas ao Vento: A história de Agatta Aramante*, página 212

*

Perto de sua casa havia uma cerejeira. Ela ficava de pé, solitária no alto de uma pequena colina que podia ser vista da janela do quarto. Estava por lá quando seu avô era vivo e o pai dele antes dele, e assim por diante, pelos últimos quatro séculos. De forma sistemática, ela florescia uma vez por ano, todos os anos, mesmo com alguns invernos mais quentes e outros mais secos e outros tão frios que as demais plantas do jardim ficavam cobertas por uma fina camada de gelo, brancas e cristalizadas.

Houve um ano, porém, em que a cerejeira floresceu duas vezes. Lia devia ter seis ou sete. Fazia sol, embora estivesse frio, sempre frio. Ela se lembrava de ter olhado para o horizonte, para as grandes formações de montanhas ao término de uma longa planície branca. Ao se virar para trás, viu a cerejeira desabrochando diante de seus olhos, grandes botões rosa-claro abrindo-se para ela e apenas para ela.

Foi o momento em que descobriu ser uma bruxa. Na época, apesar do apoio e do amor incondicional dos pais, sentiu-se jovem, com medo e despreparada. Antes da batalha, sentia-se mais velha, com medo e igualmente despreparada.

Ariadne estava do outro lado do bosque, ela sabia disso. Se havia Rosas Azuis como os batedores haviam informado, certamente Ariadne estaria lá. As sirenes começaram a tocar dentro do acampamento e as bruxas se levantaram de suas trincheiras e agarraram seus cajados, prestes a atravessar a densa mata que as separava do exército inimigo. Lia sabia que iria encontrá-la.

Sabia que uma morreria pela mão da outra no final.

✶

Lia acordou sob um teto não familiar. O próprio fato de estar olhando para um teto causou estranhamento. Virou-se para o lado e sentiu como se alguém estivesse pisando em seu peito. Era difícil respirar. A cabeça doía, pesada, e a garganta estava seca.

Pelo visto alguém a trouxera para dentro de um cômodo parecido com um sótão. Entre as vigas de madeira espaçadas, brilhava uma luz vermelha que fez seus olhos arderem. Havia alguém lá dentro, uma silhueta escura e sem rosto. Ao ver que Lia despertara, a silhueta se levantou e caminhou até ela.

Desorientada e com dor, a bruxa karinin estendeu o braço e tentou agarrar o cajado, mas não o encontrou em lugar algum. Uma mão se aproximou de seu rosto e a fez recuar.

— Calma — disse uma voz feminina. Feminina e familiar. — Eu não vou te machucar. Tá tudo bem, você está segura.

Aos poucos, a visão voltou ao normal e um rosto mais do que familiar se materializou à sua frente. Ela franziu o cenho. A menos de um metro, um par de olhos azuis-claros emoldurados por sardas a encarava com apreensão.

Primeiro, pensou que ainda estava sonhando, mas aos poucos Ariadne e o restante do ambiente ganharam contornos demasiado reais para serem fruto de sua imaginação.

Ariadne realmente estava ali.

Como um trem descarrilhando, imagens invadiram sua mente com violência: Ariadne no campo de batalha, gritando com fúria incontrolável. A imensa coluna de fogo se erguendo em direção ao céu, suas colegas desaparecendo atrás das chamas, os gritos...

Tomada por um pavor repentino, Lia encolheu o corpo. Como se percebendo o medo em seus olhos, a outra bruxa se afastou e se sentou no chão encostada na parede do outro lado do cômodo. Longos segundos se passaram até que Lia se acalmasse. Olhou em volta.

— O... onde eu estou?

— Em um celeiro — respondeu Ariadne. — Eu te trouxe pra cá depois da batalha.

Lia não viu feno ou dejetos de vacas e cavalos em lugar nenhum. Apenas um cômodo vazio e amplo, algumas caixas de madeira empilhadas aqui e ali no chão ao lado da outra bruxa. Estava mesmo em um sótão, e o celeiro devia estar abaixo delas.

— Como... — Ela passou a mão pelo peito, que doía. — O que aconteceu?

— Eu te nocauteei com um feitiço. A batalha seguiu pro Norte. Depois que ela passou pela gente, eu te arrastei até aqui. Botei um feitiço de ilusão em volta de tudo pra que ninguém encontrasse a gente, mas... não está dando muito certo. Preciso refazer ele quase que de hora em hora.

Lia tossiu e esfregou as têmporas. Tudo latejava e doía manter os olhos abertos.

— Você me arrastou do bosque até aqui? Como?

— Magia...

Pergunta cretina, resposta cretina, Lia pensou. Olhou para Ariadne e, em vez êxtase por tê-la reencontrado, descobriu-se com um medo profundo dela, em um grau que jamais imaginou que sentiria. Segundos depois, uma grande luz branca se projetou sobre as duas e o chão trepidou com força.

Um zepelim.

Ariadne acendeu sua Ágata de Fogo e Lia pensou que não havia uma pedra melhor para a antiga namorada. "Namorada." Essa era uma palavra estranha para descrever a garota de olhos selvagens e poder imenso. Era uma palavra que pertencia a uma outra vida.

Depois que o zepelim passou, Ariadne olhou pela única janela do cômodo e sussurrou:

— Acho que esses zepelins estão interferindo com a minha magia.

Eles estão, Lia pensou, mas permaneceu calada. Por mais estranho que o reencontro pudesse ser, era preciso se lembrar que Ariadne era uma inimiga.

Mesmo assim, ela perguntou a si mesma, *por que fui procurá-la na floresta*?

Olhou para o lado e percebeu que, apesar da luz vermelha que continuava a tremeluzir do lado de fora, era de noite.

— Quanto tempo fiquei desacordada?

— Umas… onze, doze horas. Anoiteceu faz pouco tempo.

Lia sentiu choque, raiva e orgulho de Ariadne pelo feitiço.

— Merda, o que você fez comigo?!

— Fala mais baixo — pediu a bruxa sulista. — Como eu disse, acho que os zepelins estão interferindo com a minha magia. Não sei quão bem meu feitiço de ilusão funciona, talvez seja melhor não fazer barulho.

Lia achou que ela tinha razão. Era impossível dizer *quem* poderia encontrá-las ali.

— Onde estão os donos deste celeiro?

Ariadne levantou uma sobrancelha.

— Você tá me perguntando se eu matei eles pra usar o lugar?

— Matou?

— O que você acha?

Lia admitiu que era difícil imaginar Ariadne assassinando uma família de fazendeiros para abrigá-las. Talvez já estivessem mortos. Talvez tivessem fugido.

Com as coisas em foco, Lia finalmente pôde estudar Ariadne com mais atenção. Estava imunda e em sua pele havia uma crosta que misturava cinzas, fuligem, lama e sangue, mas as sardas continuavam visíveis. Seus olhos demonstravam tristeza e um cansaço profundo.

Dois anos eram pouco tempo, mas pareciam ter afetado tanto Lia quanto Ariadne sem misericórdia. Ela continuava jovem e… linda, ainda que imunda, mas ao mesmo tempo parecia muito mais velha, como se houvessem se passado cinco ou seis anos, em vez de dois. Ela parecia uma mulher adulta, séria e melancólica.

Essa não era a garota que Lia conhecera na Academia Rosazul, ainda que não fosse possível dizer o quanto da Ariadne que conhecia restara com a guerra e o quanto de sua antiga personalidade se perdera.

— Ei — chamou Ariadne, e Lia saiu de seu devaneio. A bruxa jogou um cantil. Ela o abriu e cheirou seu conteúdo. Outro gesto que nenhuma das duas jamais imaginaria sendo feito no passado. — É *Apis mellifica* e *Arnica*. Eu não vou te envenenar. Qual seria o propósito disso? É pro machucado no seu peito.

Lia massageou o machucado de novo. Começou como um aperto, mas ardia como uma queimadura. Ela bebeu.

— Sinto muito por ter nocauteado você. Não quis te machucar, mas… — Ela balançou a cabeça. — Que outro jeito eu tinha de trazer você pra cá?

Lia terminou de beber todo o conteúdo do cantil e respondeu:

— Naquela hora, pensei que você fosse me matar.

Os olhos de Ariadne se arregalaram.

— Eu nunca… eu não…

— Não estou te julgando. — Lia levantou a mão. — Eu *sou* sua inimiga. Você só estaria fazendo seu trabalho.

— Você não é minha inimiga.

— Sou sim — Lia tentou dizer da forma mais ríspida e direta possível, ainda que a mesma pergunta estivesse martelando no fundo de sua mente outra vez: se Ariadne era sua inimiga, por que ela havia procurado por ela tão intensamente na floresta durante a batalha? — Trate de se lembrar bem disso enquanto estiver aqui. O fato de a gente ter se conhecido antes em outro contexto não muda o fato de que hoje lutamos por exércitos diferentes.

Ariadne abriu a boca para falar, mas não respondeu. Havia algo de sua antiga ingenuidade ali, Lia percebeu, apesar de todas as outras mudanças. Instaurou-se um silêncio opressor entre as duas e Lia se deitou. Sentia-se exausta, apesar de ter dormido tantas horas. Demoraria alguns dias para se recuperar plenamente do ferimento. Enquanto divagava, pensou que Ariadne era mesmo uma bruxa muito poderosa e que, se as duas lutassem, Lia seria derrotada com facilidade.

— Pode dormir mais um pouco se quiser. — Ariadne interrompeu seus pensamentos outra vez. — Eu não vou te machucar... de novo. Quer dizer, eu já teria feito isso se quisesse, não teria?

Em resposta, Lia se sentou outra vez, encostou-se na parede e abraçou os joelhos.

— Você não confia em mim — observou Ariadne.

— Cadê meu cajado?

Quando a bruxa não ofereceu resposta, Lia retrucou:

— Viu? Você não confia em mim também.

Elas ficaram em silêncio de novo. Ariadne ficou sentada olhando para a janela, com uma expressão cansada no rosto, e Lia permaneceu com os olhos vidrados nela o máximo possível. Esperava piscar em algum momento e não encontrar Ariadne mais ali, como se a outra bruxa fosse uma miragem, ou um sonho.

Com o passar do tempo, Lia se sentiu cada vez mais inquieta. Dois anos antes, estava dormindo nos braços dessa mulher, em um dormitório tranquilo na Academia Rosazul. Nesse momento, estava presa em um cômodo com uma estranha.

— Ariadne?

— Sim?

Lia soltou um suspiro.

— Você... pode dormir um pouco se quiser. Prometo não fugir. Eu não tenho energia nem pra ficar de pé.

— Eu tô bem.

— Você não parece bem. Na verdade, parece que não dorme há muitas horas. Não seria bom se ambas dormíssemos ao mesmo tempo. Eu... prometo que também não vou te machucar se você dormir.

Ariadne abaixou a cabeça e esfregou o rosto com as mãos.

— Não acredito que isso está acontecendo — murmurou. — Sabe, por dois anos, a única coisa que eu pensei foi em te encontrar e no que eu faria quando isso acontecesse. Na noite antes da batalha no campo, eu contei pra Ísis que tentaria te salvar se a gente se encontrasse. E agora... agora, não sei o que fazer.

Lia bufou.

— Você não mudou nada. Continua achando que sou uma donzela indefesa que precisa ser salva.

A expressão de Ariadne endureceu e Lia sentiu medo dela outra vez. A bruxa sulista suspirou fundo antes de se virar, arrancou uma tábua de madeira do chão e tirou um segundo cajado. Estendeu a mão e o ofereceu para Lia.

— Tá bom. Você não precisa ser salva. Pode ir. Você não é minha prisioneira, não vou te deter.

Lia hesitou.

— Anda, pega — insistiu Ariadne, o que fez o sangue de Lia borbulhar.

— Nós não nos vemos *há dois anos* — disse ela. — Você não faz ideia pelo que eu passei. Não sou mais a mesma pessoa que você conheceu.

— Se você falar mais um clichê, vou te acertar na cabeça com o seu próprio cajado. Estou disposta a arriscar, Lia, porque você não é minha inimiga assim como eu não sou a sua. Nunca fui. Não importa o que uma bandeira ou um exército digam.

— Você devia repensar isso — disse Lia, simplesmente.

Como um gato, ela saltou, pegou o cajado e o apontou para frente. Sua hematita se iluminou com um brilho branco, mas nenhum feitiço foi lançado. Ariadne continuou a encará-la sem demonstrar qualquer traço de medo. Lia grunhiu e sua mão tremeu enquanto ela se esforçava para lançar um feitiço.

— Anda — provocou Ariadne. — Vai em frente.

Lia rangeu os dentes, mas não conseguiu. Jogou o cajado longe e se sentou no chão, frustrada, trêmula e com lágrimas escorrendo pelo rosto.

— Que merda! Eu disse pra você, dois anos atrás, que nós não devíamos ficar juntas! Por causa *disso*! Eu sabia que isso ia acontecer! Agora estamos ambas mergulhadas neste inferno!

Do outro lado do cômodo, Ariadne se sentou e disse:

— Eu não me arrependo nem um pouco do tempo que a gente ficou juntas. *Você* se arrepende?

Lia não conseguia mais olhar em seus olhos. Sabia que, no fundo, aquele tempo breve e brevemente feliz foi o que a mantivera firme nos últimos anos. Isso e a esperança de que um dia as duas poderiam se encontrar em um contexto que não envolvesse nenhuma guerra. Por isso procurou por Ariadne na floresta.

— Não.

Ela levantou a cabeça e sentiu uma vontade quase incontrolável de se levantar e abraçar Ariadne, mas ficou parada onde estava.

— Queria que as coisas fossem mais simples — sussurrou. — Que elas fossem preto no branco, que eu soubesse quem são os aliados e quem são os inimigos. Queria… queria nunca ter ido pra Academia Rosazul.

Ela limpou uma lágrima que escorreu pela bochecha e viu que do outro lado do cômodo Ariadne a olhava com pesar.

— E às vezes eu queria nunca ter te conhecido — disse Ariadne. — Mas eu conheci.

Lia se sentiu novamente exausta. Exausta do feitiço, da guerra, de Ariadne, de tudo. Sem dizer mais nada, deitou-se de costas para a outra bruxa, fechou os olhos e dormiu.

II

Da segunda vez em que Lia acordou no celeiro, era dia. Levantou a cabeça e viu Ariadne dormindo encostada contra a parede, abraçada ao próprio cajado. Sua boca estava aberta e um pequeno filete de saliva escorria pelo queixo. Ao vê-la assim, Lia quase sorriu.

Percebeu que poderia fugir se fosse cuidadosa o bastante. Com sorte, ninguém descobriria Ariadne ali. Ao acordar, ela perceberia que Lia havia ido embora e voltaria para seu pelotão. E, com um pouco mais de sorte, o caminho das duas nunca mais se cruzaria.

Mas… Lia se lembrou da promessa que havia feito a si mesma de que buscaria por

Ariadne no campo de batalha, assim como a bruxa sulista fez. Como havia prometido a si mesma que não deixaria nenhuma colega matá-la. Ariadne estava *ali,* finalmente. Por quanto tempo Lia havia sonhado com isso? Quantas noites em claro em sua cela ou no campo de treino passou imaginando a si mesma encontrando-a de novo, encostando a palma da mão em sua bochecha, sentindo a textura da pele sob os dedos? Olhando para a bruxa adormecida, sentiu mais uma vez o desejo intenso de se aproximar, mas se conteve.

Em vez disso, ficou de pé e pegou o cajado que estava jogado no chão aos pés de Ariadne. *Vá embora,* disse a si mesma. *Não pode ficar aqui. Fuja e nunca mais volte.* Tentou se mover, mas não conseguiu. Frustrada e à beira do choro, sentou-se outra vez do outro lado do cômodo e apertou o cajado com força.

Sua burra.

Pouco tempo depois, Ariadne acordou. Moveu a cabeça de um lado para o outro, assustada, até que seu olhar se encontrou com o de Lia. Ao ver que a bruxa karinin ainda estava lá, pareceu relaxar.

Lia disse:

— Precisamos comer alguma coisa. Você tem alguma comida, ou só me nocauteou e me arrastou para cá?

Ariadne ignorou a acidez do comentário e começou a vasculhar a mochila.

— Tenho algumas rações, mas não é muita coisa. — Ela pegou uma barra de ração do exército e jogou para Lia, que abriu o pacote e começou a comer. — Fui à casa do fazendeiro que é dono deste terreno enquanto você dormia — acrescentou. — Seja lá quem morava aqui, parece que saiu às pressas. Consegui recuperar um pote de pepino em conserva e outro de pêssego enlatado e só.

A bruxa colocou dois potes de vidro no chão. Nenhuma opção parecia apetitosa, mas comida no campo de batalha era um item escasso. Lia abriu o pote de pêssegos e começou a comer. Eca. Nunca havia gostado de pêssegos.

— Há quanto tempo você acordou? — perguntou Ariadne.

Lia desviou o olhar.

— Só alguns minutos.

Ariadne anuiu e emendou:

— Obrigada por não dar com o cajado na minha cabeça.

— Não me agradeça. Só... podemos ficar um pouco em silêncio, por favor?

Ariadne obedeceu, mas o silêncio entre as duas durou apenas alguns minutos.

— Posso procurar uns ovos lá embaixo — sugeriu a bruxa. — Depois de te colocar aqui acabei não procurando direito. Tive medo de que você pudesse acordar enquanto eu estivesse fora...

— Não precisa se explicar — interrompeu Lia. — Podemos fazer isso daqui a pouco. — Resignada, esfregou as têmporas. Sua cabeça ainda latejava, mas o peito doía menos do que na noite anterior. — Acho que precisamos... colocar a conversa em dia.

Ariadne engoliu em seco.

— Não sei se estou pronta pra isso.

— Nem eu — resmungou Lia. — Mas precisamos decidir o que fazer. Parece que nenhuma de nós está disposta a passar por cima da outra para sair deste celeiro, e não podemos ficar aqui pra sempre, então... qual é o próximo passo?

— Não faço a menor ideia. Na verdade, meu plano acabou quando consegui te colocar aqui dentro sem ser capturada. O próximo passo seria... continuar viva, eu acho.

— Ariadne, eu me sinto na obrigação de perguntar: *por que* você me trouxe para cá? Você me nocauteou e, se conseguiu me trazer até aqui, poderia facilmente ter me levado de volta para seu acampamento como prisioneira.

Ariadne fez uma pausa.

— Entrei em pânico — respondeu. Lia percebeu que era uma mentira. — Joguei você em um buraco e uma árvore caiu sobre a gente. Depois que percebi o que tinha feito, fiquei em dúvida. Achei melhor esperar a batalha passar por nós.

Lia analisou a resposta. Pré-formatada, ensaiada. Falsa.

— Sabe, você nunca foi boa em duas coisas: esconder seus verdadeiros sentimentos e mentir. Então me diz a verdade ou eu vou embora. Por que estou aqui e não no seu acampamento?

Os olhos de Ariadne ficaram vermelhos. Ela abaixou a cabeça e encarou o próprio colo.

— Me lembrei de como nossas colegas te odiavam na época da escola — sussurrou. — E fiquei com medo do que poderiam fazer se eu te levasse de volta pro acampamento. Ontem eu disse que conversei com a Ísis sobre o que faria se nós nos encontrássemos e ela me disse pra não contar pra mais ninguém. Eu… eu passei os últimos dois anos pensando nisso. Quando o momento chegou, pensei em te levar pro acampamento, mas não consegui.

Parecia apenas *parte* da verdade, mas já era alguma coisa. As mãos de Lia se fecharam em punhos e seu rosto ficou vermelho de raiva.

— Sua tonta. Você pode ser presa, Ariadne. Eles podem te *enforcar* por isso.

Lia ficou de pé, cada vez mais nervosa ao pensar que Ariadne podia ser presa por deserção, ou pior, por ter ajudado uma inimiga. Mas a mulher apenas deu de ombros outra vez, como se fosse uma decisão pequena e sem importância.

— Você precisa voltar! — gritou Lia.

— Agora é tarde. Aliás, voltar pra quê? Com ou sem você, eu já sou uma desertora. Abandonei minhas colegas. Consigo imaginar a conversa com a tenente, seja lá quem for agora: "Sabe, bati com a cabeça e não lembrei mais quem era", ou "me perdi e não consegui encontrar meu pelotão". Talvez fosse melhor você me levar pro *seu* acampamento.

Pensar nessa possibilidade fez o corpo de Lia estremecer.

— Não. De jeito nenhum.

— Viu só? Nenhuma de nós quer levar a outra como prisioneira.

Contrariada, Lia se sentou de volta no chão e respondeu:

— É. — Ela respirou fundo algumas vezes. Sua cabeça doía e não permitia que pensasse com clareza. O fato de Ariadne estar ali depois de tanto tempo ainda a desconsertava. Desejou descobrir o que havia acontecido nesse período, o que havia mudado e o que não, mas tinha medo das respostas. — Então… o que eu perdi nos últimos anos? Como você… está? — Ariadne não respondeu. — Por favor. Eu quero saber.

Ariadne hesitou mais um pouco antes de responder:

— Tirando toda essa merda, acho que estou bem. — Mais uma pausa. — No sentido de que estou viva e inteira, pelo menos. No dia que a gente se encontrou, eu tinha acabado de ser promovida a tenente.

Lia anuiu.

— Eu estava lá — contou. As palavras escaparam com o som de um trovão e ela se arrependeu no momento em que as proferiu, mas já era tarde. Os olhos de Ariadne se arregalaram como se um novo pesadelo tivesse se materializado à sua frente. — Eu... vi. Você sempre foi uma bruxa muito poderosa e parecia ser a única a não perceber isso. Venceu a batalha sozinha. Estou surpresa que só a tenham promovido a tenente.

— Eu... — sua voz saiu tão baixinha que Lia quase não foi capaz de escutá-la. — Não sabia que você estava lá. Te procurei por toda parte, mas não te vi em lugar nenhum...

— Eu estava em outra área do campo. Estávamos retrocedendo em direção ao bosque quando você lançou o feitiço. Vi a coluna de fogo por entre as árvores e soube imediatamente que era você.

Ariadne engoliu em seco e apertou as barras da calça do uniforme com as mãos.

— Eu... matei alguém que você conhecia? Ou gostava?

Lia a encarou com firmeza.

— Melhor a gente não entrar nesse âmbito. — A outra bruxa abaixou os olhos e sua respiração tremeu. Depois de um tempo, Lia decidiu cometer o mesmo erro e perguntou: — E Rosazul? Alguma baixa?

Ariadne voltou a encará-la.

— Perdemos a Endora. — Lia não deu sinal de reconhecer o nome, por isso ela emendou: — Uma garota de cabelos castanhos com as pontas azuis. Bochechas grandes, rosto redondo, muito tímida, mas gentil... você conheceu ela, tenho certeza.

Ela tinha uma vaga lembrança de uma pessoa que se encaixava naquela descrição e fez que sim com a cabeça.

— Alguém mais?

— A professora Sibilla morreu quando estávamos no comboio. Mina terrestre.

Finalmente, Lia sentiu o sangue gelar e o estômago ficar pesado como se estivesse cheio de chumbo.

— Eu... sinto muito — respondeu.

— Maeve foi atingida no braço — continuou Ariadne. — Tiveram que amputá-lo.

Mais uma vez, Lia anuiu devagar.

— Eu lamento — disse. — O exército do norte está usando projéteis feitos com uma cobertura de obsidiana, que faz os ossos estilhaçarem. Ela tem sorte de ainda estar viva.

— É, bom… — Ariadne colocou a mão na boca, incapaz de conter o soluço. — Ísis não teve tanta sorte.

Os olhos de Lia se arregalaram. *Não,* pensou. *Não ela. Por favor, não ela.* Ísis era uma garota boba, tagarela e profundamente ingênua, mas Ariadne a amava. E, por Kaë, como a amava.

Indo contra todos os seus instintos, ela se levantou e se ajoelhou ao lado de Ariadne, que já não conseguia mais conter as lágrimas. Em seguida, a abraçou. O que mais poderia fazer? O que tinha para oferecer além dessa gentileza, esse pequeno foco de luz, tão ínfimo frente à sombra que havia se erguido sobre elas?

— Eu sinto muito, Adne, sinto muito.

Ariadne continuou a chorar e a soluçar por bastante tempo. Por mais doloroso que fosse, Lia não conseguiu deixar de se sentir aliviada por poder abraçá-la outra vez, por constatar que ela era feita de carne e osso e não da matéria dos sonhos.

— Ela morreu virgem.

— Quê?

— A Ísis. Ela morreu virgem. Ela disse que queria perder a virgindade com um soldado que conheceu no bar, mas estava tão bêbada que não conseguiu levar ele pra cama. Ela se achava feia. *Feia.* Dá pra acreditar nisso? A Ísis se achando fe… que… QUE MERDA! PORRA! — Ariadne a empurrou com as mãos e se afastou, enxugando os olhos. — Que merda, Lia! Eu não consigo, não *consigo* mais passar por isso! Não consigo pensar que posso ter matado pessoas de quem você gostava, não consigo aceitar que minha melhor amiga está morta!

— Isso é a guerra.

— Foda-se a guerra! Não quero ser uma guerreira! Não quero pensar nas pessoas que matei, não quero pensar que esse é o único destino que nós duas podemos ter. Finalmente te encontrei, caralho. Passei dois anos procurando, dois anos pedindo informações. Ninguém me disse nada, exceto pra não ter esperança. Mas eu te encontrei assim mesmo e não pretendo te largar!

Lia se afastou, sentou-se e abraçou o próprio corpo. Era tudo difícil demais, doloroso demais.

Ter esperança era doloroso demais.

— E o que você sugere?

— Fugirmos. Esquecermos essa loucura toda, encontrarmos algum lugar distante onde deixem a gente viver em paz.

A bruxa karinin balançou a cabeça.

— Não diga uma coisa dessas.

— Por que não?

— Porque é absurdo. É impossível.

— Não é impossível! Nós somos duas bruxas poderosas! Podemos aproveitar a batalha e fugir para o Norte e nos escondermos em algum lugar isolado, longe de tudo...

— Ariadne, chega.

— Por quê?

— Porque sim.

— Lia, por favor, pensa comigo. É a melhor opção!

— E como isso vai funcionar? Hein? Você vai simplesmente abandonar suas colegas, sem mais nem menos? Vai abandonar o dever que tem para com elas, o dever que tem para com seu povo? Por *minha* causa? Não quero que você se sinta obrigada, jamais, a fazer uma escolha dessas.

— Lia, quando eu te trouxe pra cá, eu já fiz essa escolha. E não me arrependo.

— É mesmo? E que outras escolhas você está disposta a fazer? Se nos encontrarem, se uma de suas antigas colegas nos achar e tentar se colocar no nosso caminho, você mataria uma delas por *minha* causa? Porque esse é o tipo de escolha que talvez sejamos forçadas a fazer se perseguirmos essa ideia, Adne. E essa é uma escolha que eu não posso pedir que você faça.

— Por que não?

— Porque nós ficamos juntas por muito pouco tempo, sua tonta, tempo de menos pra justificar esse tipo de sacrifício!

— Não foi tão pouco tempo assim pra mim.

Lia se levantou de novo e começou a andar em círculos pelo cômodo.

— Ariadne, deixa de ser burra! Você enlouqueceu se acha que essa é uma boa ideia! Pela face de Kaë, nós ficamos juntas por meses! *Meses!* E você vem me falar de amor? Isso não é tempo suficiente para desenvolver amor, amor *de verdade*!

— É, sim. Foi o suficiente pra mim.

— Para com isso! — Ainda bem que seu cajado estava longe, ou Lia poderia ter feito alguma besteira. Sua magia estava ficando fora de controle e o piso de madeira tremia sob seus pés. — Já se passaram *dois anos*! É quatro vezes mais do que a gente ficou juntas! Nós mudamos! *Eu* mudei! Nós não somos mais as mesmas pessoas!

Lia tinha consciência de que não acreditava nas próprias palavras conforme as dizia. Não inteiramente, pelo menos. Aqueles poucos meses deixaram uma marca profunda em ambas, uma cicatriz, de certa forma, e ela sentia que não havia nada nem tempo algum que pudesse fechar tal ferimento.

— Chega! — interrompeu Ariadne, e em seus olhos Lia viu aquela bruxa outra vez, a mesma bruxa que havia criado a coluna de fogo que venceu a Batalha do rio Ynix sozinha. Cheiro de madeira queimada preencheu o ar. — Eu *cansei* de você me dizer como eu me sinto ou deveria me sentir! Não me importa se a gente ficou junta por um dia, um mês, um ano ou uma vida inteira, eu te amava e ainda te amo! A única coisa em que eu pensei pelos últimos vinte meses e o caralho foi em te encontrar e em arranjar uma solução pra nos tirar desse inferno, então *não ouse* me dizer que o que eu sinto não é amor de verdade! Se você não sente o mesmo, vai embora! Já te devolvi seu cajado. Vai e segue o seu caminho! Mas você teve a chance de fugir enquanto eu tava dormindo, e não fugiu. Por quê? Quem tá mentindo pra si mesma, Lia? Diz pra mim!

— Talvez você devesse gritar um pouco mais — respondeu a karinin. — Acho que não te ouviram do outro lado do bosque.

— Vai se ferrar.

Exasperada, Ariadne apoiou as costas em uma parede do cômodo e Lia na outra. Ela prendeu a respiração, desejando com todas as forças que ao menos sua cabeça parasse de doer para que pudesse pensar com clareza.

Desde a infância, sempre tivera dificuldade em revelar seus sentimentos, até mesmo para os pais. Seu pai uma vez lhe disse que ela era uma garota fria como as montanhas no inverno, o que em Karinía era um elogio, mas só em Karinía. Para Lia, porém, isso sempre foi uma angústia, como se houvesse uma barreira invisível que a separasse das outras pessoas, e Ariadne fora a única capaz de rompê-la.

— Você tem razão — respondeu, por fim. — Me desculpa.

— Queria nunca ter te amado, mas continuo amando. — Ariadne

a encarou com olhos selvagens, cintilando de raiva, tristeza. Amor. — Queria ter me esquecido de você, mas não consegui. E, caramba, Lia, eu tentei.

Eu também, Lia pensou, como se fosse a admissão de sua última derrota. *Eu também.*

*

Ariadne reforçou os feitiços que escondiam o celeiro e desceu para procurar ovos enquanto Lia espiava pela janela para ver se enxergava qualquer inimigo ou aliado. Cozinharam e comeram em silêncio. A noite caiu e o clima esfriou muito, de modo que a bruxa sulista fez um pequeno feitiço para aquecê-las.

Horas se passaram sem que as duas olhassem direito uma para outra, até que os olhos de Ariadne se fecharam e sua cabeça pendeu para o lado. Enrolada na própria capa, ela abriu os olhos, assustada, e esfregou o rosto.

— Pode dormir — disse Lia. — Dá pra ver que você está exausta. Eu posso vigiar.

— Não precisa.

— Adne, se você está com medo de que eu te machuque, por favor...

— Não é isso — interrompeu ela. — Tenho medo de dormir e, quando acordar, você não estar mais aqui.

As palavras atingiram Lia com a força de um soco, e ela se esforçou ao máximo para não demonstrar qualquer reação. *Realmente seria mais fácil assim*, pensou. Tomar coragem para ir embora enquanto Ariadne dormia, partir antes que tomasse uma decisão que arruinaria suas vidas. Tudo seria mais fácil se apenas conseguisse ser corajosa o suficiente para se levantar e partir.

Em vez disso, caminhou até a Ariadne e se ajoelhou. Durante muito tempo, perguntou a si mesma se aquele mesmo amor que as unira na época da escola continuaria ali depois de tanto tempo. Continuava. As duas se encararam, tão próximas que podiam sentir o hálito uma da outra. Quente. O polegar de Lia alcançou o lábio inferior de Ariadne e o acariciou com delicadeza.

— Você é de verdade — sussurrou, mais para si do que para ela. — Você está realmente aqui.

— Estou.

Lia se inclinou para a frente, e os lábios das duas se encontraram.

*

Lia acordou quando uma batalha começou durante a madrugada e Ariadne se levantou para olhar pela janela, expondo a tatuagem de uma rosa azul em suas costas. Escutaram o som de metralhadoras sendo disparadas: *rá tá tá tá*, acompanhadas de um tênue brilho amarelado refletido no teto escuro do celeiro.

— Parece bem longe — comentou Ariadne. — Acho que estamos bem.

Mesmo assim, a bruxa continuou a olhar pela janela. Lia estendeu a mão e acariciou a tatuagem com as pontas dos dedos. Era um tanto doloroso olhar para aquilo; reforçava a certeza intrínseca de que ela nunca fizera parte da escola e daquele grupo de alunas. Ariadne se deitou outra vez e Lia a abraçou por trás. Deixou que o calor de seu corpo a aquecesse e as duas entrelaçaram os dedos no final de um abraço apertado. Não queria se soltar de Ariadne por nada.

— Tenho uma coisa pra confessar.

Ariadne se virou e a encarou nos olhos.

— Não foi só coincidência ou obra do destino a gente ter se encontrado. Depois do que você fez na primeira batalha, várias bruxas karinin decidiram montar um grupo para te encontrar e matar, e depois pendurar seu corpo em algum lugar em que os soldados do Sul pudessem ver. Uma vingança pelo que você tinha feito. Elas sabiam que eu havia estudado na Academia Rosazul, mas não sabiam que namoramos. Elas me odiavam o suficiente sem saber disso, então achei melhor ficar quieta. Depois da batalha, decidi procurar por você enquanto elas montavam a emboscada na mata.

— Você tentou me salvar?

— Sim — admitiu Lia. — Eu queria te encontrar e te tirar do meio da batalha. Pensei em me entregar, mesmo que isso significasse ir para a prisão, mas a verdade é que eu só queria encontrar você... salvar sua vida. Mas você não precisava ser salva, não é? — Ela inclinou o rosto e a beijou nos lábios outra vez. Demorou-se no beijo, tentando agarrá-lo como se fosse um brilho fugaz e passageiro. — Você tem razão. Vamos fugir, nós duas. Podemos fazer isso, se ficarmos juntas.

III

Ao colocarem o pé para fora do celeiro, Lia e Ariadne se depararam com uma paisagem cinza e silenciosa, como se uma grande tempestade tivesse passado por ali. O frio era tamanho que doía respirar, e a neve compactada fazia barulho quando andavam em cima. Não havia ninguém por perto e a ampla ausência de som e movimento criava uma sensação fantasmagórica.

Ambas fizeram feitiços para se aquecer, ajustaram os casacos e apertaram os cachecóis. Ariadne já estava com o nariz vermelho e fungando.

— Você está bem? — perguntou Lia.

— Sim. Eu só *odeio* frio.

— Isso vindo de uma bruxa que manipula fogo… Vamos lá. Andar vai te aquecer.

— Espera. — Ariadne a segurou pelo braço. — Tenho duas coisas pra te pedir antes de irmos. Primeiro, quero fazer um acordo de não matar ninguém, não importando o lado, a menos que seja *absolutamente* necessário.

Provavelmente será necessário, Lia pensou. Lá estava aquela ingenuidade de novo. Ela encarou Ariadne, que parecia assustada e prestes a quebrar, portanto concordou apenas para não a deixar mais nervosa.

— Segunda coisa. — Ariadne tirou algo de trás da calça e entregou para Lia. — Vai soar contraditório, mas tirei isso de um soldado morto. Seria bom você ficar com ela.

Lia pegou. Era uma pistola de uso militar com oito disparos e o pente estava carregado. O modelo indicou que pertencera a um soldado sulista.

— Tem certeza?

— Nunca se sabe — disse ela, dando de ombros. — Melhor ter e não usar do que precisar e não ter, certo?

A bruxa karinin concordou com a cabeça e guardou a arma na parte de trás da calça do uniforme.

— E a sua?

Ariadne levantou a capa e mostrou a pistola segura em seu coldre. Lia assentiu de novo e olhou para a casa principal da pequena fazenda. Era uma casa simples, antiga, com cortinas sujas. Uma fina película de gelo havia crescido sobre as janelas de vidro fechadas.

— Vamos dar mais uma olhada lá dentro? Ver se encontramos mais alguma coisa?

— Não. Eu já te disse: a casa foi saqueada. Peguei tudo o que dava.

Lia franziu o cenho e então enxergou medo nos olhos de Ariadne. Talvez ela estivesse dizendo a verdade e realmente não houvesse nada mais na casa para recuperar. Ou talvez houvesse outra coisa lá dentro da casa. Algo terrível. Um casal de idosos pendurados pelo pescoço no próprio quarto, talvez, ou algo pior.

Talvez elas pudessem começar sua jornada sem ver mais atrocidades.

Talvez já tivessem visto coisas terríveis demais para uma vida inteira.

— Tudo bem — concordou, e as duas se puseram a andar.

*

O plano era simples: seguir o máximo possível para o norte, chegar às Grandes Montanhas e procurar abrigo nas cidades e monastérios mais isolados. Lia calculou que seria uma viagem de quase mil quilômetros e pelo menos trinta dias, o que significava que precisavam chegar lá antes que o frio de verdade as alcançasse.

Outros fatores prometiam dificultar a viagem ainda mais.

Por exemplo, não estavam equipadas para tamanho deslocamento. Não havia comida nem água suficiente; as botas de Ariadne eram boas o bastante para tal caminhada, mas as de Lia, não, e a ausência de qualquer uma dessas coisas poderia significar uma morte lenta e dolorosa. Ao chegarem nas Montanhas, precisariam de roupas mais pesadas também, ou morreriam congeladas. E tudo isso dependia de conseguirem passar pelos exércitos tanto do Norte quanto do Sul.

Lia executou feitiços de transmutação nas roupas para deixar menos evidente que elas estavam usando uniformes de lados opostos. Qualquer coisa para ajudá-las a passar despercebidas. Logo depois, a bruxa karinin cometeu seu segundo ato de traição, um grave o bastante para levá-la à forca.

— Os zepelins — explicou —, como você reparou, interferem nos poderes mágicos. Cada um é tripulado por uma bruxa. As Terras Cinzas desenvolveram uma tecnologia capaz de amplificar os poderes delas enquanto estiverem nas aeronaves. Os zepelins sobrevoam as áreas lançando contrafeitiços para que as tropas que estão no chão possam atacar. Se um deles passar por nós, ficaremos impossibilitadas de fazer magia por alguns minutos.

— Bom, isso explica muita coisa — respondeu Ariadne.

— Quanto menos formos vistas, melhor. Não poderemos contar apenas com nossos poderes.

As duas caminharam mais um pouco e Lia se deu conta de que havia revelado um dos maiores trunfos do Norte para uma bruxa do Sul quase sem hesitação. Mas não era um momento para ter dúvidas. Dúvidas eram perigosas e a sobrevivência delas dependia de confiarem inteiramente uma na outra.

Havia uma cidade dois quilômetros ao norte de onde estavam. Elas se deitaram de barriga para baixo no alto de uma colina e a observaram. Pequenas colunas de fumaça branca se erguiam aqui e ali, e, daquela distância, pareciam ser os únicos sinais de que a guerra passara pelo lugar.

— Me lembre de conseguir um binóculo — sussurrou Lia. — Seria muito útil.

— O que a gente faz? Caminha até lá?

— Acho que não temos muita escolha. Nossa comida vai durar apenas alguns dias e não vai nos sustentar nesse frio.

— Primeiro deixe eu fazer um feitiço de ocultamento.

Ariadne apontou o cajado em sua direção e a Ágata de Fogo brilhou um pouquinho. Depois, ela repetiu o processo apontando o cajado para o próprio peito. Lia não percebeu qualquer diferença e enxergou com clareza Ariadne e a si mesma.

— Nossos sons vão ficar abafados — explicou — e as pessoas só vão conseguir nos enxergar se olharem bem na nossa direção com muito cuidado. Conheço outras bruxas que conseguem ficar totalmente invisíveis, mas isso é o máximo que consigo fazer. E terei que reforçar o feitiço de vez em quando.

— Ótimo. Achei mesmo que tudo estava fácil demais.

Elas se levantaram e correram em direção à vila. No meio do caminho, encontraram carroças parcialmente carbonizadas e alguns poucos corpos de soldados sulistas no chão. Lia os revistou em busca de equipamentos, mas tudo já havia sido roubado. Ariadne ficou com uma impressão consternada no rosto, olhando atentamente em busca de rostos conhecidos, mas não encontrou nenhum.

Quanto mais elas se aproximavam da vila, mais evidentes os sinais de batalha ficavam. As casas estavam abertas ao meio como latas de sardinha, grandes lascas de madeira e pedra espalhadas pelas largas ruas. Viram mais corpos estirados pelo chão, soldados de ambos os exércitos.

Cada vez que passava por um soldado, Lia o olhava em busca de equipamentos que pudessem ser úteis. No quinto ou sexto, ela finalmente encontrou um par de binóculos, e aproveitou para roubar as botas porque o sujeito tinha pés bem pequenos. Não encontrou rações ou qualquer comida.

O céu acima delas ficou cada vez mais cinza e escutaram trovões ao longe.

— Vamos procurar abrigo — sugeriu. — Não é uma boa ficarmos expostas à chuva.

Lia foi na frente e Ariadne a seguiu de perto pelas ruas vazias da cidade arruinada. Ao chegarem a uma esquina, esconderam-se atrás da parede de uma casa e Lia espiou.

— Que foi? — perguntou Ariadne.

— Espera — cochichou de volta.

Um som agudo foi projetado e elas se encolheram quando um projétil de artilharia atingiu uma casa do outro lado da rua, causando uma explosão ensurdecedora e arremessando tijolos, madeira, argamassa, poeira e terra em todas as direções. Lia pensou ter escutado um grito no meio de tudo.

Elas se abraçaram e permaneceram agachadas e em silêncio, conforme a cortina de poeira as envolvia. Novas explosões foram ouvidas, uma bola de fogo se ergueu ao longe e os disparos continuaram de forma incessante por cinco minutos inteiros. Quando o bombardeio terminou, as duas ainda estavam agarradas uma à outra, imóveis e ocultas pelo feitiço de Ariadne.

Pouco tempo depois, começou a chover.

*

Não foi uma mera garoa, mas sim uma tempestade. Trovões ecoaram tão violentos quanto explosões, enquanto a água sedimentava a sujeira na rua e nas duas bruxas. Elas buscaram abrigo em uma pequena serralheria abandonada. Uma vez dentro, Lia encheu os cantis com a água que caía do céu e foi procurar comida.

— Quem estava atirando? — perguntou Ariadne.

— Não faço ideia — respondeu Lia, enquanto remexia armários e gavetas. *Provavelmente o Sul,* emendou, sem palavras. Estavam, afinal, em uma cidade nortista, e talvez houvesse um contingente de soldados ali para justificar o bombardeio. Mais uma coisa para se preocupar.

Não encontrou qualquer comida. De útil, recuperou apenas uma pedra de amolar, que serviria para afiar uma faca ou baioneta, se ela tivesse uma. As duas bruxas fizeram feitiços para se secarem da água da chuva e depois se enrolaram na capa de Ariadne, que fez um feitiço de aquecimento, pois a temperatura havia caído drasticamente.

Conforme o tempo passou, a chuva persistiu. Permaneceram em silêncio, até que Lia percebeu que algo parecia incomodar a bruxa sulista.

— O que foi?

— Acho que escutei alguma coisa.

Lia se esforçou para ouvir, mas o barulho da chuva era forte demais.

— Não ouço nada.

— Tudo bem — concordou Ariadne, como se tivesse encerrado o assunto. Dez minutos depois, porém, ela se levantou e caminhou até a janela.

— Adne, o que você tá fazendo?

— Você não tá ouvindo isso?

— Ouvindo o quê? *Volta aqui.*

— Esse choro.

— Que choro? — retrucou Lia, mais irritada. — Adne, volta aqui agora.

— Tem alguém naquela casa.

— Que casa? Merda, Adne, o que você tá fazendo?

Ariadne não respondeu. Fez outro feitiço de ocultamento nas duas, abriu a pequena porta de vidro trincada e caminhou em direção à rua. Lia saltou e correu atrás dela, xingando mentalmente todos os palavrões em que conseguiu lembrar em ordem crescente de obscenidade.

Elas correram até a casa que havia sido bombardeada, uma pequena residência de dois andares com um grande rasgo no meio. A água que caía era tão gelada que queimava sobre a pele e lufadas de vapor saíram da boca de Lia.

Ariadne parou de repente na frente da casa e as duas quase se trombaram.

— Escuta — disse a bruxa, baixinho. — Tá ouvindo?

Lia obedeceu, embora tremesse de frio da cabeça aos pés. No meio do barulho ensurdecedor da chuva, pensou mesmo ter escutado um choro.

— Adne, por favor, vamos voltar.

De novo, Ariadne não prestou atenção. Entrou na casa sem hesitar e desapareceu no meio dos escombros.

Isso não vai dar certo, Lia pensou. *Vamos acabar morrendo.* Não podia gritar para que ela retornasse e não podia ficar parada ali na chuva. Sem escolha, entrou na casa destruída.

A primeira coisa que fez foi aplicar em si mesma um feitiço para se secar. Depois, procurou em volta por Ariadne. Ela estava parada no quinto degrau de uma escada que levava para o segundo andar.

— Adne — sussurrou. — Vamos sair daqui. Que merda você tá fa…

E então ela também congelou.

No alto da escada havia uma garotinha de no máximo dez anos, imóvel e com os olhos arregalados, encarando as duas. Usava um vestido azul claro todo manchado de sangue e um casaco rasgado duas vezes maior que ela.

Ariadne, por sua vez, estava apenas alguns degraus abaixo da criança, movendo-se devagar, com uma mão fazendo um gesto para a garota ter calma e a outra segurando o cajado. Lia apertou o próprio cajado entre os dedos e sussurrou para a outra bruxa:

— Vamos embora. Vamos embora, *agora*.

— Espera — respondeu a bruxa sulista. Subiu mais um degrau. — Tá tudo bem — falou para a garotinha. — Eu não vou te machucar. Por favor, fique cal…

Tarde demais. A garotinha saiu de seu congelamento e disparou pelo corredor enquanto gritava:

— *Mama! Mama! Estanes badh ad arum, mama!*

Ariadne saiu correndo e tropeçando atrás dela, e já estava no corredor do segundo andar antes que Lia pudesse alcançá-la.

— Ariadne, espera!

A criança correu para dentro de um quarto e Ariadne correu atrás dela.

Lia já estava pensando em agarrar Ariadne pelo cangote quando a alcançasse, mas travou no instante em que colocou o pé dentro do cômodo. Velhinhos sendo enforcados dentro do próprio quarto, soldados em chamas, bruxas com buracos no meio do peito. Lia já tinha visto e imaginado muita coisa e, mesmo assim, não estava preparada para o que encontrou.

Havia duas mulheres dentro do quarto: uma jovem, de uns quinze anos, e outra mais velha. A mais velha estava empapada de sangue nas mãos, pulsos, mangas e rosto. A mais nova, deitada na cama com uma porção dos intestinos saindo do corpo. Seu rosto estava branco e pálido e ela pareceria morta não fosse por uma respiração muito tênue.

O choro. O choro que Ariadne havia escutado.

Ela e a outra bruxa se encararam. A mulher mais velha e a criança estavam abraçadas com lágrimas nos olhos, tremendo de medo. Quando Ariadne se aproximou, começaram a gritar.

— *As narh buhr ad arum! As narh buhr ad arum! As narh buhr ad arum al girnir a dest!*

Ariadne estava claramente desesperada com os gritos da mulher e Lia pensou que deveria estar também, mas ela conhecia aquele dialeto.

— *Por favor, ficar calma* — disse, arrancando olhares perplexos de todas as mulheres conscientes do cômodo. Sua pronúncia era arrastada nos "erres" e era preciso falar devagar, mas mãe e filha pareceram entendê-la. — *Por favor. Não vamos machucar você. Vocês.*

A mulher engoliu em seco e parou de gritar. Ariadne encarou Lia como se ela fosse uma entidade mística.

— Diz pra ela que a gente pode ajudar — pediu Ariadne.

— *Sermos bruxas* — disse Lia. — *Poder ajudar. Como isso acontecer?*

Depois de uma pausa para engolir em seco, a mulher mais velha respondeu:

— *Na batalha. Minha filha... estava perto da janela quando a bomba estourou.*

Lia trocou um olhar com Ariadne.

— Isso está muito além da minha habilidade de cura. — *De qualquer habilidade de cura*, pensou. Era um milagre que a garota ainda estivesse viva, e isso não duraria muito. — Você pode fazer alguma coisa?

Ariadne a encarou sem responder e as duas ficaram em silêncio. A garota, que já tinha idade suficiente para estudar na Academia Rosazul, morreria ali, vítima de um projétil que explodiu sua casa ao meio e que quase fez o mesmo com seu corpo. Porém, antes que ela pudesse despejar a má notícia, Ariadne se aproximou da cama.

— O que você vai fazer?

— Deixá-la mais confortável.

Ariadne se ajoelhou e colocou a orelha na boca da adolescente, para escutar sua respiração. Depois pegou o pulso dela e contou, em voz baixa, o número de batimentos cardíacos. Abriu a mochila e tirou dois frascos de dentro. Olhou para cada um deles, indecisa.

— Pode fazer algumas perguntas para mim?

Lia traduziu as perguntas o melhor que pôde. Perguntou se a garota estivera consciente e, se enquanto estava acordada, queria tirar ou colocar o lençol por cima do corpo. A mulher disse que, no breve momento em que a filha esteve consciente, ela quis se despir do lençol, e só isso pareceu ser o bastante para que Ariadne tomasse uma decisão.

— Nos ensinaram no exército que quando a pessoa quer se enrolar na coberta, o melhor é dar *Mercurius*. Se ela quer sair da coberta, o melhor é dar *Arsenicum* — explicou. — O remédio vai deixá-la mais confortável. — Ela despejou o líquido na garganta da garota, que tossiu e depois se aquietou. — Agora é só uma questão de tempo.

Lia repassou a informação como podia e, enquanto o fazia, Ariadne se levantou e se colocou de pé ao seu lado.

— Me desculpa — sussurrou.

Antes que Ariadne pudesse sair do quarto, Lia segurou sua mão e a manteve ali, para que assistissem enquanto a respiração da garota ferida se tornava cada vez mais irregular e baixa, até finalmente cessar. Demorou apenas alguns instantes, mas ela pareceu em paz, tanto quanto possível.

A mãe da garota ficou ajoelhada ao lado da cama nos instantes finais, e respirou fundo quando a filha se foi. Lia temeu que a mulher pensasse que a garota fora envenenada, mas nada disse. Apenas se manteve ajoelhada ao lado da cama.

A criança mais nova, no entanto, encarava as duas bruxas como se elas fossem invasoras presenciando algo proibido. Lia estudou seus olhos por um momento e pensou que ela tinha os olhos de uma mulher adulta e enfurecida.

A mãe da adolescente deu um beijo na testa da filha, cobriu seu corpo com o lençol, levantou-se e as encarou, exausta e com os olhos vermelhos. Lia fez uma reverência e disse:

— *Sentir muito.* — Depois, virou-se para Ariadne e acrescentou: — Vamos sair daqui.

As duas se viraram para sair do quarto quando a mulher chamou de volta:

— *Esperem! Fiquem a noite. Chove e está frio. Temos comida.*

— *Não precisar, senhora* — respondeu Lia. — *Não devíamos ter vindo cá.*

— *Precisa sim* — insistiu a mulher. — *Bondade na guerra é raro. Precisa ser recompensada com bondade.*

IV

Lia se aninhou um pouco mais perto de Ariadne e tentou roubar o máximo de calor possível. Não havia como sair da casa. Os céus continuavam a despejar sua fúria incessante e o frio úmido penetrava até os ossos. Como se fosse possível piorar a situação, as duas bruxas haviam presenciado a morte de uma garota e estavam presas na casa com a mãe e a irmã dela.

Depois de fazerem um feitiço para impermeabilizar a construção — o que não foi suficiente para acabar com todas as goteiras —, e outro para se aquecerem, as duas bruxas se sentaram em um canto seco e ficaram quietas.

Parte de Lia estava furiosa com Ariadne, querendo gritar com ou até mesmo lhe dar um tapa por ser tão irresponsável. Elas poderiam ter morrido antes mesmo de começarem a viagem.

Todavia, essa parte de Lia estava aos poucos cedendo terreno. Afinal, elas estavam protegidas da tempestade e juntas, o que era o mais importante. Mais do que isso, essa parte de Lia fazia com que ela não se sentisse digna de Ariadne. A bruxa havia deixado seu objetivo de lado para ajudar uma pessoa necessitada e isso dizia muito mais sobre seu caráter do que a imprudência. Lia pensou com amargura que provavelmente teria ignorado aquele choro e seguido em frente, e perguntou a si mesma o que isso dizia sobre ela.

— Eu sinto muito — sussurrou Ariadne, com os olhos abaixados. — De verdade. Eu botei nós duas em perigo. Me desculpa.

As duas ouviram uma porta bater e olharam para cima: era a menina mais nova. Ela havia acabado de se trancar no quarto dos pais, que não fora destruído pela explosão. Lia soltou um suspiro.

— Não acho que você fez nada *moralmente* errado — respondeu, controlando-se para não soar muito ríspida. — Só, por favor, não faça mais isso. Temos um objetivo claro: chegar às montanhas. Temos que colocar toda nossa energia nele e em nada mais. Por favor, Adne. Prometa que não vai fazer isso de novo.

— Eu prometo.

Ariadne se encolheu e ficou em silêncio. Lia se sentiu amarga por dentro. Corroída. *Não posso perdê-la*, disse a si mesma, *não agora que acabei de encontrá-la*. Esse pensamento foi tão intenso que lhe causou uma dor física, e ela se aproximou e abraçou Ariadne com força.

— Ei, me escuta. Está escutando?

— Sim.

— Você é uma boa bruxa.

— Hm.

— Estou falando sério. Você fez o possível pra ajudar aquela garota. Você ouviu o choro e quis ajudar. Outra pessoa teria ignorado e seguido em frente, mas você quis usar sua magia pra fazer alguma coisa. Você agiu bem.

A bruxa assentiu, devagar e sem ânimo.

— Podia ter matado nós duas.

— Sim, por isso lembre-se que, se você morrer, não vai poder ajudar mais ninguém.

— Eu sei. — Ela fez uma pausa. — Lia, você tá chorando?

Lia balançou a cabeça, mesmo sabendo que era um gesto infantil, e enxugou os olhos. Não chorava na frente de alguém há anos.

— Ei. — Ariadne a puxou mais para perto e a beijou. — Não fica assim.

— Não posso te perder — murmurou. — Por favor, não posso te perder de novo.

— Você não vai me perder. — Ariadne a abraçou com tanta força que Lia sentiu o ar sair dos pulmões. — Eu prometo, ouviu? Você não vai me perder.

*

Duas horas ininterruptas de água caindo e Lia pensava: *Como pode chover tanto? Como vamos chegar às Montanhas se encontrarmos um tempo desses? E se encontrarmos um clima assim* quando *chegarmos às Montanhas?*

Todas as perguntas tinham a mesma resposta: morte, para ambas.

Chacoalhou a cabeça. Se começasse a pensar desse jeito, com certeza não chegariam ao destino. Elas eram bruxas, por Kaë. *Bruxas.* Ariadne, por sinal, era uma das bruxas mais poderosas que já conhecera. Conseguiriam fazer a travessia. Tinham que conseguir.

Pouco depois de Lia formular esse pensamento, a dona da casa apareceu com pães, chocolate e um pouco de cerveja. Os olhos de Lia brilharam.

— *Comam* — disse a mulher para Lia. — *Tenho o bastante para mim e para minha filha.*

Elas obedeceram. O chocolate estava meio duro e seco, mas ainda assim era chocolate, e o pão e a cerveja aqueceram as duas.

Lia estudou a mulher com atenção. Exausta não era uma palavra boa o bastante para defini-la. Os olhos estavam vermelhos e inchados e seus movimentos eram automáticos e descuidados, como se estivesse fora de sintonia com o mundo. Ela parecia cansada de estar cansada.

As duas trocaram algumas palavras enquanto Ariadne tirava um cochilo ao seu lado e a bruxa descobriu que se chamava Allyn e que o nome da garota que havia morrido era Yirina. A mais nova se chama Danyi e, de acordo com a mãe, era a mais rebelde das duas.

— *De alguma forma, pensei que se eu fosse perder uma delas seria a mais nova* — contou. — *Sempre foi a mais imprudente. Saía correndo de um lado para o outro, era mal-educada com os soldados… no fim, acabou sendo a mais velha.* — Ela soltou um suspiro que se transformou em uma tosse dura e seca. — *Nunca dá pra prever, não é mesmo? Não quando se trata da guerra.*

Lia concordou e a mulher continuou a falar das duas crianças.

— *Foi tudo muito rápido. Quando uma batalha começava, nós corríamos para o porão e ficávamos escondidas até passar. Desta vez, não deu tempo. A bomba explodiu logo antes de eu entrar no quarto. Yirina estava se levantando para descer com a irmã, próxima da janela. Não parece… de verdade. O que… o que eu vou fazer quando… quando…*

As palavras dela se perderam, mas Lia entendeu. Como seria quando percebesse que sua filha estava morta? Quando essa realidade finalmente assentasse?

— *Onde estar pai delas?* — perguntou.

— *No campo de batalha* — respondeu a mulher, esfregando o rosto, limpando algumas lágrimas que formavam um caminho branco em sua pele suja de cinzas. — *Faz dois anos que ele foi embora, nunca tive notícias. Deve estar morto, tenho quase certeza. A mais nova não sabe.* — Ela se virou para o lado, na direção do quarto da filha. — *Agora somos só nós duas. Teremos que cuidar uma da outra.*

Allyn enfim se serviu de um pedaço de pão e mastigou devagar.

— *Você fala minha língua muito bem* — perguntou. — *De onde vem?*

— Karinía.

— *Mas sua colega não.*

Lia olhou para Ariadne, encostada na parede com os olhos fechados. As duas não podiam ser mais diferentes uma da outra, e não precisavam do uniforme para comprovar isso.

— *Não.*

A mulher assentiu de forma quase imperceptível e não fez mais perguntas. Levantou-se com esforço e olhou pela janela da sala, envolta no feitiço que mantinha a chuva do lado de fora. Contemplou por um momento a cortina de água e os trovões que caíam, virou-se e subiu as escadas para seu quarto, sem dizer mais nada.

No entanto, suas palavras anteriores permaneceram com Lia. A maneira como ela disse que já esperava perder uma das filhas na guerra, como se fosse algo quase natural. Sabia que encontraria sentimentos assim, sabia que veria coisas terríveis no caminho até as Montanhas. Pensou que estaria mais preparada para isso.

Ficaria mais forte no caminho. Tinha que ficar.

— Lia — chamou Ariadne, bem baixinho. Estava acordada e mastigava um pedaço duro de chocolate. — E os seus pais? Quando a gente estava no celeiro eu fiquei com medo de perguntar e depois que nós saímos dele acabei me esquecendo. Desculpe, eu devia ter perguntado mais cedo.

— Não precisa pedir desculpas. Eles estão bem. Suponho que estejam ao norte de Lemúria, agora.

Ariadne franziu o cenho.

— Como assim "suponho"? Você não sabe?

Lia mordeu o lábio inferior. Sabia que, se continuassem juntas e naquele caminho, teria que contar a verdade para Ariadne em algum momento. Só não conseguia fazer isso nesse momento.

— Já faz tempo que não tenho notícias deles.

— Talvez a gente possa encontrá-los — sugeriu a outra bruxa. Estava perdendo o foco outra vez. Lia tinha que mantê-la na linha.

— Melhor não. Melhor seguirmos em frente com o nosso plano. Eu vou ver eles depois que a guerra acabar.

Ariadne assentiu e se encostou de novo em seu ombro. Lia achou melhor não contar que, dois meses depois de ter sido tirada da Academia Rosazul, recebeu a notícia de que um comboio de refugiados havia sido atacado e destruído, bombardeado por um zepelim antes de cruzar a divisa com Lemúria. Informam-lhe que os pais viajavam naquele comboio. Lia já havia aceitado o fato de que eles estavam mortos há muito tempo.

Não fosse seu desejo inalienável e incorruptível de reencontrar Ariadne, ela não teria nada para mantê-la seguindo em frente pelos últimos dois anos. Esse desejo foi o que lhe deu forças para sobreviver para encontrá-la na floresta, para permitir, mesmo que de forma inconsciente, ser encontrada. E usaria de toda a sua energia para nunca mais perder Ariadne.

*

O dia seguinte amanheceu mais cinza e mais frio do que o anterior, mas pelo menos havia parado de chover. Lia e Ariadne acordaram cedo na esperança de partir sem mais atrasos, mas a mãe das garotas aparentemente não dormira e já estava de pé quando elas despertaram. Entregou-lhes mais pão, um pouco de carne seca e chá. Ariadne se ofereceu para enterrar a garota morta e Lia a ajudou.

Usando magia, cavaram uma cova rasa no quintal da casa, o que não foi fácil, pois o chão estava congelado. Não houve discurso ou preces, nem qualquer palavra. Enquanto as bruxas trabalhavam, Allyn ficou de pé ao lado da filha mais nova em silêncio e Lia olhou para a garota de relance, enquanto colocava o corpo de sua irmã debaixo do solo.

Havia uma raiva indomável naqueles olhos, Lia pensou. Algo que ela vira nos olhos de Ariadne na época da escola, só que muito mais profunda e sombria. Conseguia entendê-la: apesar de ser muito jovem, a criança já tinha consciência suficiente para saber que algo insubstituível havia sido tirado dela. Talvez no futuro reconhecesse o que Lia e Ariadne fizeram como um gesto de caridade, mas agora elas eram tão indesejadas ali quanto qualquer inimigo.

Antes de partirem, Allyn exigiu que elas levassem mais comida e cerveja em uma garrafa. Lia disse na língua do Norte "obrigada" e "sinto muito" e foi isso. Ela se virou apenas uma segunda vez para trás e viu mãe e filha de pé na frente da casa, observando-as partir. Quando já estavam bem longe, Ariadne perguntou:

— Você acha que elas vão ficar bem?

Se sobreviverem ao inverno, talvez, pensou. O que disse foi:

— Sim, eu acho que sim.

*

O frio foi ficando mais intenso conforme a caminhada prosseguia. Elas andaram por horas e horas, e pouco avançaram. Estava anoitecendo e ambas ainda eram capazes de enxergar a pequena cidade ao longe. Neve começou a cair.

— Precisamos procurar abrigo — disse Lia, e Ariadne concordou com a cabeça.

Andaram mais trinta minutos por um campo aberto onde não havia abrigo à vista, até que um estrondo e um tremor vindos da cidade chamaram sua atenção. Elas se viraram e viram grandes colunas de fogo se erguendo ao longe. Dessa vez, a pequena cidade que as abrigou durante a chuva foi reduzida a montes de entulho, seus prédios e casas destruídas até o esqueleto. O horizonte se iluminou de vermelho e dourado.

Lia engoliu em seco e se virou para o lado. Ariadne encarava a destruição com o olhar pesado. A jovem bruxa sulista manteve-se em silêncio e voltou a caminhar sem esperar pela colega.

*

Mais neve começou a cair, desta vez misturada com uma chuva fina e cortante. Elas se abrigaram com as capas e se aqueceram com feitiços, mas pequenos cristais de gelo se formaram em suas sobrancelhas. Lia decidiu cavar um buraco no chão congelado, usando magia. Por mais estranho que fosse, debaixo da terra o gelo as ajudaria a conservar algum calor.

Elas se deitaram abraçadas outra vez, em um esforço frustrado para se aquecerem e comeram um pouco mais. Ambas tremiam da cabeça aos pés, tanto que Ariadne parecia estar dançando. Ela tinha constituição mais fraca para o frio, e Lia estava começando a pensar que elas não chegariam às montanhas se as temperaturas continuassem assim.

Virou-se para o lado e percebeu que o olhar de Ariadne estava distante e fixo em algo à frente. Ela estava muito quieta.

— Está tu-tudo bem?

— Só o-o fr-i-i-io — respondeu ela, com os dentes batendo.

Lia assentiu. Abraçada ao corpo da outra bruxa, as palavras se projetaram em sua mente. *Não vamos conseguir. Não avançamos quase nada e o inverno já caiu sobre nós. Devíamos voltar. Me entregarei ao exército do Sul ou fugirei. Caso contrário, nós duas vamos morrer, muito antes de chegarmos às montanhas.*

Sua boca se abriu para pronunciar as palavras, quando Ariadne se antecedeu:

— Ta-ta-va pensando nu-numa casa.

— O-o quê?

— Uma ca-ca-casa — repetiu, esforçando-se para articular cada palavra. — Uma c-c-casa pe-pe-quena, com uma va-varanda, uma cama e u-uma co-co-cozinha, e quem sabe uma estante de li-livros. S-s-só isso. Algum lugar quente e-e-e quieto. Podemos ter uma va-vaca e chamar ela de...de...de... Jose-Josephina, em homenagem à p-p-padeira que morava na ca-ca-casa ao lado da-da minha. Imagine uma v-vaca chamada Josephina.

Lia imaginou.

— Po-podemos fazer po-po-poções e re-remédios pra-pra ve-vender em alguma cidade p...p... perto — continuou Ariadne, estremecendo. Nem mesmo a magia que tinham usado para se aquecer estava surtindo efeito. Lia a segurou com mais força. — Po-po-poderemos fi--fi-ficar numa va-va-varanda no so-so-sol, só nós du-duas. Sem guerra, sem exército, sem na-na-nada. — Ela se virou para Lia. — Você me disse para pensar no o...o... objetivo. O-o que-que acha?

— Acho um b-b-bom objetivo — respondeu Lia e fechou os olhos. Conseguia ver a casa, a vaca, a varanda e Ariadne dormindo em seus braços. Por Kaë, quase conseguia sentir o cheiro de doces recém-saídos do forno, de poções que ela faria com os aromas das mais variadas ervas. — Na ve-ve-verdade, acho p-p-perfeito.

V

Não há nenhuma história de amor, de ódio, de violência, de vingança ou reparação que não esteja preservada sob o gelo. O gelo de Azgür guarda tudo: o passado, o presente e o futuro.

— Velho ditado do Norte, fonte desconhecida

*

As duas bruxas estenderam o mapa sobre o chão congelado e o estudaram com atenção. Miralën tinha uma cidade gêmea chamada Idänya que ficava a poucos quilômetros de distância ao norte do rio Ynix. Era uma cidade dez vezes maior do que a irmã onde elas se abrigaram antes, e repleta de soldados. Ariadne tinha razão em não querer se aproximar dela.

— Podemos contorná-la. Talvez demore alguns dias, mas é mais seguro.

Lia meneou a cabeça, mas não respondeu. Estava com os olhos fixos no mapa e mal havia prestado atenção no que a outra bruxa dissera.

— Lia? Lia? Ei! — A mulher chacoalhou a mão na sua frente e a bruxa karinin saiu de seu transe. — Tem alguém em casa?

— Desculpe. Estava pensando. Acho que tive uma ideia.

— Quer compartilhar essa ideia?

Ela hesitou. Sabia que seria um novo teste de confiança e que significaria um risco alto, principalmente para Ariadne.

— Aqui. — Apontou. — A estação de trem. O exército do Norte está sempre mandando suprimentos por meio dos trens. Se conseguirmos entrar em um que nos leve até a Estação Central de Irkalla... ficaremos a uns duzentos quilômetros das Montanhas Cinzas.

Ariadne mordeu o lábio inferior.

— Essa é uma boa ideia...

— Mas é arriscada.

— Sim.

— Adne, nós não vamos aguentar uma viagem de mil quilômetros debaixo desse frio. Agora, duzentos quilômetros, talvez.

— Eu sei.

— Podemos nos abrigar em Irkalla por um tempo. Sou nortista. Posso conseguir mais comida, agasalhos e até um meio de transporte para nos levar até as montanhas. — Ela estendeu o braço e segurou a mão de Ariadne. — Podemos fazer isso dar certo.

Devagar, a jovem bruxa sulista fez que sim. *Ela está com medo*, Lia pensou, *e não sem razão. Mas se conseguirmos entrar em um trem, essa ideia maluca pode dar certo.*

— Minha maior preocupação é entrarmos em um trem sem sermos vistas — argumentou Ariadne. — Especialmente se tiverem zepelins por perto. Sem contar o tempo que a gente vai ter que se esconder *dentro* do trem, mas a gente pode pensar nisso depois. — Apontou mais uma vez para o mapa. — Tem uma floresta aqui, bem grande pelo que parece, logo em frente aos trilhos. A gente pode usar ela como abrigo.

Lia gostou da ideia.

— Podemos nos esconder na mata se não conseguirmos um trem, e então esperar por uma nova oportunidade.

— Exato.

— Escuta. Eu sei que você está com medo. — Lia apertou sua mão. — Eu também estou. Mas essa é a nossa melhor chance.

— Eu sei. Tem razão.

— Você confia em mim?

— Claro que confio.

— Então acredite quando eu digo que não vou deixar nada acontecer com você.

Desta vez, Ariadne retribuiu seu aperto de mão e desabrochou um sorriso.

— Eu sei.

Lia dobrou o mapa e o guardou na mochila e as duas bruxas começaram os preparativos para partir. Sairiam ao anoitecer. Teriam que ser rápidas, cruzar a cidade até a estação de trem e se esconder dentro de um vagão sem serem vistas. Seria arriscado e perigoso, mas Lia não estava com medo. O plano era bom, ambas teriam a cobertura da floresta caso fracassassem na primeira tentativa e ela tinha uma das bruxas mais poderosas do mundo ao seu lado.

Elas iam conseguir.

*

A noite caiu como um manto escuro e a temperatura despencou outra vez, mas sem neve. Pelo contrário, o céu estava claro, pontilhado de estrelas e a lua brilhava, o que não era nada bom para elas. Aos poucos, o movimento dos soldados na cidade foi diminuindo, até que tudo ficou em silêncio.

Como se não bastasse a claridade do céu, havia grandes barricadas que protegiam a entrada da cidade e holofotes projetavam um brilho branco e intenso na noite, movendo-se de um lado para o outro. Lia e Ariadne se ajoelharam atrás de uma relva densa e esperaram. Sentindo a tensão da outra, a karinin colocou a mão em seu ombro.

— Está se sentindo confiante?

— Na verdade não — admitiu Ariadne. — Tá muito claro; vou ter um trabalho da porra pra nos ocultar.

— Eu sei. Mas pense que não está fazendo tanto frio quanto ontem.

— Verdade.

— Vai dar tudo certo, eu prometo.

Ariadne fez uma breve pausa e disse:

— Eu te amo.

Lia sentiu o coração apertar dentro do peito. Ariadne não tinha medo de dizer essas palavras e não era a primeira vez que as usava. Mas Lia, por algum motivo, nunca conseguira proferi-las em voz alta. Se tivesse tempo para refletir sobre o assunto, pensaria que grande bobagem era guardar isso dentro de si, como se estivesse esperando uma oportunidade de legitimar seu amor por Ariadne, ou temesse soar infantil, ou, ainda, como se precisasse esperar por algum tipo de permissão.

Antes que pudesse projetar a voz e retribuir as palavras, uma sirene vinda da cidade começou a tocar.

Tropas do Sul estavam atacando.

— Podemos usar a batalha pra passarmos despercebidas — sugeriu Ariadne.

— Nenhum trem vai sair sob ataque — retrucou Lia, engolindo tudo o que tinha para dizer sobre seus sentimentos. — Vamos ter que nos esconder na floresta.

— Tá, mas a gente tem que ir agora.

— Então vamos.

Ariadne apontou o cajado para Lia, fechou os olhos e se concentrou. Sua Ágata de Fogo emitiu um leve brilho alaranjado. Depois, a bruxa virou o cajado para si mesma e repetiu o feitiço. Talvez durasse meia hora, se tanto, e deixaria de funcionar se um zepelim passasse por perto.

No centro da noite estrelada surgiram três zepelins sulistas, despejando bombas. Mesmo assim elas correram pelo campo aberto enquanto labaredas se erguiam e o chão tremia com a força das explosões. *Essa não*, Lia pensou. Um ataque aéreo poderia facilmente destruir a estação de trem. Mas elas já estavam quase na cidade e não havia como voltar atrás. A artilharia terrestre revidou e ambas as bruxas enxergaram os disparos dourados cortando o ar em direção ao céu.

O som dos estrondos abafou seus passos e ninguém percebeu a aproximação delas. Lia suspeitou que mesmo que estivessem sem o feitiço ninguém as notaria, tamanho era o caos que havia se insaturado.

Soldados se moviam de um lado para o outro, gritando ordens, carregando os companheiros nas costas, sangrando. As duas bruxas correram até a entrada da cidade e se esconderam atrás da parede de um pequeno prédio, no momento em que o edifício do outro lado da rua explodiu.

O deslocamento de ar as jogou para trás e o barulho foi tão alto que ambas ficaram momentaneamente surdas. Uma cortina densa de poeira caiu sobre as duas e tudo ficou escuro por um instante. Lia abraçou o corpo de Ariadne quando as duas atingiram o chão, e esperou. Aos poucos a poeira densa e pesada dos detritos se dissipou e ela foi capaz enxergar seu entorno outra vez.

— Você está bem? — gritou. Com a barulheira toda, duvidava que alguém as escutasse. Em seus braços, Ariadne respirava freneticamente.

— Sim!

— Consegue ficar de pé?

— Espera um pouco, caramba!

Lia concordou. Aos poucos, conseguiu se colocar de joelhos. O mundo girava e um barulho estridente e contínuo reverberava em seus ouvidos. Ao lado, Ariadne cambaleava.

Também era difícil respirar. As duas bruxas estavam inteiramente cobertas de fuligem, que havia entrado nos olhos e garganta, fazendo tudo arder. Lia abriu o cantil e despejou o líquido nos olhos. Ariadne fez o mesmo.

—Tem certeza de que você está bem? — perguntou Lia.

— Sim. Tanto quanto possível, pelo menos. — Ariadne não parecia ferida. Ainda esfregava os olhos e estava imunda, mas não parecia ferida. — Tem certeza de que quer continuar?

Elas escutaram o assobio de uma nova bomba caindo e depois outro grande *BUM*. O chão tremeu e gritos ecoaram pelas ruas da cidade.

Lia tremia e o coração martelava na garganta. Estava a apavorada de uma forma que nunca havia estado.

Ariadne engoliu em seco e não respondeu.

— Vamos — disse Lia, por fim. — Vamos pra floresta.

Ariadne assentiu e, apoiadas uma na outra, elas se levantaram.

*

Enquanto corria pelas ruas da cidade de Idänya, Lia pensou que nunca mais veria algo assim na vida: prédios inteiramente envoltos em chamas vermelhas e douradas que se erguiam para um céu pontilhado de estrelas que aos poucos desaparecia por detrás de uma espessa cortina de fumaça negra, acompanhada de fagulhas que flutuavam pelo ar gelado como vaga-lumes. À distância, viram os destroços do que outrora fora um parque de diversões. Uma roda gigante se projetava entre as chamas, como uma entidade antiga e sobrenatural que tentava abrir à força uma passagem para este mundo.

Um grupo de soldados nortistas passou pelas duas, completamente alheio à presença delas. Um tinha um corte profundo na testa e o outro segurava o braço que havia sido queimado até o osso. Seus olhos demonstravam confusão e eles cambaleavam enquanto eram conduzidos pelos colegas até algum centro médico. Lia sentiu o sangue gelar. *Meu povo*, pensou. *Querendo ou não, é o meu povo.*

Engoliu em seco e continuou a correr. Tinha que continuar correndo, enquanto os edifícios ao seu redor ardiam em chamas. Não podia fazer seus pés pararem de se mover nem por um segundo. Se parassem, ambas morreriam.

Ariadne era quem liderava. Elas corriam por uma praça aberta com a estátua de um soldado no centro, partida ao meio. À direita, Lia viu prédios serem bombardeados e desmoronarem como se fossem feitos de cartas de baralho. Noroeste, tinham que continuar seguindo para noroeste.

Ao entrarem em uma pequena rua estreita, uma bomba incendiária atingiu uma loja de móveis próxima, fazendo com que uma bola de fogo se erguesse sobre elas. Ariadne levantou o cajado e criou um escudo de luz branca. As chamas passaram ao redor delas, sem atingi-las. Lia agradeceu à Kaë por ter colocado essa bruxa ao seu lado, mas temeu que tivessem chamado muita atenção.

Exaustas de tanto correr e respirar fumaça e cinzas, elas tiveram que parar. Ariadne apoiou as mãos nos joelhos enquanto ofegava.

— Precisamos... sair... daqui.

— Estamos perto — respondeu Lia. — Tenho certeza. Falta só mais um pouco.

Ariadne bebia outro gole do cantil, quando as duas começaram a sentir uma leve trepidação sob seus pés. O trepidar aumentou de intensidade até que elas olharam para cima.

Um zepelim do Norte se aproximava.

— Merda — Lia conseguiu escutar a si mesma dizer. Enquanto aquele zepelim estivesse por perto, não conseguiriam usar seus poderes. — Temos que ir!

Enquanto as aeronaves do Norte e do Sul se enfrentavam em uma batalha aérea acima delas, Lia e Ariadne correram outra vez.

Lia sentia-se exausta. As extremidades de seu corpo formigavam e o ar era pesado. Sua visão ficou turva, os sons tornaram-se abafados, como se tudo estivesse distante e fora de foco. O pânico voltou a se aproximar, como uma onda.

Com o zepelim próximo, o feitiço de ocultamento de Ariadne se desfez. Ambas se tornaram visíveis para qualquer um que estivesse por perto. Um soldado nortista as viu se aproximando e estava para erguer o fuzil quando Ariadne girou o cajado e desferiu um golpe que o atingiu no rosto.

O tempo estava se esgotando.

— Ali! — gritou Lia, apontando para frente.

Elas já podiam ver os trens. Estavam perto, cada vez mais perto, mas Lia sentiu o estômago despencar: antes que pudessem atravessar o pátio da estação central, os vagões explodiram, um por um, criando um imenso turbilhão de fogo e metal retorcido ao redor das duas bruxas. Elas desviaram de uma explosão e não foram atingidas pelos detritos por conta de um feitiço, mas Ariadne tropeçou e caiu. Lia se ajoelhou ao seu lado e usou o ombro para erguê-la.

— Você está bem? — perguntou.

— Sim!

— Tem certeza? — Apoiada em seu ombro, Ariadne mancava.

— Sim! Nós temos que sair daqui!

— A floresta está logo à frente!

A fileira de árvores estava a cerca de sessenta, setenta metros de distância. Mas e se os exércitos ateassem fogo à mata? *Não pense nisso*, Lia insistiu. *Vai dar tudo certo, vamos conseguir.*

Mas algo aconteceu que Lia não esperava: soldados sulistas começaram a sair de dentro da floresta. Tinham baionetas fixadas e disparavam fuzis, correndo e gritando.

Lia e Ariadne foram pegas no meio do fogo cruzado.

Enquanto bloqueava um ataque de baioneta com o cajado, Lia teve certeza, pela primeira vez desde que começara a jornada com Ariadne, de que morreriam. Ali, no pátio central da estação, cercadas de vagões de trem retorcidos e em chamas. Seu plano iria matar as duas. Ela deu um golpe com o cajado, cuja ponta atingiu a têmpora do soldado.

Virou-se para o lado e enxergou Ariadne nocauteando alguém de seu próprio exército. Rezou para Kaë que suas roupas estivessem sujas e disfarçadas demais para serem reconhecidas. Talvez pudessem se entregar, talvez...

Uma bomba caiu entre os soldados. Corpos foram arremessados no ar em pedaços. Lia não pensou, apenas agiu. Correu, agarrou o braço de Ariadne e as duas seguiram para a floresta. Passaram por entre os homens e mulheres que se digladiavam naquele caos maníaco, ouviram disparos sendo feitos, gritos, bombas, lamúrias e preces, mas não pararam. Não olharam para trás.

A floresta estava perto, cada vez mais perto.

Estava logo ali.

Alguém esbarrou em Lia e ela soltou a mão de Ariadne, no momento em que as duas colocaram o pé na mata. Ela não conseguiu parar de correr, o ímpeto das passadas fazendo com que atravessasse a linha das árvores meio desequilibrada e rezando para que Ariadne estivesse correndo atrás dela.

Conseguiu seguir alguns metros mata adentro até que tropeçou em uma raiz e caiu de barriga sobre um chão fofo. Demorou alguns segundos até tomar coragem suficiente para se levantar. Os meios de transporte para o norte haviam sido destruídos, mas o pensamento de que estavam vivas para lutar outro dia fez Lia se sentir eufórica. Ela quis pular e gritar. Porém, ao olhar em volta, percebeu que não enxergava Ariadne em lugar algum e a euforia desapareceu como o apagar de uma vela.

— Adne? — chamou. — Adne!

Começou a caminhar em direção à orla da floresta.

— Adne!

Ela sentiu o pânico crescer quando a outra bruxa surgiu por entre as árvores, cambaleando.

Tinha a mão no ombro, empapada de sangue.

Não, Lia pensou. *Não, não, não.* Pelo visto, Kaë havia parado de prestar atenção nelas. Talvez estivesse retocando o batom em cada uma de suas sete faces. Lia a amaldiçoou. A xingou de todos os nomes que conseguiu lembrar, e então passou a implorar para que a deusa poupasse Ariadne.

Lia se aproximou e viu que o rosto dela estava da cor da lua.

— Eu tô bem — disse Ariadne, com surpreendente calma. — É sério, eu tô bem.

E caiu no chão.

VI

Kaë nunca abandona aqueles que a procuram. Cada um de seus sete rostos está virado para uma direção diferente para que a deusa tenha uma visão plena do que acontece no mundo dos seres humanos.

— Coleção de histórias da Deusa das Sete Faces, volume 4, página 19

*

A batalha avançou em direção à floresta.

Lia apoiou Ariadne nos ombros e a arrastou para longe. Sangue morno escorreu do ferimento sobre as costas da bruxa karinin.

— Fique calma — sussurrava Lia, tanto para si quanto para Ariadne. — Fique calma, vai ficar tudo bem.

Ariadne havia abandonado o estado de entorpecimento inicial e passou a gemer de dor. Perdia sangue a uma velocidade alarmante e apoiá-la sobre o ombro estava cada vez mais difícil para Lia.

— Só mais um pouco, Adne, só mais um pouco.

Por favor, Kaë, Lia implorou. *Por favor, não faça isso conosco, por favor...*

Quando sentiu que haviam se afastado o suficiente da batalha, ela se permitiu parar. Esconderam-se em um pequeno espaço sob as raízes de uma árvore para que Lia pudesse avaliar a extensão dos ferimentos de Ariadne.

A bruxa grunhia de dor e apertava o ferimento de saída do projétil enquanto se debatia no chão, de modo que Lia não conseguia enxergar o local onde ela fora baleada.

— Adne, tira a mão, eu preciso olhar. *Tira a mão.* Morde seu cachecol.

Ariadne obedeceu e a bruxa karinin respirou fundo. As mãos tremiam de nervoso quando moveu a camisa da bruxa e olhou o ferimento. A visão a fez engolir em seco. *Fique calma*, disse a si mesma.

O projétil havia entrado pelas costas e saído pelo ombro direito, onde abriu um buraco pouco maior do que uma ameixa. Sangrava muito. Lia apontou o cajado para o buraco de saída e fez fluir um feitiço de cura, mas, para seu desespero, a pedra no topo do cajado se acendeu e se apagou como uma lâmpada queimada.

Não. Por favor, não. Ela respirou fundo outra vez e passou a mão pelo rosto que suava frio. Sentiu o gosto do sangue de Ariadne na boca. *Kaë, por favor nos ajude.*

Lia tentou novamente, mas a pedra do cajado se comportou da mesma maneira. Ela o colocou de lado e prendeu a respiração.

— Adne, eu sinto muito pelo que vou fazer agora, mas tente ao máximo não gritar, está bem?

Tremendo e chorando, a bruxa conseguiu fazer que sim com a cabeça. Lia rasgou um pedaço do próprio cachecol, cujo tecido era grosso e pesado, e fez pressão sobre o ferimento. Ariadne mordeu o cachecol com toda a força para não soltar um berro enquanto Lia apertava o curativo. Em seguida, desmaiou.

Lia se sentou, tremendo da cabeça aos pés. *Não está tão ruim*, tentou se convencer. Limpou as mãos sujas de sangue com água do cantil que já estava perigosamente perto de acabar e se forçou a ficar calma. *Não está tão ruim assim.*

Abriu ambas as mochilas e vasculhou seu conteúdo, procurando por unguentos que pudessem ajudar na cicatrização. Ariadne tinha potes de calêndula que talvez ajudassem a conter parte do sangramento, mas o ferimento exigia cuidados médicos mais extensos, ou um feitiço de cura muito forte.

E pelo visto Lia não conseguia fazer feitiços.

Talvez fosse apenas o nervosismo. Sim, suspirou. Provavelmente era isso.

— Ela vai ficar bem — murmurou em voz alta. — Vai ficar tudo bem. Não foi nada. Ainda vamos conseguir.

Ariadne havia perdido muito sangue e dormiu a noite toda sem fazer barulho. Foi esfriando gradativamente durante a madrugada, o que, pelo lado bom, ajudou a diminuir a hemorragia. Porém, ela começou a tremer de frio e Lia temeu que uma febre se instaurasse. Tirou sua capa e colocou sobre o corpo dela, como uma manta. Depois abraçou a si mesma e ficou mergulhada em silêncio na escuridão por horas e horas.

A batalha terminou durante a madrugada e Lia se permitiu descansar apenas quando todos os sons cessaram. Estava exausta. Apoiou as costas no tronco de uma árvore ao lado de Ariadne e despencou para um sono sem sonhos. Acordou só de manhã, com a outra bruxa chorando.

— Fica calma. — Ela se levantou, esfregou os olhos com as palmas das mãos. — Respire fundo e não tente se mexer. Deixa eu olhar. Fica calma, Adne.

Lágrimas continuaram a escorrer pelo rosto de Ariadne, mas ela não gritou, nem mesmo quando Lia tirou o curativo. O ferimento ainda estava sangrando, mas o frio havia contraído os vasos sanguíneos e a hemorragia parecia sob controle. A karinin passou unguento de calêndula, o que no caso era o equivalente de tentar deter uma inundação com um rodo. Ariadne mordeu o cachecol com tanta força que suas gengivas também sangraram. Quando o procedimento acabou, ela ainda estava acordada, embora parecesse à beira da inconsciência.

— Você está bem — disse Lia. Passou a mão pela sua bochecha. — Me ouviu? Está tudo bem, não é tão ruim assim. Vou tentar fazer um feitiço de cura outra vez.

Ela apontou o cajado para o ferimento, mas, novamente nada aconteceu. Ela sentiu o sangue gelar e Ariadne a encarou com um princípio de pânico se formando em seus olhos.

— Acho que ainda estou muito cansada. Não se preocupe, vou tentar de novo daqui a pouco, prometo. Aqui, você precisa comer alguma coisa. — Tirou um pouco de pão de dentro da mochila e entregou para Ariadne, que o mastigou devagar, pálida, com grandes olheiras debaixo dos olhos e os lábios roxos por causa do frio. Suas mãos tremiam. Lia esfregou seus braços e então a envolveu, tentando usar um pouco do calor do próprio corpo para aquecê-la, mas a verdade é que não havia calor algum para ser oferecido.

— Como isso foi acontecer? — gemeu Ariadne. — Eu nem sei de onde o disparo veio. Me desculpa, Lia. Por favor, me desculpe.

— Ei, shhh. — Lia beijou seu rosto. Estava gelado. — Não precisa pedir desculpas. Vamos dar um jeito de sair dessa, eu prometo.

Ariadne assentiu.

— Confesso que não pensei que fosse doer tanto. Puta merda, eu juro que não pensei que fosse doer tanto.

Os olhos de Ariadne começaram a se fechar e a cabeça pendeu para o lado. Lia colocou dois dedos em seu pescoço e percebeu que seus batimentos estavam perigosamente baixos.

— Ei, acorda! Adne, acorda. — Ela a chacoalhou. Ariadne abriu os olhos e a encarou, confusa. — Não dorme. Precisamos sair daqui antes que as patrulhas encontrem a gente. Consegue se levantar?

Ariadne fez que sim. Gritou de dor quando Lia usou o ombro para apoiá-la, mas de algum modo se colocou de pé.

As duas caminharam durante algum tempo, mas o avanço foi quase nulo. Ariadne estava fraca, trêmula e beirando a inconsciência. A mata era densa e o terreno era acidentado. Em circunstâncias normais, já seria difícil se locomover. Com uma bruxa ferida e nesse frio... era impossível.

— A gente não vai conseguir — murmurou Ariadne, enquanto se sentava com as costas apoiadas em um tronco. Lia lhe deu água do cantil e ela bebeu. Estava quase no fim.

— Não diga isso. Lógico que vamos. Você só precisa descansar mais um pouco.

Porém, quando Lia terminou de pronunciar essas palavras, algo gelado e úmido pingou em sua mão e a fez olhar para cima.

Começara a nevar.

*

O estado de Ariadne se deteriorou rapidamente durante a noite. Ela começou a tremer com violência e, ao colocar a mão em sua testa, Lia percebeu que a bruxa ardia em febre.

Tirou o curativo e se forçou a ficar calma outra vez. O ferimento continuava a sangrar e a pele ao redor estava vermelha e inchada. Passou mais unguento e trocou o curativo, na esperança de que fosse o suficiente para deter a infecção que aos poucos parecia estar se formando. Seu cajado continuava se recusando a fazer qualquer feitiço: a pedra se iluminava apenas por um momento e se apagava.

Quis acender uma fogueira, mas pensou ter escutado vozes na escuridão, vindas de alguma patrulha, ou mais longe, da cidade, e com o cajado se recusando a obedecer aos seus comandos, ela sequer poderia fazer um feitiço para aquecê-las.

Tentou perscrutar sons perdidos na noite. Os únicos barulhos presentes eram os estrondos abafados e as vozes baixas dos soldados em uma nova batalha na orla da floresta. Diminuíram aos poucos e, conforme foram se silenciando, ela passou a prestar atenção na mata.

Não havia nada. Nenhum bater de asas de uma ave próxima, nenhum movimento repentino de um coelho recém-surpreendido, ou o grasnar de um corvo no alto de uma árvore. A floresta ao seu redor parecia pulular de vida, sim, mas, com exceção das plantas verdes, do musgo e do suave farfalhar dos galhos das árvores empurrados pela força do vento, parecia vazia. Não havia som algum.

Só havia uma explicação: a floresta havia sido enfeitiçada de maneira semelhante ao bosque que separava os exércitos do Norte e do Sul na Batalha do rio Ynix. Só que naquele caso, o próprio Norte reverteu o feitiço para que as bruxas karinin pudessem atacar logo após o bombardeio de artilharia. Era uma magia poderosa, intensificada pela tecnologia do exército nortista e que ela jamais poderia desfazer sozinha. O único jeito era esperar que seu efeito passasse e nem Kaë poderia dizer o quanto isso demoraria.

Os pelos da nuca de Lia arrepiaram e seu coração disparou quando ela se deu conta de que o cajado não conjuraria nenhum feitiço, nem mesmo o mais simples, e que os ferimentos de Ariadne continuariam a sangrar e sangrar, independentemente de seus esforços, até que a floresta decidisse o contrário.

Lia ficou de joelhos ao lado do corpo de Ariadne e segurou suas mãos enquanto as próprias tremiam. Elas estavam sozinhas no centro da escuridão e do frio, sem magia. E, em pouco tempo, Ariadne estaria morta.

*

Na manhã do segundo dia, Lia concluiu que não tinha escolha a não ser se aventurar na cidade. Tinha que encontrar remédios ou socorro.

Antes de partir, cobriu a bruxa com sua capa e a deitou no chão entre duas raízes grossas, em posse de ambos os cajados, que no fim não serviam de nada, e uma das pistolas. Com sorte, *muita* sorte, ninguém a descobriria enquanto Lia estivesse longe. Ela se inclinou sobre seu corpo e a beijou na testa.

— Eu já volto, prometo.

Semiadormecida, Ariadne soltou apenas um gemido baixo em resposta.

Atenta a qualquer movimento ou barulho, Lia caminhou pela mata. Estava morrendo de frio e seus dentes batiam um no outro. O corpo tremia de tal modo que ela mal conseguia segurar a pistola na mão. Se encontrasse algum soldado morto, roubaria seu casaco.

A linha que separava a floresta da estação de trem parecia algo saído de um pesadelo. Toda uma fileira de árvores havia sido carbonizada e a destruição continuava em direção à cidade; longos trechos de prédios arruinados e estruturas de metal retorcido em ângulos estranhos, focos de incêndio aqui e ali e um tapete horripilante de corpos de soldados e bruxas caídos.

Lia olhou para cima e não enxergou nenhuma aeronave no céu. Também havia parado de nevar. Ela se aproximou de uma chama e aqueceu as mãos.

Ergueu a cabeça e avistou o esqueleto de metal de um zepelim que parecia o corpo de um leviatã derrotado, lançando para o alto uma coluna de fumaça cinza. Não havia som algum em parte alguma. Lia tentou tirar o casaco de um soldado morto, mas ele estava congelado.

Na segunda tentativa, conseguiu. O agasalho estava úmido e gelado e a sensação inicial foi terrível, mas, aos poucos, seu corpo se aqueceu. Tudo ficava mais fácil quando não se estava tremendo.

Caminhando pelos destroços da batalha, descobriu um veículo médico capotado e parcialmente destruído, com uma pequena língua de fogo ainda saindo próxima ao escapamento. A porta estava escancarada e os remédios haviam sido todos saqueados, mas ela encontrou uma maca dobrável e mais bandagens. Poderia deslocar Ariadne com mais facilidade pelo terreno acidentado de volta para a cidade. Quando percebeu que era o máximo que conseguiria, voltou correndo para a floresta.

No caminho de volta, se deparou com uma silhueta escondida entre as árvores. Largou a maca e apontou a pistola para frente. Chamaria atenção caso disparasse, portanto se escondeu atrás de um tronco e aguardou. Não ouviu qualquer movimento.

Cada segundo a mais em que deixava Ariadne sozinha era como se alguém enfiasse uma faca mais fundo em seu peito. Ela não podia ficar nesse jogo de gato e rato para sempre, tinha que fazer alguma coisa. Saiu de trás da árvore. A silhueta continuava lá, imóvel. Devagar, Lia se aproximou.

Seu coração deu um salto.

Não era uma pessoa: era uma estátua de Kaë.

Aproximou-se devagar e olhou em volta, temendo uma armadilha. A figura estava sentada em posição meditativa, cada uma das sete faces encarando um ponto diferente da paisagem. Raízes cresceram por toda a extensão da base, criando vincos que se infiltraram e abriram caminho através da pedra cinza e abandonada.

Lia engoliu em seco e estendeu a mão para encostar na estátua, mas se deteve. Parecia errado, um sacrilégio, de certo modo. Ver a estátua fez lágrimas escorreram pelo seu rosto e ela disse, bem baixinho:

— Por favor, me ajude. Eu não sei mais o que fazer. O que eu faço?

A estátua não respondeu. Em questão de segundos, o pedido se transformou em uma proclamação de ódio.

— Você vai matar ela, não vai? Você vai tirar ela de mim, como tirou todo o resto. O que mais você quer de mim?! Eu já te dei *tudo*! Tudo o que eu tinha! Sua piranha! Sua vaca! Eu te odeio! *Odeio!*

A estátua continuou imóvel, e o ódio de Lia transformou-se em súplica outra vez. Ela caiu de joelhos.

— Por favor. Eu faço o que você quiser, mas poupe ela. Eu vou embora! Vou pra bem longe e nunca mais vou vê-la se é isso o que você quer! Mas por favor, não a mate! Eu imploro.

Quanto mais Kaë iria testá-la? Quanto mais tiraria dela para provar sua lealdade? A escola, seus pais, sua liberdade, Adne… Lia murmurou essas perguntas enquanto chorava e suas lágrimas se cristalizavam sobre a pele, de tão frio que estava, mas os olhos de pedra da estátua continuaram a encará-la, estáticos e impassíveis, até que a jovem bruxa se levantou e partiu sem obter qualquer resposta.

*

Arrastar Ariadne de volta para a cidade se provou ser uma tarefa impossível, mesmo com a maca. O terreno era acidentado demais e em cem metros ela já estava exausta. Colocou o casaco roubado sobre Ariadne, cuja febre havia baixado.

— Adne, acho vou ter que voltar pra cidade — sussurrou.

Ela não respondeu. Lia percebeu que o ferimento da bruxa continuava a sangrar e havia deixado uma trilha vermelha na mata.

Kaë continuou a ignorar todas as suas preces e Lia se sentia tão cansada que mal conseguia ficar de pé, quanto mais arrastar uma maca com uma mulher maior e mais pesada do que ela pela floresta.

A deusa, em vez de mandar ajuda, mandou dois soldados em uma patrulha. Ao perceber sua aproximação, Lia largou a maca e se virou de um lado para o outro, procurando um lugar para se esconder, mas acabou pisando em um galho que estalou e ecoou pela floresta.

Merda. Lia colocou a pistola na parte de trás da calça, vestiu o casaco e se afastou de Ariadne. Escondeu-se atrás de uma árvore e espiou. *Por favor, sejam do Sul*, implorou. *Sejam do Sul.*

Escutou a voz de um dos soldados dizer:

— Quem está aí?

Eles não eram. Vestiam fardas nortistas, falavam com sotaque da capital de Azgür e estavam armados. Caminhavam com determinação para onde Ariadne estava. Se a encontrassem, certamente a matariam. Lia saiu detrás da árvore.

— Por favor, não atirem — avisou. — Sou uma karinin, não atirem!

Mesmo assim, os dois homens *quase* atiraram nela.

— Por favor, não atirem — repetiu Lia. Ao verem seus olhos cor de âmbar e sua pele escura, eles abaixaram as armas.

Por um instante a encararam e, nesse segundo de hesitação, ela sacou a pistola e atirou nos dois. Os disparos ecoaram com muito mais força do que o barulho de um galho quebrado e os corpos dos homens caíram no chão como se fossem toras. A bruxa não esperou para ver se estavam mortos ou não. Voltou correndo para o interior da mata, pegou a maca com Ariadne em cima e a arrastou para longe, o mais rápido que pôde.

Quando se afastou o suficiente, deixou-a cair e se sentou ao lado de Ariadne, ofegando e esfregando as lágrimas que corriam pelo rosto. Não havia tempo para arrependimentos; ela soube, desde o momento em que concordara com a ideia, que teria que fazer escolhas difíceis.

Pois bem. Havia feito sua escolha.

*

Ariadne não recobrou a consciência naquela noite. Mais uma vez, Lia não ousou acender uma fogueira e o cajado se recusava a aceitar seus comandos. Nevou e, na escuridão, Ariadne começou a fazer um barulho baixo, como se lutasse para dizer alguma coisa. Lia se ajoelhou ao seu lado e colocou a orelha perto de sua boca para escutar.

— Ge-gelo — disse ela, um sussurro tão ínfimo que mesmo com a orelha encostada em seus lábios Lia mal conseguiu ouvi-la.

— O quê? O que foi, Adne?

— Pa… patinar no ge-gelo — respondeu Ariadne. — Minha mãe… disse que ia me levar… patinar no gelo.

Ela estava delirando. Sua febre havia aumentado e Lia engoliu em seco. *Ariadne vai morrer aqui*, pensou. *Ela vai morrer e não há nada que eu possa fazer para impedir.*

Havia uma opção que Lia não considerara. Ainda.

Pegou a pistola. Só havia usado dois disparos, tinha mais seis, mais do que o suficiente para Ariadne e ela. Passou o polegar pelo metal frio e estudou a arma, em silêncio. Ariadne iria morrer, mas ela poderia poupá-la de mais sofrimento. Antes de ser capturada por tropas sulistas ou nortistas, Lia apontaria a arma para a própria têmpora e puxaria o gatilho.

No fundo, sempre soube que as coisas terminariam assim: uma pela mão da outra.

Você precisa ser corajosa, disse a si mesma. *Prometeu que cuidaria dela, agora tem que cumprir. Fazer o que precisa ser feito.*

Lia estendeu o braço e tocou a bochecha dela outra vez. Sua pele estava quente, mas ela tremia como se estivesse morrendo de frio, pálida e com os lábios roxos. Linda, de algum modo, apesar de tudo. Como sempre fora. *Pensei que fossemos conseguir, mas nunca tivemos uma chance, não é mesmo?*, pensou. *Não de verdade.*

Eu sinto muito.

Puxou a trava da pistola, abaixou a cabeça e começou a soluçar.

VII

Lia arrastou o corpo de Ariadne até a orla da floresta e puxou o binóculo. Bruxas nortistas e sulistas se enfrentavam na clareira, cerca de oitocentos metros adiante. Lia aguardou, torcendo secretamente para que o lado do Sul vencesse, por mais doloroso que fosse torcer contra o próprio povo.

Virou-se para Ariadne, deitada na maca, seu peito subindo e descendo devagar. *Precisava* que o Sul vencesse. Era sua última chance.

Sentindo o sangue borbulhar nas veias, voltou sua atenção para a batalha. Bruxas se atacavam ferozmente, desferindo golpes com seus cajados e…

Feitiços.

Ela franziu o cenho. Testemunhou uma bruxa vestida com um uniforme sulista disparar um feitiço sobre o acampamento nortista, que se incendiou em uma bola de fogo que depois se dissipou em uma nuvem negra com formato de cogumelo. Lia engoliu em seco e pegou seu cajado, deixando o binóculo de lado.

Refletiu sobre o que havia acabado de ver: bruxas fazendo feitiços. Isso significava que a energia mágica da floresta não era tão intensa, ou o feitiço estava enfim perdendo efeito.

Ajoelhou-se ao lado de Ariadne e olhou mais uma vez o ferimento. Não parecia bom: uma crosta negra se formara ao redor do buraco de saída do projétil, e ele emitia um cheiro forte e rançoso. O corpo de Ariadne parecia frágil e magro, e sua pele havia perdido completamente a cor. O pulso também estava fraco.

Lia apontou o cajado e respirou fundo. Direcionou todo o seu foco e energia para um feitiço de cura. Sentiu sua energia vital sendo drenada e transferida da mão para o cajado. A hematita na ponta, dada pela diretora Ursula e entregue no acampamento do Norte, dois anos atrás, brilhou. Não tinha a intensidade que ela desejava, mas, mesmo assim, brilhou.

A pedra emitiu uma nuvem fina de luz branca que envolveu Ariadne como uma crisálida. Ela arquejou e soltou um suspiro e então seu corpo relaxou. Exausta, Lia a abraçou e permaneceu alguns minutos assim, deitada no chão com Ariadne nos braços, tentando recuperar o fôlego. Novos estrondos vieram da clareira.

Ela observou o ferimento mais uma vez e uma onda de relaxamento pareceu percorreu o próprio corpo: estava menos inchado e o cheiro também havia diminuído. O feitiço estava funcionando.

Não apenas o ferimento, mas Ariadne como um todo parecia melhor. Respirava com menos dificuldade e a pele recuperara um pouco de cor. Lia não tinha força suficiente para curá-la, não sozinha, mas o feitiço havia dado a ela uma sobrevida.

Ela se abaixou e beijou sua testa.

— Você vai ficar bem. Tudo vai ficar bem.

Ariadne murmurou algo ininteligível e Lia apertou sua mão. Sentiu um suave aperto de volta e engoliu em seco, tentando segurar uma nova onda de choro. Talvez Kaë estivesse cuidando delas, afinal.

Ela se afastou de Ariadne outra vez e pegou o binóculo. Tinha que esperar até que a batalha se desenrolasse, e torcer para que o lado certo saísse vencedor.

As bruxas sulistas continuaram o ataque ao acampamento nos minutos seguintes e Lia viu grandes explosões levantarem bolas de fogo brilhantes. Cajados foram partidos, arcos de luz atravessaram os corpos de bruxas e soldados, gritos ecoaram ao longe.

Depois de quinze minutos, a clareira finalmente ficou em silêncio. Lia continuou observando e esperando a situação se normalizar.

Parecia que o Sul havia vencido.

— Só mais um pouco, Adne — disse ela, enquanto esfregava o rosto. Estava tão cansada que era capaz de pegar no sono enquanto olhava pelo binóculo. — Temos que esperar só mais um pouco.

Aguardou até que a poeira sedimentasse. Tropas podiam estar escondidas na floresta ou o Norte poderia estar planejando um contra-ataque. Havia quase um quilômetro de campo aberto entre elas e aquele acampamento e tudo poderia acontecer no trajeto.

No fim você vai ter que ir até lá, disse a si mesma. *Não pode esperar pra sempre.*

Lia começou os preparativos para a partida. Não levaria quase nada, pois sabia que aquela seria uma viagem sem retorno. Trocou o curativo de Ariadne mais uma vez, passando uma nova camada de unguento. Deixou os frascos de poções e pomadas, as rações e a comida no chão da floresta. Levaria consigo apenas o cajado e a pistola. Quanto menos peso tivesse que carregar, melhor. Amarrou o cajado de Ariadne ao lado do corpo da bruxa e amarrou o corpo na maca para que ela não caísse. Enquanto fazia os últimos preparativos, Kaë lhe entregou mais um presente:

Névoa.

— Obrigada, Kaë — disse Lia em voz baixa, novas lágrimas escorrendo, só que de alívio. Sentiu vergonha por todas as coisas terríveis que havia dito à estátua no meio da floresta. Sentiu vergonha por todas as vezes em que sua fé titubeara nos últimos anos. — Obrigada.

A neblina era mesmo uma dádiva vinda dos céus, mas Lia suspeitava que ela viria a um certo custo. Os deuses não eram lenientes nem misericordiosos na hora de cobrar suas dívidas.

Ajoelhou-se ao lado de Ariadne uma última vez e beijou seus lábios frios.

— Me escuta. Eu sei que você pode me ouvir. Vou te levar até o acampamento das suas colegas. Estamos perto, mas você precisa ser forte mais uma vez, está bem? Sei que está cansada, eu também estou, mas preciso que seja forte só mais um pouco. Por favor.

Ariadne pareceu responder com um suspiro e Lia a encarou em silêncio. *Eu te amo*, pensou. *Por que não consigo dizer? Eu te amo e não vou te deixar morrer aqui.*

— Vamos.

*

Não havia som algum na clareira, exceto pelos barulhos dos seus passos e sua respiração ofegante. Era como se o mundo tivesse acabado, ou estivesse aprisionado em um casulo que abafava todos os outros sons. Era como um sonho ruim.

— Estamos perto — sussurrou. — Estamos perto.

Não conseguia enxergar um palmo à frente, mas continuou andando mesmo assim. Cada novo gole de ar queimava sua garganta, cada novo passo fazia com que a dor nos calcanhares se alastrasse até os joelhos que pareciam em chamas. Caminhou o mais rápido que pôde até não conseguir mais, até seu corpo desistir e deixá-la caída no meio da clareira e da névoa, com Ariadne ainda presa à maca.

— Não — gemeu.

Não tinha mais forças. Os dias debaixo do frio congelante haviam cobrado seu preço. A falta de comida e de água havia cobrado seu preço. O feitiço de cura que ela fez em Ariadne havia cobrado seu preço. As pernas de Lia não se moviam. Os músculos não respondiam aos seus comandos. *Por favor*, implorou, *só mais um pouco.*

Só mais um pouco.

— Socorro! — gritou, a voz saindo rouca e sem força. — Socorro!

Segundos intermináveis transcorreram. Tempo suficiente para que aquele mundo fosse criado, para que Kaë deixasse seus frutos pela Terra, tempo para que os frutos crescessem e apodrecessem e virassem cinzas na vastidão interminável do universo, até que alguém respondeu:

— Quem está aí?

Lia tentou falar, mas sua voz não saiu. Ela engoliu em seco e reuniu toda a força que lhe restava e gritou:

— Meu nome é Lia! Sou uma bruxa karinin! Preciso de ajuda! Estou com uma bruxa Rosa Azul chamada Ariadne! Ela está muito ferida!

Sem ar nos pulmões, caiu no chão e deixou a testa encostada na terra fria. *A ajuda está a caminho, Adne*, tentou verbalizar, sem sucesso. *A ajuda está a caminho.*

Mas ninguém veio.

Segundos se transformaram em minutos que foram se passando, um por um, e ninguém veio. Ela olhou em volta. Tudo o que enxergou foi a névoa cinza e não havia vivalma por perto.

— Por favor... — murmurou. Reuniu fôlego e gritou outra vez: — Socorro! Precisamos de ajuda! Socorro!

Depois dessa segunda leva de gritos, alguém respondeu. Uma voz feminina, uma voz *reconhecível.*

— Repita seu nome!

— Lia! Meu nome é Lia! Estou com Ariadne! Ela está muito ferida! Por favor, ajudem a gente!

A mesma voz feminina gritou:

— Estamos a caminho!

Obrigada, Kaë. Obrigada, obrigada, obrigada.

— Fique onde está — ordenou a voz. — Fale conosco para que possamos encontrá-la!

Lia abriu a boca, mas nenhum som saiu. Era como se sua garganta estivesse fechada. Ela estendeu a mão e pegou o cajado. Fez emitir da pedra um brilho branco e intermitente, esperando que isso indicasse sua posição através da névoa.

Atiraram nelas.

Um disparo atingiu o chão a cinco centímetros de onde Ariadne estava deitada. Outro passou zunindo pela orelha de Lia. Desta vez, a voz saiu da garganta em alto e bom som:

— Parem de atirar! Por favor, parem de atirar!

A voz feminina ao longe ecoou seu pedido e os disparos cessaram. Lia escutou passos se aproximando e três silhuetas surgiram em seu campo de visão.

— Aqui! — chamou Lia. — Aqui.

As silhuetas se aproximaram até que Lia foi capaz de discerni-las:

dois soldados jovens, um branco e outro negro, com os fuzis apontados para frente e uma bruxa entre eles. Estava descabelada, com os olhos cansados e seu braço direito não estava lá. A manga de seu uniforme havia sido amarrada na altura do cotovelo.

Lia reconheceu seu rosto.

— Maeve.

— Lia. — Seus olhos a encararam com assombro e depois pousaram em Ariadne, deitada na maca atrás dela.

— Por favor, me ajuda — implorou a bruxa karinin. — Por favor.

*

Sob ordens de Maeve, um par de mãos revistou Lia e tirou sua pistola, enquanto outro par de mãos levou seu cajado. Os dois soldados colocaram tudo sobre o corpo de Ariadne, seguraram a maca cada um numa ponta e a levantaram. Lia os acompanhou com os olhos, tentando enxergar se Ariadne ainda respirava. Maeve disse:

— Fique de pé e venha comigo.

— Eu não consigo — respondeu Lia e olhou para as próprias pernas. A bruxa sulista a encarou por um momento e apontou seu cajado, fazendo surgir dele uma luz branco-amarelada. Lia sentiu uma onda de calor percorrer seu corpo e suas pernas subitamente ganharam uma energia renovada. Ela se levantou.

— Vamos — ordenou Maeve, e elas caminharam.

Maeve a conduziu até o acampamento. Ela havia chegado perto. Estava a cerca de cem metros das tendas quando sucumbiu à exaustão.

A ex-colega de escola a manteve em seu campo de visão o tempo todo, mas não apontou o cajado para suas costas. Não parecia assustada. Sequer parecia julgá-la como uma inimiga perigosa. Parecia apenas surpresa e precavida.

Quando estavam quase dentro do acampamento, Maeve pareceu esquecê-la e tomou a frente.

— Abram caminho! — gritou. — Abram caminho!

Um corredor de soldados e bruxas se abriu para que os dois soldados que carregavam Ariadne passassem. Lia parou de caminhar pouco antes de entrar no acampamento, como se tivesse sido congelada por um feitiço.

Ela conhecia aqueles rostos.

Agnes, Petúnia, Viv, Jadis. Todas olhavam para ela, os olhos esbugalhados de surpresa. Travada, Lia permaneceu na entrada do acampamento, encarando-as de volta. Maeve continuou andando até parar no meio do caminho e olhar para trás.

— Lia, preciso que venha comigo.

A karinin engoliu em seco e caminhou pelo centro do corredor recém-formado. O silêncio que se instaurou no acampamento era sepulcral e ela não ousou olhar para os lados: sentia o olhar das antigas colegas queimando na pele.

Ao final do corredor, enxergou Ariadne sendo colocada sobre uma mesa. Um casal de enfermeiros se aproximou e começou a checar seus sinais vitais e um grupo de bruxas que Lia não reconheceu formou um círculo ao seu redor.

Não queria deixá-la, mesmo sabendo que não podia fazer mais do que já havia feito. O feitiço de Maeve estava aos poucos perdendo efeito e ela sentia as pernas fraquejando. Em alguns segundos, cairia de joelhos no meio do acampamento. Seu olhar desviou de Ariadne e se deparou com Maeve encarando-a.

— Ela está fora das suas mãos.

Lia engoliu em seco. Maeve olhou para o lado e a karinin seguiu seu olhar.

Uma cela.

— Preciso que entre, por favor — disse Maeve, com a voz sem modulação. Ela obedeceu.

Dentro da cela havia um pequeno colchão recheado de feno, velho, imundo e cheio de buracos. Lia se sentou achando-o a coisa mais confortável do mundo. Estava cansada de uma maneira que lhe fugia à compreensão. Cada centímetro de seu corpo doía e implorava por repouso. Maeve fechou a grade da cela e a encarou como se quisesse dizer alguma coisa, mas não disse, e logo depois se afastou em silêncio.

Lia lutou contra o sono com todas as forças. Não queria dormir, não queria que Ariadne morresse enquanto ela dormia, não queria perder a chance de se despedir, se é que suas antigas colegas lhe dariam essa permissão. Mas o cansaço era forte demais. Sentiu o corpo se inclinando para o lado até ficar na horizontal, mesmo contra sua vontade, e adormeceu no instante em que encostou a cabeça no colchão.

*

Despertou com alguém chacoalhando seu ombro. Foi lento e difícil, como o despertar de um sono muito longo e profundo. Olhou em volta, sem saber direito onde estava ou como havia chegado ali, até ver o rosto de Maeve encarando-a de cima.

Então tudo veio à tona como uma torrente.

— Ariadne?! — Ela se sentou. — Cadê ela? Ela está bem?

— Se acalme — pediu Maeve, e a mão esquerda encostou em seu ombro. — Ela está viva. Fizemos tudo o que podíamos e agora ela está descansando. Tudo indica que vai se recuperar. Vai demorar um pouco, só isso.

Ao escutar essas palavras, toda a tensão que Lia havia acumulado nos últimos dias pareceu se dissipar de uma vez em um soluço incontrolável. Ela começou a chorar copiosamente. Maeve deu um suave apertão em seu ombro e sussurrou em tom de consolo:

— Fique calma. Tem alguém aqui pra te ver.

Com a visão embaçada pelas lágrimas, Lia enxergou alguém na entrada da cela. Uma figura alta, imponente, vestindo um uniforme azul marinho e uma rosa de um tom mais claro presa na lapela, os olhos transbordando uma doçura atípica.

— Professora?

— Lia — cumprimentou a professora Filomena. Caminhou em sua direção a passos largos, a envolveu com os braços e a apertou.

— Professora...

— Está tudo bem agora, querida. Está tudo bem.

Nos braços da antiga professora, Lia chorou. Chorou e chorou, como se nunca tivesse chorado antes.

*

Maeve e a professora Filomena se sentaram ao seu lado dentro da cela. Alguém lhe trouxe uma tigela de sopa e Lia comeu quase sem respirar, como se fosse a última vez em que veria comida na vida. A sopa foi esquentando seu corpo conforme descia e ela se sentiu relaxada.

As mulheres contaram que ela havia dormido onze horas. Todos os soldados e bruxas do acampamento receberam ordens de não a perturbar. Durante esse período, Ariadne esteve em tratamento, recebendo feitiços e mais feitiços de cura. Estava viva e, pelo visto, continuaria assim.

— Foi por pouco — explicou Maeve. — Mais algumas horas e não conseguiríamos ajudá-la.

— Você salvou a vida dela — acrescentou a professora Filomena no canto da cela.

— Posso vê-la? — perguntou Lia. — Quando vou poder vê-la?

— Daqui a pouco — respondeu Maeve. — Primeiro termine sua sopa.

Lia terminou de tomar a sopa o mais rápido que pôde e entregou o pote vazio para Maeve. A bruxa a encarou nos olhos. *Esse olhar*, Lia pensou. *Poucas vezes vi tanta tristeza num olhar.*

— Deixe no chão.

Maeve foi na frente e a professora Filomena foi atrás e as duas bruxas formaram uma espécie de escudo com Lia no centro. Os soldados paravam de caminhar quando olhavam para ela, as bruxas a encaravam como se ela fosse uma aparição ou um fantasma ou uma granada sem pino prestes a explodir. Sussurros eram proferidos. Lia sentiu como se tivesse voltado à Academia Rosazul para Garotas.

Suas antigas colegas estavam lá, paradas em frente à entrada da tenda médica. Lia descobriu que não sentia saudades delas e que provavelmente o sentimento era recíproco. Mas não guardava raiva nenhuma. Qualquer mágoa que pudesse ter sobrado de seu tempo na Academia Rosazul fora substituída por preocupações mais importantes.

O mesmo não podia ser dito de sua antiga colega de quarto. A bruxa sulista se colocou na frente de Maeve, bloqueando a passagem.

— Sai da frente, Agnes — ordenou Maeve, mas a mulher não se moveu.

— Ela não tem o direito.

— Ela salvou a vida da Adne — retrucou a professora Filomena, atrás de Lia. — Tem todo o direito.

Maeve sibilou sua resposta:

— Saia da frente, *agora*.

A sargento fez sua autoridade valer e Agnes saiu do caminho. Lançou um olhar enfurecido para Lia quando ela passou, mas a karinin não se abateu. Entrou na tenda médica sem piscar e as duas bruxas da Academia Rosazul entraram com ela.

Lia prendeu a respiração.

Ariadne estava deitada com uma grande faixa sobre o ombro e peito, os olhos fechados e um tubo saindo do braço e seguindo em direção a uma bolsa de soro pendurada. Respirava devagar e baixinho e parecia profundamente adormecida. Uma enfermeira estava ao seu lado e lançou um olhar questionador para Lia.

— Está tudo bem — disse Maeve. — Ela tem permissão. Pode se aproximar, Lia.

Lia obedeceu e se sentou em uma pequena cadeira de metal ao lado de Ariadne enquanto a enfermeira saía do recinto. Segurou sua mão e a apertou. Ela parecia frágil e quebradiça, magra, quase irreconhecível. A febre havia sumido, e o corpo estava gelado, ainda pálido como a Lua.

Mas ela está viva, pensou.

— O que acontece agora? — perguntou. — Quero dizer, comigo?

Virou-se e encarou Maeve nos olhos. A bruxa sulista soltou um suspiro e trocou olhares com a antiga professora.

— Eu não sei. Precisamos… deliberar.

— Deliberar? — perguntou Lia, e acrescentou mentalmente: *Não vou simplesmente ser presa?*

— A situação envolvendo você, Lia, é bastante incomum — explicou a professora Filomena. — Precisamos de tempo para decidir com calma qual a melhor opção.

— Posso deixar você sozinha com Ariadne? — perguntou Maeve, encarando-a com firmeza. — E confiar que você *vai* ficar aqui com ela?

Lia devolveu o olhar.

— Não tenho para onde ir.

Maeve assentiu e ela e a professora Filomena deixaram a tenda. Lia permaneceu sentada, segurando e fazendo carinho na mão de Ariadne por vários minutos, até que escutou a discussão do lado de fora.

— Você não pode simplesmente deixar ela ir embora! — uma voz gritou. Parecia Agnes.

— Ela salvou a vida da Ariadne, porra! — outra voz respondeu. Essa parecia Viv.

— Ela é uma *karinin* — retrucou Agnes, pronunciando a palavra *karinin* com tanto desdém que Lia quase se sentiu magoada. Não sabia que a antiga colega de quarto guardava tanto ódio dela, afinal as duas dividiram o mesmo dormitório por três anos e meio e sobreviveram. —

É uma prisioneira de guerra!

— A general Ursula não gostaria que ela fosse presa — uma nova voz interveio. Parecia Jadis.

— A general Ursula está morta! — gritou Agnes.

O coração de Lia saltou no peito e ela sem querer apertou a mão de Ariadne com tanta força que deixou pequenas marcas de unha em sua palma. A diretora da Academia Rosazul estava morta? Quando? Como?

Ela se levantou, mas não teve coragem de sair da tenda. Abraçou o próprio corpo, sentindo-se repentinamente com frio, e começou a andar de um lado para o outro.

A guerra era um pesadelo. Um pesadelo sem fim.

A discussão entre as bruxas durou mais trinta minutos angustiantes, com vozes diferentes gritando argumentos diferentes para lá e para cá, até que Maeve berrou:

— JÁ CHEGA!

Ela abriu a tenda e Lia parou de andar. Atrás de Maeve, as outras bruxas da Academia Rosazul a encararam com olhos ansiosos. Lia esfregou os braços e disse:

— Eu sou sua prisioneira. Não tenho intenção de fugir e aceitarei qualquer destino que me for dado.

Os olhos de Maeve se encheram de lágrimas e ela olhou para suas colegas antes de responder:

— Você trouxe nossa garota para casa. Salvou a vida dela. Portanto, eu vou te dar uma escolha.

— Maeve, você não pode! — objetou Agnes.

— Agnes, cale essa boca ou juro por Kaë que você não vai pronunciar outra palavra pelos próximos seis meses.

Contrariada, a bruxa fechou a cara e ficou em silêncio.

— Gostem vocês ou não — prosseguiu Maeve —, Lia é uma de nós, sempre foi uma de nós, e salvou a vida da Ariadne! Portanto, calem a boca! — Nenhuma bruxa ousou se opor e Maeve se virou para Lia outra vez. — Posso te dar uma escolha, mas não posso decidir seu destino. Você pode ficar, ou ir embora. Se ficar, será tratada como prisioneira. Vou me responsabilizar pessoalmente para que não sofra qualquer tipo de abuso por parte dos soldados, oficiais e outras bruxas. Mas... sim, você será presa. Se sobrevivermos, irei depor a seu favor, assim como algumas das outras garotas — ela lançou um olhar fulminante para Agnes —, mas não sei o que vai acontecer.

Lia engoliu em seco e assentiu. Com a voz cada vez mais embargada, Maeve continuou a falar.

— Ou você pode ir. E, se você optar por partir, prometo que ninguém tentará impedi-la. Gostaria de poder fazer mais. Queria poder consertar os erros do passado, mas não posso. Só posso oferecer uma escolha.

Lia não esperava por isso e ficou com a boca aberta, sem saber o que responder. Sentiu o sangue esquentando por debaixo da pele e se virou para encarar Ariadne, deitada e adormecida.

Ali estava uma chance, uma chance de continuar ao lado dela.

Mas que vida seria essa?, pensou. Agnes havia dito algo certo: ela era uma prisioneira de guerra. Que vida uma bruxa sulista e uma prisioneira karinin poderiam ter juntas?

Kaë havia salvado sua vida. E esse era o preço a ser pago.

— Eu escolho partir.

Maeve hesitou e se virou para suas colegas.

— Deixem-nos a sós.

A professora Filomena trocou um olhar com Lia e fechou a tenda.

— Fique — pediu a bruxa, baixinho, e isso também pegou Lia desprevenida. — Nós podemos resolver isso… de algum modo.

— Não há o que resolver.

— Ariadne vai ficar do seu lado. Ela vai esperar por você.

— Eu sei. — Lia esfregou as lágrimas das bochechas. — É por isso que quero ir embora. — Ela se virou para a bruxa adormecida. — Que vida eu teria para oferecer estando presa? Que vida nós poderíamos ter juntas? Não. — Ela balançou a cabeça. — Ariadne merece mais que isso. Merece ser livre e isso significa ser livre para amar outra pessoa e ser feliz. Tentei dar esse futuro para ela, mas fracassei. Você me deu uma escolha e eu escolhi partir. Agora, se possível.

— Mas…

— Melhor enquanto ela estiver dormindo. Ela não vai entender.

Relutante, Maeve concordou.

— Está bem.

Antes de sair da tenda, Lia deu um último beijo nos lábios de Ariadne e afagou seus cabelos. Queria guardar essa última visão dela antes de partir, como uma joia que manteria guardada consigo pelo resto da vida.

— Eu te amo — sussurrou, finalmente livrando-se do peso dessas palavras. — Sempre amei.

Queria que soubesse disso.

*

A professora Filomena a abraçou, do outro lado da tenda. Em seguida, Viv se aproximou e a abraçou por um segundo antes de soltá-la. Ao seu lado, Jadis a cumprimentou com um aceno da cabeça. Maeve a acompanhou até a saída do acampamento e um novo corredor de bruxas e soldados se formou para deixá-las passar.

— Queria que tivéssemos nos encontrado em circunstâncias melhores — lamentou Maeve. — Eu sinto muito. Por tudo.

Lia sorriu e meneou a cabeça.

— Eu sei.

Virou-se para partir e deu alguns passos antes da bruxa sulista chamar por ela uma última vez.

— Espere. Isso é seu. — Maeve estendeu o braço que restara. Em sua mão estava um cajado com uma obsidiana negra em cima. O cajado de Lia. Ela o pegou.

Atrás da sargento, as demais bruxas se reuniram, suas antigas colegas de escola. Colegas de uma vida diferente, de um tempo diferente que não podia ser resgatado. Pareciam todas cansadas, imundas, com os cabelos presos em rabos de cavalo e os rostos cor de cinza por conta de toda a fuligem e poeira. Lia pensou que, pela primeira vez, pareciam todas iguais.

Sem dizer nada, ela se virou e deu passos vagarosos e cansados rumo à clareira. Igualmente em silêncio, Maeve a observou caminhar sem olhar para trás em direção à floresta, sua silhueta aos poucos desaparecendo na névoa.

Parte VI

DETERMINAÇÃO

O sexto fruto da Árvore de Kaë também é conhecido em diversas outras traduções feitas nos últimos séculos como o fruto da persistência, assim como da resignação. Por mais contraditório que possa parecer, persistência e resignação andam de mãos dadas. É preciso força, como se diz em Nanjim, tanto para enfrentar as dificuldades da vida, quanto para aceitar os destinos que ela nos traz.

I

Ao ser questionada sobre a decisão de abandonar a carreira militar na qual gozava de tanto prestígio, Aramante declarou que não podia suportar a dor de ver suas colegas sendo mortas no campo de batalha atrás de uma mesa. Tendo o exército a julgado preciosa demais para ser perdida em mais um confronto, o que a impediria de se juntar às tropas, Aramante decidiu focar seus esforços na construção de uma escola. Com amplo apoio financeiro da Coroa, a Academia Rosazul logo se estabeleceu como uma das principais escolas de magia do continente. "Minha escola não será apenas um lugar de ensinamento, mas também de acolhimento", declarou ela, na épo-

ca. "E jamais fechará as portas para qualquer bruxa que lá busque abrigo, seja ela do Norte, do Sul, do Leste ou do Oeste."

— *Rosas ao Vento: A história de Agatta Aramante, volume 2*, página 131

*

As mãos de Ariadne tremiam como se ela estivesse prestes a participar de uma batalha. Com muito esforço, conseguiu colocar o cigarro na boca, acendê-lo com a ponta do dedo e dar uma tragada.

A alta sociedade de Lemúria era mais assustadora do que qualquer soldado inimigo.

Enquanto estava no campo de batalha, sempre sabia o que fazer. Sabia quais feitiços usar, como se posicionar e que ordens deveria gritar para suas colegas e o como agir diante das ordens que recebia. Em eventos como este, no entanto, nunca sabia ao certo *o que* dizer ou *quando*, se estava sendo rude ou não, a hora certa de se levantar ou se sentar, se devia ficar em silêncio ou oferecer uma resposta.

Ariadne sempre supunha que as pessoas a achavam boba e falavam mal dela pelas costas. Perdia-se em um mar de fofocas, nunca sabia quem estava traindo quem e achava tudo muito desinteressante, mal podendo esperar pelo momento em que ficaria sozinha com um maço de cigarros, um livro e uma boa xícara de chá.

Porém, o exército queria que ela tirasse fotos, aparecesse em programas de rádio e fizesse propagandas em prol do esforço belicista. Estilistas renomadas com nomes difíceis de pronunciar pediam que ela provasse seus vestidos, marcas de cosméticos pagavam um dinheiro considerável para que fosse vista usando seus produtos e garotinhas de oito anos pediam autógrafos quando a encontravam na rua.

Autógrafos.

Por Kaë, Ariadne pensava, *como foi que isso aconteceu*?

Alguém abriu a porta que dava para a varanda, e ela se virou. Era Jadis, com um olhar de reprovação estampado na cara. Ariadne devia estar lá embaixo com as colegas, distribuindo sorrisos e apertos de mão, preparando-se para ser homenageada.

— Adne, sinceramente — censurou Jadis. — Você devia fumar um pouco menos.

Sete meses depois do término da guerra, Ariadne chegava a fumar de um a dois maços de cigarro por dia, nos piores dias. Mantinham seus nervos sob controle, embora não estivessem ajudando tanto quanto gostaria.

— Só mais esse — respondeu.

— Tudo bem, mas não demore. A celebração vai começar daqui a pouco.

— Não vou demorar.

Jadis fez cara feia antes de fechar a porta e deixá-la sozinha na varanda outra vez. Ariadne terminou seu cigarro, mas não desceu para o térreo como havia prometido. Tirou outro do maço e o colocou na boca.

A porta se abriu de novo e desta vez Maeve passou por ela.

— Você está bem?

Estou tendo um pequeno ataque de pânico, pensou, mas respondeu apenas:

— Sim, sim, tudo bem.

— Você não parece bem.

— Ah, obrigada.

Maeve se aproximou e ficou de pé ao seu lado.

— Adne, as pessoas estão esperando.

Resignada, ela deu uma longa tragada do cigarro, jogou a bituca no chão e pisou em cima. Maeve estava para se virar e conduzi-la até o saguão, quando Ariadne tomou coragem para perguntar algo cutucava o fundo de sua mente há anos:

— Maeve, tem uma coisa que eu queria saber já faz um tempo. Como a gene... como a diretora Ursula morreu?

A colega parou de andar e seu corpo ficou rígido, como se tivesse sido atingido por um feitiço de congelamento. Virou-se devagar e respondeu:

— Não faça isso consigo mesma.

— Mas eu preciso saber — insistiu.

— Por que agora?

Porque já enrolei tempo o suficiente, pensou.

— Se alguém perguntar, preciso de uma resposta.

Maeve engoliu em seco e se aproximou de novo.

— Ela levou um tiro no peito. O disparo atravessou o pulmão direito.

— Ela morreu naquele dia?

— Não. No dia seguinte.

— Ela disse alguma última palavra?

— Não, nenhuma palavra. Era só isso?

Ariadne hesitou. Depois que Lia foi embora, ela nunca conversara com Maeve ou com qualquer uma das colegas a respeito do que aconteceu na floresta, o ferimento em seu ombro ou a conversa que tivera com a diretora Ursula na noite anterior à batalha. Ninguém nunca perguntou. Suas colegas deviam pensar que ela era uma desertora, uma traidora. A maneira como a maioria delas a tratava bem, tanto tempo depois, a corroía por dentro. Sabia que elas só faziam isso porque eram obrigadas.

Ariadne sabia que desapontara todo mundo.

— Só isso.

— Então vamos descer.

*

Havia pelo menos duzentas pessoas no salão, conversando, rindo e fazendo brindes, e ninguém notou sua chegada. Ariadne se espremeu por entre os convidados até chegar à mesa das colegas. Sentou-se junto de Jadis, Viv, Petúnia, Agnes e Maeve, cuja manga do braço direito continuava amarrada na altura do cotovelo.

Ariadne reparou que Viv e Jadis se sentaram em lados opostos da mesa e não olhavam nos olhos uma da outra. Elas sempre foram grudadas como unha e carne. Será que haviam brigado antes da cerimônia?

Enquanto especulava, o restante dos convidados se sentou e o salão ficou em silêncio. À frente havia um palanque com uma pequena tribuna no centro. Um holofote pendurado no teto se acendeu e iluminou um homem jovem que bateu no microfone sobre a tribuna antes de dizer:

— Boa noite a todos. — A multidão respondeu "boa noite". — Muito obrigado por estarem aqui, nesta maravilhosa celebração que reúne algumas das nossas mais estimadas bruxas e oficiais que lutaram bravamente na guerra contra o Norte e nos levaram à gloriosa vitória.

A multidão bateu palmas e Ariadne as imitou. Porém, sempre achava comentários assim irritantes. Nas ruas, rádios e eventos, as pessoas falavam em "vitória". No total, vinte milhões de pessoas morreram no confronto. Lemúria fora arrasada por bombardeios de zepelins, e a Coroa precisou de empréstimos e ajuda dos continentes do Sul, além do mar, para reconstruir seu país. Empréstimos que demorariam décadas para serem pagos.

Enquanto isso, centenas de pessoas morriam de fome e de frio em campos de refugiados por toda a extensão da fronteira, enquanto ela e os convidados comiam canapés de salmão grelhado com ervas finas e falavam em "vitória".

Ariadne procurou e procurou. Encontrou muitas coisas no caminho, mas não vencedores.

— Hoje — prosseguiu o mestre de cerimônias —, presentearemos nossas mais estimadas bruxas com a Estrela de Ouro, a máxima honraria oferecida pela Coroa.

— Que não está aqui — sussurrou Petúnia. Boatos diziam que a monarca estava no Norte, em uma reunião com os governantes de Azgür. Petúnia era muito boa em escutar fofocas e espalhá-las.

O mestre de cerimônias continuou a falar e falar e falar, mas Ariadne estava interessada em outra coisa: procurou na multidão por seus pais até encontrá-los em uma mesa distante do lado oposto do salão. A mãe usava um vestido verde-claro com um chapeuzinho, finos, porém horrorosos, e o pai usava um terno com colete feito sob medida.

As coisas mudam rápido quando se tem dinheiro.

O salário de tenente era bom, mas ser uma heroína de guerra e garota-propaganda da alta sociedade de Lemúria pagava ainda melhor. Ariadne de repente se descobriu com tanto dinheiro que não sabia o que fazer com ele. Além disso, as pessoas adoravam lhe dar coisas. Há quase três meses não pagava por um jantar. Dia sim, dia não, caixas e mais caixas chegavam com vestidos enviados por estilistas famosos, tantos que ela tinha um para cada dia da semana, sem repetir durante pelo menos um mês.

Todos queriam conhecê-la, apertar sua mão. Pegar seu autógrafo.

Ariadne sabia que essas coisas faziam parte do novo jogo. Esperava-se que ela se vestisse de um jeito, falasse de um jeito, se comportasse de um jeito. No exército não era diferente.

Só que no exército as coisas eram reais, pensou ela. *As pessoas e as consequências eram reais. Aqui, tudo parece de mentira.*

Ariadne suspirou e tomou um longo gole de champanhe. *Com o tempo você vai se acostumar*, repetiu a si mesma. Tinha que se acostumar, uma hora ou outra.

O mestre de cerimônias falou por um bom tempo, o velho blá blá blá de sempre, e por fim convidou as bruxas para andarem até a frente do salão. Rosas Azuis, Senhoras do Vento e Damas de Ferro foram homenageadas no alto do palanque durante uma cerimônia que parecia interminável. Enquanto Ariadne permanecia parada segurando o cajado, um homem com farda de general se aproximou, colocou uma estrela dourada em seu uniforme e as pessoas voltaram a aplaudir.

Ela segurou o cajado com cada vez mais força. *Não mereço esta honraria*, pensou. *Abandonei minhas colegas e persegui um sonho impossível.* A pele debaixo das unhas ardia de tanto apertar o cajado.

Suas colegas, professoras... ninguém jamais comentou qualquer coisa.

Por quê?

Como se para lembrá-la de seus fracassos passados, o ferimento em seu ombro começou a arder e ela teve que usar todo o autocontrole para não colocar a mão nele. Doeu tanto que seus olhos lacrimejaram e ela quase ficou de joelhos. A dor passou como uma onda, deixando para trás apenas uma dormência. Ninguém na plateia pareceu perceber.

Quando todas as bruxas terminaram de ser homenageadas, os pés de Ariadne latejavam de tanto ficar em pé. A multidão aplaudiu outra vez e, finalmente encerradas as celebrações, as pessoas se levantaram e cumprimentaram umas às outras.

Maeve, Petúnia, Agnes, Jadis e Viv, todas sorriram e a abraçaram antes de voltarem para o salão para conversar com os convidados. Ariadne procurou pelos pais e os abraçou com força. Ambos pareciam muito mais velhos, cansados, pequenos. Como se vinte anos tivessem se passado desde que fora para a Academia Rosazul, e não sete. Ela também se sentia assim.

Mas pelo menos estavam vivos e bem. E isso era o bastante.

— Você está tão linda — disse a mãe. Pegou os cabelos da filha, os levantou e deixou que se espalhassem pelos dedos. — Sua irmã sentiria muito orgulho de você, Azulada.

Ariadne sorriu e pensou no que a mãe havia dito enquanto o pai se aproximava e beijava suas bochechas.

— Nós sempre soubemos que você se tornaria uma grande bruxa — declarou ele. — E aqui está você.

Ela não tinha resposta. Duvidava que Sam sentisse orgulho dela, onde quer que estivesse, mas o que poderia dizer? Foi ficando cada vez mais nervosa entre os convidados. Sentia-se, de certo modo, no centro do campo de batalha outra vez. Todo aquele barulho... uma risada mais alta lembrava os gritos de um soldado ferido, e mesmo o som de alguém meio bêbado dando um tapa na mesa reverberava em seus ouvidos como um tiro de canhão.

A mãe percebeu sua aflição e a segurou pelo cotovelo.

— Tudo bem com você, Azulada?

— Sim, sim — respondeu mecanicamente. — Eu só preciso de um pouco de ar. Me dão licença?

Espremendo-se outra vez por entre os convidados, Ariadne saiu do salão o mais rápido possível. Do lado de fora, apoiou-se nos joelhos e ofegou, esperando a crise de ansiedade passar. Puxou um novo cigarro e deixou que a nicotina aos poucos acalmasse seu corpo.

Permaneceu alguns minutos em silêncio e já estava no terceiro cigarro quando percebeu com o canto do olho a aproximação de alguém. Virou-se com rapidez e deu de cara com um homem jovem, bonito e meio assustado.

— Pois não?

— Ah, me perdoe — disse ele. — Você é Ariadne "Ágata de Fogo" Adanin?

Ariadne franziu o cenho.

— Com exceção do "Ágata de Fogo", esse é meu nome, sim.

— Ah, sim, claro. — O homem sorriu com timidez e passou a mão na parte de trás da cabeça. Devia ter no máximo trinta anos. Tinha uma barba rala e belos olhos escuros. Ariadne o estudou com atenção. — Desculpe. Meu nome é Thomas Günder. Tom. É um grande prazer conhecê-la.

Os dois apertaram as mãos.

— Igualmente.

— Peço desculpas pela ousadia, mas está tudo bem? Quero dizer, você provavelmente é a convidada mais ilustre de todo este evento. Pensei que estaria lá dentro, se divertindo com suas colegas.

Ariadne franziu o cenho de novo.

— A *mais* ilustre? Isso não é meio exagerado?

— Exagerado? De forma alguma. Seus feitos na Batalha do rio Ynix se tornaram lendários por toda a Lemúria. É uma grande honra para nós tê-la aqui conosco.

Ariadne sorriu, tentando não parecer desdenhosa.

— Obrigada, você é muito gentil. Só tô... estou um pouco nervosa de ver tanta gente. Precisava de um tempo sozinha, longe do barulho.

— Ah sim, eu compreendo. Também fico tímido no meio de grandes multidões. Na verdade, acho esses encontros muito tediosos. Todos os convidados cheios de sorrisos falsos e papo-furado...

Ariadne sorriu em concordância, apesar de saber que o homem estava apenas cheio de... papo-furado. Desejou que ele fosse embora, mas ficou com medo de ofendê-lo, portanto fingiu interesse.

— Thomas Günder. Desculpe, eu não conheço seu nome.

— Sou o filho de Ozmar Günder — explicou. — Fabricante de armas.

— Ah.

— Vivemos bem ao Leste de Lemúria, em uma casa de campo. Eu... — Mais uma vez, ele passou a mão pela nuca. — Minha família vai sediar um evento beneficente dentro de vinte dias para arrecadar dinheiro para os refugiados no Norte. Gostaríamos que você e suas colegas fossem nossas convidadas e, quem sabe, passassem uma temporada conosco.

Ele lhe entregou um convite. Um pequeno cartão feito do papel mais macio que ela já tocara na vida. Letras perfeitamente desenhadas em uma tinta verde-esmeralda indicando o local e a data do evento e... aquilo era perfume?

Não coloque o cartão no nariz, Ariadne disse a si mesma.

— Por favor — acrescentou Thomas Günder —, seria uma grande honra.

Ele sorriu com delicadeza e voltou para o evento. Ariadne esperou um pouco e então encostou o cartão no nariz, e deu uma bela fungada.

Tinha cheiro de rosas.

*

Ao retornar para sua mesa, descobriu um copo de vinho tinto aguardando por ela. Álcool. Quase tão bom quanto nicotina.

— Tomei a liberdade de encher ele pra você — comunicou Viv. Ariadne agradeceu, embora continuasse a sentir que a amiga estava estranhamente taciturna.

— Sobre o que vocês estão conversando?

— Ravena — respondeu Jadis.

Ravena. Eis um nome que não escuto há algum tempo. Ariadne olhou em volta.

— Ela veio?

— Mas é claaaaaro — respondeu Jadis, e ao seu lado, Petúnia soltou um grunhido. — Seria um tremendo ultraje se ela não comparecesse, embora não tão ultrajante quanto fugir da convocação do exército. Está sentada em uma mesa no fundo do salão, bem longe da gente.

O fato de que Ravena não fora para a guerra pelo visto continuava a deixar uma marca profunda em suas colegas. Ariadne, por sua vez, percebeu que, depois de tudo pelo que passara nos últimos anos, havia se esquecido quase que por completo da garota. A ex-colega era, para ela, apenas uma menina rica e mimada, e nada além de um vulto em sua memória.

— Fiquei sabendo que o pai dela foi transferido do cargo de Ministro dos Assuntos Exteriores para um posto, hã, como posso dizer, mais "burocrático" — fofocou Petúnia, fazendo aspas com os dedos de modo nada discreto. — Lógico que eles continuam podres de ricos.

— Muriel também veio — emendou Agnes. — E veio prenha.

As garotas deram risinhos e Ariadne olhou para trás. Encontrou Muriel, a seis mesas de distância, ao lado do marido e de Ravena. Tinha uma barriga enorme debaixo do vestido, mas não era só isso. Ariadne estudou seus olhos. Havia algo de estranho neles, uma espécie de tristeza como a de quem está preso a um destino que não foi sua escolha.

— Mudando de assunto — interrompeu Maeve, fazendo Ariadne se virar. — Thomas Günter conseguiu entregar o convite pra você?

— Vocês também ganharam?

— Ah sim — disse Maeve. — Mas eu tenho outros... planos. Se é que posso chamá-los de "planos".

— Eu também — retrucou Petúnia. — Vou voltar para a casa dos meus pais essa primavera e ficar por lá.

— Também não posso ir — completou Jadis. — O exército me chamou pra fazer uma turnê promocional no Norte e eu aceitei.

Com o canto do olho, Ariadne enxergou Viv apertar a barra da blusa do uniforme. A bruxa não respondeu de imediato. Tomou um longo gole de vinho tinto primeiro, sem olhar para Jadis.

— Bom, eu vou — murmurou por fim. — Nunca se recusa bebida de graça. Fora que um tempo no campo bem longe do exército é justamente o que eu preciso.

Foi a vez de Jadis tomar um longo gole de vinho. As duas encararam uma à outra com os olhos cheios de raiva, deixando o clima na mesa estranho por alguns instantes, até que Maeve se interpôs.

— Você devia ir, Adne. Pode ser interessante pra você.

— Interessante em que sentido?

— No sentido de que esses eventos estão cheios de pessoas influentes e interessantes — explicou Viv — e você pode conhecer algumas delas. E, quem sabe? Talvez possa até arranjar um marido, ou esposa, rica e poderosa. Thomas está claramente usando esse evento beneficente como uma desculpa pra te cortejar.

As bochechas de Ariadne coraram.

— Não seja boba, Viv.

— Não estou sendo boba.

Ariadne contemplou seu copo de vinho pela metade enquanto Agnes disse:

— Eu casaria com ele.

— Eu também — acrescentou Petúnia. — Ele é bonito, jovem e obscenamente rico. Mas já tenho outros pretendentes no momento.

— É sério?! — exclamou Jadis, dando um forte tapa na mesa. *BUM*. Como uma explosão. Os ouvidos de Ariadne tiniram. — Conte tudo, mulher!

Petúnia começou a contar sobre seu novo cortejo, mas logo a mente de Ariadne divagou. Ela queria se interessar mais pelo assunto, só que quanto mais ouvia falar sobre essas coisas, mais sentia que não estava preparada para o que aquele novo mundo tinha a lhe oferecer.

Precisava de outro cigarro. Ao se levantar, Maeve puxou a barra de seu uniforme e sussurrou:

— Fique na mesa.

Ariadne a ignorou e caminhou a passos rápidos para a saída do evento. No caminho, porém, foi interceptada por ninguém menos que Muriel. Atrás dela, a alguns metros de distância, estava Ravena, que a encarou por um momento, os olhos subitamente se arregalando de pânico, como se Ariadne fosse pular sobre a mesa a qualquer instante e atacá-la.

— Adne, posso conversar com você um minuto? — perguntou Muriel. Ariadne ficou tão chocada com a aproximação (e com o fato de que ela a chamara de "Adne") que não foi capaz de oferecer uma resposta. — Por favor?

Doeu descobrir isso, mas Ariadne percebeu que não estava tão livre da mágoa quanto pensava. Lembrou-se de todas as maneiras em que Muriel e Ravena tornaram sua vida um inferno na Academia Rosazul e das duas chamando Lia de "porca nortista".

Talvez Muriel quisesse dizer que sentia muito por aqueles anos passados. Talvez quisesse dizer que estava arrependida. Talvez quisesse dizer outras mil coisas. De qualquer modo não importava, pois Ariadne percebeu que não conseguia perdoá-la pelo que ela havia feito e que não tinha nenhum interesse em ouvir qualquer desculpa de sua boca.

— Adne, *por favor.*

Ariadne lhe deu as costas e saiu do evento, caminhando de novo até o jardim. Com as mãos trêmulas mais uma vez, sentindo-se meio bêbada e com vontade de chorar, colocou outro cigarro na boca. Fumou quieta e sozinha por um tempo, até que Maeve apareceu e acendeu o próprio cigarro.

— Já vou voltar pra mesa, prometo.

— Não se preocupe com isso — respondeu a amiga, soltando uma lufada de fumaça branca no ar gelado. — Vim ver se você está bem.

— Eu tô.

— Tem certeza? Aquela conversa que tivemos sobre a dire... sobre a general Ursula, ela...

— Maeve, o que você vai fazer agora? — interrompeu Ariadne. Maeve a encarou por um momento e deu uma nova tragada.

— A diretora Elisabete me convidou para lecionar na Academia Rosazul e para ser sua assistente na direção da escola. Eu aceitei.

— Você *quer* ir para Rosazul?

— Quero — respondeu ela, sem hesitar. — No começo eu não tinha muita certeza porque imaginei que as meninas diriam que eu só estou aceitando esse emprego por ser aleijada ou algo assim e nenhum pretendente vai me querer. Mas sabe de uma coisa? — Ela olhou para o braço que faltava. — Eu lutei contra isso por muito tempo até perceber que não preciso de dois braços para ser completa. E também não preciso de um marido ou uma esposa para ser completa, independentemente de as meninas pensarem o contrário. Na escola vou fazer coisas boas e serei feliz, e é só disso que eu preciso.

— Então por que me mandou ir à festa do tal Thomas Günder? — questionou Ariadne.

— Pra que você tenha uma chance de descobrir o que você quer e do que precisa.

Ariadne assentiu, mas não conseguiu deixar de se sentir triste pela amiga, lembrando-se da conversa que elas tiveram na tenda quando Maeve teve o braço amputado. As duas fumaram em silêncio. Maeve não parecia ter raiva dela, Ariadne percebeu. As outras poderiam até ter, mas Maeve não. Isso era um enorme consolo. Pensou em abrir a boca e contar sobre a conversa que tivera com a general Ursula antes de sua morte, pensou em explicar por que abandonou suas colegas e pensou em implorar o perdão de Maeve, quando a outra bruxa disse:

— Sabe do que eu mais sinto falta? Se for cem por cento sincera? Nem é dos tempos da escola antes da guerra, mas sim da matraca da Ísis. Por Kaë, aquela menina sempre tinha uma piada ou uma resposta pronta.

A vontade de chorar de Ariadne aumentou.

— É verdade.

— Quero dizer, *porra*. Toda vez que escuto alguém levantar a peteca, fico esperando uma resposta da Ísis. — Ela soltou um suspiro e seus olhos ficaram marejados também. — E eu nem era tão amiga dela, sabe? Não como você, a Viv ou a Jadis. Mas puxa vida… ela faz falta.

— Eu sei.

Antes que ambas irrompessem em lágrimas, Maeve quebrou o gelo:

— Lembra do "repelente de xoxota"?

As bochechas de Ariadne ficaram vermelhas.

— Você escutou aquilo?!

— Adne, todo mundo no nosso batalhão escutou aquilo. Por um milagre de Kaë, os únicos que não escutaram foram o general Gorhn e a general Ursula.

Ariadne colocou a mão na boca, mas não conseguiu conter o riso. Logo Maeve estava rindo também. As duas riram que nem bobas do lado de fora do evento, sem se importarem em serem vistas ou julgadas. Riram até chorar.

II

Dentro do cartão com cheiro de rosas havia um número de telefone. Ariadne foi atendida por Thomas Günder em pessoa e informou a ele que iria para a casa de campo antes do evento, dali alguns dias.

— Perfeito — respondeu ele, com uma satisfação aparentemente genuína. — Aguardamos sua chegada com grande expectativa.

Não acredito que estou fazendo isso, pensou ao desligar o telefone.

Em seguida, ela foi almoçar com a mãe em um pequeno restaurante aberto na capital de Lemúria. Fazia calor e o céu estava claro, um dia perfeito para ficar de bobeira e caminhar pelas ruas da cidade sem pressa. Alguns soldados passaram por elas rindo, bebendo, sem sirenes ou bombas caindo, sem os sons infernais da batalha. Não fosse um prédio em reconstrução aqui e ali, seria difícil de acreditar que uma guerra tinha terminado há poucos meses.

Às vezes, Ariadne dava um beliscão no próprio braço para lembrar a si mesma que não estava sonhando.

A primeira coisa que sua mãe lhe contou foi que a dona Josephina e o senhor Tito estavam namorando. Eles já deviam estar na casa dos oitenta, Ariadne pensou, mas sorriu como uma boba ao pensar nos dois sentados de mãos dadas em um banco na Praça dos Combatentes. A mãe continuou:

— Seu pai e eu achamos que é uma boa ideia você ir nesse evento. E se esse tal de Thomas está realmente interessado em você, poderia ficar lá uma temporada. Ou duas. Ou todas...

— Mamãe. — Ariadne pousou a xícara de café na mesa. Com calma. — Eu não estou interessada num marido. E nem numa esposa, acho bom deixar claro. Que ideia...

— Ora, Azulada, sejamos realistas. — Foi a vez da mãe pousar a xícara de café na mesa. Um pouco menos calma. — Você tem duas opções. Casar-se, ou voltar para o exército.

Ariadne pensou em mil outras coisas que poderia fazer: passar a via viajando, abrir uma loja de poções, comprar uma mansão e viver como eremita.

— Ou posso voltar pra casa — respondeu ela. — Ajudar o papai na sapataria.

— Azulada... — A mãe sorriu, melancólica. — Você é uma bruxa condecorada com a Estrela de Ouro. Seu lugar não é em uma sapataria. Além do mais, seu pai está se virando muito bem com o dinheiro que você mandou e eu estou muito bem na fábrica de costura, obrigada. Mais alguns anos e vou me aposentar. Você não precisa se preocupar com a gente.

A mãe queria que ela tivesse uma vida *além* da sapataria e da pequena cidade de Gaurin. Ariadne queria uma vida de paz. A vida na sapataria seria assim.

Ela suspirou.

— Posso mandar mais dinheiro se vocês precisam...

— Não precisamos. E não queremos ser a razão pela qual você se recusa a ir nesse evento.

Ariadne não respondeu. Em um gesto atípico, a mãe estendeu o braço e segurou sua mão por cima da mesa.

— Eu e seu pai morremos de orgulho de você, Azulada. Você se tornou tudo o que nós achamos que se tornaria. — Ela abriu a boca para falar mais alguma coisa, mas se deteve. Ariadne não precisava que ela dissesse as palavras: ambas sabiam o preço pago para estarem ali.

A memória de escutar com a orelha encostada na parede a mãe e o pai brigando no quarto ao lado ressurgiu com força. Não era à toa que a mãe tinha medo que ela se tornasse uma bruxa: Ariadne foi para muito longe de casa, quase morreu no processo, e retornou como outra pessoa.

A mãe de Ariadne recolheu a mão, abriu a bolsa e tirou a carteira de dentro.

— Mamãe, pelas sete faces de Kaë... eu pago. Tenho dinheiro pra pagar essas coisas, agora.

Ela chamou o garçom, mas, ao se aproximar, o homem fez um pequeno sinal com a mão e sorriu.

— É por conta da casa.

*

Ariadne juntou roupas, sapatos e vestidos suficientes para um ano inteiro e não apenas a primavera. Melhor levar a mais do que a menos, era o que a mãe sempre dizia.

Deixou para trás as botas feitas pelo pai, pois estavam velhas e rasgadas em vários pontos, e o vestido azul costurado pela mãe, que ficara curto e esgarçado. Levou consigo o relógio de Tito, que continuava a funcionar perfeitamente, e a pedra vulcânica presenteada por Ísis. Eram objetos que invocavam memórias de uma época antes da guerra, antes de Lia, e era bom tê-los consigo.

A gerência do hotel providenciou que seus pertences fossem colocados no veículo motorizado que a deixou na estação de trem antes do horário previsto. Sua bagagem foi levada por funcionários como se ela fosse uma celebridade e as pessoas que passavam ao seu redor a encaravam e a cumprimentavam, tímidas e com olhos brilhando de admiração.

A cabine do trem era luxuosa com bancos forrados de couro vermelho e grandes armários de madeira polida acima da sua cabeça, onde as malas foram guardadas. Ariadne tinha uma cabine só para ela e, alguns minutos depois de o trem se colocar em movimento, uma pessoa bateu à sua porta e lhe ofereceu chá e comida.

Ela pensou que jamais se acostumaria com aquilo.

Foram três horas e meia de viagem até a região de Ammaría, no extremo Leste de Lemúria. Mesmo longe do litoral, Ariadne pensou que o lugar também parecia saído de um sonho.

Grandes campos verdes se estendiam até onde os olhos alcançavam e, além, morros e mais morros se erguiam cobertos de um verde vibrante sem nenhuma cratera à vista. Ariadne enxergou vacas pastando, um pequeno moinho de vento e um campo de margaridas próximos de onde o trem a deixou.

Como um lugar destes existe?, ela se perguntou. *Como esses campos não foram queimados durante a guerra?*

Em que fim de mundo eu me meti?

Um carro amarelo sem capota (ou "conversível", como as pessoas chamavam) a aguardava na entrada da estação de trem. O motorista a cumprimentou tirando o boné, carregou suas bagagens e a levou até a mansão de Thomas Günder sem dizer praticamente nenhuma palavra.

A mansão ia muito além do que Ariadne esperava. Tinha um tamanho semelhante ao da Academia Rosazul, só que era toda de alvenaria pintada de branco, com três andares e grandes colunas emoldurando a entrada, terminando em um teto que tinha o formato de um V invertido.

Ajudantes vieram e descarregaram o veículo em silêncio, até que Thomas em pessoa apareceu na entrada da casa.

— Você veio! — Ele ergueu os braços esbanjando um sorriso cheio de dentes.

Ariadne sabia que não era comum que o anfitrião de uma grande casa recebesse seus convidados em pessoa. Era necessário ostentar riqueza e importância o tempo todo, e, na maioria das vezes, os donos da casa só recebiam os convidados durante o jantar, um comportamento que ela e seus pais jamais teriam com qualquer visita.

— Bom, eu disse que viria — respondeu ela, tentando sorrir de forma convincente. Havia se deslocado uma longa distância e suas articulações doíam. Além disso, a mansão começava a oprimi-la com seu tamanho descomunal.

— Estamos todos muito felizes com sua chegada. Você deve estar exausta. Permita-me levá-la aos seus aposentos.

Ariadne se perguntou quem eram "todos" e pensou que o sorriso de Thomas Günder era, na verdade, muito bonito.

Ao adentrar a residência dos Günder, a bruxa se deparou com um imenso salão principal. Piso de madeira polida, papel de parede verde e um enorme lustre de cristal iluminando o centro. O primeiro andar tinha salões de dança, de jogos e uma sala para fumar, tudo enfeitado com grandes pinturas, vasos de porcelana e relíquias em estantes presas nas paredes.

Os quartos ficavam no segundo e terceiro andares. Eram vinte e seis cômodos no total. O quarto de Ariadne ficava ao lado do de Viv.

— Ela já está aqui — informou o jovem herdeiro dos Günder. — Chegou anteontem de manhã. O tempo está bom, de forma que ela deve estar nadando no lago e deve se juntar a nós durante o jantar. E então, o que achou?

Ariadne olhou em volta. As malas já haviam sido colocadas ao lado da cama, que era três vezes maior do que qualquer outra coisa sobre a qual ela já dormira. As paredes eram de um tom de verde mais claro que o papel de parede do primeiro andar e, além do quarto, tinha uma banheira enorme e uma pia de mármore em um cômodo adjacente. As janelas se abriam para uma varanda ampla e a luz do sol entrava no quarto através de cortinas de seda.

Mantenha a compostura, ela pensou. Na alta sociedade, tudo era "agradável" ou "desagradável", "satisfatório" ou "insatisfatório". Nunca "maravilhoso", "estupendo", "incrível", ou quaisquer outros adjetivos nos quais Ariadne poderia pensar para descrever o cômodo.

— Sim, estou mais do que satisfeita com minhas acomodações — respondeu, e se perguntou como eram as outras vinte e cinco.

— Perfeito! — Ele bateu as mãos e lançou aquele sorriso bonito de novo. — Sei que a viagem até aqui foi longa, portanto, vou deixá-la descansar um pouco. O jantar será servido às seis e, amanhã, eu ficaria muito feliz em convidá-la para conhecer o restante da propriedade, se estiver disposta.

— Claro — disse Ariadne. — Eu adoraria.

— Perfeito. Peço que me dê licença, preciso receber outros convidados para uma reunião de negócios. — Ariadne aquiesceu e ele fechou a porta, deixando-a sozinha.

Olhou em volta e soltou um suspiro antes de abrir as malas e começar a colocar os vestidos nos cabides dentro do armário. O colchão era tão macio que seu corpo afundava. Ela se deitou de barriga para cima e ficou encarando o teto por um tempo. Sentia-se mais inquieta do que cansada.

Ficou de pé e abriu a janela. Observou os campos que se estendiam para muito além da casa, até o horizonte. Pensou que poderia se acostumar com o silêncio. Para quem chegou a achar normal dormir no chão congelante do inverno de Azgür ou acordar com os gritos da tenente Glinda antes de o sol nascer, deveria parecer um paraíso.

Deveria.

✶

Viv apareceu não muito tempo depois, vestindo um maiô listrado de corpo inteiro e óculos escuros, o cabelo preso em um rabo de cavalo, ainda pingando.

— Você veio! — gritou, antes de lhe dar um abraço úmido. — Confesso que achei que você não viria.

— É. — Ariadne deu de ombros. Lembrou-se que as regras de etiqueta ditavam que ela devia dizer "sim", nunca "é". Seria bom ter isso em mente antes do jantar. — Pensei que um tempo no campo longe de tudo talvez me fizesse bem.

Ou isso ou vou morrer de tédio e voltar correndo para o centro urbano mais próximo.

— Essa foi uma ótima decisão. Temos a casa praticamente pra nós duas por toda a primavera.

— O quê? — Os olhos de Ariadne se arregalaram. — Como assim?

— Como assim o quê? Ele chamou só nós duas, e as meninas que recusaram. Achei que isso estivesse claro.

Não estava. Ariadne rangeu os dentes. Pensou que mais pessoas ricas, parceiros de negócios, membros da realeza, enfim, ficariam na casa durante a primavera. Enquanto tinha uma pequena crise de pânico, Viv continuou a falar:

— Tem uma lagoa aqui perto que é um sonho; nós vamos lá amanhã, faço questão. É bom relaxar um pouco, Adne. E esta é uma boa oportunidade pra você cortejar e ser cortejada pelo Thomas.

Ariadne reprimiu o desejo de revirar os olhos.

— Pra começo de conversa, o que faz você pensar que ele está tão interessado em me cortejar? Ele te convidou também. Talvez esteja interessado em cortejar você, e não eu.

— Estou aqui desde anteontem. — Foi a vez de Viv lhe devolver um sorrisinho. — Acredite quando eu te digo que ele está interessado em *você*. Fora que não estou interessada nele. Só quero uma casa que não seja a minha, cheia de comidas gostosas e uma lagoa pra nadar, paz e sossego.

Eu também, pensou Ariadne.

— Enfim — prosseguiu Viv. — Pode contar que ficarei fora do seu caminho. Agora trate de se arrumar, porque o Thomas preparou um jantar especial. Te vejo em duas horas!

A bruxa jogou dois beijinhos no ar e saiu do quarto. Ariadne se sentou outra vez no colchão extremamente macio e ponderou que estava sendo cortejada por um dos homens mais ricos de toda a Lemúria. Isso não era obra de sua imaginação.

*

Durante o jantar, eram apenas ela, Viv e Thomas, algo que parecia ser uma decisão deliberada do anfitrião. Outros convidados, os pais dele, por exemplo, chegariam nos próximos dias. Nessa noite, estavam sozinhos.

Ariadne estudou os gestos, a postura e o linguajar do Günder filho com atenção. Ele era cordial e simpático na maior parte do tempo, um verdadeiro cavalheiro, e tratava as duas de forma igual exceto por um detalhe: ele nunca a tocava.

No começo, Ariadne pensou que fosse apenas impressão. Porém, conforme os minutos foram passando, a impressão se transformou em certeza. Thomas não tinha medo de segurar a mão de Viv, ou de pôr a mão em seu ombro, mesmo que de forma respeitosa e comedida. Entretanto, tratava Ariadne como se ela fosse uma relíquia, ou como se talvez fosse evaporar caso a tocasse.

Ao se despedirem, Viv e Thomas seguraram as mãos e ela ganhou um suave beijo no rosto. Ariadne esperou por um tratamento semelhante e estendeu as mãos para que ele as segurasse, mas isso não aconteceu. Seus braços permaneceram cruzados atrás do corpo. Ele a olhou nos olhos, sempre sorrindo, e repetiu o quão estava feliz com a presença dela em casa. Ariadne agradeceu e foi para o quarto, pensativa.

Passou os trinta minutos seguintes tirando a maquiagem e os grampos do cabelo. Sua cabeça estava agitada, revisitando o jantar nos detalhes mais ínfimos, criando os cenários mais convincentes para sair dessa mansão luxuosamente opressiva e voltar para casa sem ofender ninguém.

Ao se deitar, encarou o teto por debaixo dos lençóis pedindo por um sono que se recusou a vir. Passou um bom tempo pensando, conjecturando, questionando, lembrando, até que desistiu de ficar na cama. O colchão era macio demais, os lençóis eram confortáveis demais. Aquele toque acetinado não oferecia proteção alguma: ela se sentia desamparada, sem peso enquanto permanecia deitada neles, como se estivesse caindo.

Tirou uma manta de cima da cadeira ao lado da janela e se enrolou nela. Depois, pegou o travesseiro e se deitou no chão. O chão era familiar. Era sólido, seguro. Ariadne fechou os olhos e dormiu.

III

Tudo bem, Ariadne refletiu. *Conheça a mansão, fique por aqui até o dia do evento, faça todo mundo sorrir e depois invente alguma desculpa pra voltar pra casa. Diga que é uma emergência familiar. Diga que todas as botas da sapataria do seu pai ganharam vida e estão destruindo a cidade e que você é a única que pode impedi-los.*

Invente alguma coisa. Qualquer coisa.

Era manhã do segundo dia e Viv avisou que não se juntaria a ela para conhecer o restante da propriedade.

— Estou aqui há mais tempo que você, já andei por toda essa região — justificou, e

Ariadne conseguiu ver um sorrisinho se formando em seus lábios. — Vocês sigam sem mim, com calma, e aproveitem pra se conhecerem melhor.

Só faltou Viv lhe lançar uma piscadela. Talvez tivesse, por debaixo dos óculos escuros. *Não me deixe sozinha, pelo amor de Kaë*, Ariadne pensou em dizer, mas optou por permanecer em silêncio.

Thomas, por sua vez, não demonstrou qualquer objeção. Na verdade, parecia mais do que satisfeito.

Apenas vá com ele, disse a si mesma. *Na pior das hipóteses, você é uma bruxa e ex-militar, pode nocauteá-lo de seis maneiras diferentes.*

O que seria péssimo, é claro, mas Thomas jamais chegaria a tal ponto. Durante a caminhada pelos vários andares, cômodos e salões da mansão, ele manteve uma distância cautelosa e não a tocou sob hipótese alguma. Na verdade, parecia ter um pouco de medo dela.

Ariadne pensou em esbarrar nele para ver o que acontecia. Talvez ele ficasse em choque de tal modo que se transformaria em pedra. Isso a fez sorrir por dentro, mas desistiu da brincadeira e, prestou atenção na propriedade. Não foi o piso lustrado, as estátuas de mármore, os chuveiros de cobre ou os quadros clássicos pendurados na parede o que mais a deixou boquiaberta. Foi o sistema de luz elétrica.

A família de Ariadne só foi ter luz elétrica quando ela era criança e sua irmã já tinha morrido.

Ela perguntou como os Günder tinham feito para levar a eletricidade até esse fim de mundo, e Thomas explicou:

— Todo o cabeamento é subterrâneo. Instalamos cabos debaixo da terra que vão até a geradora de eletricidade mais próxima, a vinte e sete quilômetros daqui. Custou uma fortuna.

Tenho certeza, Ariadne pensou.

Além da luz elétrica, a família Günder havia encontrado outras maneiras de ostentar sua riqueza.

— Tudo o que você viu antes de chegar aqui também é nosso — explicou ele. — Dois mil e quinhentos hectares de terra.

Depois de deixar implícito como todas as outras pessoas eram insignificantes em comparação à sua família, Thomas a levou até o salão onde ficavam expostas as armas fabricadas por eles.

Havia mais armas ali dentro do que no paiol de munições do quartel em que Ariadne treinara. Fuzis, carabinas e pistolas estavam dispostas nas paredes, em armários de vidro e sobre as mesas no centro do salão. Longas, curtas, leves ou pesadas, cromadas, folheadas a ouro, com pedras preciosas incrustadas nas empunhaduras, cada uma delas projetada para um único objetivo.

— Nossa família está no ramo de armas há quase duzentos anos — disse Thomas. Apontou para o quadro de um homem com um bigode respeitável sentado em uma cadeira de couro, com um fuzil de caça apoiado no ombro. — Este é meu tataravô, Inmar Günder. Ele que fundou a empresa. Por décadas fomos fornecedores oficiais de armas para o exército de Lemúria. Hoje, a competição é um pouco mais forte, mas continuamos sendo um dos fabricantes mais respeitados do Sul.

— Onde fica a fábrica? — perguntou Ariadne, embora não quisesse mesmo saber.

— Trinta quilômetros ao norte. Posso te levar lá mais tarde, se quiser conhecer.

— Hm... — fez a bruxa.

Thomas lhe deu uma excursão completa e conversou durante um bom tempo sobre a história de sua família e antepassados, como eles se envolveram com a fabricação e o comércio de armas. Ariadne achou a conversa inteira enfadonha, mas teve a impressão de que o jovem Günder pensava algo semelhante. Contava a história como se estivesse recitando um texto ensaiado, sem entusiasmo.

Ariadne se perguntou se a pistola que ela usou no exército era de fabricação Günder, mas talvez não quisesse ter essa informação. Tudo o que precisava saber é que havia, enfim, encontrado os vencedores que tanto procurara.

*

Viv e ela almoçaram com Thomas do lado de fora da casa. Fazia sol e um calor agradável, e os empregados dos Günder montaram uma mesa a céu aberto. Durante o almoço, foram discutidos vários assuntos sobre os quais Ariadne não prestou muita atenção. Quando Thomas se levantou para checar algo dentro da casa, Ariadne aproveitou para perguntar à Viv algo que não saía de sua cabeça.

— Quando eu vim pra cá, pensei que iam ter *outras*... pessoas. Não te incomodou ficar sozinha na casa com Thomas durante os últimos dias?

— Não — respondeu a amiga, dando de ombros. Parecia igualmente distraída. — Por quê? Deveria?

— Não sei. — Nunca sabia dizer ao certo o que era ou não considerado um comportamento adequado para aquela sociedade. — Mas... ficar sozinha com um homem em um lugar tão afastado... não é perigoso?

Viv suspirou e baixou os óculos. Seus olhos pareciam meio inchados ou era só impressão de Ariadne?

— Olha. Thomas Günder é um dos nomes mais conhecidos na fabricação de armas em toda Lemúria. Quero dizer, o pai dele é. Dito isso, sabe qual a coisa mais perigosa para pessoas como ele, mais até do que uma arma de fogo ou o cajado de uma bruxa?

— Qual?

— Fofoca. Sei que estou segura aqui porque se alguma coisa, *qualquer* coisa acontecer com uma bruxa altamente condecorada, considerada uma heroína de guerra, nesta mansão, a vida dele estaria arruinada. Cavalheiro ou não, ele sabe disso. Portanto, se essa é uma preocupação sua, pode ficar tranquila. Estou falando sério. E porra, você é uma bruxa. Consegue atear fogo em coisas com o estalar dos dedos, e ele sabe disso.

Viv sorriu e bebeu um gole de sua água com limão, dando a conversa por encerrada.

*

Ariadne não se convenceu por completo, mas optou por não se preocupar mais com o assunto. Precisava relaxar um pouco. Após o almoço, decidiu nadar. Viv lhe mostrou a lagoa que havia sido mencionada no dia anterior e parecia mesmo algo tirado de um sonho: uma pequena porção circular de água doce no meio do mato, limpa, translúcida e escondida.

Um empregado da mansão a acompanhou. Colocou uma cadeira de madeira, uma mesinha com água gelada e uma sombrinha na margem da lagoa e esperou por ela.

Ariadne nadou nas águas calmas e silenciosas por pelo menos meia hora. Estava boiando de barriga para cima e de olhos fechados, deixando o rosto receber um pouco de luz do sol, quando seu ferimento de guerra começou a arder em brasas. Ela quase afundou com o susto. Engoliu um pouco de água e tossiu. Havia um pequeno píer na margem e ela nadou até lá o mais rápido que pôde. O ferimento doía tanto que sua visão ficou turva e ela não conseguia levantar o braço.

Tudo bem, pensou. Normalmente a dor durava apenas alguns minutos. *Já vai passar.*

Enquanto a dor lancinante persistia, Ariadne se apoiou no píer e fechou os olhos. Aos poucos, a queimação diminuiu e ela foi capaz de enfim contemplar o fato de que quase morrera afogada ali mesmo. Quão irônico seria isso? Depois de ter passado por anos de guerra e ser baleada, morrer de um jeito tão banal? Quão injusto seria?

Talvez não tivesse nada a ver com justiça. Ísis estava morta, ela não. Não era justo. Maeve estava sem um braço, ela ainda tinha os dois. Ela estava ali, Lia não.

Nada disso era justo.

O empregado dos Günder, um adolescente de pele tão clara quanto a dela chamado Kallo, se aproximou preocupado.

— Senhorita? Você está bem?

— Sim, está tudo bem.

— Precisa que eu chame um médico?

— Eu tô bem. Pode trazer minha toalha?

O rapaz assentiu e saiu correndo. Ariadne forçou a si mesma a sair daquela espiral de autocomiseração antes que ele voltasse. Se enrolou na toalha que o rapaz trouxe e voltou para dentro da casa, o machucado no ombro ainda latejando. O rapaz a acompanhou até o quarto e, na frente da porta, perguntou:

— A madame está bem mesmo? Não precisa de nada?

— Não, querido, obrigada. — Ela sorriu, calorosa. — Não precisa se preocupar.

— Gostaria que eu preparasse um banho?

— Não precisa. Só quero ficar sozinha um pouco.

— Sim, madame.

— Ah. Por favor, não me chame de *madame*.

O garoto fez que sim e fechou a porta. Ariadne pensou que talvez em outra vida estivessem com os papéis trocados. Pensou que ela poderia estar acompanhando madames em seus banhos de lagoa, servindo e limpando mesas, trazendo água com limão e gengibre.

Havia um chuveiro elétrico no banheiro do quarto e Ariadne decidiu tomar um longo banho quente. O ombro enfim parou de doer, deixando apenas a costumeira sensação de dormência. Ao sair do banho, Ariadne vestiu um roupão e olhou pela janela, admirando o silêncio outra vez.

Paz, mesmo que só do lado de fora.

*

A festa beneficente chegou com uma caravana, tambores, vestidos, gravatas borboleta, garrafas de champanhe e carros conversíveis cromados e polidos, tudo de uma cafonice insuportável. Ariadne sentiu falta de fogos de artifício, mas suspeitou que seriam lançados mais tarde.

Isto é uma festa beneficente? Tem certeza? Pensou em perguntar para Viv, mas se conteve. A amiga parecia achar tudo normal. Estava acostumada com esse tipo de fanfarra desde a infância.

Ariadne escolheu um vestido verde claro, com saia rendada e mangas que cobriam os ombros e o ferimento. Não queria ouvir perguntas sobre ele. Tinha pilhas e pilhas de vestidos, o que tornava difícil a tarefa de escolher um.

Colocou um par de brincos de pérola, também um presente. No pescoço, pendurou o pingente de pedra vulcânica presenteado por Ísis, mesmo não sendo chique e não combinando com o vestido. Respirou fundo e pisou no campo de batalha.

Cores, aromas, vozes a atingiram como um soco no rosto e se sobrepuseram uns aos outros, deixando-a atordoada. Thomas a exibia para lá e para cá como um troféu e ela apertou mais mãos do que conseguia contar.

— Venha conhecer esta pessoa.

— Você já foi apresentada ao governador?

— Esta é Skoja, ela é uma Dama de Ferro. Lutou na guerra, assim como você.

"Oi, muito prazer." "Não, não nos conhecemos." "É uma honra para mim também." "Ah, muito obrigada." Os músculos no rosto de Ariadne doíam de tanto sorrir. Mas o pior não era nem isso.

O pior era:

— Você deve ter precisado de tanta coragem…

— Você é uma heroína, um orgulho para o nosso reino…

— No futuro, seus poderes serão comparados aos de Agatta Aramante…

— Quão grave foi seu ferimento?

Ariadne nunca pensou que diria as palavras "quase me matou" com um sorriso no rosto. As pessoas respondiam "ah, minha nossa" e "puxa, mas que coisa" e "tome aqui meu cartão" e então sumiam.

Por falar em desaparecimentos, ela olhou em volta à procura de Viv, mas não a encontrou em lugar algum. Pensando bem, não a vira em nenhum momento durante a festa. Cogitou procurá-la quando a voz de Thomas a chamou outra vez.

— Ariadne, gostaria que você conhecesse meus pais.

Ariadne precisou de uma dose muito alta de autocontrole para não responder: "Mas já? Nem fomos pra cama ainda." Imaginou os olhos de Thomas se arregalando, as bocas dos pais dele se abrindo em uma expressão de horror abjeto, o salão inteiro ficando em silêncio. A visão quase fez com que caísse na gargalhada.

Porém, no instante seguinte, ela se virou e deu de cara com a mãe de Thomas, Katarina Günder, e todo o bom humor que ainda restava em seu âmago sumiu.

Katarina Günder era muito magra, tinha quase um metro e oitenta e um olhar tão frio que Ariadne sentiu o próprio sangue gelar. A mulher estendeu a mão com delicadeza e cumprimentou a bruxa. Sua pele era áspera como papel.

O pai de Thomas, Ozmar Günder, porém, não poderia ser mais diferente da esposa. Para começar, era consideravelmente mais baixo e roliço. Tinha um rosto bochechudo e um bigode grande; sorria sem dificuldade, enquanto Ariadne suspeitava que Katarina nunca havia sorrido na vida.

— É prazer *imenso* conhecê-la, senhorita — disse ele. — Gostaria de tê-lo feito mais cedo, porém minha esposa e eu estávamos viajando e acabamos de voltar.

— O prazer é todo meu — respondeu Ariadne. Percebeu o olhar de Katarina medindo-a da cabeça aos pés. *Ela está decepcionada*, pensou. *Dá pra ver nos olhos dela.*

— Está gostando de sua estadia? — perguntou o pai de Thomas.

— Ah, sim, muito. Sua casa é maravilhosa e estou sendo muito bem tratada.

— Você é a estrela aqui — disse Katarina. Sua voz era tão gélida quanto o olhar. — Todos vieram para conhecê-la. Se houver qualquer coisa que não esteja do seu agrado, por favor, diga sem cerimônia.

— Ah. — O rosto de Ariadne queimou. — Eu não diria que sou a estrela.

Por que eu disse isso? As sobrancelhas de Katarina Günder se arquearam.

— E por que não?

— Bom, eu… — Ariadne sentiu a garganta travar. Sorte sua que Thomas estava ao seu lado.

— Ariadne é muito tímida, mãe.

Katarina abriu a boca e soltou um "ah".

— Peço desculpas — disse Ariadne —, mas vocês poderiam me dar licença um minutinho?

Os pais de Thomas fizeram que sim e Ariadne saiu de perto deles correndo, quase tropeçando no vestido. Saiu da mansão e sentiu uma lufada de vento gelado bater no rosto, obrigando-a a usar magia para se aquecer. Tirou um cigarro que havia escondido no decote e o acendeu. Thomas apareceu logo depois.

Essa não.

— Peço desculpas se meus pais te ofenderam de alguma maneira. Você está bem?

— Seus pais não me ofenderam — respondeu. — Eu só precisava de um cigarro.

— Ah sim. Eu entendo. — Thomas puxou um cigarro e um isqueiro do bolso da calça. Ariadne sentiu inveja dele por ter calças e bolsos onde podia guardar… bem, coisas. — Entendo também que minha mãe pode ser meio intimidadora, às vezes.

Jura?, pensou Ariadne.

— Não tem problema.

Lado a lado, os dois fumaram em silêncio até que Ariadne perdeu a paciência.

— Thomas, desculpe a franqueza, mas… o que você quer de mim? — Os olhos dele se arregalaram e seu rosto ficou vermelho. Ela emendou: — Eu quis dizer: por que você me convidou? Viv me disse que é porque você tem interesse em me cortejar. É por isso mesmo?

— Sim... — Ele franziu o cenho. — Desculpe, eu pensei que isso estivesse óbvio.

— Eu confesso que tenho um pouco de dificuldade em perceber certas coisas que pros outros parecem óbvias. Desculpe se fui indelicada. Eu só... nunca entendo os códigos e as entrelinhas. Prefiro ser direta.

— Eu... me parece justo. Na verdade, me deixa aliviado.

— Por quê?

— Porque também nunca tenho muita paciência para joguinhos — explicou, enquanto arremessava a bituca de cigarro longe. — Mesmo assim, infelizmente, certos rituais precisam ser cumpridos, o que... me impedem de ser mais direto no que diz respeito às minhas intenções. De qualquer modo, a questão é a seguinte: farei trinta anos no próximo verão e meus pais estão cada vez mais ansiosos para que eu arranje uma esposa.

Ariadne engoliu em seco ao ouvir "esposa". Abriu a boca, mas antes que pudesse objetar de qualquer forma, Thomas levantou a mão, pedindo por mais um instante de silêncio:

— Sim, eu sei que falar de casamento assim tão cedo pode parecer assustador.

E bota assustador nisso!

— Mas a questão persiste: meus pais exigem que eu arrume uma esposa.

— E você gostaria que fosse eu.

Ele hesitou.

— Sim.

Ariadne não conseguiu se conter e fez uma careta.

— Uau. Puxa, Tom. Eu fico lisonjeada, mas não sei se um *marido* é bem o que eu preciso agora.

— Por isso que eu gostaria de fazer uma proposta. — Thomas caminhou até ela e pegou sua mão com delicadeza. Foi a primeira vez em que ele a tocou. — Por favor, só me escute. Minha família tem muito dinheiro e você é uma heroína de guerra condecorada. Isso significa que você tem *status* social e que seu berço não é mais tão importante.

— Tom, eu troquei meia dúzia de palavras com sua mãe e deu pra perceber que isso não é verdade.

— Pode até ser para ela, mas para meu pai não é. E para mim muito menos. Fora que minha mãe está desesperada, vai aceitar qualquer uma.

Ariadne arregalou os olhos e Thomas hesitou outra vez.

— Certo, isso não soou bem.

— Não, não soou.

— O que eu quis dizer é que um casamento beneficiaria a nós dois.

Ariadne cogitou que poderia ser verdade, mas um casamento de fato não estava em seus planos.

— Minha proposta é a seguinte — prosseguiu ele —, fique aqui por mais um mês até o fim da primavera, comigo. Sua colega, Viv, pode ficar também se ela quiser ou se você se sentir mais à vontade com ela aqui. Durante esse período, permita que eu mostre que sou mais do que meu dinheiro e que o nome da minha família. Deixe-me convencê-la de que serei um bom marido e que você terá uma vida boa e feliz aqui. Se até o verão você não estiver convencida... eu me contentarei com sua amizade. O que me diz?

Ariadne hesitou. Enxergou Lia parada à sua frente, tão nítida quanto uma foto e seu coração doeu como se um punho estivesse a apertá-lo.

Ele não sabe, não é? Não faz a menor ideia de que eu teria esperado por ela, pensou. *Se ela tivesse ficado, eu teria esperado por quanto tempo fosse necessário.*

Ariadne forçou a si mesma a se lembrar que Lia estava morta, ou em algum lugar muito longe. Presa, fugitiva. Acima ou debaixo da terra, não estava ali. Tinha partido e não voltaria mais.

— Sua proposta é muito gentil, Thomas, mas não quero usufruir da sua hospitalidade e depois não corresponder.

— Tudo bem, eu insisto — disse ele.

— Tem certeza? Porque eu entendo que criar expectativas às vezes é uma coisa involuntária.

— Ariadne. — Ele apertou a mão dela, só um pouquinho. — Entendo o que estou pedindo e o que você está oferecendo. Enquanto estiver aqui, você será minha convidada. No final, se você disser que não, então vamos apertar as mãos e cada um seguirá seu caminho. Sem ressentimentos. Eu lhe dou a minha palavra.

Ariadne refletiu. *Ele é bonito*, disse a si mesma. Parecia algo que sua irmã diria se as duas ainda conversassem. *E gentil. E esta casa. Por Kaë, esta casa. Isso tudo pode ser seu, já imaginou?*

Concordou com a cabeça e os dois ficaram em silêncio por um tempo, até que ela perguntou:

— Então… o que a gente faz agora?

— Você me permite acompanhá-la de volta para a festa?

Ela respirou fundo. *Não há nenhuma promessa*, convenceu a si mesma. *Nenhuma amarra. E será só por um mês.*

— Sim, Thomas. — Ariadne ficou surpresa ao descobrir que estava sorrindo sem se esforçar. — Pode me acompanhar de volta à festa.

IV

Meu desejo de fundar a Academia de Magia Rosazul para Garotas surgiu de um momento extraordinariamente simples: eu havia recebido minha terceira convocação e deveria me apresentar ao quartel na noite seguinte. Eu já era Kaëísta na época, tendo me convertido à religião da Deusa das Sete Faces durante meu último conflito, assim como muitas das minhas colegas. Estava deitada sobre o jardim da mansão dos meus pais, incapaz de dormir, encarando a noite estrelada, quando uma bola de fogo cortou o céu diante dos meus olhos. Foi algo tão repentino e fugaz que por um instante pensei que se tratava da minha imaginação.

Todavia, conforme percebi que havia mesmo testemunhado um evento singular, fui tomada pelo mais estranho sentimento: por que eu tinha sobrevivido para ver aquela estrela despencar do céu e queimar vermelha e brilhante na noite gelada? Por que eu, e não Aurora, ou Demetra ou Lis, a nossa doce, doce, Lis? Por que de todo o meu batalhão, só eu e mais quatro bruxas voltamos para casa? Por que minhas colegas caíram à esquerda e à direita e eu que estava no centro segui em frente? Não podia ser tão eventual quanto observar uma estrela cadente cortar o céu, pensei. Não. Eu sobrevivera porque tinha que testemunhar aquele momento. Tinha que continuar vivendo, porque a deusa havia reservado um papel para mim. A semente de um sonho pode parecer minúscula em comparação às conquistas, mas foi assim que eu plantei a minha, tanto tempo atrás.

— *Rosas ao Vento: A história de Agatta Aramante*, página 85.

✶

Nos dias seguintes, Ariadne e Thomas deram início a uma espécie de "romance". Entretanto, não foi como se uma chave girasse no íntimo dela revelando sentimentos escondidos desde a sua chegada ao campo. Pelo contrário: ela analisou com cuidado a oferta do Günder filho e decidiu não rejeitar seus avanços.

Tinha mais vinte dias para pensar no assunto.

No entanto, havia um problema a ser resolvido: sob nenhuma circunstância Ariadne poderia categorizar o cortejo como algo remotamente próximo de romântico.

Pessoas que estavam envolvidas em um romance se beijavam, andavam de mãos dadas e faziam… outras coisas. Thomas mal a tocava e, ao término da primeira semana após a festa de caridade, não tentou beijá-la sequer uma vez.

Era muito educado, muito polido e muito… lento. Era mais importante que eles fossem vistos juntos pelos convidados que iam e viam à casa nos dias seguintes (incluindo os pais dele), do que qualquer avanço físico.

No décimo dia, Ariadne decidiu perguntar a Viv se isso era normal. Como era de se esperar, a amiga caiu na gargalhada. Estava sentada na varanda da casa, com seus óculos escuros e bebendo água com limão e quase caiu da cadeira de tanto rir.

— Acho que "normal" depende do ponto de vista — respondeu, enfim calma. — Mas acho bonitinho da sua parte perguntar.

Ariadne encolheu os ombros.

— De onde eu venho isso seria visto como um comportamento muito estranho. Na minha antiga escola, as coisas eram mais... direto ao ponto. Se um menino estivesse interessado por uma menina, ele ia até ela e roubava um beijo. Se não recebesse um soco na boca de volta, eles viravam namorados.

Isso fez Viv rir ainda mais.

— Você já socou alguém?

— Eu? Uma ou duas vezes.

— Me parece que Thomas é tímido e muito cuidadoso — disse Viv. — É compreensível. Fofoca pode ser algo muito perigoso para um homem como ele, como eu já te disse. Mas confesso que fiquei um pouco confusa. Há uns dias você disse que casamento sequer passava pela sua cabeça. Agora, está irritada porque Thomas não fez nenhum avanço. O que mudou?

Ariadne deu de ombros de novo.

— Não sei se algo mudou. Ele me deu até o fim do mês para decidir se eu tô interessada na proposta ou não. Mas como vou saber se estou interessada se eu não... — Suas bochechas coraram e Viv caiu na gargalhada de novo.

— Testar? — completou a amiga.

— Bom... é, sim.

Sem tirar os óculos escuros, Viv se inclinou sobre o braço da cadeira e disse, bem baixinho:

— Isso, minha queria Adne, acontece porque *ele* está esperando que você dê o primeiro passo.

— Viv, isso não faz o menor sentido.

— Não é pra fazer sentido. Faz parte dos costumes na "nossa" sociedade que a mulher dê o primeiro passo. Apesar de ter feito a proposta, Thomas só está agindo da maneira como foi criado. Se você... sabe, quer *alguma coisa*, deve ir até ele. Preciso perguntar o que você quer fazer?

Ainda com as bochechas ardendo, chacoalhou a cabeça.

— Por favor, não.

— Pois bem. Mas, pelas sete faces de Kaë, seja lá o que for, faça com discrição.

Ariadne se recostou e respirou fundo.

— Não sei se vou fazer qualquer coisa. Ainda não sei se estou interessada, ou se sou capaz de me casar com alguém só por interesse. Me parece um compromisso muito sério pra ser levado, assim, de forma leviana.

— Não é leviano — respondeu Viv. — Garanto que noventa por cento dos convidados da festa se casaram por interesse. Não é nada incomum. Casar-se com uma Rosazul como você seria vantajoso para ele. E, se você aceitar, bem… vai ser dona disso tudo. Não me parece uma troca injusta.

— Mas…

— Se algo estiver faltando no seu casamento, você pode ter quantos amantes quiser, se for discreta. Homens *e* mulheres.

Ariadne torceu o nariz e não respondeu.

— Deixe-me perguntar, então — pediu Viv. — Você pelo menos acha ele *atraente*?

— Bem… ele é bonito.

— Então você pode se divertir um pouco. Não preciso soletrar isso também, preciso? — Ariadne fez que não com veemência. — Aí está: lembre-se de que, no fim das contas, ninguém está te obrigando a se casar com ele.

Ela assentiu e ficou um tempo em silêncio. Admirava a maneira como Viv falava de forma tão aberta sobre tais assuntos, apesar da criação das duas ter sido completamente diferente. Ariadne decidiu perguntar:

— Viv, você tem alguém?

— Ah sim — respondeu, depois de uma breve pausa. — Tem o Gilliand e o Shire, no momento.

— Dois?! Ao mesmo tempo?!

— Sim. Quero dizer não, não ao *mesmo* tempo. — Ela deu de ombros. — Qual o problema? Como eu disse, ninguém está me obrigando a me casar com nenhum deles.

— Certo… — Ariadne sabia que as próximas palavras que estavam para sair de sua boca significariam pisar em terreno perigoso, mas decidiu perguntar assim mesmo: — Viv, e a Jadis?

— O que tem ela?

— Vocês eram bem próximas...

Viv a encarou através dos óculos escuros e seu sorriso desapareceu aos poucos.

— Bom — respondeu a amiga, ríspida —, ela está fazendo uma "turnê", e eu estou aqui, então... estamos bem longe uma da outra.

Ariadne percebeu uma grande dose de amargura na voz de Viv e decidiu encerrar o assunto.

Era difícil. Ela conseguia enxergar Viv ao lado de Jadis, as duas abraçadas e rindo, sempre juntas, aparentemente inseparáveis. E, enquanto Ariadne as enxergava com clareza, a imagem se transmutou contra sua vontade e já não mostrava mais Viv e Jadis, e sim Lia e ela. Não era correto fazer essa transferência, mas não conseguia evitar. Elas sobreviveram à guerra, por que não podiam ser felizes?

*

No décimo primeiro dia de Ariadne na casa da família Günder, Thomas perguntou se ela sabia cavalgar. Nunca havia chegado perto de um cavalo na vida, exceto quando esteve no exército. Tinha medo deles: eram lindos, sim, mas davam coices.

Então Thomas perguntou se ela gostaria de aprender. O que significaria uma oportunidade de os dois finalmente passarem algum tempo juntos.

As regras de etiqueta ditavam que ela devia responder "sim", e nunca "tá".

— Sim.

Os dois cavalgaram por uma hora ou duas sem grandes incidentes. Ao longo da propriedade dos Günder, no entanto, havia um bosque que não era tão diferente daquele em que as Rosas Azuis e as karinin lutaram no dia em que Ariadne reencontrou Lia. Ela pediu para se afastarem, e ele concordou.

— Você está indo muito bem — elogiou Thomas, sorrindo. Ariadne prestou atenção no sorriso e como ele era jovem, bonito e sincero. Como se realmente estivesse feliz por tê-la ao seu lado. Isso era bom, não era? Era mais do que a maioria das pessoas tinha.

Eles deram uma volta ao redor do bosque e retornaram à casa sem que Ariadne caísse do cavalo. Viv já saíra da varanda há um bom tempo. Ao retornar para a mansão, correu para o quarto e tomou um banho, pois um jantar a aguardava pouco antes do anoitecer. Colocou um vestido discreto, passou maquiagem no rosto e arrumou o cabelo. Além de alguns convidados, os pais dele estariam no jantar.

Futuro sogro e sogra. Esse pensamento a fez estremecer.

Viv não estava lá. Um dos garçons que serviam a mesa informou que sua amiga estava se sentindo indisposta. Ariadne engoliu em seco e se preparou para aguentar a maratona sozinha.

Enquanto a comida era servida, as conversas seguiram mais ou menos as mesmas e Ariadne as encarou com o mesmo grau de desinteresse. As perguntas da mãe de Thomas, porém, eram incisivas e pareciam cortar o ar como uma faca.

— O que seus pais fazem?

— Meu pai é sapateiro e minha mãe é costureira.

— Ah, é mesmo? E como você entrou em uma escola como a Rosazul?

— Tive bolsa.

— Puxa, você devia ser uma aluna muito boa.

— Eu era mesmo melhor do que a maioria.

Thomas ficou vermelho e seu pai quase se engasgou com a comida enquanto tentava segurar o riso. Ariadne nem achou seu comentário tão ruim assim, mas, para eles, era como se ela tivesse subido na mesa e tirado a roupa. Gente rica era muito sensível. Desejou que Viv estivesse ali. Ela teria rido em voz alta.

O jantar acabou pouco depois, sem novos comentários incisivos nem respostas ácidas, e os convidados partiram por volta das onze. Antes de ir para o quarto, Ariadne e Thomas se encontraram ao pé da escada e ela disse:

— Obrigada por me ensinar a cavalgar. Foi muito... agradável.

Ela falou com sinceridade e ele respondeu com sinceridade.

— Para mim também.

— Boa noite — disse, subindo as escadas.

Entrou no quarto e fechou a porta. Então começou a remover metodicamente todos os penduricalhos que havia colocado: brincos, colar, tiara, pulseira etc. Tirou o vestido, se sentou em uma cadeira de frente para o espelho fixado na parede e passou a retirar a maquiagem, um processo sempre lento e complexo. Refletiu acerca de tudo o que Viv dissera mais cedo na varanda e sobre a maneira como Thomas aos poucos parecia mais confortável perto dela.

Tudo isso pode ser meu. Era uma possibilidade real. Mais do que isso, porém, Ariadne refletiu que poderia de fato se casar com uma pessoa que gostava dela, mesmo que o sentimento não fosse recíproco.

Ariadne mal colocou a cabeça no travesseiro quando algo chamou sua atenção vindo do lado de fora da casa. Uma luz vermelha e bruxuleante refletia nas paredes do quarto, atravessando a janela aberta. Ela se levantou e olhou para fora.

No bosque além do campo, havia um incêndio. Pequenos focos de luz vermelha e dourada surgiram por entre os troncos das árvores em diferentes locais. Ariadne se virou, procurando pelo cajado e estava prestes a pegá-lo e correr pelo corredor para acordar Thomas e Viv, quando outra coisa chamou atraiu seu olhar.

Pessoas saíam da floresta. Dezenas delas. O sangue em suas veias ficou frio. Conforme se aproximavam, Ariadne foi capaz de enxergar seus rostos, contorcidos em caretas de ódio, deformados, os globos oculares derretidos escorrendo pelas cavidades do crânio, alguns queimados até o osso. Os olhos da bruxa se arregalaram, o sangue congelou em suas veias.

Estavam vindo por ela.

Ariadne deu um passo para trás e uma sombra se deslocou na periferia de sua visão. Ela se virou outra vez. Lia estava lá, parada de pé no centro do cômodo. O brilho vermelho que vinha de fora iluminava seu rosto, e os olhos cor de âmbar a encaravam, mas pareciam opacos e sem vida. Na mão direita, segurava um cajado.

— Lia?

— Eu sinto muito — respondeu a bruxa karinin com a voz grave. — É o meu dever.

Ela bateu com a ponta do cajado no chão e uma forte luz branca explodiu pelo quarto.

✶

Ariadne pingava de suor e com o peito arfando quando se levantou da cama e olhou pela janela. Não havia incêndio do lado de fora da casa, nem uma horda de mortos-vivos caminhando em sua direção em busca de vingança. Apenas a noite fria e estrelada. O único som vinha das cigarras cantando e, dentro do quarto, ela estava sozinha.

Deitou-se mais uma vez na cama e encarou o teto. O coração ainda martelava, e as imagens do pesadelo continuavam vívidas em sua memória. Não era a primeira vez que tinha sonhos assim. O ferimento no ombro latejou e ela o massageou com os dedos.

Sobre a escrivaninha, pegou o relógio de pulso e consultou as horas. Eram quatro da manhã. O sono a havia abandonado, então decidiu descer e talvez ler um livro na varanda até amanhecer. Estava frio do lado de fora, portanto levou uma manta.

Ao descer até a varanda, descobriu que Viv estava lá, também enrolada em um cobertor fino, observando o bosque além do campo. Seus olhos pareciam cansados e tristes, o que fez o coração de Ariadne doer. *Sempre achei que ela era tão forte que essas coisas não a afetavam*, pensou. *Não sei por que achei isso.* Aproximou-se e a amiga olhou por cima do ombro, antes de perguntar:

— Também não consegue dormir?

— Pesadelos.

— Bem-vinda ao clube. Com o que você sonhou hoje?

Ela fez uma pausa.

— Sonhei que o bosque estava pegando fogo — respondeu, omitindo a parte dos soldados e bruxas queimados e derretendo que vinham em sua direção. Era assustador demais para dizer em voz alta. Sentou-se na cadeira ao lado de Viv e se enrolou na manta. — E com Lia.

A expressão no rosto de Viv endureceu. Lia era um tema evitado a todo custo nas discussões entre as bruxas de seu grupo.

— Eu sinto muito — disse a amiga, por fim. — Talvez eu e as outras garotas devêssemos ter perguntado isso antes, mas você conseguiu alguma informação sobre o paradeiro dela?

— Não. Depois que a guerra acabou, fui até um centro de inteligência, a descrevi e pedi para que tentassem rastreá-la, ou apenas procurar por qualquer notícia. Pensei que meu posto de tenente ajudaria. Os oficiais riram da minha cara e me mandaram pastar. Ela provavelmente está morta, presa, ou longe demais pra ser contatada. Já me resignei.

Ariadne sentiu as mãos formigarem de nervoso. Se não tomasse cuidado, atearia fogo à cadeira e ao restante da varanda. Olhou para Viv, cuja expressão estava mais uma vez distante e perdida entre as árvores do bosque ao longe. Queria contar sobre os dias em que ficou desaparecida, queria pedir perdão por ter abandonado suas colegas, queria fazer isso há muito tempo.

— Viv — chamou.

— Sim?

Ariadne hesitou e engoliu em seco.

— Tem uma coisa que eu queria te dizer.

Viv mordeu o lábio inferior e franziu o cenho.

— Tem algo a ver com a conversa que você teve com a diretora Ursula antes de sumir?

Ariadne arregalou os olhos.

— Como é que é?

— Nós sabíamos — disse Viv, como se fosse a coisa mais normal do mundo, como se aquilo não estivesse martelando na cabeça de Ariadne sem parar todos os dias pelos últimos meses. — Que foi?

— Você tá falando sério?

— Ah... — Aquela foi a primeira vez que Ariadne viu Viv corar. — Você não sabia?

Ariadne bateu com a mão na testa.

— Porra, Viv!

— É *por isso* que você não dorme?

— Por que você não me disse nada? — disse Ariadne, tão alto que temeu acordar a casa inteira. Estava quase chorando de raiva.

E alívio.

— Eu achei que você sabia! — defendeu-se Viv. — Todas sabíamos e achávamos que você sabia! Depois que a diretora conversou com você na tenda, ela conversou com a gente e disse tudo.

— O que ela disse?

Viv deu uma pequena pausa.

— Que devíamos ter lutado por ela. Por Lia, quero dizer. Que nunca devíamos ter deixado ela ser levada embora por um oficial do Norte para depois lutar contra nós. Que devíamos ter nos unido e dito "se ela for para o campo de batalha, irá conosco". Que a Academia Rosazul jamais dava as costas às alunas e foi exatamente isso o que a gente fez. A verdade... a verdade é que nós, como coletivo de alunas, não queríamos ela ali. Não conseguíamos vê-la como uma Rosazul, apenas como uma karinin. Então, deixamos que ela fosse embora. Discutimos naquela noite. Várias garotas não queriam deixar você ir, houve muita discordância. Você era uma bruxa muito poderosa e sua perda seria sentida. Não foi fácil, mas no fim, a diretora conseguiu fazer com que entendêssemos que era preferível a deixar você morrer no campo de batalha com aquela mágoa no coração. E ela convenceu as bruxas que discordavam da decisão a manter silêncio. Fizemos um pacto, depois que ela morreu, de não dizer nada pra ninguém. E então você voltou.

Ariadne esfregou os olhos.

— Eu não acredito nisso...

— Adne — prosseguiu Viv, em um tom mais baixo. — Por favor entenda que eu, a Jadis, a Ísis, até a Maeve... A gente amava você e tinha consciência do que foi feito com a Lia. Foi terrível e indesculpável. E a gente tinha consciência, ainda que pras outras meninas não, que foi muito mais fácil dizer "sinto muito" do que realmente defender ela quando foi necessário. Pra nós, perder você era aceitável se significasse corrigir esse erro.

Ariadne balançou a cabeça enquanto murmurava:

— Eu não acredito nisso... não acredito...

— Desculpe, Adne. Devia ter falado alguma coisa antes, mas pensei que você soubesse.

— Eu não consegui — contou Ariadne, e enxugou lágrimas que começaram a escorrer. — Não consegui salvar ela.

— Mas ela conseguiu salvar *você* — retrucou Viv. — E isso vale alguma coisa.

Ariadne não tinha uma resposta para isso.

— Nós não te odiamos — declarou a amiga. — *Eu* não te odeio. Odiar é exaustivo e não tenho mais forças pra isso.

As duas ficaram em silêncio por tempo suficiente para que as lágrimas de Ariadne secassem, suas mãos parassem de formigar e seu coração se aquietasse um pouco. Ela sentiu como se um enorme peso tivesse sido removido de suas costas.

— Meu sono voltou e eu vou pro meu quarto. — Viv se levantou. — Tente dormir um pouco também.

Ela caminhou para dentro da casa, mas Ariadne segurou sua mão.

— Você sabe onde ela está. A Jadis. Viv, se você ama ela, precisa deixar isso claro. Você ainda tem essa chance.

Viv soltou um suspiro quase inaudível e puxou a mão, caminhando em silêncio escada acima até o quarto.

Ariadne, por sua vez, permaneceu um bom tempo sentada na varanda com os olhos bem abertos, encarando o bosque à frente. Desta vez não havia fogo nem ninguém por perto. *Foi só um sonho*, pensou. Mesmo assim, mesmo com tudo o que Viv havia dito, não conseguia afastar a sensação de que existiam fantasmas escondidos entre as árvores. Podia jurar que eles continuavam ali, com seus rostos carbonizados e olhos derretidos, à espreita.

Ariadne procurou por Viv depois que amanheceu, mas não a encontrou em lugar algum. Decidiu perguntar ao jovem criado chamado Kallo.

— Você sabe onde a Viv está?

O garoto olhou para ela com seus grandes olhos castanhos, parecendo confuso.

— Não senhorita, não vi ela não. Mas sabe, agora que você falou, a senhorita Viviane não parecia muito bem.

— Como assim?

— Ah... — Ele fez uma pausa. — Na verdade, ela pediu pra eu não falar nada...

— Kallo, por favor.

O garoto engoliu em seco.

— É que ela chorava todo dia, sabe? — explicou. — No dia da festa do senhor Thomas, ela passou a noite inteira no quarto. Eu subi pra ver se ela precisava de alguma coisa e vi ela chorando. Por favor, não fala pra ela que eu contei, senão a senhorita Viviane vai ficar brava comigo.

— Não se preocupa, Kallo, eu não vou falar nada. Obrigada.

Ariadne subiu as escadas correndo, com o coração martelando próximo da garganta, pensando em como havia sido egoísta, como havia focado tanto na própria tristeza que não percebeu que a amiga estava sofrendo bem ao seu lado. *Os óculos escuros*, pensou ela. *Para que ninguém visse que estavam inchados.*

Burra, Ariadne, como você foi burra.

A porta do quarto de Viv estava aberta e uma camareira terminava de arrumar os lençóis quando ela entrou, toda esbaforida. A mulher se virou, assustada.

— Viv. Onde ela está?

— A mocinha que dormia aqui? — Ariadne fez que sim. — Ela foi embora hoje de manhã.

— O quê?!

— É — confirmou a camareira. — Fez as malas e foi embora bem cedinho. Parecia muito triste, a mocinha. Escreveu uma carta e tudo. Deixei em cima da sua cômoda, madame.

Ariadne mal deu tempo para a mulher terminar sua explicação, e correu até o próprio quarto. Escancarou a porta e encontrou um pequeno envelope branco sobre a cômoda, escrito: *Para Adne.*

Devagar, ela se aproximou do envelope como se estivesse encantado, como se fosse transformar sua mão em pedra ao ser tocado. Segurando o soluço na garganta ela o abriu e leu.

Querida Ariadne,

Você evoluiu na arte de esconder seus sentimentos, mas não o bastante. Consegui ver a verdade nos seus olhos naquela varanda, noite passada. Você se ressente de ter sobrevivido. Você acha que deveria estar morta enquanto Ísis e Lia deveriam estar vivas. Você acha que não merece nada do que está acontecendo depois que voltou da guerra. Não foi difícil perceber isso, porque eu sinto a mesma coisa, todos os dias. Em parte, é por isso que estou indo embora.

Ísis, Endora, as professoras Ursula e Sibilla, estão todas mortas. Nós não. Eram todas boas mulheres, sim, desperdiçadas numa guerra sem sentido. Todo mundo fica dizendo que vencemos, que o sacrifício delas não foi em vão e Jadis está lá no Norte falando coisas desse tipo e talvez ela esteja certa. Talvez. De qualquer forma não importa, pois é assim que as coisas são, eu suponho, e não há nada que possamos fazer a respeito. Ísis está morta, Adne, e você sobreviveu. Por favor, pare de se perguntar o porquê. Não há um porquê. Por favor, pare de se perguntar o que fez para merecer essa vida. Não tem nada a ver com merecimento, com destino, com sorte ou com azar. É só a vida, a nossa vida.

Me perdoe por não ter tido coragem suficiente para me despedir antes de ir embora. Espero que entenda. Continuarei agradecendo à Kaë todos os dias por ter colocado você, Ísis e Maeve e todas aquelas garotas maravilhosas em minha vida. Vou carregá-las dentro de mim, em meu coração e minha memória.

Você tinha razão. Nunca vou encontrar paz dentro de mim se não falar com a Jadis. Colocar as coisas a limpo uma última vez, seja lá qual for o resultado. Obrigada por ter dito as coisas que disse, mas não se esqueça de seguir seu próprio conselho. Por favor, dê a si mesma a chance de ser feliz. O que mais podemos fazer?

Com amor,

Viv.

Ariadne esmagou a carta contra o peito e, em silêncio, disse adeus.

V

Com a partida de Viv, Ariadne de repente se encontrou inteiramente sozinha em uma casa cheia de pessoas loucas. Faltavam duas semanas para que o prazo estipulado por Thomas acabasse, e ela estava mais uma vez enfileirando desculpas para sair de lá.

Porém, era difícil executar qualquer plano de fuga quando Tom e ela passavam *quase todo o tempo* juntos. Sempre havia algo a fazer: almoços com empresários, fotos para tirar, pessoas para cumprimentar, bailes para participar.

Thomas passara a tocar nela. No começo, ele segurava sua mão em eventos públicos. Alguns dias depois, passou a segurar sua mão em privado.

Continentes se moviam com mais velocidade do que aquilo, mas era um avanço.

O tempo passou. O clima ficou um pouco mais quente e o prazo de Ariadne, mais curto. Ela perguntava a si mesma diversas vezes por que não conseguia sair daquela casa, o que a mantinha presa ali, e normalmente chegava à mesma conclusão: *O que me espera lá fora?*

Era preciso admitir que, pesadas as coisas na balança, essa vida era tentadora. De um lado, havia a sapataria do pai, entre a padaria da Josephina e relojoaria do Tito, uma vida estável, quieta, anônima. Do outro, havia a possibilidade de se casar com um dos homens mais ricos de Lemúria, ser dona de uma mansão de vinte e seis cômodos, saber que seus filhos, netos e bisnetos viveriam com luxo e conforto.

Anos atrás, escutando a mãe dizer que não havia dinheiro em casa sequer para contratar uma tutora, teria escolhido em um piscar de olhos.

Posso ser feliz aqui, repetia para si mesma, várias e várias vezes. *Thomas gosta de mim, ele realmente gosta de mim. Posso ver em seus olhos que é verdade.*

Posso gostar dele sem amá-lo, posso me casar com ele sem amá-lo. Não?

Faltavam três dias para o fim da primavera e ela precisava de uma resposta. Estava na varanda, sentada e contemplando o bosque adiante, em silêncio, pensando em todas essas coisas, quando Ozmar Günder se sentou ao seu lado.

— Está esquentando, não? — Ele sorriu com aquele enorme bigode que tinha dobrinhas nas pontas. Havia uma fina camada de suor em sua testa. De fato, estava esquentando.

— Bastante.

— Desculpe-me a ousadia, mas, com o término da primavera se aproximando, eu... nós gostaríamos de saber se você tem uma resposta para o Thomas.

— Eu... — Ariadne engoliu em seco. — Tenho pensado no assunto com muita frequência, por favor acredite em mim quando digo isso. Mas ainda não tenho uma resposta. Me desculpe.

— Não precisa se desculpar.

— Eu... não devia ser tão difícil, acho, dizer sim ou não.

— Senhorita — ele se inclinou sobre a cadeira —, não se preocupe. É um compromisso sério, e eu e Thomas entendemos seu receio.

Ele tirou um cachimbo do bolso do casaco e o acendeu.

— Vou lhe contar uma coisa que gostaria de pedir para que fique entre nós: não me casei com minha esposa por amor, pois seria incomum para um homem da minha posição. Mas, sendo inteiramente sincero, encontrei muita felicidade, apesar disso. Thomas está apaixonado por você, e um casamento seria benéfico para ambos os lados, embora minha esposa tenha uma certa… dificuldade em admitir isso. De qualquer modo, o que estou tentando dizer é que, assim como eu, você pode muito bem encontrar felicidade nesta casa. Mas algo me diz que você já sabe disso, caso contrário não teria ficado por aqui tanto tempo, não é mesmo?

Ariadne respondeu com um sorriso.

— Minha esposa não te odeia — acrescentou Ozmar Günder. — Ela quer o que é melhor para Thomas, ainda que nós dois discordemos às vezes sobre o que é melhor para ele. Mas se você tem medo dela — ele se levantou e soltou uma baforada de fumaça que tinha um cheiro suave de hortelã —, devia ter conhecido a *minha* sogra. Eu diria que hoje ela está sob os cuidados de Kaë, mas acho que Kaë não merece esse fardo.

Ariadne segurou a risada e Günder pai sorriu de novo.

— Leve o tempo que precisar, mesmo que o verão chegue e passe e dê lugar ao outono. Enquanto não se decidir, esta é sua casa.

Dito isso, voltou para dentro. Ariadne refletiu. Tinha uma visão muito diferente de Ozmar Günder quando foi para lá. Afinal, ele era uma fabricante de armas, o que ainda a deixava incomodada. Pensou que seria um homem rústico e austero, mas ele era doce e calmo, e era evidente o quanto Thomas puxara isso dele.

Falando em Thomas, ele apareceu na varanda pouco tempo depois, parecendo preocupado.

— Por favor, não me diga que meu pai fez algo que te aborreceu.

— De forma alguma — respondeu ela. — Na verdade, ele estava me dizendo que não preciso ter medo da sua mãe.

Thomas ergueu as sobrancelhas e se sentou na cadeira ao lado.

— Há quem discorde disso. A gente se acostuma depois de um tempo, suponho, afinal vivo com ela há quase trinta anos. Mas um pouquinho de medo quando se trata da minha mãe é sempre bem-vindo.

Ariadne sorriu, ainda que fosse um sorriso nervoso. Abaixou os olhos e encarou o próprio colo.

— Quero fazer uma pergunta. Desculpe se estou sendo muito direta de novo.

— Pode perguntar o que quiser.

Ela respirou fundo.

— Por que você gosta de mim?

Thomas pareceu confuso.

— Já que você perguntou, uma das coisas que eu gosto em você é a maneira como você é direta.

— Mas não é só isso.

— Não.

— Thomas, de todas as minhas colegas da Academia Rosazul, incluindo a Viv, você me escolheu como futura esposa. Por quê? O que há de tão especial em mim? — Ele abriu a boca para falar, mas ela o interrompeu. — Por favor, não me diga que é porque sou uma heroína de guerra, porque venci "sozinha" a Batalha do rio Ynix. Primeiro, porque esse não é um motivo para gostar de ninguém. Admirar, talvez, mas gostar, não. Segundo, porque essa não é a história completa.

— E qual é a história completa?

Ariadne hesitou. Não era exatamente um segredo, mas talvez mudasse a visão que ele tinha dela. E isso talvez não fosse tão ruim.

— A verdade é que reagi por puro instinto. Eu não pensei nem por um segundo no que estava fazendo. Ninguém fala sobre isso. Ninguém fala que eu quase matei a mim e minhas colegas porque meu feitiço ficou fora de controle. Ninguém fala que a diretora Ursula e a professora Simoneta passaram horas com a ajuda de outras bruxas tentando impedir que as chamas atingissem nosso próprio acampamento.

Ninguém fala que eu perdi minha melhor amiga naquela noite.

Thomas a encarou, meio confuso, e respondeu:

— Confesso que não vejo muita diferença entre o que você me contou e o que é contado sobre você.

— Thomas, *por favor*, não queira se casar comigo porque pensa que sou uma heroína de guerra.

— Não é por isso.

— Então por quê?

Ele suspirou.

— Preciso de um motivo específico para gostar de você? Ou uma lista? Posso formular uma, de cabeça: você é linda, você é diferente das outras garotas, você é calorosa, sincera e direta, você captou meu olhar da primeira vez que eu te vi. Eu acho você extraordinária, achava isso antes de te conhecer e o convívio só solidificou essa percepção.

Ariadne concordou com a cabeça em silêncio, e refletiu sobre aquela frase. "Você é diferente das outras garotas". Em todos os seus anos na Academia Rosazul, ela *desejou* ser como as outras garotas. Em parte, havia sido bem-sucedida. Será que devia mostrar a ele sua coleção de esmaltes? Ou confessar que vestir-se assim, com todos os colares e pulseiras e tiaras, fazia com que se sentisse bonita? Isso o faria mudaria de ideia?

— Devo deixar claro mais uma vez — emendou Thomas —, que não estou pedindo para que você se sinta da mesma forma.

— Você continua dizendo isso e eu continuo não acreditando.

Ele balançou a cabeça.

— Eu já expliquei as vantagens que um casamento traria a nós dois. Para minha família, isso é o suficiente.

— Esqueça um pouco sua família por um momento, se possível. É suficiente para *você*?

Ele deu uma pausa.

— Não preciso que você me ame. Preciso que goste de mim o suficiente para se casar comigo.

Isso a deixou um tanto perplexa e Ariadne sentiu como se sua pele estivesse queimando. *Cuidado para não atear fogo na casa dos Günder!* Talvez fosse uma ingenuidade sua, mas as palavras a abalaram profundamente. *Eu gostaria de amá-lo*, pensou, *mas não sei se consigo, mesmo com ele dizendo que não é necessário.*

— Thomas, vou te pedir licença e me deitar — respondeu, levantando-se. — Tive conversas sinceras demais para um dia só. Preciso refletir.

Ele sorriu de volta, ainda que meio tristonho, e meneou a cabeça.

— Eu entendo. Boa noite.

Ariadne se levantou e caminhou para dentro da casa, mas parou no meio do caminho. Dois sentimentos opostos travavam uma guerra dentro dela. Ir para casa de uma vez, ou ao menos se esforçar para amá-lo.

Acho que eu já estava disposta a tentar há muito tempo, caso contrário teria voltado pra casa, que nem o pai dele disse, convenceu-se. Soltou um suspiro e deu meia-volta.

— Thomas?

— Sim? — Ele virou a cabeça e, nesse momento, Ariadne se inclinou para a frente e o beijou.

No começo seus olhos se esbugalharam e Ariadne quase riu quando se afastou. Depois, as bochechas dele coraram e então ele abriu um sorriso de orelha a orelha, como um garoto da antiga escola dela teria feito se ela tivesse retribuído os avanços dele com um beijo e não um soco. Sorriu de volta e foi novamente para seu quarto, imaginando que conversa teria com a irmã, Sam, se as duas ainda conversassem.

Imaginou que ela perguntaria algo como: *Você ama ele? Neste momento em particular, você ama ele?*

Não, Ariadne pensou que responderia. *Mas estou disposta a tentar.*

*

A primavera acabou. O primeiro dia de verão chegou trazendo consigo uma onda de calor intenso e Ariadne ainda estava na mansão dos Günder. Essa era a sua resposta.

Só faltava uma coisa.

Há alguns dias que Ariadne se sentia carente e... bem, algum tempo havia se passado desde que ela fizera sexo e mais tempo ainda desde a última vez em que gostara. Havia maneiras de aliviar as tensões de vez em quando, mas não era a mesma coisa. Viv disse que ela podia "testar", desde que fosse discreta, e, além disso, ela era uma bruxa. Conhecia ao menos dez maneiras diferentes de não conceber, de modo que esse não seria um problema.

Em uma noite em particular, Ariadne e Thomas passaram a noite no salão de jogos com os pais dele. A mãe de Tom parecia resignada com o fato de que ela continuava por ali, mas seus olhos continuavam ferozes e ameaçadores como os de uma ave de rapina quando a encaravam. Depois que os velhos foram se deitar, eles trocaram alguns beijos mais intensos até que ela disse que queria ir para o quarto.

Ele parou em frente à porta dela e, presumindo que Ariadne queria se deitar, deu um beijo suave em seus lábios e disse:

— Boa noite.

Ariadne achou aquilo bonitinho e sorriu.

— Thomas?

— Sim?

— Você não gostaria de… sabe? Entrar?

Ele corou e teria sido cômico se Ariadne não estivesse tão nervosa. Por que estava nervosa? Afinal, esse era o plano, certo? Ela abriu a porta do quarto e esperou até que Thomas entrasse. Hora de enfrentar o último teste.

*

Ofegante e pingando de suor, Ariadne sentiu-se relaxada e satisfeita. Thomas era um amante bastante razoável, e era bom saber disso antes de os dois se casarem.

Pela cortina da janela entrava um brilho pálido que deixava os lençóis cor de pérola. Era noite de lua cheia. Ariadne estava com a cabeça apoiada no peito de Tom, que subia e descia, devagar. As pontas dos dedos dele percorrem seu ombro e braço e um arrepio a percorreu da cabeça aos pés.

— Tenho uma confissão a fazer — disse ele. — Essa é a primeira vez em que… em que me deito com uma bruxa.

— Hm. Esse é o seu jeito de dizer que ficou desapontado?

— De forma alguma! — protestou ele, apressadamente. No entanto, havia algo em seu tom de voz que fez Ariadne virar a cabeça e encará-lo.

— Mas? — Ele não respondeu. — Você esperava que eu usasse algum tipo de magia, é isso?

Thomas encolheu os ombros e Ariadne teve que conter o riso. Às vezes ele podia ser muito ingênuo, o que de certo modo era parte de seu charme. Ariadne *havia* usado magia, só não uma que ele pudesse perceber.

— Para ser mais sincero ainda —continuou ele —, não conheço muitas bruxas, então não sabia bem o que esperar. Tudo o que sei sobre bruxas aprendi na literatura. Aposto que há muitas coisas erradas no que li.

— Bom, você está conversando com uma bruxa *agora*. Alguma dúvida em particular? Você está corando?

— Não! Eu… não, claro que não.

Adriane franziu o cenho. Já podia imaginar a pergunta que se avizinhava.

— É verdade que vocês hã… dançam nuas em volta de uma fogueira em determinadas épocas da Lua?

Ariadne quase caiu na gargalhada. Pensou em responder: *Ah, sim, isso é verdade. Eu e minhas amigas fazíamos isso o tempo todo e, depois de dançarmos nuas, fazíamos amor umas com as outras numa grande orgia em nome da boa, perfeita e agradável vontade de Kaë.*

Era uma resposta tentadora, mas talvez fosse melhor que Tom não ficasse abraçando essas fantasias por mais tempo. Respondeu:

— Não. Eu lamento.

Ele corou ainda mais e ela teve que se conter ainda mais para não rir.

— Ah, eu… hã… imaginei que não fosse verdade.

Ariadne não fez comentários posteriores, apenas se inclinou outra vez e o beijou nos lábios. Depois, virou-se de lado, expondo as costas para ele, e fechou os olhos.

Nada parecia errado, e ela se sentia feliz por ter conversas descontraídas com Tom. Mas algo continuava faltando. Ela sentia lá no fundo.

Os dedos de Thomas começaram a percorrer suas costas, fazendo os pelinhos da nuca subirem. Eles contornaram o que havia sobrado da tatuagem da rosa azul e a cicatriz do ferimento no ombro direito.

— Este é seu lendário ferimento de guerra?

— Ganhei na Batalha do rio Ynix — mentiu Ariadne. Virou-se e expôs o ferimento de saída.

— É um ferimento bem grande — comentou ele. Havia menos pânico em seu rosto do que quando ela tirou a roupa pela primeira vez. Ele havia arregalado os olhos e ficado tão pálido na ocasião, que quase acabou com a noite mais cedo, mas Ariadne foi bem-sucedida em distraí-lo.

Ela fez que sim. A ferida a deixou de cama por três semanas. Destruiu a parte de baixo de sua tatuagem, uma espécie de afirmativa do universo de que a aceitação completa na Academia Rosazul sempre estaria além dos limites de seu alcance. Mais do que isso, porém, destruiu a vida que ela poderia ter tido com Lia.

— Quase me matou.

A expressão no rosto de Thomas tornou-se soturna de novo. Era a primeira vez que ela permitia que alguém visse sua cicatriz em muito tempo. Ariadne carregava várias outras consigo, que ele nunca veria. Ele falou:

— Não consigo imaginar as coisas pelas quais você passou. Ou viu. Espero que um dia possa compartilhá-las comigo.

Ariadne suspirou. *Por onde começar?*

Eu tenho uma irmã mais velha que morreu quando éramos pequenas.

Eu matei muitas pessoas e me deram uma medalha por isso.

Eu amei uma mulher e a perdi.

Eu não consigo parar de pensar que essa nova vida é uma mentira e que se eu fechar os olhos e abri-los outra vez, ela não vai estar mais aqui. Que eu vou acordar em alguma trincheira no Norte enquanto a neve cai sobre mim e os disparos continuam soando à distância.

Como poderia compartilhar todas essas coisas com Thomas? Ele era um bom homem, mas não seria capaz de entender, não de verdade. Somente suas colegas poderiam entender, e só até certo ponto.

Em vez de dizer todas essas coisas, ela apenas sorriu, melancólica.

— Um dia.

Ele assentiu e então franziu o cenho.

— Isso significa que você está dizendo "sim"? Para o meu pedido.

Ela concordou com a cabeça. Não amava Thomas, pelo menos não ainda. Mas o que mais poderia fazer?

— Sim, estou aceitando sua proposta de casamento. Na verdade, já aceitei faz um tempo. Pensei que tivesse deixado isso claro.

Ele riu.

— Desculpe, às vezes eu não entendo direito as coisas, preciso que as pessoas sejam diretas comigo e tirem tudo à limpo.

— Bobo.

Ariadne pousou a cabeça mais uma vez em seu peito e respirou fundo, deixando que ele fizesse carinho em seus cabelos até ela adormecer. Quem sabe um dia aprendesse a amá-lo. Quem sabe um dia fosse capaz de compartilhar seus segredos com ele. Esperava que sim.

Um dia.

VI

Logo depois que Ariadne e Thomas anunciaram seu noivado, pessoas completamente aleatórias começaram a se materializar na mansão dos Günder. Na maior parte do tempo ela não sabia com quem estava falando e os nomes eram numerosos demais para guardar; gente que queria conhecer a noiva de Thomas Günder, ou, em alguns casos, o noivo da heroína de guerra Ariadne "Ágata de Fogo" Adanin.

Ozmar Günder parecia radiante com o noivado, mesmo que a esposa não. Katarina Günder era uma mulher fria, para dizer o mínimo, e encarava Ariadne com seus olhos profundos esperando que a bruxa cometesse algum deslize, derrubasse a suposta máscara que estava usando para que todos pudessem ver que ela era de berço inferior e inapropriada para seu filho.

Às vezes, era difícil entender como Thomas havia crescido com uma mulher assim e se tornado uma pessoa tão sorridente.

Ariadne só compreendeu onde a influência de Katarina foi parar quando conheceu a irmã de Thomas, Alinna. Ela apareceu cinco dias depois do anúncio do noivado em um conversível amarelo. Ao vê-la pela primeira vez, Ariadne imediatamente se lembrou de Ravena, o que não podia ser bom.

— Thomaaaaaaaaaaaaaaaas — gritou, e o som estridente de sua voz fez os tímpanos de Ariadne doerem. Vestindo um chapéu que parecia que levantaria voo a qualquer instante, ela abraçou o irmão e levantou as perninhas finas, balançando-as no ar enquanto ele a segurava. — Estou tãaaaaaaaaaaao feliz em te ver!

Ariadne rangeu os dentes. *Sam, olha essa garota*, pensou e sentiu uma agulhada no peito que se espalhou pelo corpo como água gelada. Há anos que não conversava mentalmente com a irmã. A mulher largou o noivo de Ariadne e a encarou, medindo-a de cima a baixo. Assim como a mãe, a irmã de Thomas parecia pouco impressionada e não era boa em disfarçar seu descontentamento.

— Então *esta* é Ariadne "Ágata de Fogo"? — Ela se inclinou e beijou Ariadne nas bochechas sem encostar na pele, como mandava a etiqueta. — Muito honrada em conhecê-la.

— Igualmente.

Em seguida, Alinna soltou um novo grito estridente e correu para dentro da casa cumprimentar os pais, mudando o foco de sua atenção com uma velocidade tão rápida que Ariadne teve a sensação de ter sido inteiramente esquecida em questão de segundos.

Thomas se aproximou e a segurou pelo braço, antes de sussurrar:

— Acho que eu devia ter avisado, mas minha irmã pode ser um pouco... difícil de lidar. Ainda mais para quem não está acostumado.

Ariadne pensou: *Um pouco?* Mas o que respondeu, foi:

— Imagine. Mal posso esperar para conhecê-la melhor.

Thomas lhe lançou um olhar que parecia dizer "não tente me enganar", e a acompanhou para dentro de casa.

O jantar não ajudou Ariadne a superar a primeira má impressão que teve de Alinna. Tudo para ela era "oh, que maravilhoso", "que estupendo", e os temas de sua conversa giravam em torno de vestidos, joias, quem estava saindo com quem, "você soube que fulano teve um caso com cicrano, estou tão chocada" e quão maravilhosa era a vida em Ammaría, a cidade mais rica do país.

A única vez em que as duas tiveram um diálogo foi quando a irmã de Thomas comentou:

— Aposto que Ariadne tem dezenas de histórias para contar sobre a guerra.

— O suficiente para uma vida inteira — respondeu Ariadne, o que causou alguns olhares desconfortáveis. Depois disso, ninguém mais falou com ela. *Não posso dizer que estou surpresa com nada disso*, pensou. *Meus pais também não vão ficar quando eu contar pra eles.*

Então ela se deu conta:

Puta merda, esqueci de contar pros meus pais.

A expressão no rosto de Ariadne chamou atenção, pois logo Katarina disse:

— Está tudo bem, querida? Você parece meio pálida.

— Ah, eu estou bem — mentiu. — Eu só... não é nada.

— Tem certeza de que está tudo bem? — sussurrou Thomas e ela concordou com a cabeça um pouco rápido demais. Continuou comendo como se nada tivesse acontecido. Precisava avisar os pais sobre o noivado o quanto antes e não conseguia encontrar justificativas para não ter feito isso ainda.

Depois do jantar, foram para o salão de jogos. Os dois homens fumaram charutos e conversaram, enquanto Ariadne se sentou com sua nova sogra e nora, e escutou mais um pouco das conversas de Alinna.

Aparentemente, a irmã de Thomas era a garota perfeita. Não apenas porque sua pele parecia feita de porcelana e seus cabelos castanhos pareciam seda, mas porque, além de linda e rica, Alinna ainda compunha poemas, sonetos, tricotava, desenhava *e* pintava com aquarela e tocava piano. Também se casaria na primavera do ano seguinte, com um político que era vinte e cinco anos mais velho e que havia encontrado apenas três vezes antes de anunciar o noivado.

— Você é bruxa? — perguntou Ariadne, porque... era só isso o que faltava.

— Ah, não — respondeu Alinna — Nenhuma das mulheres da família Günder tem sangue mágico. Ainda bem, devo acrescentar: não tenho constituição para servir no exército.

Muitas das minhas colegas também não tinham, ela mordeu a língua. *E serviram mesmo assim.*

— Posso fazer uma pergunta? — disse Alinna.

— Claro.

— Você tem mesmo um — ela se inclinou e ficou mais perto, sussurrando em seu ouvido, como se aquele um segredo extraordinário — *ferimento de guerra*?

Ariadne fez que sim e massageou o ombro direito com a ponta dos dedos.

— Fui baleada no ombro enquanto servia. Não foi nada sério.

— É mesmo? Ouvi dizer que quase te matou.

— As pessoas exageram nas histórias.

— Hm. Penso que deve ter sido uma grande honra ter lutado contra as bruxas selvagens.

— "Selvagens"?

— Ah, sim. — Alinna se aproximou de novo e sussurrou: — Ouvi dizer que as bruxas de Karinía lutavam seminuas, com pintura de guerra e que comiam carne humana e não cultuavam nenhum deus. Pode me dizer se qualquer uma dessas coisas é verdade?

Ariadne instintivamente pensou em Lia e usou de todo o seu autocontrole para: a) não cair na gargalhada b) não voar no pescoço de Alinna por falar tamanha quantidade de absurdos em uma única frase.

— Na verdade, as bruxas karinin são Kaëístas. Conheci uma que cultuava as Sete Faces.

— Oh, que interessante — respondeu Alinna, parecendo decepcionada, e então, em menos de um segundo, sua atenção se voltou para outro assunto.

*

Ariadne acordou na manhã seguinte com alguém a chacoalhando. Virou-se, com os olhos entreabertos, e deu de cara com Alinna. O susto foi tão grande que ela deu um pulo e quase caiu da cama. A sorte foi que seu cajado não estava por perto, caso contrário a irmã de Thomas teria sido incinerada em uma fulgurante bola de fogo. Algo que seria difícil de explicar para o resto da família.

A mulher não se abateu. Continuou parada ao lado da cama, vestindo um maiô e um chapéu tão grande que mal devia passar pelos batentes da porta. Ela encarava Ariadne com um ar de quem desdenhava o universo e todos nele.

Com o coração ainda palpitando, a bruxa esfregou o suor da testa e disse:

— O que foi?

— Thomas me disse que você gosta de nadar na lagoa. Pensei que poderíamos nadar juntas.

Você me acordou por causa disso?, pensou, injuriada. Antes que pudesse responder qualquer coisa, porém, Alinna completou:

— Vamos, vista seu maiô. Vou te esperar lá embaixo.

Sem dizer mais nada, ela saiu do quarto. Incrédula, Ariadne considerou as consequências de não fazer o que Alinna havia dito e achou melhor levantar da cama e vestir o maldito maiô. Desceu as escadas, carrancuda, e encontrou a mulher esperando-a na varanda.

— Perfeito! — exclamou Alinna, virando-se de costas outra vez. — Vamos!

Acompanhadas de dois empregados, elas caminharam em silêncio até a lagoa. Ariadne mergulhou, mas Alinna não. Ficou sentada em sua cadeira à beira da água tomando sol. Quando Ariadne saiu, a mulher tirou os óculos escuros e a observou.

— Essa é uma cicatriz bem grande. Por isso você sempre usa vestidos que cobrem os ombros?

— Sim — respondeu ela. Nunca teve paciência para escutar comentários e perguntas do tipo "que cicatriz é essa?" Já era o suficiente carregá-la para cima e para baixo todos os dias.

— Que tipo de arma faz um ferimento desses?

Ariadne franziu o cenho enquanto se sentava na cadeira ao lado. A garota era filha de um fabricante de armas, certamente saberia a resposta, mas parecia mais interessada em jogar conversa fora do que qualquer outra coisa, portanto respondeu:

— Um fuzil.

— Hm. Você é bem reservada com relação ao que aconteceu na guerra, não?

Ótimo, Ariadne pensou. *Fui acordada de manhã para um interrogatório.*

— Eu tento ser.

— Se fosse comigo, eu contaria tudo o que aconteceu pra todo mundo. Afinal, você já é uma heroína, não? As pessoas adoram saber as histórias da vida no *front*.

A vida no front *era uma merda*, refletiu Ariadne. *A comida era gelada, nunca sabíamos se bombas cairiam sobre nossas cabeças durante a noite e tínhamos que dormir abraçadas para nos aquecer, caso contrário não teríamos energia no dia seguinte para fazer feitiços. Não há nada daquela época que eu queira lembrar. Absolutamente nada.*

— Como Thomas se sente com relação a isso? — questionou Alinna, ignorando seu silêncio.

— Com relação ao quê?

— Aos seus segredos.

— Ele entende.

— Hm... — Alinna tomou um gole de água com limão que servido por Kallo. — Ele sabe da sua preferência pelos "dotes femininos"?

Ariadne quase se engasgou com a própria saliva. Devia ter fuzilado Alinna com o olhar, pois logo em seguida a mulher disse:

— Não precisa se preocupar! Seu segredo está seguro comigo. E não só o fato de que você teve um caso com uma mulher, mas o fato de que a mulher era uma *karinin*. Thomas não se importaria. Mas não posso dizer o mesmo sobre meus pais, ou outras pessoas.

Vou afogar essa mulher no lago, decidiu-se. *Kallo dirá que foi um acidente, eu tenho certeza.*

— Isso importa? Eu já prometi que vou me casar com seu irmão.

— Não precisa ficar brava! — disse Alinna como se tivesse ficado genuinamente preocupada. — Só estou cuidando dos interesses do meu irmão, só isso. Tenho certeza de que você entende.

— Sim, claro que entendo.

— Acredito que talvez fosse melhor você contar a verdade tanto para ele quanto para os meus pais. Sabe, se eu sou capaz de descobrir uma coisa dessas, outras pessoas também são. Quanto mais mantemos nossos segredos escondidos, mais podem nos ferir no futuro.

— Obrigada pelo conselho.

— Imagine. — Ela bebeu mais um gole d'água. — Posso perguntar o que aconteceu com a garota karinin? Vocês estudaram juntas, não? Foi assim que se conheceram?

— Sim. Ela foi convocada para lutar pelo Norte. Nunca mais nos vimos.

— Sei...

Ariadne ficou meio preocupada com o tom de voz, mas nada ofereceu em resposta. Segundos depois, Alinna emendou:

— Peço desculpas. Percebi que isso te trouxe memórias que você preferia esquecer. Sabe o que devíamos fazer? Devíamos ir para Ammaría de carro. São apenas algumas horas e posso pedir para o meu motorista nos levar. Não há nada que distraia mais a mente dos problemas do que fazer compras em uma cidade maravilhosa!

— Não precisa... — respondeu Ariadne, lançando seu sorriso mais carismático. *Não há nada mais assustador do que fazer compras com você*, desejou dizer. — Sério.

— Bobagem. Vamos sair juntas e nos divertir! *Flertar* um pouco, quem sabe? Nunca fez mal a ninguém.

— Eu não sei se...

Alinna levantou a mão.

— Eu insisto. Afinal, somos meio que irmãs agora, certo?

*

Não havia cenário mais apavorante do que fazer compras com a irmã de Thomas em uma cidade a mais de cem quilômetros de distância da mansão dos Günder. Ariadne tentou arranjar desculpas, mas não teve jeito. Antes que pudesse se dar conta, já estava no banco detrás do conversível amarelo junto com a cunhada e o motorista, que não falou uma palavra durante a viagem inteira.

Tudo bem, porque a mulher falava e falava de como a cidade era maravilhosa e linda e encantadora e como Ariadne ficaria deslumbrada com as lojas, cafés, prédios, e assim por diante. Foram duas horas e meia disso. Em certo ponto, a bruxa cogitou usar seus poderes para fazer com que o motor do carro explodisse, mesmo correndo o risco de matar a si mesma.

Ao chegar em Ammaría, elas se depararam com uma profusão de cores, texturas, sons e odores que Ariadne nunca havia visto. As ruas eram enfeitadas com prédios coloridos e vitrines vistosas, padarias que emanavam um cheiro delicioso de pão recém-saído do forno, que fez com que ela regredisse aos tempos da infância e à padaria da dona Josephina. No meio disso tudo, havia ainda um outro aroma, fresco e adocicado e Ariadne percebeu que as ruas eram realmente perfumadas.

Era difícil de admitir, mas Alinna tinha razão.

Que lugar de sonho é esse?, se perguntou. Tudo parecia em seu perfeito lugar, como uma pequena utopia. Mas havia falhas aqui e ali, pequenas rachaduras na fachada perfeita, como um garoto imundo e descalço correndo com uma bolsa cara na mão, um prédio interditado por conta de um incêndio dos tempos da guerra e um morador de rua sendo escoltado para longe de uma loja por dois policiais.

O veículo continuou a andar e as narinas de Ariadne foram inundadas pelo distinto cheiro de areia e água salgada. Ela olhou para o lado e se descobriu na orla da praia, em uma avenida emoldurada por palmeiras.

— Pensei em darmos uma passada em algumas lojas antes de almoçarmos — sugeriu Alinna. — Conheço alguns lugares que fazem os vestidos *mais lindos* de toda a Lemúria.

— Estou às suas ordens — respondeu Ariadne. A irmã de seu noivo não pareceu notar nenhum tom de ironia em sua voz, pois logo exclamou:

— Perfeito! Vamos começar por ali!

Ariadne passou as horas restantes da manhã sendo arrastada de um lado para o outro para ver os vestidos *mais lindos* do continente, as joias *mais lindas* do Sul, os cafés *mais* renomados, as personalidades *mais* ilustres, e assim por diante. Ao meio-dia, seus pés estavam latejando.

Além dos pés doloridos, Ariadne também ficou chocada com a quantidade de dinheiro que Alinna gastou nas lojas pelas quais passou: sete mil Belizes na primeira, onze mil na segunda, *dezoito* mil na terceira e quatorze mil na quarta. Na quinta loja, ela não encontrou nada que queria e saiu de lá resmungando e chamando o lugar de "muquifo". Depois disso, almoçaram.

A peregrinação retornou sem que Ariadne conseguisse efetivamente descansar. Alinna a arrastou de loja em loja fazendo questão de esbanjar sua riqueza. Vez ou outra pegava um vestido e o colocava na frente de Ariadne enquanto dizia:

— Este combina com seus olhos.

A bruxa o pegava, dava uma examinada muito sutil na etiqueta e depois respondia que na verdade não tinha gostado.

A tarde foi avançando e os pés de Ariadne foram ficando cada vez mais doloridos. As duas voltavam para o carro quando passaram na frente de uma butique discreta que ficava entre um café e um escritório. Ariadne parou.

— Encontrou alguma coisa? — perguntou Alinna. Sua voz deixava transparecer que ela estava irritada pelo fato de que Ariadne não havia comprado nada até o momento.

A resposta era "sim". Entre os vestidos de renda e as tiaras de madrepérola, preso no pescoço de um manequim havia um lenço vermelho. Ariadne se aproximou da vitrine para estudá-lo. Alinna não teve dúvida: puxou-a pelo pulso e abriu a porta.

— Vamos entrar.

Ambas foram atendidas por uma senhora elegante e de olhos cinza esverdeados que lembravam muito os da diretora Ursula.

— Posso ajudar?

— Minha cunhada gostou de um lenço na sua vitrine — interpôs Alinna.

— Ah, essa é sua cunhada? — respondeu a mulher. Abriu um largo sorriso e apertou a mão de Ariadne. — Muito prazer. De qual lenço você gostou?

— Do vermelho.

A mulher subiu em um banquinho de madeira, esticou o braço para tirar o lenço do pescoço do manequim e entregou a Ariadne.

O lenço brilhava como se o tecido estivesse imbuído de minúsculos cristais e era feito de uma seda tão macia que os dedos de Ariadne deslizavam por ele. Devia custar "os olhos da cara", como sua mãe dizia. Ela suspirou.

— Quanto?

A mulher respondeu e a bruxa lhe devolveu um sorriso constrangido.

— Muito obrigada. — Virou-se de costas e passou por Alinna. — Vamos.

— Espere! — chamou a vendedora, e as duas mulheres se viraram outra vez. — Você é uma Rosa Azul, não é? Acho que já te vi em alguma revista. Reconheço seu rosto.

— Esta é Ariadne "Ágata de Fogo" — disse Alinna com a voz toda cheia de orgulho, como quem diz: "Olhe, olhe quem está comigo." A vendedora sorriu.

— Sabia que havia reconhecido você de algum lugar. Venha aqui. Vou te fazer um desconto.

— Não precisa, senhora. Eu…

— Vamos, por favor. Faço um bom desconto. Não posso fazer de graça, é claro, mas por você, eu tiro… metade do valor?

Metade ainda era muito dinheiro para se gastar em um lenço, mas Ariadne se sentia compelida a levá-lo por um motivo inexplicável. Ela se aproximou da bancada e analisou o lenço com os dedos outra vez. Era tão suave, tão sedoso. Como a pele de…

— Vou levar.

A vendedora abriu um largo sorriso. Colocou o lenço dobrado dentro de uma caixinha comprida com pétalas de rosa e perfume. *Haja paciência*, pensou Ariadne, enquanto pagava. Depois, a mulher colocou o pacote dentro de uma sacola de papel com o logotipo da loja e se despediu. Conforme caminhavam para o carro, Alinna disse:

— Muito bonito seu lenço. Com qual vestido você pretende usá-lo?

— Ainda não sei — respondeu Ariadne, e, por um milagre, as duas voltaram para casa em silêncio.

*

— Divertiram-se? — perguntou Thomas quando chegaram. Ariadne fez que sim. — Fico feliz que você e minha irmã estejam se dando bem.

— Eu também.

Ela sorria, mas Thomas percebeu que havia algo estranho.

— Está tudo bem?

— Aham.

— Tem certeza? Você parece cansada.

— Preciso descansar um pouco pra me sentir cansada — respondeu Ariadne, e isso arrancou um riso de Thomas. — Nós andamos muito. Vou tomar um banho e me deitar depois do jantar.

Ela o beijou nos lábios e foi o bastante para deixá-lo mais tranquilo.

*

Sentada em sua cama depois do jantar, Ariadne abriu a caixinha. Ainda estava perfumada. Tirou o lenço de dentro e passou os dedos por ele e um soluço lhe subiu pela garganta.

Se o motivo pelo qual comprara o lenço não havia ficado claro antes, agora estava cristalino.

Era costume das pessoas em Karinía darem um lenço para a pessoa amada com o objetivo de deixar claro seus sentimentos. Lia havia contado isso no inverno que as duas passaram juntas dentro da escola.

Sua tonta, disse a si mesma. *Não pode fazer isso. Não pode.*

Lia estava morta. Elas tiveram sua chance e falharam. Não havia nada o que fazer com relação a isso, especialmente com Ariadne comprometida com o casamento. Por que comprara aquele lenço, então? Por que não havia contado aos seus pais sobre o noivado? Por que ficava arranjando desculpas para não contar?

Thomas é um bom homem, insistiu, como se fosse um mantra a ser entoado. *Ele gosta de você. Ele quer realmente se casar com você. Tudo bem que a mãe e a irmã dele são duas víboras: é um preço pequeno a se pagar por uma vida como essa.*

Viv tinha razão em sua carta: o melhor que podia fazer era ser feliz com a vida que lhe havia sido oferecida.

Mesmo assim… mesmo assim, não conseguia deixá-las partir. Ísis, cujo túmulo estava vazio. Lia, que nem túmulo tinha. Sam, que ela mal conhecera. Havia apenas uma foto sua, guardada na gaveta da cômoda da mãe, escondida. Todas atormentando seus sonhos, sombras que pairavam sobre ela como fantasmas.

Pela primeira vez em muito, muito tempo, desejou que a irmã estivesse ali. *Fisicamente* ali. Desejou que ela a abraçasse e lhe dissesse o que fazer.

Engolindo um soluço, Ariadne apertou o lenço com mais força. Queria que todas elas estivessem ali.

Lia, eu te amo, pensou. Era doloroso admitir que ainda a amava e que talvez a amasse para sempre. Era doloroso admitir que não havia nada que pudesse fazer com relação a isso, que a única coisa que podia efetivamente fazer era dizer adeus, adeus de verdade.

Foi o que fez. Permitiu a si mesma chorar uma última vez por Lia. No fundo, também estava chorando por Ísis e Sam, aquelas mulheres que teriam sido maravilhosas se tivessem tido um pouco mais de tempo e que, mesmo assim, foram maravilhosas no curto tempo que tiveram.

Ariadne abraçou o lenço vermelho, deitou-se na cama e chorou até dormir.

VII

Alguns adeptos de Kaë afirmam que a deusa é surda de um ouvido, aquele para o qual as pessoas rezam. Outros, no entanto, dizem que Kaë escuta tudo. E que, ao seu próprio modo, ela sempre responde.

— Coleção de histórias da Deusa das Sete Faces, volume 4, página 88

*

Thomas tinha um livro sobre a Deusa das Sete Faces em sua biblioteca. Surpresa, Ariadne o abriu e folheou. Lia acreditava que a deusa estava sempre de olho, que elas faziam parte de um desígnio maior, um grande plano que se revelava aos poucos, que a deusa orientava os seres humanos para um caminho de felicidade e prosperidade.

Ariadne não acreditava em nada disso. Que tipo de deusa permitiria que uma guerra de tamanhas proporções acontecesse? Que grande plano havia naquela escuridão? Qual o sentido de tantas mortes e de tanta tristeza? Que tipo de deusa fazia isso com seus próprios súditos?

Era melhor não confiar em lições e palavras enganosas. Guardou o livro de volta na estante.

Minutos depois, estava com um telefone nas mãos ligando para os pais. Precisava contar que estava noiva. *Chega de enrolar*, pensou. Era domingo e sua mãe atendeu. Ao ouvir a notícia, pareceu satisfeita. Não *radiante*, mas satisfeita. Ariadne tinha consciência de que sua mãe desejava sua felicidade acima de todas as outras coisas, e que casar-se com Tom era uma maneira de encontrar essa felicidade. Dinheiro, conforto, estabilidade. Coisas que eles nunca tiveram.

— Nunca mais vai ter que se preocupar com dinheiro na vida — comentou. — Nem seus filhos, nem seus netos. Acho que você está tomando a decisão certa, Azulada, e estou muito orgulhosa.

— Obrigada, mamãe.

Seu pai pegou o telefone e pareceu mais preocupado do que feliz.

— Tem certeza de que é isso o que você quer?

Ariadne hesitou só por um segundo.

— Claro que sim, papai.

— Então estou feliz por você, Azulada. Contanto que você esteja feliz.

Ela não respondeu que estava feliz, apenas agradeceu.

Os dias passaram devagar e iguais, e Ariadne abraçou a nova rotina com certa gratidão, sem o peso da necessidade de uma escolha nos ombros. Passava a maior parte de suas tardes nadando ou lendo. As noites sempre tinham algum movimento: uma transação de negócios na qual sua presença poderia ser útil, um jantar especial, um convidado que aparecia por lá sem ter avisado com antecedência. Até fez amor com Thomas mais algumas vezes.

Aos poucos, foi se acostumando com a nova vida e logo virou a nova garota-propaganda da Günder Armamentos Ltda.

Até mesmo a presença de Alinna havia se tornado suportável.

Ariadne gostava de olhar pela janela pouco antes do amanhecer e contemplar os grandes campos verdes além da casa. Respirava fundo e sentia o ar fresco e puro com cheiro de grama molhada preencher seus pulmões. Havia se resignado com sua escolha, com o fato de que essa seria sua vida dali em diante. Sentia-se finalmente em paz.

Não estava pronta para a tempestade que se avizinhava.

*

Fazia um sol de rachar do lado de fora de casa. Em alguns dias, o verão em Lemúria podia ser quase tão opressivo quanto o inverno. Estavam todos na varanda bebendo água gelada com hortelã e gengibre, Alinna se abanava com um leque, reclamando desde manhã de como o suor fazia suas roupas grudarem no corpo. Por volta das duas da tarde, chegou um caminhão verde que trazia encomendas e correspondências. Ele vinha uma vez a cada quinze dias e Ariadne se sentia reconfortada em saber que não precisava se deslocar para a cidade toda vez que queria mandar uma carta ou ter qualquer contato com a civilização.

Entre as encomendas havia livros e armamentos artesanais para Ozmar Günder, vestidos e joias para Alinna e algumas cartas. Havia também um envelope branco endereçado a Ariadne.

A bruxa pegou o envelope e o analisou. A etiqueta no verso dizia apenas: "Serviço Postal de Lemúria". Ela o abriu.

Era um telegrama da Academia Rosazul.

— Thomas, preciso ler isso aqui em particular. Você me dá licença?

Alinna franziu o cenho, Thomas a encarou em silêncio e piscou.

— Talvez devêssemos combinar, para o futuro, que você não precisa pedir por privacidade. Basta dizer, "Tom, estou indo para o meu quarto".

Ariadne riu, o que ajudou a disfarçar o fato de que suas mãos estavam tremendo.

— Combinado.

Ela subiu correndo as escadas e só se permitiu olhar o conteúdo da correspondência depois de fechar a porta do quarto e trancá-la. Havia sido escrita por Maeve e, enquanto lia, suas mãos tremiam com cada vez mais violência.

Esta é uma mensagem particular. Verifique o selo antes de abrir a mensagem. Se o selo estiver rompido, entre em contato com a agência de postagem mais próxima.

Prezada Ariadne. Ponto. Precisamos que você entre em contato conosco o mais rápido possível.

Ponto. Um assunto de extrema urgência surgiu. Ponto. Por favor telefone ou nos envie um telegrama assim que ler esta mensagem. Ponto.

Fim da mensagem.

Ariadne engoliu em seco. O telegrama datava de quinze dias atrás, apesar de estar marcado como "urgente". O tremor se espalhou pelos braços e pernas. Ela ficou de pé e sentiu o mundo girar.

*

Na mesa do salão principal, o pai de Thomas estava mexendo em contas em cima da mesa.

— Ozmar, com licença. Preciso usar o telefone. Vocês têm alguma lista telefônica?

— O telefone do segundo salão tem uma lista telefônica — respondeu Günder pai. — Precisa de privacidade?

— Sim, eu agradeceria muito.

— Feche a porta e pedirei para que ninguém te incomode durante a ligação. Está tudo bem?

— Sim, tudo bem.

— Tem certeza?

— Tenho. Obrigada.

Ariadne fechou a porta do segundo salão e a trancou. Começou a folhear a lista telefônica em busca do número de sua antiga escola. Encontrou-o como "Academia Rosazul para Garotas, Superintendência".

Um por um, discou os números do telefone, tomando um cuidado extra para não errar nenhum. Seus dedos ainda tremiam. A ligação era direta e uma voz feminina desconhecida atendeu do outro lado.

— Academia de Magia Rosazul para Garotas. Como posso ajudar?

— Aqui é Ariadne Adanin, estou respondendo a um telegrama que recebi.

Houve uma pausa um tanto longa do outro lado da linha.

— Só um momento.

O telefone ficou em silêncio por um tempo, até que uma segunda voz feminina atendeu:

— Escritório da diretoria, quem fala é Maeve. Como posso ajudar?

— Maeve, é a Adne. Acabei de receber seu telegrama.

Silêncio.

— Ariadne, puta merda — disse Maeve do outro lado da linha. — Onde você está? Estamos tentando falar com você faz duas semanas! Liguei pros seus pais, eles disseram que você está no campo e não sabiam qual era o telefone daí, senão eu tinha ligado.

— Ainda estou na casa de Osmar e Thomas Günder. Eu vou me casar.

— VOCÊ VAI SE CASAR?!

— Ei, não era por isso que as meninas estavam *enchendo o meu saco* durante o baile de condecoração? Estou seguindo o conselho delas, caramba. Vou me casar com Thomas Günder daqui alguns meses.

Maeve soltou um suspiro do outro lado da linha e sussurrou:

— *Puta merda.*

— O telegrama que você me enviou parecia urgente. Desculpe não ter respondido mais cedo, o caminhão com as correspondências só passa por aqui uma vez a cada duas semanas. O que houve, está tudo bem?

— Adne, eu... Você está sentada agora?

— Na verdade não.

— Acho que você devia se sentar.

— Maeve, por favor, você tá me assustando. Me diz o que aconteceu.

— Confie em mim, Adne, e vai se sentar.

Ela esfregou as têmporas.

— Tá, espera um pouco.

Largou o telefone e procurou uma cadeira. Depois colocou o telefone de novo na orelha e disse:

— Tudo bem, eu tô sentada. O que aconteceu?

— Adne... — Do outro lado da linha, Maeve parecia estar lutando para articular as palavras. — Não tem uma maneira fácil de eu dizer isso, então só vou dizer: Lia está aqui. Ela está viva e voltou pra escola.

O coração de Ariadne começou a bater tão rápido que ela sentiu o corpo queimar de dentro para fora. Abriu a boca para responder alguma coisa, qualquer coisa, mas não encontrou uma palavra sequer. Enquanto isso, Maeve continuou chamando.

— Adne? Adne, você tá aí?

Adne não está no momento, pensou. *Por favor, deixe seu recado, em quinze dias eu respondo.*

Lia estava viva.

Estava de volta.

As mãos de Ariadne tremiam tanto que ela derrubou o bocal do telefone no chão. Pegou-o e sentiu cheiro de queimado. Parte da cadeira na qual estava sentada havia pegado fogo. Uma nova descarga de adrenalina percorreu seu corpo como um choque elétrico. Ela bateu a palma da mão sobre a chama até apagá-la. *Calma*, pensou. *Um simples feitiço de transmutação e posso... mascarar isso.*

— E... eu tô aqui. Co... como isso aconteceu?

— Ela simplesmente voltou pra escola sem aviso — explicou Maeve. — Apareceu aqui duas semanas atrás e pediu asilo. Imediatamente tentamos entrar em contato com você, mas você nunca respondeu nosso telegrama.

Duas semanas atrás.

Suor frio escorreu pelo seu rosto. Duas semanas atrás, havia aceitado a proposta de casamento de Thomas. Lágrimas subiram pela garganta com a força explosiva de um vulcão. *Por que, Kaë?*, perguntou em silêncio, embora não acreditasse que a deusa estivesse realmente escutando. *Por que você está fazendo isso?*

Eu te odeio. Real ou não, eu te odeio.

Ariadne bateu com a testa contra a parede e sua pele deixou uma marca escura no papel de parede floral do segundo salão. O cheiro de queimado ficou mais forte. Parecia sair de *dentro* dela. *Merda,* Ariadne xingou. *Merda, merda, merda.* Lágrimas escorriam pelas suas bochechas e sua voz estava embargada quando respondeu:

— Co... como ela tá?

— Fisicamente... bem. Mas ela não está... Nós não sabemos o que aconteceu nesses últimos meses, não sabemos... — Maeve suspirou. — As professoras transformaram o antigo escritório da professora Elisabete em um dormitório para ela. Perguntamos o que aconteceu e por onde esteve, mas ela não contou nada. Achamos que você gostaria de vir aqui e vê-la, e que talvez seja capaz de descobrir o que aconteceu. Ela não quis falar com a gente.

Ariadne fechou os olhos.

— Adne — insistiu Maeve —, você pode vir?

Não posso, disse a si mesma. *Vou me casar com Thomas, eu prometi... Todos já estão sabendo, meus pais... Eu não posso ir.*

— Claro, Maeve — respondeu. — Eu vou o mais rápido possível. Obrigada por me avisar.

— Por favor, venha logo. Estaremos te esperando.

— Já estou a caminho — disse, e desligou.

Cada centímetro de seu corpo tremia com tanta força que ela não foi capaz de se levantar por um tempo. Lágrimas continuavam a escorrer pelas bochechas e pingar do queixo para o chão. Ao entrarem em contato com o carpete, queimavam como ácido.

Um ano sem qualquer notícia. Um ano pensando que Lia estava morta, com todos ao seu redor lhe dizendo para não nutrir esperanças. Um ano desde que fora deixada em uma maca dentro do acampamento militar, apenas com uma pequena mensagem de despedida e uma cicatriz no ombro para lembrá-la de seu fracasso.

Ela quis gritar.

*

Ariadne não gritou. Mas chorou e chorou, caminhou de um lado para o outro até seus pés arderem e por fim se sentou outra vez. O cheiro de queimado estava tão forte que era só uma questão de tempo até alguém arrombar a porta gritando "fogo, fogo!". Precisava fazer alguma coisa.

Vasculhou freneticamente todas as gavetas e armários da sala até encontrar uma caixa de incensos que pertenciam à sua sogra. Lia-se na caixinha "flor do campo". Teria que servir. Acendeu meia dúzia deles e os colocou em pontos distintos da sala. Estava melhor. Havia ficado com um cheiro... almiscarado.

Preciso me acalmar, pensou, enquanto esfregava as mãos que brilhavam de dentro para fora. *O que eu faço? Merda, o que eu faço?* Sentou-se na cadeira mais próxima e abraçou o próprio corpo.

Sam?, chamou. *Samantha, preciso de você. Por favor.*

Que conselhos sua irmã morta poderia trazer? Ela estava *morta*. Mesmo assim, Ariadne não conseguia evitar. Precisava da irmã, mesmo que ela não fosse real, mesmo que não estivesse mesmo falando com ela, recebendo conselhos. Chamou e chamou por Sam, mas Sam não respondeu.

Estava sozinha. Seus braços coçavam, sua pele pinicava debaixo da roupa e seu rosto estava inchado de tanto chorar. Ela estava prestes a desistir quando a voz da irmã ecoou de repente:

Sabe, Adne, às vezes você é muito tapada.

Ariadne soltou o ar e seu corpo relaxou. *Sou mesmo*, pensou, incapaz de conter um sorriso. *Estou conversando com minha irmã morta outra vez.*

Se o problema for esse, Samantha respondeu, *existem hospitais especializados. Mas, já que você me chamou depois de todo esse tempo, o que quer?*

Não brigue comigo! Preciso da sua ajuda. Preciso que me diga o que fazer.

Ela imaginou a irmã mais velha de braços cruzados balançando a cabeça, desapontada.

Sério, Azulada? Foi por isso você me chamou?

Preciso que você me diga o que fazer. Por favor.

Foi como se Samantha suspirasse do além.

Adne, você já sabe o que fazer.

Eu não sei, realmente não sei!

Silêncio.

Adne, por que você comprou o lenço?

Ariadne abriu a boca, como se o ar tivesse saído do corpo, como se ela fosse verbalizar uma resposta para Samantha, mesmo que não precisasse.

Vai me dizer que não sabia?

Eu... não sabia.

Você não leu o livro da Deusa das Sete Faces? Se tivesse lido, saberia que a deusa manda mensagens para suas bruxas quando é necessário, mensagens que as pessoas confundem com intuição, ou que aparecem em sonhos.

Ariadne se lembrava vagamente de Lia ter dito algo semelhante no passado, naquele breve tempo que elas compartilharam juntas. Mas nunca acreditou que os deuses fossem reais ou que tivessem qualquer influência sobre este mundo, e mesmo assim... ela havia comprado o lenço.

Eu não sabia!, defendeu-se. Não era Kaë, pensou, de forma insistente. Só uma coincidência. *E... e mesmo que soubesse, prometi que me casaria com o Tom! Não posso voltar atrás.*

Mais um suspiro fantasmagórico e Samantha disse:

Mas você não ama ele.

Isso não importa, Ariadne respondeu. *Ele mesmo disse que não se importa.*

Adne, já que você me chamou de volta depois de tanto tempo, me escuta com atenção: ele diz que não importa, mas importa. O tempo vai passar e ele vai continuar pensando que você um dia vai se apaixonar de volta. Mas você não vai. Vai?

Ariadne engoliu em seco.

Não.

Um dia, ele vai perceber que cometeu um grave erro. Mas você vai perceber que cometeu um erro muito antes.

Ela foi embora, Sam. Eu estava lá, e ela foi embora. Eu teria esperado. Teria...

E o que isso importa?, retrucou Samantha. *Ela não te deixou sozinha quando você mais precisou, não é verdade? Ela salvou sua vida, e agora precisa de você. Você vai deixá-la sozinha?*

Uma nova lágrima escorreu pelo rosto de Ariadne.

Me fala, Sam prosseguiu. *Se você estivesse no campo de batalha, o que a sua tenente diria?*

Ariadne encarou as palmas das mãos. Continuavam translúcidas, com luz saindo de dentro delas. A bruxa respirou fundo e aos poucos a luz se apagou. Sua pele retornou ao tom pálido normal.

Que as circunstâncias mudaram e que é preciso se adaptar.

Exatamente. Agora para. Para com esse choro e com esse pânico e olha bem pra situação, olha com clareza. Se você for embora hoje, Adne, agora mesmo, você vai partir o coração do Thomas e eu sei que você não quer isso. Mas ele vai se recuperar e vai encontrar alguém que o ame de volta do jeito que ele merece. Só que se você continuar aqui, não importa quanto tempo passe, você vai se arrepender, Adne. Vai se arrepender para sempre.

✶

Ariadne saiu do salão sentindo-se estranhamente calma. Só que Thomas apareceu no corredor logo em seguida e a calma se dissipou.

Seu corpo começou a tremer de novo e ela começou a suar. Thomas percebeu que havia algo de errado e a segurou pelos braços.

— Está tudo bem? Adne? Você ficou mais de uma hora lá dentro. Está tudo bem?

Ariadne sentiu vontade de chorar outra vez. Sentiu vontade de gritar. Sentiu que a cada segundo em que olhava para os olhos de Thomas seu corpo se incinerava de dentro para fora. Nada estava bem.

— Sim, Tom, eu... Está tudo bem. Preciso subir e ficar sozinha um pouco. Me desculpa. Com licença.

Ariadne entrou no quarto e fechou a porta, mas se esqueceu de trancá-la. Tinha que sair dali *agora,* não podia ficar na mansão nem mais um minuto. Se ficasse, perderia a coragem. Freneticamente, colocou tudo o que precisava dentro de uma mala e a fechou.

Ao se virar, encontrou Thomas parado na entrada do quarto. Ariadne engoliu em seco e pensou: *Ele sabe.*

Devagar, o Günder filho fechou a porta.

— Você está indo embora — disse ele. Não era uma pergunta. — Pelo menos ia me avisar?

— Tom, eu...

— O que aconteceu lá dentro? Com quem você conversou ao telefone? — Ariadne abriu a boca para responder, mas ele fez um sinal com a mão. — Por favor, não minta. Só me diga.

Empregando todo seu esforço para fazer com que a voz não saísse trêmula, Ariadne disse:

— Lia está viva e na Academia Rosazul. Maeve quer que eu vá para lá o mais rápido possível.

Os olhos dele se arregalaram por um instante e depois baixaram.

— Aquela garota... Você pretende ficar por lá? — perguntou ele.

Ariadne sabia o que a próxima resposta significava, para ela e para Tom.

— Si... sim.

Ele soltou um longo e pesado suspiro.

— Tom, por favor. Eu... eu nunca quis magoar você. Ela salvou minha vida e agora precisa de mim. Não posso deixá-la sozinha... por favor, eu...

— Não precisa explicar — interrompeu ele. Em seu rosto ela viu uma expressão de desalento que fez seu coração se partir, como se fosse feito de cristal. Lágrimas começaram a verter com violência. *Mas vai sarar*, Sam lhe disse. *O dele também.* — Eu sei tudo sobre você, Ariadne. Sei que você fugiu com essa garota, Lia, a bruxa karinin, e que ela salvou sua vida e te levou de volta pro seu batalhão. Eu sei que você se apaixonou por ela na época da escola e que nunca a esqueceu.

Ariadne colocou a mão sobre a boca. Chorava tanto que não conseguia enxergar Thomas com clareza.

— Você sabia? — Ele meneou a cabeça. — E queria casar comigo assim mesmo?

— Eu... esperava que um dia você pudesse, talvez, se apaixonar por mim.

Ariadne sentiu uma pontada de medo percorrer seu corpo. Que outras informações ele tinha?

— Tom, você sabia onde a Lia estava?

Ele hesitou por um instante e Ariadne teve sua resposta. Sentiu todo o medo que sentia com a possibilidade de magoá-lo se transformar em mágoa. Seu rosto endureceu e ela fechou as mãos em punhos com força suficiente para que suas unhas cortassem as palmas das mãos.

— Como? Há quanto tempo?

— Uma de suas antigas colegas entrou em contato conosco quando ficou sabendo do casamento — disse ele. — Uma jovem chamada Muriel.

O sangue de Ariadne gelou.

— Mu... Muriel?

— Depois que a guerra acabou, ela e seus pais fizeram um grande investimento para ajudar refugiados — explicou Thomas. — Ela encontrou sua amiga e a levou para a própria casa, mas depois a karinin optou por retornar à antiga escola para pedir exílio lá. Muriel disse que tentou falar com você no dia da celebração, mas você a esnobou.

Ariadne se descobriu tão perplexa que não conseguia mais chorar. *Foi naquele momento*, ela pensou, *no momento em que ela veio falar comigo e eu a dispensei. Ela vinha me dizer que Lia estava viva e que... e que...*

Antes de ser tomada por completo pelo desespero, Ariadne o transformou em raiva.

— Então você sabia, esse tempo todo. E não me contou.

— Nós temíamos que ela se tornasse um obstáculo para o casamento. Como de fato se tornou.

— "Nós"?

— Eu e meu pai — revelou Thomas.

Mais uma traição, pensou Ariadne. Sua voz saiu carregada de desgosto quando respondeu:

— Você devia saber que eu descobriria mais cedo ou mais tarde. Que uma das meninas em Rosazul tentaria falar comigo.

— Esperávamos que o casamento já tivesse acontecido até lá.

Ariadne balançou a cabeça e então rosnou:

— Eu me divorciaria de você se fosse o caso, Tom.

Finalmente os olhos dele se arregalaram.

— Você não quer dizer isso. Pense bem no que está fazendo, Ariadne. Tem ideia do que vai acontecer com você se essa história vazar? Uma heroína de guerra com uma reputação como a sua sendo vista com uma bruxa karinin? Imagine se os jornais descobrissem que você abandonou suas colegas para fugir com ela. Isso teria consequências graves em sua vida.

— Como o quê? — retrucou Ariadne. — Perder minha patente militar? Não faço questão dela no meu currículo. Meus contratos com estilistas? Tenho certeza de que se eu vender todos os meus vestidos terei dinheiro suficiente para comprar uma casa e levar uma vida mais do que confortável. Se você quer me ameaçar, Tom, sugiro que se esforce mais.

A raiva dele se transmutou em medo e em algo parecido com arrependimento um instante depois.

— Não estou te ameaçando — disse, com a voz mais calma —, só estou pedindo para que pense bem no que está fazendo. *Por favor*. Eu...

— Eu sei muito bem o que estou fazendo, Tom — respondeu ela, incapaz de esconder a raiva de sua voz. — Agora, por favor, saia da minha frente.

— Adne, eu...

As mãos de Ariadne começaram a brilhar de maneira espontânea. Não era sua intenção atear fogo na casa, ou em Thomas, e ela logo as escondeu, mas seu ex-noivo ficou evidentemente assustado e abriu passagem.

— Adeus, Tom — disse ela, enquanto passava por ele. Encarou-o uma última vez e ele de volta, e os dois não trocaram nenhuma outra palavra. Ariadne desapareceu pelo corredor.

*

Ela desceu as escadas e encontrou um telefone no primeiro andar pelo qual pediu que um veículo viesse buscá-la. Não se deparou com Ozmar Günder, nem com sua esposa e, graças a Kaë, nem com Alinna. Demorava cerca de quarenta e cinco minutos para que um carro vindo da cidade chegasse até ali, de modo que ela aguardou cada um deles com ansiedade crescente. Em parte, porque queria sair daquela mansão o quanto antes. E em parte, por saber que estava indo para o lugar certo desta vez.

Alinna calculou seu bote final com perfeição matemática. Esperou que o carro surgisse no horizonte e Ariadne estivesse se levantando para então se materializar na varanda.

— Acabei de descobrir, pela boca de um Thomas muito abalado, que você vai voltar para Rosazul — disse ela. — Para sua garota karinin.

— Vou mesmo — respondeu Ariadne, sem rodeios. Podia ouvir o carro se aproximando, esmagando o cascalho da estradinha que dava para a mansão e percebeu que não tinha medo nenhum de Alinna, nem da mãe dela, nem das ameaças que Tom fizera minutos antes. Mesmo assim, respondeu: — Sinto muito. Não foi minha intenção magoar ninguém.

— Sabe — disse Alinna, entredentes —, minha mãe estava certa sobre você no fim das contas. Eu não quis acreditar, mas você realmente não passa de *ralé,* não importa quantas honrarias e condecorações tenha. Espere até os jornais descobrirem isso.

Em uma fração de segundo, Ariadne pensou em duas mil coisas diferentes que poderia responder para a irmã de Thomas, mas não verbalizou nenhuma delas. Que sentido haveria nisso? Havia coisas mais importantes ocupando sua mente e preenchendo seu coração. O carro parou em frente à casa e ela não esperou o motorista descer para ajudá-la. Olhou para a mulher uma última vez e disse:

— Adeus, Alinna.

Enquanto dava as costas para a grande e caminhava em direção ao carro sem olhar para trás, não conseguiu segurar um sorriso.

Obrigada, Sam, pensou. *Você tinha razão.* E então imaginou sua irmã mais velha. Não Sam quando criança e sim como Sam estaria *agora*, um pouco mais adulta do que ela. Imaginou-a como uma mulher baixinha com quadris largos, os olhos azuis que nem os seus, mas com o cabelo escuro como as asas de um corvo e uma fileira de sardas debaixo dos olhos e nas bochechas carnudas e rosadas. Parecida com a mãe. Imaginou a irmã mais velha sorrindo convencida e orgulhosa. Conseguia vê-la e ouvi-la nitidamente.

Conseguiu ouvir ela dizer:

Eu sei.

*

Ariadne tomou o primeiro trem que desenhava o caminho para o Norte, para a Academia Rosazul, para o lugar que havia servido de abrigo em seus primeiros anos como bruxa, sua segunda casa. Estava tão ansiosa que mal conseguia ficar sentada no assento próximo à janela, como da primeira vez em que foi para a escola de magia, movida uma força invisível e irrefreável e por três palavras que repetia em sua mente, uma vez após a outra:

Lia.

Amor.

Esperança.

Parte VII

RENASCIMENTO

O sétimo e último fruto da árvore de Kaë muitas vezes é chamado de fruto da morte, ainda que este não seja seu único significado. Na teologia Kaëísta, vida e morte andam de mãos dadas em lados opostos da figura da Deusa das Sete Faces, mas sem nunca se anularem. Não é por acaso, ou por simples recurso estético, que todas as estátuas da deusa formam um círculo: o fruto apodrecido que cai da árvore contém a semente para o nascimento de uma nova vida.

I

Por entre as árvores espessas da estrada de cascalho, Ariadne enxergou as paredes de pedra da Academia Rosazul ao longe. Foi como vê-la pela primeira vez. De certo modo, *era* como vê-la pela primeira vez. Ariadne não era a mesma garota que cruzara os portões da escola sete anos atrás, mas, assim como naquele primeiro dia tão distante, a mansão principal e os dois prédios adjacentes ainda emanavam imponência, mistério e a promessa de um futuro.

O veículo a deixou em frente ao portão de ferro e a bruxa logo encontrou seu primeiro rosto conhecido. Parada de pé com um cajado na mão, a postura perfeitamente reta e o olhar impassível de sempre, estava Kolli. Sua estatura monumental ainda a deixava assustada e os olhos cor de gelo da mulher permaneciam intensos e profundos como da última vez em que Ariadne a vira.

Encontrá-la fez seu coração transbordar. Ariadne sentiu uma vontade enorme de correr em sua direção e abraçá-la, mas se reprimiu. Caminhou até o portão, e os olhos de Kolli a acompanharam, estoicos, sem que a enorme bruxa dissesse qualquer palavra.

A porteira a encarou lá de cima parecendo irritada. Se bem que ela sempre parecia irritada, de modo que era difícil saber com certeza o que a mulher sentia. Ariadne sentiu as bochechas corarem.

— Oi.

— Você está atrasada — respondeu Kolli.

Ariadne engoliu em seco e respirou fundo.

— Eu sei. Desculpe.

E então, pela segunda vez desde que havia entrado na Academia Rosazul, Ariadne viu Kolli sorrir.

— Fico feliz em vê-la de novo, Ariadne Adanin. Seja bem-vinda. — O quartzo rosa no alto do cajado da guardiã da escola brilhou sobre a jovem bruxa, permitindo a passagem. Os portões se abriram e ela deu um passo adiante e depois outro.

A Academia Rosazul parecia igual, e Ariadne retornou à época de sua adolescência, sentindo-se jovem pela primeira vez em muito tempo, sem ter nos ombros o peso da guerra e de todas as coisas terríveis que havia feito e testemunhado.

Você é jovem, ouviu Sam sussurrar em seu ouvido. *Tem a vida inteira pela frente.*

Conforme se deslocava até a mansão principal, a mala em uma mão e o cajado na outra, passou por algumas garotas que pareciam ser dos primeiros anos e caminhavam pelo pátio externo. Algumas se viraram e murmuraram coisas como "aquela é Ariadne Ágata de Fogo?", "é, é ela mesma" e "o que ela está fazendo aqui?" com os queixos caídos e os olhos arregalados. Um tanto constrangida, ela as ignorou e seguiu em frente.

Desta vez, não hesitou em empurrar a enorme porta de madeira que guardava a entrada da mansão principal da Academia Rosazul. A porta se abriu sem qualquer resistência, e uma torrente de emoções choveu sobre ela.

Muito tempo atrás, no que parecia quase uma vida inteira, ela, Ísis, Maeve, Lia e as demais colegas conversaram, riram, choraram e se embebedaram entre essas paredes antes de partirem para a guerra. Os sons, os cheiros, as cores, as gargalhadas das garotas que caminhavam ao seu redor, o som dos sapatos fazendo *clap clap clap* no chão, estavam todos lá. Mas Ísis não, nem nunca mais estaria, assim como as professoras Ursula e Sibilla, e Viv e Jadis que haviam partido em suas próprias jornadas. Tudo estava igual, mas ao mesmo tempo não estava.

Segurando as lágrimas, Ariadne subiu as escadas em direção à diretoria. Quando já estava no corredor, escutou um som específico que a deixou paralisada.

Eu conheço esse miado.

Ao se virar, Ariadne se deparou com um grande par de olhos amarelos emoldurados por uma gata preta de expressão ranzinza. Franziu o cenho. A gata estava mais gorda e tão cheia de pelancas que sua barriga quase se arrastava no chão. Seu pelo estava mais acinzentado, e pequenos pelos brancos haviam crescido na região do focinho. Com exceção dessas mudanças sutis, entretanto, continuava sendo a mesma gata preta que dormira com ela na maior parte das noites que a jovem bruxa dividiu com Maeve em seus quase quatro anos na Academia Rosazul.

— Megera?

A gata respondeu com outro miado e caminhou em sua direção. Ariadne finalmente começou a chorar. A gata se esfregou em suas pernas antes de a bruxa se abaixar e pegá-la no colo. Abraçou o corpinho peludo com força e a pequena fera selvagem destruidora de lençóis e arranhadora de cabeceiras respondeu com um ronronar baixinho, como se tivesse ligado um pequeno motor.

— Oh, por Kaë — Ariadne sussurrou, enfiando o nariz em seu pelo. — Você por acaso é imortal?

— Adne?

Ariadne virou a cabeça e viu Maeve parada em frente à porta da sala da diretoria. Vestia o uniforme da escola com um casaco longo azul marinho, cuja manga direita fora dobrada ao meio por conta do braço que não estava mais lá. Ela sorria.

Ariadne largou a gata que por sua vez soltou um *purrrrrrum miau* antes de se afastar, correndo para longe com tanta leveza e graciosidade que parecia não ter envelhecido um dia sequer. A bruxa caminhou em direção à amiga e as duas se abraçaram com força.

— Obrigada por vir — disse Maeve.

— Obrigada por ter me chamado.

Maeve abriu a porta da sala e fez sinal para que Ariadne entrasse.

Ela enxugou os olhos mais uma vez e entrou. Dentro da sala, encontrou a diretora Elisabete e sua esposa, a professora Filomena. Ambas pareciam velhas e cansadas, com os olhos fundos e cheias de cicatrizes invisíveis, mas felizes.

Ariadne olhou em volta, mas não enxergou Lia em lugar algum.

— Adne. — A diretora Elisabete caminhou em sua direção e as duas se abraçaram enquanto Maeve fechava a porta. — Muito obrigada por ter vindo.

— Eu teria vindo antes, professora — Ariadne se desculpou. — Eu juro. Mas só recebi a mensagem hoje de manhã.

— Tudo bem, querida. — A diretora a soltou e passou as mãos pelo seu rosto, sorrindo. — O importante é que você está aqui.

A professora Filomena também se aproximou e a envolveu em seus braços. Ela nunca havia feito isso antes. Seu abraço era carinhoso, delicado e quente, e Ariadne ganhou um beijo na bochecha antes de as duas se afastarem.

— É bom ter você de volta.

— Querida, sente-se — pediu a diretora. — Quer um pouco de chá?

— Não, obrigada. — Ariadne se sentou de frente para a mesa da professora Elisabete, como instruído, mas se remexeu de um lado para o outro na cadeira, o coração palpitando de tanta ansiedade. — Onde está a Lia? Posso vê-la?

— Calma. — A diretora se sentou e colocou as mãos sobre a mesa. As outras bruxas se acomodaram em cadeiras ao lado de Ariadne. — Achamos melhor conversar com você antes de a levarmos até ela, para que você tenha uma ideia do que esperar.

Ariadne engoliu em seco.

— O quanto é grave?

— Maeve deve ter contado por telefone que ela está fisicamente bem — interveio Filomena. — Chegou aqui mais bem alimentada do que esperávamos. — Ariadne pensou que isso era cortesia de Muriel, que a abrigara. — Não nos deixou ver se tinha ferimentos, mas se tiver, não são graves, ou já saberíamos. O dano é mais emocional do que físico.

— Desde que chegou aqui, ela só nos pediu abrigo e comida — explicou a diretora. — Aliás, essas foram praticamente as únicas palavras que ela proferiu. Adaptamos meu antigo escritório e agora ela cuida da horta e dorme lá, de modo que seu contato com as demais alunas é mínimo. Assim como você, a única informação que tínhamos é de que ela estava desaparecida.

— Pensei que ela estivesse morta — Ariadne desabafou, mais uma vez tendo que enxugar o rosto. — Durante todo esse tempo, eu tinha certeza de que ela estava morta...

— Nós também. Seu retorno nos pegou de surpresa. Perguntamos por onde ela esteve e onde estão seus pais, mas ela se recusou a nos contar.

As três mulheres se entreolharam, o que deixou Ariadne ainda mais nervosa.

— Fizemos uma pesquisa e entramos em contato com vários órgãos de ajuda humanitária em Azgür — explicou Maeve. — Perguntamos sobre os pais dela e conseguimos falar com um oficial em Irkalla que nos disse que eles foram mortos em um ataque ao campo de refugiados mais de dois anos atrás.

Ariadne franziu o cenho. Os pais de Lia, mortos? Mais de dois anos atrás significava havia acontecido antes de elas se reencontrarem e conversarem no celeiro abandonado. Será que ela já sabia? Será que sabia e não havia contado?

— Ela não me disse nada na última vez em que nós... nos vimos — Ariadne comentou, sentindo as mãos começarem a tremer.

— Continuamos sem saber ao certo que aconteceu com ela, o que abre as portas para muita especulação nociva — a diretora prosseguiu. — Escutamos rumores assustadores de que ela foi presa logo depois de sair da escola, por se recusar a fornecer informações sobre a Academia, antes de ser incorporada ao exército. Não sabemos se isso é verdade. Chamamos você aqui, Adne, pois pensamos que você merecia uma chance de revê-la, e para nos ajudar a descobrir o que se passou nos últimos meses. Lia está profundamente deprimida e temos medo de que ela tente machucar a si mesma.

Ela não vai, Ariadne pensou, com determinação revigorada. *Não vou deixar.*

— Queremos que ela fique dentro da escola, é mais seguro — completou a professora Filomena. — Mas não podemos forçá-la a nada. Talvez, com você aqui, ela opte por ficar mais tempo. Entendemos que você vai se casar em breve, mas…

— Não vou mais me casar — interrompeu. Já conseguia imaginar as manchetes que apareceriam no jornal no dia seguinte, da heroína de guerra que na verdade era uma desertora apaixonada por uma bruxa inimiga. *Pro inferno com os tabloides*, pensou. *Pro inferno com aquela corja toda.* Contou tudo o que acontecera em detalhes e acrescentou: — Vou ficar aqui com ela pelo tempo que for necessário e pelo tempo que vocês permitirem, é claro. Não vou mais deixar ela sozinha.

— Obrigada, Adne. — A diretora sorriu. — Isso significa muito. Já perdemos pessoas queridas demais nesta escola. Deixamos Lia para trás uma vez e isso não vai se repetir. Vamos ajudá-la como for possível e ter você aqui nos enche de esperança.

— Lia salvou a minha vida. Eu devo isso a ela. Só espero ser capaz de fazer alguma diferença. Posso vê-la agora?

Devagar, a diretora anuiu.

— Sim. Maeve, querida, você pode acompanhá-la, por favor?

— Sim, senhora — respondeu Maeve, e se levantou. Ao seu lado, Ariadne pegou o cajado e a mala que estavam no chão.

— Não prefere deixar isso aqui? — A diretora apontou para a mala. — Arranjaremos um dormitório para você e pediremos que alguém leve seus pertences até ele.

— Não precisa — respondeu Adriane.

Tem uma coisa aqui dentro que eu trouxe pra ela.

✶

Quando Ariadne e Maeve colocaram o pé para fora do prédio principal da Academia de Magia Rosazul para Garotas, o sol já estava se escondendo atrás das montanhas e o céu, colorido como uma aquarela. Ventava bastante. As duas caminharam até a horta de rosas azuis se tornar visível e Ariadne estacou.

— Adne? — chamou Maeve.

A bruxa engoliu em seco, incapaz de dar um novo passo. Tinha sido um dia longo. *Muito longo.* E agora, à beira da exaustão e do choro, seu coração se encontrava repleto de perguntas. E se Lia não quisesse vê-la? E se estivesse magoada? E se as diferenças entre as duas não pudessem ser resolvidas? E se ela estivesse longe demais para ser alcançada, e se seus ferimentos fossem profundos demais para serem curados, e se...

Maeve pôs a mão em seu ombro e, como quem era capaz de ler pensamentos, disse:

— Você só vai descobrir se for até lá.

Ariadne colocou a mala no chão, abriu-a e tirou de dentro o lenço vermelho, segurando-o com força para que o vento não o levasse embora. Respirou fundo e se levantou, deixando a mala e o cajado aos pés da amiga, pois não precisaria deles. Precisava apenas dos próprios pés e da esperança de que Lia estaria ali, esperando com o coração aberto, para que Ariadne a alcançasse outra vez.

Foi adiante, cada passo exigindo mais coragem do que o anterior. O vento uivava como o prenúncio de uma tempestade, mas ela seguiu até enxergar uma silhueta ao longe. De repente, tudo pareceu ficar em silêncio. Só havia o lenço em sua mão e a figura cada vez mais perto.

*

Lia levantou o cajado e lançou um raio de luz branca e quente sobre as flores que imediatamente voltaram a ter um aspecto mais saudável. Por enquanto, a horta estava bela e colorida, mas quando o frio enfim chegasse, ela seria obrigada a repetir o feitiço todos os dias. Isso se ainda estivesse lá. Sua casa fora destruída anos atrás e a escola, por mais que tentasse, não era uma substituta. Não poderia ficar lá para sempre, vivendo da boa vontade das professoras. De qualquer forma, o tempo traria uma resposta.

Abaixou-se e segurou as pétalas de uma rosa azul entre os dedos. Continuava murcha. Nem todas as flores reagiam à magia. Algumas estavam machucadas demais para serem recuperadas. Lia arrancou a flor e a colocou dentro de um saco de estopa, junto com várias outras.

Essa era a sua rotina e continuaria a ser assim pelos próximos dias até sabe-se lá quando. Olhou para o antigo escritório da professora Elisabete e respirou fundo. Tinha um teto e comida quente na barriga. Tinha um propósito, por mais simples que fosse. Não tinha mais que dormir no meio da estrada, roubar para não morrer de fome, matar para não ser morta. Era irônico pensar que a Muriel a acolhera depois de tanto ódio e desprezo destilados, e que a escola, depois de tudo o que acontecera, se tornara uma espécie de porto seguro.

Lia sentia falta de Ariadne. Às vezes, olhava para a colina além da horta e imaginava Ariadne descendo por ela, caminhando em sua direção como no dia que as duas se beijaram pela primeira vez. Nessas ocasiões, seu coração se enchia de uma dor tão aguda que era quase impossível segurar as lágrimas. Tinha pesadelos. Sonhava com Ariadne morrendo em seus braços na floresta gelada apesar de todos os seus esforços. Relembrava a noite que as duas passaram no celeiro abandonado, mesmo não querendo. Lembrava-se dos treinamentos no exército, de suas colegas tentando matá-la, das noites que encarou a luz da lua por entre as grades de uma cela. Lembrava-se dos rostos de todas as pessoas cuja vida ela havia tirado. Acordava suando frio e ofegando e demorava para se lembrar onde estava e como havia ido parar ali. Sentia como se ainda estivesse na floresta, debaixo da neve e do frio e das trevas.

Mil vezes pensou em procurar Ariadne, e mil vezes optou por não o fazer. Descobriu que ela ia se casar e pensou que era melhor assim. Adne merecia alguém que ficasse ao seu lado, que lhe desse uma vida boa e confortável, e não uma vida repleta de dificuldades e intolerância. E, certamente, não uma vida com uma pessoa quebrada como ela.

Não. Ariadne se casaria com um homem rico e bonito, teria filhos ricos e bonitos e viveria em uma casa luxuosa. Estava viva, com saúde e feliz, e isso era tudo o que importava.

Como de costume, seu olhar foi atraído para o alto da colina que se interpunha entre a horta e a mansão principal. Fazia isso quase todos os dias, como quem espera a chegada de alguém. Mas, desta vez, alguém caminhava em sua direção. Lia pensou que era uma das professoras, embora a figura estivesse distante demais. Afinal, quem mais poderia ser? Ela estreitou os olhos. A mulher não vestia a tradicional capa azul escura do uniforme da Academia e nem segurava um cajado, mas caminhava determinada, apesar do vento. Tinha cabelos loiros e olhos de um azul vibrante...

Lia não acreditou. Sentiu um choque percorrer seu corpo, fazendo levantar os pelinhos dos braços e da nuca.

Era Ariadne.

Não pode ser, pensou. Era uma miragem, uma memória conjurada pelo seu espírito saudoso, uma visão. Mas a mulher continuou a caminhar e seu rosto se tornou cada vez mais nítido. Nele, Lia enxergou uma constelação de sardas que formavam um mapa que indicava o caminho para casa. Talvez sua única casa verdadeira.

O coração acelerou e a pele ficou quente por debaixo da roupa, apesar do vento. O saco de estopa caiu no chão, entre as flores. Lia sentiu as lágrimas escorrerem pelas bochechas, sentiu sua alma gritar de alegria dentro do peito diante da visão da coisa, da pessoa que ela mais desejava no mundo. Mas Ariadne não deveria estar ali. Era para estar bem longe, com seu noivo. Uma das professoras, ou talvez Maeve, a chamara, com certeza. Lia engoliu em seco, engoliu as lágrimas, mas não conseguiu proferir um protesto.

Pois Ariadne se aproximava cada vez mais com os cabelos loiros sendo jogados de encontro ao rosto sempre redondo, sempre um pouquinho corado. Ela sorria como se fosse uma garota de dezesseis anos, com aquelas covinhas perfeitas debaixo dos olhos. Sorria como nos sonhos de Lia.

Segurava algo na mão direita. Um lenço. Ele se agitava entre seus dedos, querendo fugir, mas Ariadne o segurava com firmeza. As lágrimas que Lia engolira voltaram pela garganta, transformando-se em soluços. Ela levou a mão à boca, tremendo tanto que mal conseguia ficar de pé.

Ariadne olhou em seus olhos e lágrimas também escorreram enquanto ela sorria. Lia não conseguia sorrir de volta, só chorar, lembrando-se da tarde em que as duas trocaram o primeiro beijo.

Ariadne parou. Estava a menos de um metro de distância, tão próxima que Lia podia tocá-la. Temendo que a mulher fosse uma miragem, não o fez. Ariadne estendeu a mão e pegou seu braço esquerdo, e o toque foi real, tão real quanto o vento que batia em seu rosto.

A mulher pegou o braço de Lia e amarrou o lenço vermelho com força nele, e então se inclinou para frente e a beijou nos lábios. O beijo também foi real. Lia fechou os olhos e sentiu a textura daqueles lábios. Sentiu as lágrimas de Ariadne, quentes e salgadas. Desejou poder esticar o momento, prolongá-lo até o infinito.

Quando o beijo acabou, ela abriu os olhos e Ariadne ainda estava lá. Ainda sorria.

— Você está aqui… está realmente aqui… Você, não… não… não importa quantas vezes eu te afaste, você sempre volta. Por quê?

— Porque eu te amo. E escolho ficar com você. Você vai me afastar outra vez?

Não, Lia pensou, balançando a cabeça de um lado para o outro. *Nunca mais.*

— Então eu prometo que não vou a lugar nenhum — disse Ariadne.

Ainda chorando, Lia se jogou em seus braços.

— Eu te amo — disse ela. Deixou que as palavras se propagassem pelo ar depois de tanto tempo escondias, guardadas, seladas em seu coração. — Eu te amo. Eu te amo. Eu te amo.

As duas se abraçaram com força no meio da horta da escola de magia na qual se conhecerem e se amaram e ficaram uma ao lado da outra. Não havia necessidade de mais palavras. Ariadne pensou que essa era a sensação de estar em casa, e Lia fechou os olhos e sentiu como se fosse a primeira vez na qual fechava os olhos em muito, muito tempo.

Ao redor de Lia e Ariadne foi como se uma esfera invisível se erguesse, protegendo-as do frio e do barulho. No amplo campo repleto de rosas azuis, não havia som. Nenhuma bomba caindo, nenhum grito de soldados feridos e mutilados, nenhum choro distante de uma criança perdida ou de uma mãe desolada. Nada, exceto o retumbar quase imperceptível de seus corações e o suave farfalhar do lenço vermelho no braço de Lia.

Agradecimentos:

A ideia de escrever *Rosazul: Academia de Magia para Garotas* surgiu das interações com colegas, a maior parte do sexo feminino, na Coordenadoria de Cultura Geral do curso de jornalismo na Faculdade Cásper Líbero, e do meu convívio, a vida toda, com uma grande variedade de mulheres que serviram de inspiração para as múltiplas personagens deste livro. Ao seu modo, Rosazul é uma homenagem a elas e aos momentos que compartilhei em companhia de pessoas tão queridas.

Estão presentes no livro minhas duas avós, Maria Nirce Causo e Josephina Gallo Fideli, que aparecem respectivamente como a primeira professora de Ariadne e a padeira que vive na casa colada na dela. Minha prima, Agatha, inspirou o nome da fundadora da escola, Agatta Aramante. Minha mãe se encontra nos melhores traços da diretora Ursula, em sua doçura e capacidade inigualável de acolhimento, e, sem ela, as condições para que este livro fosse publicado jamais teriam se formado.

Obrigado às amigas Fernanda Damião, Elize Barbosa, Elis Marangoni, Vanessa Magdaleno Vieira e Helena Dutt-Ross, que aparecem de alguma maneira como personagens em Rosazul, e um outro agradecimento à Helena pelo seu auxílio no desenvolvimento e execução do plano de marketing deste trabalho. Também fez parte do grupo de amigos que inspirou esta história e sempre foi um dos meus leitores mais fieis, Guilherme Aleixo, a quem eu também agradeço muito. Obrigado igualmente à Mariana Barros, por ser uma amiga tão querida há tanto tempo, mesmo estando tão distante.

Agradeço à minha agente, Gabriela Colicigno, que acompanhou o livro inteiro desde a escrita da primeira versão do manuscrito, quase seis anos atrás, pelo diálogo e articulação com a editora AVEC, essenciais para que este projeto viesse ao mundo, e pela sua ajuda no processo de preparação do texto. Obrigado a Artur Vecchi, por ter aceitado participar desta empreitada e aberto as portas da AVEC para mim mais de uma vez, e aos demais funcionários da editora que auxiliaram na publicação e divulgação deste material.

Agradecimentos também devem ser feitos à Renata Aguiar, pelo extraordinário trabalho de capa e demais materiais gráficos, Claudia Fusco, que foi uma das primeiras pessoas a ler este livro e a oferecer elogios e sugestões, à Tamirez Santos do canal *Resenhando Sonhos*, pelo seu apoio e esforço de divulgação, à Ana Paula Moscoso Gomes, do perfil *Ana Está Lendo*, pela sua resenha maravilhosa e apoio na divulgação, ao perfil *Maratona.app* pelo apoio na campanha, a Vinicius Viana, Ligia Maria Calvi e à Doutora Hilda Morana, por todo o amparo nos últimos anos.

Obrigado aos meus pais por terem plantado o amor pelas histórias em mim quando eu era muito novo e por me incentivarem sempre a perseguir este sonho. Obrigado por não me deixarem desistir.

Por fim, obrigado a todos os leitores que participaram do financiamento coletivo deste livro e que torceram pelo meu sucesso. O apoio de vocês significa mais do que eu consigo expressar em palavras.